民间信仰与20世纪中国文学

Folk Beliefs and Chinese Literature in 20th Century

易 瑛 著

中国社会科学出版社

图书在版编目（CIP）数据

民间信仰与 20 世纪中国文学／易瑛著．—北京：中国社会科学出版社，2023.10
（中国社会科学博士后文库）
ISBN 978 - 7 - 5227 - 2586 - 4

Ⅰ. ①民… Ⅱ. ①易… Ⅲ. ①信仰—民间文化—关系—中国文学—文学研究—20 世纪
Ⅳ. ①I206

中国国家版本馆 CIP 数据核字（2023）第 169884 号

出 版 人	赵剑英
责任编辑	王丽媛
责任校对	杜 威
责任印制	李寡寡

出 版	中国社会科学出版社
社 址	北京鼓楼西大街甲 158 号
邮 编	100720
网 址	http://www.csspw.cn
发 行 部	010 - 84083685
门 市 部	010 - 84029450
经 销	新华书店及其他书店

印 刷	北京君升印刷有限公司
装 订	廊坊市广阳区广增装订厂
版 次	2023 年 10 月第 1 版
印 次	2023 年 10 月第 1 次印刷

开 本	710×1000 1/16
印 张	17.75
字 数	301 千字
定 价	98.00 元

凡购买中国社会科学出版社图书，如有质量问题请与本社营销中心联系调换
电话：010 - 84083683

第十批《中国社会科学博士后文库》
编委会及编辑部成员名单

（一）编委会

主　任：赵　芮

副主任：柯文俊　胡　滨　沈水生

秘书长：王　霄

成　员（按姓氏笔划排序）：

（二）编辑部

主　任：李洪雷

副主任：赫　更　葛吉艳　王若阳

成　员（按姓氏笔划排序）：

《中国社会科学博士后文库》
出版说明

　　为繁荣发展中国哲学社会科学博士后事业，2012年，中国社会科学院和全国博士后管理委员会共同设立《中国社会科学博士后文库》（以下简称《文库》），旨在集中推出选题立意高、成果质量好、真正反映当前我国哲学社会科学领域博士后研究最高水准的创新成果。

　　《文库》坚持创新导向，每年面向全国征集和评选代表哲学社会科学领域博士后最高学术水平的学术著作。凡入选《文库》成果，由中国社会科学院和全国博士后管理委员会全额资助出版；入选者同时获得全国博士后管理委员会颁发的"优秀博士后学术成果"证书。

　　作为高端学术平台，《文库》将坚持发挥优秀博士后科研成果和优秀博士后人才的引领示范作用，鼓励和支持广大博士后推出更多精品力作。

《中国社会科学博士后文库》编委会

摘　要

　　本书将"文学与民间信仰"关系的探讨置于 20 世纪中国文学发展的宏阔背景下，重点研究民间信仰与 20 世纪中国知识分子的精神联系及民间信仰在现代化语境中意义的转变，辨析不同文化立场的现代作家民间信仰书写的不同类型及其重要特征；从文学的时空艺术、结构设置、意象创造三方面探讨了民间信仰影响下的 20 世纪中国文学的叙事艺术的丰富多变，挖掘出"民间信仰"这一激发作家艺术创作灵感、给予作家创新动力的民间文化资源的价值。

　　除引言和结论外，本著作共包括五章。

　　第一章论述了中国现代启蒙作家对民间信仰的"祛魅"与召唤。

　　以鲁迅为首的坚持思想启蒙立场的中国现代作家，一方面从知识分子的精英意识和现代文明的理性精神出发，视原始鬼神信仰为阻碍现代社会发展的"蛮性的遗留"，激烈批判民间信仰的愚昧、落后；另一方面，面对西方启蒙运动已经出现的弊病和局限，中国现代启蒙者结合中国本土的思想资源进行了纠偏的努力，开始重视被理性压抑的人的非理性、情感和意志，挣脱了启蒙者理性批判的偏激，表达了对民间信仰中蕴藏的生命力和诗性思维的向往，以及对仪式禁忌的敬畏，对民间信仰的娱乐功能、经济功能的尊重，对民间信仰的超越性的渴望等复杂的文化体验。他们从理性的启蒙走向了对"民众本心"的关注和对文化的审美性开掘。在"蛮性的遗留"与"迷信可存"、理性与信仰、启蒙与反启蒙、精英与民间形成的矛盾张力之中，中国现代启蒙作家建构了较为丰富的审美空间，使启蒙文学的创作走向了复杂和深化。

第二章论述了与"五四"文化启蒙者相比，具有与众不同的文化姿态的沈从文对民间信仰中所保持的"巫德"的发掘、现代提升及其重要意义。

对启蒙者科学理性至上的批判和对现代性的反思立场，使沈从文在"神之解体"的时代重建生命的"神性"，希望能从湘西的民间信仰中，寻找到生命的重造、文化的重造、民族的重造的力量。从20世纪20年代末期至40年代，沈从文对湘西巫傩文化的认识经历了从感性到理性的自觉。他将湘西民间信仰中的"神"逐渐上升为集生命、美、爱于一身的"神"，再进一步转变为哲学意义上的抽象的"神"。民间信仰仪式中具有的"和""敬""狂"与湘西民间宗教信仰中蕴含的爱、美、真诚、情感的热烈同生共存，成为了"人的重造"和"民族的重造"乃至"社会的重造"不可或缺的资源。沈从文在文学创作中，倡导"美和爱的新宗教"，挖掘出民间信仰中蕴藏的"神性"的生命世界，召唤自然人性和仪式的回归，肯定了民间信仰保存的"巫德"，对民间信仰的传统教化功能进行了现代提升和审美深化，希望建构一种理想的人性形态和生命形式。

第三章探讨了政治叙事与民间信仰之间批判与利用、构建与疏离的相互影响、彼此互动的关系。

20世纪中国作家在文学创作中，表现了民间信仰和权力秩序之间的复杂关系，还原了特定历史时期民众的信仰内容及民间信仰发生的整体变迁，以文学的方式承担了民俗学、人类学对民间信仰存在的价值与意义的挖掘。他们描写了"移风易俗""反迷信"运动中人们与旧的信仰决裂的喜悦与艰难，同时又在时代留存的缝隙中，真实书写了底层民众的信仰心理，表现了人们文化观念的差异和激烈的思想冲突，反思民间信仰复杂多样的表现形式及其文化意义。

第四章聚焦民间信仰在民族文化记忆建构中具有的重要作用，辨析了20世纪通过民间信仰书写探寻民族文化记忆的重要作家群体及其特点。

20世纪中国作家民族意识的觉醒和民族文化重建的自觉，使他们关注到了民族独特的民间信仰及其嬗变历程。他们通过彰显图腾崇拜、讲述民族神话传说、仪式的还原、仪式的日常化等方式，来复活族群记忆，为行将消失的古老而充满诗性的民族文化"招魂"。对民间信仰的书写，赋予了文学作品文化象征的内涵，也强化了族群认同意识的表达；对与民间信仰相伴相生的神话的讲述，回溯到古老的民族文化起源，将现代与历史相接。20 世纪90 年代以来，一些中国当代作家意识到了民间信仰在现代社会商业化、泛娱乐化的潮流下被篡改和异化，他们对此进行了反思与抵抗。对民间信仰的书写，成为了建构民族文化记忆的重要媒介，以拒绝商业文化、全球文化对既博大精深又多元通和的中华民族文化的消解和替代。

第五章论述了民间信仰的时空观、仪式结构、民俗意象，对20 世纪中国文学的审美特征产生的影响。

民间信仰仪式的举行，植入了"神圣时间"，将"过去"的时间引入"现在"的时间之中，在现实中表现过去，从而构成了时间的"非均质"特征。这不仅有助于实现时间的多重功能，也在时间的交错、并列、对比、反差中引发对人类生存、文化走向的深沉思考。在民间信仰仪式的空间中，现实的世俗世界和想象的神圣世界同时存在，产生了一种空间的交错感。民间信仰多重时空的独特呈现、仪式感的唤醒、"生—死—重生"、"牺牲—献祭"、"驱除—净化"等仪式结构对文本的建构、体现"灵"与"实"互渗的图腾意象、死亡意象和面具意象的营造等，使20 世纪中国文学的创作突破了现实主义创作的单一局面，具有了先锋、实验的色彩。

总之，民间信仰参与了 20 世纪中国现代文化建构和文学叙事的创新。20 世纪中国文学中民间信仰的回归，建立在中国现当代作家们改造国民劣根性、参与现代民族国家话语的建构、探寻民族文化心理、重视文学的审美价值等的基础之上。我们应该从尊重、理解民间信仰的本质和当下意义出发，客观看待民间信仰在文学创作中的地位和价值。

关键词：民间信仰　20 世纪中国文学　现代　传统

Abstract

In this book, it puts therelationship between "literature and folk belief" under the background of the development of Chinese literature in the 20th Century, focuses on the spiritual connection between folk belief and Chinese intellectuals in the 20th Century and the transformation of folk belief in the context of modernization, and makes an analysis of the different types and important characteristics of folk belief writing of modern writers with different cultural positions; with regards to the three aspects of space-time art, structure setting and image creation, the rich and changeable narrative art of Chinese literature in the 20th Century under the influence of folk belief is discussed, and the value of "folk belief" is excavated, which inspires the writer's artistic creation and gives the writer the motive force of innovation.

In addition to the introduction and conclusion, there are five chapters in the book.

In the first Chapter: the "disenchantment" and the call of modern Chinese enlightenment writers to folk beliefs are discussed.

On the one hand, the modern Chinese writers, led by Lu Xun, who insist on the position of ideological enlightenment, regard the primitive belief of ghosts and gods as the "legacy of barbarism" that hinders the development of modern society, andcriticize the ignorance and backwardness of folk belief intensely by starting from the intellectual elite consciousness and the rational spirit of modern civilization; on the other hand, faced up with the shortcomings and limitations of the Western Enlightenment, the modern Chinese enlighteners, in combination with the local ideological resources of China, make efforts to correct the deviation, and begin to attach importance to the irrationality, emotion and will of the rational repressed, and break away from the extreme criticism of the enlighteners' rationality, which expresses the yearning for the vitality and poetic thinking contained in the folk belief, as well as the awe of ritual taboos, the respect for the entertainment function and economic function of the folk belief, and the desire for the transcendence of the folk belief. They moved to attention to "people's original heart" and aesthetic to culture from rational enlightenment. In the contradiction tension formed by "the legacy of barbarism" and "superstition can exist", reason and belief, enlightenment and anti-enlightenment, elite and folk, modern Chinese enlightenment writers have constructed rich aesthetic space, which makes the creation of enlightenment literature complicated and deepened.

In the second Chapter: it discussed the excavation, modern promotion and significance of the "witchcraft" maintained in folk beliefs by Shen Congwen, who has a distinctive cultural attitude.

It is the criticism of the scientific reason supremacy of the enlighteners and the reflective position of modernity that Shen Congwen, in the era of the disintegration of God, hoped to find the power of life reconstruction, culture reconstruction and national reconstruction from the folk beliefs of western Hunan. From the late 1920s to the 1940s, Shen Congwen's understanding of "witchcraft" culture in western Hunan experienced from perceptual to rational consciousness. He gradually raised the "god" in the folk belief of western Hunan to the "god", which integrates life, beauty and love, and then it's further transformed into the philosophical sense of the abstract "god". The coexistence of "harmony", "respect" and "madness" in the folk religious beliefs of western Hunan and the warmth of love, beauty, sincerity and emotion has become an indispensable resource for the "reconstruction of human beings", the "reconstruction of nations" and even the "reconstruction of society". In his literary writing, Shen Congwen advocated the "new religion of beauty and love", excavated the life world of "divinity" contained in folk belief, summoned the return of natural human nature and ritual, and affirmed the "witchcraft" preserved by folk belief. He has carried on the modern promotion and the esthetic deepening to the folk belief traditional enlightenment function, and hopes to construct an ideal human nature form and the life form.

In the third Chapter, the relationship between criticism and utilization between political narration and folk belief, mutual influence and interaction between construction and alienation is discussed.

In 20th Century, in literary creation, Chinese writers expressed the complex relationship between folk belief and power order, and restored the whole change of people's belief content and folk belief in a specific historical period. They undertook the value and significance of folklore and anthropology to the existence of folk belief in the way of literature. They described the joy and difficulty of breaking with the traditional faith in the movement of "changing the customs" and "opposing superstition", and at the same time, in the narrow gap of the times, they wrote the belief psychology of the bottom people so as to show the differences of people's cultural concepts and fierce ideological conflicts, and reflect on the complex and diverse forms of expression of folk beliefs and their cultural significance.

In the fourth Chapter, it focuses on the important role of folk beliefs in the construction of national cultural memory, discriminates and analyzes the important writers and characteristics of exploring national cultural memory through folk belief writing in the 20th Century.

In the 20th Century, it's the awakening of Chinese writers' national consciousness and the consciousness of national cultural in reconstruction made them focus on the unique folk belief and its evolution. They resurrected the memory of ethnic groups by showing totem worship, telling national myths and legends, restoring rituals, and daily ritualization, which appeals to the ancient and poetic national culture of ethnic minorities and Han nationality that is about to disappear.

Their writing of folk beliefs gives the connotation of cultural symbols of literary works and strengthens the expression of ethnic identity consciousness. The narration of myths associated with folk beliefs goes back to the origin of ancient national culture, connecting modern with history. Since the 1990s, Chinese contemporary writers have also realized that folk beliefs have been tampered with and alienated under the trend of commercialization and pan-entertainment in modern society, and they have resisted it tragically. Their writing of folk beliefs has become an important medium for the construction of national cultural memory and digestion and substitution of comprehensive, profound and diverse Chinese culture by rejection of business culture and global culture.

In the fifth Chapter, the influence of time and space view, ritual structure and folk image of folk belief on the aesthetic characteristics of Chinese literaturein the 20th Century is discussed.

The ceremony of folk belief was held with "holy time". It introduces the time of "past" into the time of "present" and shows the past in reality, thus forming the "heterogeneous" characteristic of time. Not only does it help to realize the multiple functions of time, but also leads to deep thinking about human survival and cultural trend in the interlacing, juxtaposition, contrast and contrast of time. In the space of folk belief rituals, the secular world of reality and the divine realm of imagination exist simultaneously, which creates a sense of interlacing of space. Like the unique presentation of the multi-space-time folk belief, the awakening of ritual sense, "life-death-rebirth", "sacrifice-offer", "exorcism-purification" and other ritual structures, their construction of their text, the totem image of "spirit" and "reality", the creation of death image and mask image, etc. , make the creation of Chinese literature in the 20th Century break through the single situation of realistic creation, having the color of pioneer and experiment.

As a conclusion, for folk beliefs, it participated in the construction of modern Chinese culture and the innovation of literary narration in the 20th Century. In Chinese Literature in the 20th Century, the return of folk belief is based on the transformation of national inferiority, participation in the construction of modern national discourse, exploration of national cultural psychology and attention to the aesthetic value of literature. It's necessary for us to look at the status and value of folk belief in literary creation objectively from respecting and understanding the essence and present meaning of folk belief.

Key words: Folk Belief; Chinese Literature in the 20th Century; Modern; Tradition

目　录

Contents

引　言

一　选题的依据

　　长期以来，人们大多认为中国是一个非宗教国家，宗教意识和宗教情绪都不发达；中国人是没有宗教信仰的国民。中国"民间的信仰没有完整的经典和神统，仪式不表现为教会的聚集性礼拜，而且象征继承了许多远古的符号"①，所以西方基督教拒绝承认中国人的民间信仰是宗教的一部分。而接受西方文化影响的中国知识分子也多以西方价值为标准来看待自己的宗教。梁漱溟曾指出："世界上宗教最微弱的地方就是中国，最淡于宗教的人是中国人，而此时宗教最式微，此时人最淡于宗教。"② 新文化运动的代表人物胡适曾指出当时不少知识分子的看法是："中国是个没有宗教的国家，中国人是个不迷信宗教的民族。"③

　　确实，宗教在中国社会的地位比较模糊，"造成这种模糊性的一个重要原因，是在中国社会制度框架体系下，缺乏一个结构显著的、正式的、组织化的宗教，故而人们通常把老百姓的仪式视为非组织性的，而宗教在中国社会和道德秩序中好像不那么重要"④。但是，"中国宗教缺乏显著结构"并不意味着中国人没有自己的宗教信仰。"人们通常把老百姓的仪式视为非组织性的"，但在人类学家布朗（Alfred Radcliffe-Brown）看来，宗教的支柱是仪式而不是信仰。中国人对仪式的重视，不仅证明中国宗教的主要内涵是仪式，而且为理解世界上的所有宗教提供了很好的参考。⑤

---

① 王铭铭：《中国民间宗教：国外人类学研究综述》，《世界民族研究》1996 年第 2 期。
② 梁漱溟：《东西文化及其哲学》，商务印书馆 1999 年版，第 198 页。
③ 胡适：《名教》，《新月》第 1 卷第 5 期，1928 年 7 月 10 日。
④ ［美］杨庆堃：《中国社会中的宗教》，范丽珠等译，上海人民出版社 2007 年版，第 34 页。
⑤ 参见王铭铭《社会人类学与中国研究》，广西师范大学出版社 2005 年版，第 137 页。

人类学学者意识到了依据"制度化的宗教"的概念来套"东方式的宗教"的不合理。他们根据中国宗教信仰的独特性,提出了与"制度性宗教"相对的"民间信仰""民间宗教"的概念。

(一)"民间信仰"概念的发生与演变

近代以来,人们对民间信仰的重视是从对"迷信"的研究与批判中开始的。《大不列颠百科全书》对"迷信"(Superstition)的解释是:缺乏理性实质的信仰、准信仰或习俗。这种西方的迷信观,经由日本传入中国。江绍原先生 20 世纪 30 年代在北京大学开设"中国礼俗迷信"课程所用的讲义中提出:"'迷信'这个概名,我国是从何时才有的呢? 不管它是否为西文 Superstition 之译语,近若干年来始从日本输入我国的;我们之用它来称呼本国(和外国)的种种迷信言、行、念,则似乎直接或间接颇受了西洋的影响。"① 他认为"迷信"是一个从日本转译自西方的文化概念。而西洋语言文字多将民间信仰定位为"迷信",体现了西方人面对民间信仰时所持的批评态度和存在的文化偏见。这一从西方中心主义出发,批判、贬低中国人信仰的词汇——"迷信",却被中国学者借用过来,指代"民间信仰"。

20 世纪 20 年代中国民俗学建立时期,"迷信"开始作为研究对象被纳入学术研究之中。北京大学的《歌谣》周刊、中山大学的《民俗》周刊等发表了大量介绍各地风俗迷信的文章。1922 年,《东方杂志》第 19 卷第 3 号专门设立了"迷信的研究"的专栏,发表了《家庭的迷信》《对于物类生死起源的迷信》《迷信与魔术》等 7 篇文章。顾颉刚先生运用人类学、民俗学的方法,对东岳庙、北京妙峰山的进香庙会、福建泉州的铺境、广东东莞的城隍庙等做过调查、研究,发表了《东岳庙的七十二司》《妙峰山进香》《泉州的土地神》等文。陈大齐的《迷信与心理》(北京大学新潮社,1920 年),颁久、愈之、乔峰、幼雄的《迷信与科学》(商务印书馆,1923 年),李干忱的《破除迷信全书》(美以美会全国书报部,1924年),江绍原的《发须爪——关于它们的迷信》(上海开明书店,1928年),容肇祖的《迷信与传说》(中山大学民俗学会,1929 年)等研究"迷信"的著作相继出版;② 胡朴安主编的《中华全国风俗志》对各地方

① 江绍原:《中国礼俗迷信》,王文宝整理,渤海湾出版公司 1989 年版,第 1 页。
② 陶思炎、[日]铃木岩弓:《论民间信仰的研究体系》,《世界宗教研究》1999 年第 1 期。

志和古今笔记、刊物中所载风俗进行了汇编。

　　但是中国知识分子承担的"新民强国"的社会改造和启蒙使命，使不少民俗学者研究民间信仰的出发点，仍然是从崇尚科学、革除迷信出发。如周寿昌1921年2月25日在《东方杂志》发表的《论迷信》一文，将迷信界定为："只能说在当时，并无哲学上的根据，又与科学得来结果相冲突，像这种东西，都可以叫做迷信。"① 江绍原给"迷信"下的定义是："一切和近代科学相冲突的意念、信念以及与它们并存的行止，我们皆呼为迷信，其中有一部分（或许是一大部分）普通常用'宗教''法术'两个名词去包括。"② 他们在肯定"迷信研究"的学术价值的同时，仍以科学作为批判迷信的标准。

　　"民间信仰"这一学术术语在中国开始使用，要到20世纪30年代。"民间信仰"这一概念同样是从日本引入中国。1897年，日本东京帝国大学教授姊崎正治发表论文《中奥的民间信仰》，首次提出"民间信仰"的概念。姊崎正治指出，他注意到民间所见的"多少与正统的被组织化的宗教相异的信仰习惯"的存在，如果"对其下带有贬义的迷信的价值判断，似有不妥"，"所以现在设立'民间信仰'名称"。姊崎正治认为民间信仰的研究对象是"自古相传的太古天然崇拜的遗物或自然出现的天然崇拜以及组织宗教的诸神界（Pantheon）教义、习惯"，它与被组织化的宗教相异。③

　　20世纪30年代，中国介绍日本和西方民间信仰研究的论著逐渐增多。受国外民间信仰研究成果的影响，一些中国学者不再将"民间信仰"当作"迷信"的同义词，而开始注意到民间流行的对鬼神的信仰观念，其实反映了很多中国人共同的精神信仰。有学者借用从日本舶来的"民间信仰"来取代"迷信"。据民俗学家陶思炎先生的研究，"在中国，1921年出现'民间的信仰'概念，1928年则有'民众信仰'和'民间宗教'的提法，1930年又有'民信'、'俗信与迷信'之称。至于'民间信仰'名称的运用稍晚，杨成志1937年1月30日在《民俗季刊》第2期发表的《安南人

---

① 周昌寿：《论迷信》，《东方杂志》1921年卷十八第四号。
② 江绍原：《中国礼俗迷信》，王文宝整理，渤海湾出版公司1989年版，第4页。
③ 转引自［日］铃木岩弓《"民间信仰"概念在日本的形成及其演变》，何燕生译，《民俗研究》1998年第3期。

的信仰》一文，可能是最先使用'民间信仰'概念的文章"①。杨成志在《安南人的信仰》一文的"后记"中写道："其实我们看安南人的信仰可映出中国民间信仰的真相。"② 陶先生由此文推断："至迟在 1930 年'民间信仰'的概念就已在中国开始使用。"③ "民间信仰"术语的提出，使研究者能更客观、冷静地研究"民间信仰"，更多关注到其现存状况及其与社会的关系。

20 世纪三四十年代，中国学者对民间信仰的研究成果较为丰富。1926 年，杨堃在法国里昂大学哲学系留学，两年后被推荐到巴黎大学民族学研究所，师从法国著名的社会学家、民族学家马塞尔·莫斯（Marcel Mauss）教授进修民族学。1930 年，杨堃以博士论文《中国家族中的祖先崇拜》一文获法国里昂大学哲学系的博士学位并回国。20 世纪 40 年代，杨堃从事《五祀考》研究。1944 年他在《汉学》第 1 辑上发表了《灶神考》，对中国灶神崇拜的来历及其演化进行了详细的考证，并提出了"五祀受五行之影响，虽曾列入祀典，成为官礼，然并未深入民间，故在民间宗教内亦无地位。惟有灶神，不仅历史悠久，而且来历复杂，属于多元"等观点。④ 1936 年，费孝通在英国伦敦政治经济学院人类学系留学，师从英国著名的社会人类学家马林诺夫斯基（Bronislaw Malinowski）教授。1938 年，费孝通完成了他的博士论文《江村经济》，英文名为 *Peasant Life in China：A Field Study of Country Life in the Yangtze Valley*（《中国农民的生活：一个长江流域乡村生活的田野研究》）。在该书中，费孝通注意到了开弦弓村的民间信仰活动，对灶王、刘皇等"神道"在中国民众日常生活中的地位和作用进行了探讨——"它既是宗教活动，也是当地人的娱乐消遣"⑤。马林诺夫斯基教授在为费孝通《江村经济》一书所作的序言中说："我知道，他打算在他以后的研究中说明关于崇祀祖先的详细情况以及在村庄和城镇中

① 陶思炎、［日］铃木岩弓：《中日民间信仰研究的历史回顾》，《民间文化论坛》1997 年第 4 期。

② 杨成志：《安南人的信仰》，《民俗季刊》1937 年第 2 期。

③ 陶思炎、［日］铃木岩弓：《中日民间信仰研究的历史回顾》，《民间文化论坛》1997 年第 4 期。

④ 杨堃：《灶神考》，载苑利主编《二十世纪中国民俗学经典·信仰民俗卷》，社会科学文献出版社 2002 年版，第 113 页。

⑤ 费孝通：《江村经济——中国农民的生活》，商务印书馆 2002 年版，第 99 页。

广为流传的关于信仰和知识等更复杂的体系。"① 20 世纪 40 年代初，许地山花费多年心血完成了《扶箕迷信底研究》一书，从文化人类学出发"说明扶箕的起源"，阐明"箕仙与'幽灵信仰'的关系，箕动与感应之所以然等等"②。

1949 年以后，在倡导"无神论"和"大力破除迷信"口号的影响下，民间信仰被定位为"封建迷信"。20 世纪 80 年代以来，民间祠庙逐渐得到了修复，民间信仰的活动开始逐步恢复，对"民间信仰"的研究渐趋活跃。民俗学者开始自觉运用"民间信仰"取代"迷信"一词。这一阶段对"民间信仰"的认识，大多把"民间信仰"当作一种现存的民间文化形态来研究，强调其民间性和民俗性，而否定"民间信仰"的宗教属性。如朱天顺的《中国古代宗教初探》（1982 年），乌丙安的《中国民俗学》（1985 年），宗力、刘群主编的《中国民间诸神》（1986 年）等都是这一时期出现的民间信仰研究的论著。

进入 20 世纪 90 年代以后，一些欧美学者开始将民间信仰当作与佛教、道教、儒教相并列的最为重要的传统。有的学者对民间信仰与中国社会之间的关系进行了探讨。如美国学者杜赞奇（Prasenjit Duara）的《文化、权力与国家——1900—1942 年的华北农村》认为民间信仰是国家政权深入乡村社会的一条重要渠道。③ 美国学者孔飞力（Philip Alden Kuhn）的《叫魂：1768 年中国妖术大恐慌》提出"在这个权力对普通民众来说向来稀缺的社会里，以'叫魂'罪名来恶意中伤他人成了普通人的一种不可突然可得的权力"。"妖术既是一种权力的幻觉，又是对每个人的一种潜在的权力补偿。"④

国内的民俗学学者、历史学学者、人类学学者等都将民间信仰研究作为本学科一个重要的研究领域，他们揭示出"民间信仰"是全体中国人共享的精神信仰。民间信仰既是一个共享的信仰，同时也是一个共享的生活空间。如王铭铭、潘忠党主编的《象征与社会：中国民间文化的探讨》研

---

① 费孝通：《江村经济——中国农民的生活》，商务印书馆 2002 年版，第 16 页。

② 茅盾：《国粹与扶箕的迷信——纪念许地山先生》，《笔谈》创刊号 1941 年 9 月 1 日。

③ ［美］杜赞奇：《文化、权力与国家——1900—1942 年的华北农村》，王福明译，江苏人民出版社 1996 年版。

④ ［美］孔飞力：《叫魂：1768 年中国妖术大恐慌》，陈兼、刘昶译，上海三联书店 1999 年版，第 300—301 页。

究了象征及其符号表现在民间信仰中的展开。① 郑振满、陈春声主编的《民间信仰与社会空间》"力图把民间信仰作为理解乡村社会结构、地域支配关系和普通百姓生活的一种途径"②。向松柏的《传统民间信仰与现代生活》对民间信仰的含义、特点、分类、功能，以及从古代到近现代、当代的中国民间信仰的演变进行了梳理和辨析。③ 杨清虎的《中国民间信仰学研究与述评》从民间信仰的研究对象、理论探索、民间信仰史研究、神祇研究等多方面进行探讨，期冀建构"民间信仰学"理论。④

（二）"民间信仰"概念的界定

尽管学界对"民间信仰"的研究已成为经久不衰的热点，但是，国内外学者对"民间信仰"概念的界定并未形成共识。归纳起来，主要有以下几种代表性观点。

一是认为民间信仰不是宗教，而是一种信仰形态。如《辞海》对"民间信仰"下的定义是："民间流行的对某种精神观念、某种有形物体信奉敬仰的心理和行为，包括民间普遍的俗信以至一般的迷信。它不像宗教信仰有明确的传人、严密的教义、严密的组织等，也不像宗教信仰更多地强调自我修行，它的思想基础主要是万物有灵论，故信奉的对象较为庞杂，所体现的主要是唯心主义，但也含有唯物主义和科学的成分，特别是民间流行的天地日月等自然信仰。"⑤ 乌丙安认为，民间信仰习俗"是从人类原始思维的原始信仰中不断传承变异而来的民间思维观念的习俗惯例"⑥。他在《中国民间信仰》中指出，"中国民间信仰，就其历史形态论，它将永远是'过去式'的、古老信仰的遗存"。它"并不具备所有成型宗教的组成要素"。⑦ 钟敬文在《民俗学概论》中指出："民俗信仰又称民间信仰，是在长期的历史发展过程中，在民众中自发产生的一套神灵崇拜观念、行为习惯和相应的仪式制度。"⑧ 张紫晨在《中国民俗与民俗学》中提出：

---

① 王铭铭、潘忠党主编：《象征与社会：中国民间文化的探讨》，天津出版社 1997 年版。
② 郑振满、陈春声主编：《民间信仰与社会空间》，福建人民出版社 2003 年版，第 2 页。
③ 向松柏：《传统民间信仰与现代生活》，中国社会科学出版社 2011 年版。
④ 杨清虎：《中国民间信仰学研究与评述》，中国书籍出版社 2017 年版。
⑤ 《辞海》编辑委员会：《辞海》，上海辞书出版社 1989 年版，第 5120 页。
⑥ 乌丙安：《中国民俗学》，辽宁大学出版社 1985 年版，第 238 页。
⑦ 乌丙安：《中国民间信仰》，上海人民出版社 1996 年版，第 2 页。
⑧ 钟敬文：《民俗学概论》，上海文艺出版社 2002 年版，第 187 页。

"信仰民俗属于心理民俗，是以信仰为核心的反映在心理上的习俗。"① 高丙中认为，民间信仰弥散在民俗之中，是日常生活的一部分，是全体成员在文化上的最大公约数。② 向松柏的《传统民间信仰与现代生活》一书对"民间信仰"概念作的界定是："民间信仰是在人民大众中自发产生的对具有超自然神力与超人神力的对象的崇拜。"③ 民俗学家林国平认为"民间信仰是指信仰并崇拜某种或某些超自然力量（以万物有灵为基础，以鬼神信仰为主体），以祈福禳灾等现实利益为基本诉求，自发在民间流传的、非制度化、非组织化的准宗教"④。学者李亦园认为我国的宗教信仰"属于一种包容兼纳性质的信仰状态"⑤。"我国传统的宗教信仰是一种复杂的混合体，其间固以佛道的教义为重要成分，但却包括许多佛道以外的仪式成分，例如民间信仰中的祖宗崇拜及其仪式，就是最古老的信仰成分，比道教教义的形成早很多；其他又如许多农业祭仪，也都与佛道无关"，"因此我们无法像西方人称一民族的宗教为某某教一样来说明，只能称之为'民间信仰'吧。"⑥

国外学者中，首次提出"民间信仰"概念的日本学者姊崎正治将民间信仰看作是"多少与正统的组织宗教相互对应的信仰习惯"⑦。马克斯·韦伯（Max Weber）在《儒教与道教》中指出，中国的民间信仰是"功能性神灵的大杂烩"⑧。法国汉学家葛兰言（Marcel Granet）的《古代中国的节庆与歌谣》认为中国民间信仰是农业季节性庆典的衍生物，后被统治者吸收改造，服务于中华帝国的政治。《诗经》中的"歌谣透露了先于经典的道德教诲而存在的上古习俗，简言之，歌谣看来适合进行信仰的研究，正是从这些信仰中，产生了中国古代的季节仪式"⑨。这些国外学者表述方式不同，但都强调民间信仰是一种区别于制度宗教的存在，具有自发性和民

---

① 张紫晨：《中国民俗与民俗学》，浙江人民出版社1985年版，第124页。
② 高丙中：《作为非物质文化遗产研究课题的民间信仰》，《江西社会科学》2007年第3期。
③ 向松柏：《传统民间信仰与现代生活》，中国社会科学出版社2011年版，第5页。
④ 林国平：《关于中国民间信仰研究的几个问题》，《民俗研究》2007年第1期。
⑤ 李亦园：《人类的视野》，上海文艺出版社1996年版，第275页。
⑥ 李亦园：《人类的视野》，上海文艺出版社1996年版，第274页。
⑦ 转引自向松柏《传统民间信仰与现代生活》，中国社会科学出版社2011年版，第2页。
⑧ ［德］马克斯·韦伯：《儒教与道教》，王容芬译，商务印书馆1999年版。
⑨ ［法］葛兰言：《古代中国的节庆与歌谣·导论》，赵丙祥、张宏明译，广西师范大学出版社2005年版，第7页。

俗性，对于民众生活产生了重要影响。

二是认为民间信仰本质上是宗教。金泽的《中国民间信仰》认为"民间信仰"以灵魂信仰为核心，自然崇拜为外层，生命礼仪为内层，图腾、祖先、行业神等在内外层之间构成宽阔地带；民间信仰从根本上说也是一种宗教信仰，它是"原始宗教的继承者"，"中国民间信仰是深植于中国老百姓当中的宗教信仰，及其宗教的行为表现"。① 2002 年，金泽在《民间信仰的聚散现象初探》一文中指出民间信仰处于宗教与民俗之间，其发展从散的方向走下去，有些观念变成了"民俗"；若从聚的方向发展，则具有创教的特征。"民间信仰是植根于老百姓当中的宗教信仰及其宗教的行为表现。"② 侯杰、范丽珠的《世俗与神圣：中国民众宗教意识》一书提出，"民间宗教应该包括两个方面：一是教派信仰的宗教，如白莲教、一贯道等；一是流传于民间的为普通民众所共同崇信和奉行的宗教戒律、仪式、境界及其多种信仰"③。王铭铭在《社会人类学与中国研究》一书中，将"民间信仰"称为"民间宗教"。他指出，中国民间宗教文化体系由信仰、仪式与象征组成；其信仰体系包括神、祖先、鬼的信仰；其仪式包括家祭、庙祭、墓祭、公共节庆、人生礼仪及占验术；其象征则是神系、地理背景、文字与自然物等。④ 英国人类学家莫里斯·弗里德曼（Maurice Freedman）认为，"中国宗教作为一个体系确实存在"，"在观念的层面（信仰、表征、分类原则，等等）和实践与组织的层面（仪式、群体、等级制，等等）上存在着一个中国宗教体系"⑤。美国文化人类学家武雅士（Arthur P. Wolf）提出中国宗教分为"精英宗教"和"农民宗教"，两者存在着巨大的分歧和断裂。⑥ 美国社会学家、人类学家杨庆堃（C. K. Yang）从结构—功能的视角出发把中国宗教分为两种形态：一种是"制度性宗教"（institutional religion），另外一种是"分散性宗教"（或称为"弥散性

① 金泽：《中国民间信仰》，浙江教育出版社 1995 年版，第 1 页。
② 金泽：《民间信仰的聚散现象初探》，《西北民族研究》2002 年第 2 期。
③ 侯杰、范丽珠：《世俗与神圣：中国民众宗教意识》（修订版），天津人民出版社 2001 年版，第 391 页。
④ 王铭铭：《社会人类学与中国研究》，广西师范大学出版社 2005 年版，第 139 页。
⑤ ［英］莫里斯·弗里德曼：《论中国宗教的社会学研究》，载［美］武雅士主编《中国社会中的宗教与仪式》，彭泽安、邵铁峰译，江苏人民出版社 2014 年版，第 21—22 页。
⑥ ［美］武雅士主编：《中国社会中的宗教与仪式》，彭泽安、邵铁峰译，江苏人民出版社 2014 年版，第 9 页。

宗教", diffused religion)。其中，制度性宗教在神学观中被看作是一种宗教生活体系，其最大特点是可以借助于独立的概念、仪式和结构，自身具有一种独立的社会制度属性，独立于世俗的社会体系之外，从而在某种程度上与世俗生活相分离；而分散性宗教则被理解为：同样拥有神学理论、崇拜对象及信仰者，但不同的是其能十分紧密地渗透进一种或多种世俗的制度中，成为世俗制度的观念、仪式和结构的一部分。"民间信仰"显然属于"分散性宗教"。① 日本学者渡边欣雄称民间信仰为"民俗宗教"，"民俗宗教乃是通过上述组织而得以传承和创造的极具地方性和乡土性的宗教"。② 这些学者都认为中国的民间信仰具有宗教的属性。

笔者认为，"民间信仰"与中国的佛教、道教有着密切的关系，但它不属于宗教。它的崇拜对象以突出人物为原型的超自然的鬼神崇拜（如祖先崇拜、天神地祇、人神信仰、女神信仰）为主，其次还包括非生物崇拜（如日月星辰、山石水火等崇拜）和生物崇拜（动物信仰、植物信仰）。其中，鬼神是民间信仰中最为重要的崇拜对象。除了信仰的对象之外，仪式和与信仰相关的象征体系，也是"民间信仰"中不可或缺的部分。概括来说，"民间信仰""是在长期的历史发展过程中，在民众中自发产生的一套神灵崇拜观念、行为习惯和相应的仪式制度"③，是流传在民众中的信仰心理和行为。

（三）"民间信仰"与文学

民间信仰产生于原始社会，保留了原始宗教的痕迹，如鬼神崇拜、动物崇拜、植物崇拜等。与佛教、基督教、伊斯兰教等制度性的宗教相比，民间信仰的产生与传播具有自发性的特点，它没有系统的宗教理论，也没有严密的宗教组织，被称为"分散性宗教"④。在中国传统社会中，普遍存在着民间的日常信仰，它已成为普通民众日常生活的一部分，对于民众的思维方式、生产实践、社会关系、政治行为等都产生了极其深远的影响，也必定会对来自民众的作家的文化心理和文学创作产生重要影响。

首先，民间信仰在中国文化传统中，多被论者归属于小传统文化范

---

① ［美］杨庆堃：《中国社会中的宗教》，范丽珠等译，上海人民出版社 2007 年版。
② ［日］渡边欣雄：《汉族的民俗宗教：社会人类学的研究》，周星译，天津人民出版社 1998 年版，第 1 页。
③ 钟敬文主编：《民俗学概论》，上海文艺出版社 1998 年版，第 187 页。
④ ［美］杨庆堃：《中国社会中的宗教》，范丽珠等译，上海人民出版社 2007 年版，第 35 页。

畴。"小传统则属于下层文化，是多数民众共同接受并保有的文化，在传统农业社会中，也就是所谓的农村文化，是一种习而不察的文化传统。"①但是，以农耕为主的传统中国的民间信仰并不等同于庶民信仰，在现实生活中，精英阶层也享有同样的信仰。近年来，"欧美学者已逐渐摒弃把民间信仰视作是庶民信仰的做法，而倾向于将其视为全体中国人的精神信仰"②。很多20世纪的中国作家来自农村，他们本身就是民间信仰的信奉者，在情感上表达了对民间信仰的认同和依恋。在他们进行文学创作时，受到民间信仰思维的影响，在作品中表现了民众的信仰心理。

其次，在20世纪中国的现代化进程中，民间信仰的兴衰消长的命运，始终和20世纪中国文学的启蒙叙事的变化密切相连。清末民初以来，知识精英致力于改革国政、救亡图存，"民间信仰"被等同于反理性、反科学主义的落后的"迷信"，遭到了激烈的批判。在中国现代启蒙作家笔下，"民间信仰"多被视为一种愚昧、陈旧、鄙陋的生活习俗，与对民众的习俗改造和对落后、愚昧的国民性批判的任务相联系。

对现代性的怀疑，也使一些反启蒙叙事的作家们关注到"民间信仰"在20世纪民族文化的重构中具有的作用。沈从文看到的不是民间信仰的功利性，而是民间信仰中对自然的"神性"和人的"神性"的召唤。民间信仰仪式中建构的"人神合一"的关系，可以成为医治现代文明病的精神资源。对民间信仰的描写，与对民间的发现、民族文化的重构联系在一起。

20世纪80年代以后，随着民间信仰在中国乡村的复兴，寻根作家对现代性的反思和对民族文化心理结构的探索，使他们回溯到古老的民间信仰之中，去解读其所负载的民族文化符号，希望通过仪式的还原，去寻找东方文化的优势，探索文化重建的途径。

民间信仰在20世纪中国的实际遭遇和现状，在中国现当代作家的笔下得到了形象化的呈现。他们对民间信仰的描写，或真实、客观、冷静，或滑稽、丑化、讽刺、批判，或庄严、肃穆、神圣，表现了20世纪中国知识分子启蒙与反启蒙、理性与反理性相互纠缠的矛盾。

---

① 向松柏：《传统民间信仰与现代生活》，中国社会科学出版社2011年版，第3页。
② 朱海滨：《中国最重要的宗教传统：民间信仰》，载复旦大学文史研究院编《"民间"何在，谁之"信仰"》，中华书局2009年版，第47页。

再次，民间信仰和文学创作都属于精神文化的范畴，民间信仰的仪式与文学艺术之间有一种非常密切的关系。英国学者哈里森（Jane Ellen Harrison）在《古代艺术与仪式》一书中指出："艺术和仪式，这两个在今人看来好像是水火不相容的事物，在最初却是同根连理的，两者一脉相承，离开任何一方，就无法理解另外一方。"① 艺术与仪式相辅相成，两者源于共同的人性冲动。"艺术源于一种为艺术和仪式所共有的冲动，即通过表演、造型、行为、装饰等手段，展现那些真切的激情和渴望。"② 日本学者高崎正秀认为："一切文学艺术都来自宗教上的仪式，最初的日本文学便是从祭祀仪式上发生的巫觋文学，作为一种咒术宗教而存在。"③ 日本学者藤野岩友从祭祀仪式中寻觅文学的起源，他大胆提出中国文学就起源于巫。④ 田仲一成也指出："中国的戏剧，与希腊和日本的情形相同，都是以农村祭祀礼仪为母体而形成的。"⑤

在中国，很多学者也认为艺术起源于仪式。中国民间信仰中的祭祀仪式，产生于原始崇拜以及原始性的宗教活动，它"发端于人类启蒙时期的'万物有灵'观念，表现为灵魂崇拜、自然崇拜、祖先崇拜，延及部族的集体崇拜，甚至民族崇拜"⑥。在民间祭祀中，祭、礼、仪、戏往往融为一体。王国维先生认为中国戏剧起源于祭祀时的巫歌、巫舞。他在《宋元戏曲史》中指出："后世戏剧，当自巫、优二者出"，"巫以乐神，优以乐人；巫以歌舞为主，而优以调谐为主；巫以女为之，优以男为之"。⑦ 除戏剧与祭祀仪式密切相关外，中国的《诗经》"风、雅、颂"中的"颂"，就是祭祀仪式中的祝词、颂词、歌词。楚辞诞生于"信巫鬼，重淫祀"的楚地。《隋书·地理志》云："大抵荆州率敬鬼，尤重祠祀之事，昔屈原为

---

① ［英］简·艾伦·哈里森：《古代艺术与仪式》，刘宗迪译，生活·读书·新知三联书店2008年版，第1页。
② ［英］简·艾伦·哈里森：《古代艺术与仪式》，刘宗迪译，生活·读书·新知三联书店2008年版，第13页。
③ ［日］小金丸研一：《古代文学的发生序说》，东京：樱枫社昭和五十四年版，序言，转引自叶舒宪选编《神话—原型批评》，陕西师范大学出版社1987年版，第26页。
④ ［日］藤野岩友：《巫系文学论》，韩基国编译，重庆出版社2005年版。
⑤ ［日］田仲一成：《中国的宗族与戏剧》，钱杭、任余白译，上海古籍出版社1992年版，第3页。
⑥ 王志峰：《祭祀·礼仪·戏剧——中国民间祭祀戏剧研究》，文化艺术出版社2016年版，第1页。
⑦ 王国维：《宋元戏曲史》，上海古籍出版社1998年版，第4页。

制《九歌》，盖由此也。"在东汉文学家王逸看来，屈原的《九歌》在民间祭祀歌乐的基础上加工而成，是经过屈原创作的以娱神为目的的祀神之曲。闻一多、郑振铎等认为《九歌》首章《东皇太一》是迎神曲，末章《礼魂》是送神曲，中间九章为《九歌》正文。在闻一多看来，仪式乐歌可以戏剧化，① 两千年前《楚辞》时代的人"是在祭坛前观剧——一种雏形的歌舞剧"②。

　　不但仪式与文学的起源之间有着密切的联系，而且仪式具有的叙事性与"文本"的文学叙事之间具有相通之处。因为仪式"旨在重构一种情境，而非再现一个事物"；仪式"是实际的实践活动的再现或预期"。③ 这使"仪式"同时具备了叙事的意义和价值。仪式中的神话、史诗、传说、故事、表演等都具有叙事功能。正如彭兆荣所说："仪式和文本构成了叙事的一个坐标。这个简单的坐标让人们看到文学叙事的'文本'和'仪式'构成了纵横交错的'物质化形态'。"④

　　仪式也是一个部族区别于其他群落的文化标签。沈从文、乌热尔图、阿来、郭雪波、吉狄马加等少数民族作家认识到了在民族古老的神话、仪式、民间故事中，潜藏着这个民族来自远古的回声和湮没已久的种族记忆。他们在文学创作中，描写了自身所属少数民族的图腾崇拜、鬼神崇拜、巫术仪式等曾被归入原始、野蛮、迷信之列的民间信仰，以显示出人性的真善美和本民族的文化传统。如沈从文用大量文字描写了苗族赛龙舟、跳傩、行巫、赶尸、放蛊、落洞等仪式，它们表现了与汉民族文化迥然不同的文化特质和生命血性，显示了沈从文在民族意识觉醒后，对苗族的民族身份的强调和对民族的文化密码的深入解读。

　　仪式充满着丰富的想象，也为想象投射提供了场域。诚如人类学家格尔兹（Clifford Geertz）所说："在仪式里面，世界是活生生的，同时世界又是想象的……然而，它展演的却是同一个世界。"⑤ 这与文学要面对"现

---

① 闻一多：《九歌古歌舞剧悬解》，载《闻一多全集》第五卷，湖北人民出版社 1993 年版，第 397 页。

② 闻一多：《什么是九歌》，载闻一多《神话与诗》，天津古籍出版社 2008 年版，第 204 页。

③ ［英］简·艾伦·哈里森：《古代艺术与仪式》，刘宗迪译，生活·读书·新知三联书店 2008 年版，第 13 页。

④ 彭兆荣：《瑶汉盘瓠神话——仪式叙事中的"历史记忆"》，《广西民族学院学报》（哲学社会科学版）2003 年第 1 期。

⑤ ［美］克利福德·格尔兹：《文化的解释》，纳日碧力戈等译，上海人民出版社 1999 年版。

实世界"和"想象世界"这两个世界极其相似。20 世纪 80 年代中期，曾经历过近两年在西南自然保护区和少数民族居住地域游历、考察的高行健，找到了打破传统现实主义话剧的方法。他反复强调要从戏剧的源起，捡回已丢失的戏剧手段，"从原始的戏剧中可以找到现代戏剧的生命力"①。他大胆将原始宗教信仰中的面具、傩舞等引入实验戏剧《野人》《冥城》《山海经外传》等之中，创造了一种不同于西方话剧、真正能体现话剧的戏剧性和剧场性的"全能话剧"。

对"仪式"的关注，和对"仪式"与"文学"之间的联系的深入认识，使一些中国现当代作家在文学作品中为种种民间信仰的仪式"招魂"，在仪式的回归中感受民族的心音律动。民间信仰成为了激发作家艺术创作灵感、给予作家创新动力的文化资源。

因此，本书将对"民间信仰与文学"关系的探讨置于 20 世纪中国文学的现代化进程中展开，具有重要的理论意义和现实意义。

第一，文学中的民间信仰，是对历史和现实生活中的民间信仰的选择、改写、重置。研究 20 世纪中国文学中描写的"民间信仰"的特点，有助于我们深入研究"民间"与"民间信仰"对中国知识分子文化心理的显在与潜在影响，探究"民间信仰"在 20 世纪中国现代文化的建构中所产生的作用。同时，对"文学化的民间信仰"的研究，有助于探究"20世纪中国现代民族主义和现代化的口号提出之后的民间信仰的遭遇"这一社会学、民俗学等领域中尚待深入研究的问题。

第二，民间信仰对 20 世纪中国作家产生的审美影响，是一个值得研究的问题。民间信仰中保存的原始思维方式及审美趣味和文学创作重虚构、重想象的思维方式、审美追求具有相通之处。一些 20 世纪中国作家在突破传统现实主义创作形成的模式时，会选择到民间信仰保存的原始神秘的思维中汲取营养，尽显文学叙事的魅力。跨学科研究民间信仰思维和文学审美思维之间的关系，研究民间信仰的原始思维方式、仪式结构、宗教意象与 20 世纪中国文学的审美特征之间的内在联系，挖掘 20 世纪中国文学叙事创新中的民俗资源，对当今文学的发展与创新具有重要的参考价值。

----

① 高行健：《要什么样的剧作》，载高行健《没有主义》，香港天地图书有限公司 1996 年版，第233 页。

二 已有研究综述

近年来，民间信仰成为宗教学、人类学与民族学、社会学、历史学等多个学科共同关注的热点问题。但是，文学研究领域对"民间信仰与中国文学的关系"这一跨学科问题的研究，仍尚未充分展开。已有的成果主要集中在研究"民间信仰与中国古代文学的关系"这一问题上。

如日本学者藤野岩友提出，"作为专掌文辞的史官也担任一部分巫职，溯其根源，《楚辞》是出自巫系统的文学"。"祭祀时，有以巫为中介的人对神和神对人之辞。又，占卜也是由祭巫进行的。关于这方面的文辞，虽然形式改变了，但却是我们能够识别出来的。《离骚》《天问》《九章》《卜居》《渔父》《远游》等，可以说是由此起源的。"① 其强调屈原的《楚辞》与楚国的巫鬼信仰之间的关系。

葛兰言在《上古中国的诗歌与节庆》一书中认为，"中国民间宗教起源于中国先秦时期，是农业季节性庆典的社会衍生物。上古的《诗经》提供了这一论点的证据，《诗经》中的《国风》所反映的基本上是自然界农作物的生长、衰落、收获的节奏如何成为民间仪式和信仰的时空基础。在此时空基础上形成的祭祀具有社会意义，具有调节社区人文关系的作用。后来，这种具有社会意义的仪式活动被统治者吸收、改造，蜕变为古代帝国所需要和采用的官方象征文化和宇宙观，服务于中华帝国的政治并为文本传统所记载"② 其论述了《诗经》中的《国风》反映了农耕文明中逐渐形成的民间信仰和祭祀仪式，后从民间走向了官方。

朱迪光的《我国古代民间信仰与叙事文学创作》发现了"中国古代民间信仰尤其是民众信仰特征直接影响了古代叙事文学的创作，并促使中国古代叙事文学中出现了现实与超现实的混融"③。黄景春的《古代小说与民间信仰的互渗互动——兼谈文学与宗教的融通关系》一文指出，"中国古代小说的发展和演变离不开对民间信仰及其叙事的辑录、加工和改编，相当多的小说主要是对神仙故事的演绎，描写的神仙妖鬼既是文学形象也是

---

① ［日］藤野岩友：《巫系文学论》，韩基国编译，重庆出版社 2005 年版，第 4—5 页。
② 转引自王铭铭《中国民间宗教：国外人类学研究综述》，《世界宗教研究》1996 年第 2 期。
③ 朱迪光：《我国古代民间信仰与叙事文学创作》，《衡阳师专学报》1996 年第 1 期。

民间神灵"①。

"20 世纪中国作家的文学创作受到民间信仰的影响"已引起了国内外学者的关注，学术界有多篇论文与该课题相关，但是全面系统地研究"民间信仰与 20 世纪中国文学"的成果并不多见，还存有较大的研究空间。已有的研究成果主要包括以下几类。

一是鬼神信仰与文学。鲁迅和周作人都对故乡的"鬼神信仰"有较深的印象，但他们对待"鬼"的文化态度有所区别。日本学者丸尾常喜的专著《"人"与"鬼"的纠葛——鲁迅小说论析》从中国民众对"鬼"的信仰出发，追踪鲁迅小说中传统之"鬼"影，探究鲁迅文学世界中"鬼"这一主要的文化原型。② 汪晖在《"死火"重温——以此纪念鲁迅逝世六十周年》中强调从无常、女吊、目连戏、人面的兽、九头的蛇等"民间性""非正统性""非官方性"的"鬼"的世界进入鲁迅文学世界，揭示出鲁迅的文学世界"幽默怪诞"特色的形成与"鬼"的世界的关系。③ 程凯的《"招魂"、"鬼气"与复仇——论鲁迅的鬼神世界》深入分析了鲁迅写作中"鬼神"这一不断生长的精神资源。鲁迅"从一开始把'民间信仰'作为抨击'近世文明'的参照，到关注民众鬼神观念中包含的灵魂救赎问题，以至挖掘自己的'心中之鬼'，最后将民众的精神与自身的意念寄托在同一个'鬼'的形象中"④。丁文的《"谈狐说鬼寻常事"——周作人早期散文中的一种文化探源》发现周作人的谈鬼和他的人生转向、文风变化之间有密切联系。⑤ 钱理群的《周作人研究二十一讲》提出，周作人的民俗学研究深深打上了日本民俗学者柳田国男"乡土研究"的烙印。周作人"从民间宗教信仰中探讨中国国民性，无意中也向世人透露了他内心隐蔽的信息"，表现了他对"传统"既有批判又有"谅解、宽容、同情，以至依归"的复杂态度。⑥ 赵京华在《周作人与柳田国男》一文中梳理了周作

① 黄景春：《古代小说与民间信仰的互渗互动——兼谈文学与宗教的融通关系》，《民族艺术》2012 年第 2 期。
② ［日］丸尾常喜：《"人"与"鬼"的纠葛——鲁迅小说论析》，秦弓译，人民文学出版社 1995 年版。
③ 汪晖：《"死火"重温——以此纪念鲁迅逝世六十周年》，《天涯》1996 年第 6 期。
④ 程凯：《"招魂"、"鬼气"与复仇——论鲁迅的鬼神世界》，《鲁迅研究月刊》2004 年第 6 期。
⑤ 丁文：《"谈狐说鬼寻常事"——周作人早期散文中的一种文化探源》，《海南师范学院学报》（社会科学版）2002 年第 4 期。
⑥ 钱理群：《周作人研究二十一讲》，中华书局 2004 年版。

人民俗思想中的两种外来渊源，并追溯了周作人在柳田民俗学说影响下，对于中国道教和民间宗教信仰的研究。①

　　沈从文笔下的湘西世界巫鬼之风颇盛。凌宇的《从边城走向世界》指出："沈从文感兴趣的，不是那个虚无缥缈的神。他透过宗教仪式的外衣，看到的是产生这种宗教信仰的社会土壤——人生情感的素朴、观念的单纯，以及环境的牧歌性。这是湘西远古的巫鬼文化的遗绪。"② 谭桂林的《楚巫文化与 20 世纪湖南文学》认为"20 世纪湖南寻根型文学表现出来的思维方式，其独特性就在于他们从遗存在湘西古老民族的原初巫术中获得启示与灵感，在他们的创作中，将巫文化的诗与史两种传统重新溶合起来，复合与重建了楚文化的神话体系"③。肖向明的《原乡神话的追梦者——论沈从文的原始宗教情结及其文学感悟》认为沈从文的人生经验和艺术灵感主要来自充满原始宗教信仰的湘西苗族之乡。湘西的巫傩文化在他的人生和创作之中产生了重要的影响。④ 周仁政的《巫觋人文——沈从文与巫楚文化》研究了以巫觋信仰为特征的巫楚文化对沈从文创作及其自觉参与的中国现代文化建构的影响。⑤

　　由于受自然环境、社会历史、经济发展等影响，中国民间信仰具有鲜明的区域性特征。张器友的《贾平凹小说中的巫鬼文化现象》认为贾平凹小说"以独特方式和巫—鬼文化发生关联而产生了艺术力量"，是我国文学艺术的宝贵传统。⑥ 逢增煜的《萨满教文化因素与东北作家群创作》论述了萨满教信仰与东北作家群创作中出现的"跳大神"场面之间的关系。⑦ 张永的《妈祖原型与许地山小说的关系》关注到佛教之外的"妈祖"民间信仰对许地山小说中女性形象塑造的影响。⑧ 马春花的《莫言小说中的鬼魅世界》认为莫言小说中的鬼魅世界由在野之鬼与祖先之鬼组成，二者互

①　赵京华：《周作人与柳田国男》，《鲁迅研究月刊》2002 年第 9 期。

②　凌宇：《从边城走向世界》，生活·读书·新知三联书店 1985 年版，第 108 页。

③　谭桂林：《楚巫文化与 20 世纪湖南文学》，《理论与创作》2000 年第 3 期。

④　肖向明：《原乡神话的追梦者——论沈从文的原始宗教情结及其文学感悟》，《民族文学研究》2007 年第 3 期。

⑤　周仁政：《巫觋人文——沈从文与巫楚文化》，岳麓书社 2005 年版。

⑥　张器友：《贾平凹小说中的巫鬼文化现象》，《当代作家评论》1989 年第 4 期。

⑦　逢增煜：《萨满教文化因素与东北作家群创作》，《社会科学战线》1995 年第 4 期。

⑧　张永：《妈祖原型与许地山小说的关系》，《江苏社会科学》2003 年第 1 期。

为印证，共同构成了由表及里的人生世界。① 师海英的《叙事模式：图腾神话与原始仪式——试论宗教意识对乌热尔图创作的影响》从萨满教对鄂温克族作家乌热尔图创作心理产生的影响这一角度，论述了宗教意识、图腾崇拜、原始仪式在乌热尔图作品中的显现。②

目前，对"巫鬼文化"与"中国现代作家"的关系进行整体探究的成果有肖向明的《"幻魅"的现代想象——鬼文化与中国现代作家研究》、易瑛的《巫风浸润下的诗意想象——巫文化与中国现当代小说》。肖向明的《"幻魅"的现代想象——鬼文化与中国现代作家研究》③ 一书，从"民俗""启蒙""审美"三方面较全面探讨了"鬼神崇拜"在中国现代作家心理上的积淀和在创作上产生的深远影响。但是，受限于研究的范围，对"鬼文化"影响下的中国当代文学的创作关注不多。易瑛的《巫风浸润下的诗意想象——巫文化与中国现当代小说》④ 探讨了 20 世纪中国小说与巫鬼文化之间的关系，辨析了巫文化在 20 世纪中国小说中的存在方式及形成原因。但是对于"鬼神信仰"与 20 世纪中国作家的精神联系的整体梳理还不够充分。

二是仪式与文学。较早从宏观研究上关注到"民间信仰仪式与文学之间的关系"这一问题的是赵德利教授。他的《论 20 世纪中国小说的仪式化还原》一文探讨了"五四"小说、土改小说、寻根小说的文本叙事与仪式之间的内在关联。⑤ 赵德利还在《人生仪式与审美还原——论 20 世纪中国小说的仪式化审美范式》一文中探讨了 20 世纪"五四"小说、土改小说、寻根小说对民间信仰仪式进行的审美还原与它们形成的不同的文学审美范式之间的关系。⑥ 李继凯的《民间原型的再造——对沈从文〈边城〉的原型批评尝试》运用原型批评方法分析了沈从文的《边城》中埋藏着求

① 马春花：《莫言小说中的鬼魅世界》，《海南师范学院学报》（社会科学版）2005 年第 2 期。
② 师海英：《叙事模式：图腾神话与原始仪式——试论宗教意识对乌热尔图创作的影响》，《白城师范学院学报》2007 年第 2 期。
③ 肖向明：《"幻魅"的现代想象——鬼文化与中国现代作家研究》，光明日报出版社 2007 年版。
④ 易瑛：《巫风浸润下的诗意想象——巫文化与中国现当代小说》，湖南师范大学出版社 2013 年版。
⑤ 赵德利：《论 20 世纪中国小说的仪式化还原》，《文学评论丛刊》第 5 卷第 1 期（2002 年）。
⑥ 赵德利：《人生仪式与审美还原——论 20 世纪中国小说的仪式化审美范式》，《社会科学》2011 年第 7 期。

仙原型、难题原型和命运原型，及其运用的拟仙、三角和循环三种叙事模式。① 王一川的《生死游戏仪式的复原——〈日光流年〉的索源体特征》一文论述了阎连科长篇小说《日光流年》中"一再出现的带有原初意义的仪式形象——生死游戏仪式"，是小说生死循环往复的题旨表达的重要方式。② 肖向明、杨林夕《民间信仰与中国小说叙事的近代演变》一文认为中国小说叙事的近代演变与民间信仰文化要素存在着独特的关系。③ 熊颖的硕士学位论文《论阎连科小说的民间信仰书写》第二章结合阎连科小说的民间仪式书写，探讨了阎连科小说文本中出现的"狂欢庆典仪式"和"生死祭献仪式"所具有的叙事功能。④ 马硕的《新时期以来小说仪式叙事研究——以茅盾文学奖作品为中心》一书以茅盾文学奖获奖作品为研究对象，研究新时期以来小说的仪式叙事，提出了仪式叙事的三个等级，为小说叙事的批评开启了一个新的角度。⑤

另外，研究者运用了文化人类学的研究方法，对鲁迅小说中出现的鬼神祭祀仪式进行了分析。张全之的《祭祀仪式：鲁迅小说的文化人类学阐释》对鲁迅小说中出现的祭祀仪式进行了细致统计，探究祭祀仪式描写背后的深刻内涵。⑥ 李振峰《鲁迅作品中的祭祀仪式原型》指出鲁迅的许多作品是经过置换变形的祭祀仪式原型，表达了鲁迅对启蒙的深度思考；祭祀仪式原型也投射了鲁迅自身体味到的悲剧意识。⑦ 郭晋《仪式的消解及对神圣的反讽——〈祝福〉重析》结合《祝福》"拜年祈福、祭祀敬祖"的情境意象，探讨了小说中"祈福"仪式的表现、特点及作用。⑧

---

① 李继凯：《民间原型的再造——对沈从文〈边城〉的原型批评尝试》，《中国现代文学研究丛刊》1995 年第 4 期。

② 王一川：《生死游戏仪式的复原——〈日光流年〉的索源体特征》，《当代作家评论》2001 年第 6 期。

③ 肖向明、杨林夕：《民间信仰与中国小说叙事的近代演变》，《文化遗产》2012 年第 2 期。

④ 熊颖：《论阎连科小说的民间信仰书写》，硕士学位论文，湖南师范大学，2018 年。

⑤ 马硕：《新时期以来小说仪式叙事研究——以茅盾文学奖作品为中心》，武汉大学出版社 2020 年版。

⑥ 张全之：《祭祀仪式：鲁迅小说的文化人类学阐释》，《中国现代文学研究丛刊》1999 年第 4 期。

⑦ 李振峰：《鲁迅作品中的祭祀仪式原型》，《吉林师范大学学报》（人文社会科学版）2003 年第 6 期。

⑧ 郭晋：《仪式的消解及对神圣的反讽——〈祝福〉重析》，《现代语文》（文学研究版）2007 年第 5 期。

仪式，具有丰富的象征意蕴。它是"文学和人类学研究的共同钥匙"①。但是，当前对"仪式与文学之间的关系"的研究还较为薄弱。研究者尚未充分意识到仪式主题与文学母题之间的内在联系、仪式结构对文学结构产生的影响、仪式对 20 世纪中国文学的叙事艺术产生的或隐或显的影响。

三是象征系统与文学。阎建斌《月亮符号、女神崇拜与文化代码》论述了贾平凹小说中的月亮、女神符号与作家的创作个性和深层的文化密码——民间信仰相关。② 王仲生的《东方文化和贾平凹的意象世界》结合贾平凹小说的意象世界，从生命意识的角度考察了他小说中"浓郁的东方文化底蕴"，认为贾平凹"已经找到了东方文学与世界文学交流、对话的可能性"。③ 陈学智的《阎连科小说中的神秘主义气息》从构织富有象征意蕴的故事情节，借助鬼神的活动，营造荒诞神秘的物事，运用幻境、梦幻手法等几方面，论述了阎连科 1993 年以来的小说显现出的神秘主义气息。④ 刘怀欣的《〈白鹿原〉中白鹿意象的原型解读》论述了"白鹿"意象具有的象征意义及其与中国古代的图腾崇拜、生殖崇拜之间的联系。⑤ 樊星的《神秘之境——"当代小说与中国文化"札记之三》⑥《当代神秘潮——当代中国作家的人生观研究》⑦《"新生代"文学与传统神秘文化》⑧ 等文深刻挖掘出当代小说的神秘色彩与传统神秘文化之间的内在联系。盛英的《亲吻"神秘"——谈徐小斌小说和神秘文化》提出徐小斌运用神秘文化符号来建构自己的文学世界。⑨

较多研究者注意到了文学的象征体系与民间信仰的象征系统之间存在联系，但多将此特征归因于作家对神秘性的追求，而没有深入探究文学的

① 叶舒宪：《仪式：文学与人类学研究的共同钥匙》，《文汇读书周报》2004 年 10 月 29 日。
② 阎建斌：《月亮符号、女神崇拜与文化代码》，《当代作家评论》1991 年第 1 期。
③ 王仲生：《东方文化和贾平凹的意象世界》，《当代文坛》1993 年第 2 期。
④ 陈学智：《阎连科小说中的神秘主义气息》，《南阳师范学院学报》（社会科学版）2003 年第 4 期。
⑤ 刘怀欣：《〈白鹿原〉中白鹿意象的原型解读》，硕士学位论文，山东师范大学，2008 年。
⑥ 樊星：《神秘之境——"当代小说与中国文化"札记之三》，《文艺评论》1990 年第 5 期。
⑦ 樊星：《当代神秘潮——当代中国作家的人生观研究》，《文艺评论》1994 年第 1 期。
⑧ 樊星：《"新生代"文学与传统神秘文化》，《华中师范大学学报》（人文社会科学版）2005 年第 1 期。
⑨ 盛英：《亲吻"神秘"——谈徐小斌小说和神秘文化》，《小说评论》1999 年第 5 期。

丰富奇诡的意象系统与民间信仰的象征符号之间的内在关系及产生的审美效果。

三 研究方法及研究的基本思路

本书试图将民俗学、文化人类学对"民间信仰"的研究成果引入中国现当代文学研究中，较系统、全面地探讨佛教、基督教、伊斯兰教之外的民间信仰与 20 世纪中国文学之间的关系。

（一）研究方法

在研究方法上，第一，本书以居于边缘、渗透于大众生活之中的"民间信仰"作为研究视角，对 20 世纪中国文学进行宗教、民俗的文化考察，运用宗教学、文化人类学的相关理论进行"文学与民间信仰"的跨学科、"超文学"的研究，有助于深化文学的文化研究。

第二，文本细读法。本书努力克服文学人类学研究忽视文学的审美性特征的局限，细读中国现当代文学作品，寻找民间信仰中的原始思维方式、仪式主题、宗教意象与 20 世纪中国文学的审美特征之间的内在联系。

第三，对比研究法。在文学现象和具体作品分析中渗透对比研究方法；对比研究乡土社会民间信仰的特点与文本中民间信仰的相关描写的同与异。

第四，田野调查法。深入少数民族居住地进行田野调查，搜集、整理与"民间信仰"相关的资料，有助于更深刻地理解"民间信仰"存在的意义，自觉保护民族非物质文化遗产。

（二）研究思路

本书的研究思路如下。

第一章论述了以鲁迅为首的坚持思想启蒙立场的中国现代作家，从知识分子的精英意识和现代文明的理性精神出发，视原始鬼神信仰为阻碍现代社会发展的"蛮性的遗留"，激烈批判民间信仰的愚昧、落后；同时，他们又将民间信仰作为他们体味民众的生命形态、增强族群的认同感和社会的凝聚力、对启蒙理性至上的弊病进行反思的文化资源。中国现代启蒙作家在"蛮性的遗留"与"迷信可存"、理性与信仰、启蒙与反启蒙、精英与民间形成的矛盾张力之中，建构了较为丰富的审美空间。

第二章研究与"五四"文化启蒙者相比，具有与众不同的文化姿态的沈从文对民间巫鬼信仰的态度。对启蒙者"科学理性至上"的批判和对现代性的反思立场，使沈从文在神之解体的时代，从民间信仰中寻找到了医治现代文明病、重新确认民族属性、重建民族文化的路径。他倡导"美和爱的新宗教"，挖掘出民间信仰中蕴藏的"神性"的生命世界，召唤自然人性和仪式的回归，肯定民间信仰背后的"巫德"，对仪式的传统教化功能进行现代性提升和审美深化，希望建构一种理想的人性形态和生命形式。

第三章探讨在政治叙事的合法性建构中民间信仰既被利用，又有意疏离、拒绝意识形态控制的复杂现象。在 20 世纪"土改"至"文革"时期的农村题材小说和革命斗争历史题材小说的创作中，民间信仰仪式的符号被政治仪式所征用，甚至被"传统的发明"所取代；同时，民间信仰仍然顽强地生存在民间文化的空间中，表达了民众潜在的主体愿望，以其民俗性、神秘性、节日的狂欢化游离于政治权力秩序的控制之中。民间信仰和官方的权力秩序之间形成了一种微妙的对立与合作的矛盾关系。

第四章聚焦民间信仰在 20 世纪民族文化记忆的建构中所具有的作用及主要特点。从文本细读出发，结合少数民族作家、跨族作家、汉民族作家三个作家群体的创作，同时重视作家的创作个性及变化，探讨中国现当代作家对民间信仰的书写和对民族的文化记忆的探寻。20 世纪中国作家的民族意识的觉醒和民族文化重建的自觉，使他们关注到了本民族独特的民间信仰及其嬗变历程，通过彰显图腾崇拜、讲述民族神话传说、仪式还原、仪式的日常化等方式，来复活族群记忆，为少数民族和汉民族行将消失的古老而充满诗性的民族文化招魂。

第五章从文学的时空艺术、结构设置、意象创造三方面探讨了民间信仰对 20 世纪中国作家产生的审美影响。民间信仰多重时空的独特呈现、仪式感的唤醒、仪式叙事策略对文本的建构、体现"灵"与"实"互渗的图腾意象、死亡意象和面具意象的营造等，使 20 世纪中国文学的创作突破了现实主义创作的单一局面，具有了先锋、实验的色彩。

总之，民间信仰参与了 20 世纪中国现代文化建构和文学叙事的创新。20 世纪中国文学中的民间信仰现象的回归，建立在作家参与现代民族国家话语的建构、改造国民劣根性、探寻民族文化心理、重视文学的审美价值的基础之上。我们应该从尊重、理解民间信仰的本质和当下意义出发，客观看待民间信仰在文学创作中的地位和价值。

第一章 启蒙与反启蒙纠葛下民间信仰的"祛魅"与仪式的召唤

　　康德（Immanuel Kant）在《对这个问题的一个回答：什么是启蒙？》一文中谈到："启蒙就是人类脱离自我招致的不成熟。不成熟就是不经别人的引导就不能运用自己的理智。""要有勇气运用你自己的理智！这就是启蒙的座右铭。"① 人要从神学权威和教会权威的控制中解放出来，"脱离自我招致的不成熟"，一方面，人类必须依赖科学理性生活，理性被置于信仰之上，成为判断一切存在的合理性的法庭；另一方面，理性也包括主体的理性，启蒙也要以解放人为目的。个人要从专制制度中解放出来，实现真正的个性自由。这表明了西方启蒙运动的目标与追求个性解放和主体自由的"现代性"的基本精神是一致的。

　　"现代性"是在启蒙运动中形成的一种思想态度和行为方式。它以"科技理性"和"人文理性"为观念核心，致力于实现自由的价值。其表现形式是韦伯所说的世俗化的"祛魅"过程。② 其中，对宗教的激烈批判成为现代性的启蒙话语的共同特征。

　　20 世纪中国的启蒙运动是在西方启蒙运动的话语资源的影响下产生的。与西方启蒙运动的发生具有"内源性"特征不同，中国的启蒙是在中西文化的碰撞、冲突中产生的"外源性"启蒙运动。③ 西方启蒙运动所倡导的"科学理性"和"人文理性"与长期帝制统治下形成的文化传统之间具有价值的断裂性。可以说，中国的启蒙运动缺少来自本土的思想资源。

---

① ［德］伊曼纽尔·康德：《对这个问题的一个回答：什么是启蒙？》，载 ［美］詹姆斯·施密特编《启蒙运动与现代性——18 世纪与 20 世纪的对话》，徐向东、卢华萍译，上海人民出版社 2005 年版，第 61 页。

② 陈嘉明：《现代性与后现代性》，人民出版社 2001 年，第 3—8 页。

③ 骆徽等：《中西启蒙运动比较初探》，《太原理工大学学报》2004 年第 3 期。

但是，中国现代启蒙者在选择西方的启蒙资源时，大多忽视了对"人文理性"的强调，而推崇"科技理性"，希望借助于科学理性在中国重建一个新的信仰体系和意义世界。对"科学"的崇尚和对"迷信"的批判成为20世纪初期时代的主要思潮。中国现代启蒙作家对民间信仰中"信仰"和"仪式"的关注与思考，正是在这一现代性语境中出现，它们也间接体现了中国启蒙运动自身的特点和存在的局限性。

第一节　理性审视下民间信仰的"去圣化"

作为中国民众独特的信仰体系，民间信仰经过漫长的历史发展积淀而成。实际上，民间信仰"是中国人在传统时代宇宙观、社会秩序以及生活方式的象征。神灵、偶像、庙宇、仪式与生活交融在一起，与其说构成一个象征，毋宁说这是一种意象和现实秩序的物化载体"①。但是，现代启蒙运动对科学理性的倡导，使人们要用理性去重新认识宇宙、自然、社会，重新建构人与宇宙、自然、社会之间的关系。在"吾国鬼神之说素盛，支配全国人心者，当以此种无意识之宗教观念最为有力"②的现实面前，民间的鬼神信仰和鬼神崇拜成为倡导"赛先生"的最大的思想文化障碍。因此，对中国民间信仰体系的质疑和批判，成了运用理性"祛魅"的必然结果。

一　虔诚信仰者的危机

马林诺夫斯基曾谈到"许多仪式与信仰底核心都是人生底生理时期，特别是转变时期，如受孕、怀妊、生产、春机发动、结婚、死亡等时期"③。巫术仪式的举行，可以缓解转变时期的焦虑，帮助人们平安度过危

---

① 沈洁：《反对迷信与民间信仰的现代形态——兼读杜赞奇"从民族国家拯救历史"》，《社会科学》2008年第6期。
② 陈独秀：《陈独秀文章选编》（上），生活·读书·新知三联书店1984年第1版，第264页。
③ ［英］马林诺夫斯基：《巫术科学宗教与神话》，李安宅译，上海社会科学院出版社2016年版，第28页。

机，战胜对疾病、死亡、灾难的恐惧。但是，在现代启蒙者看来，巫鬼信仰中蕴含着现世的文化秩序和等级，属于文化的"无主名无意识的杀人团"的组成部分，根本无助于解决人们出现的外在和内在的双重危机，反而将民众推入更深重的苦难之中无法自拔。

鲁迅的短篇小说《祝福》详细地描写了鲁镇人在旧历年年底举行的祭祀祖先神灵的"祝福"，"扫尘，洗地，杀鸡，宰鹅，彻夜的煮福礼"，"煮熟之后，横七竖八的插些筷子在这类东西上，可就称为'福礼'了，五更天陈列起来，并且点上香烛，恭请福神们来享用；拜的却只限于男人，拜完自然仍然是放爆竹。年年如此，家家如此"①，以祈求祖先神灵的护佑。然而，祥林嫂因经历再嫁再寡，两度丧夫，被鲁四老爷视为"败坏风俗"的"不洁之人"，"祭祀时候可用不着她沾手，一切饭菜，只好自己做，否则，不干不净，祖宗是不吃的"②。她不能参加鲁家人的祭祀。即使去土地庙"捐门槛"以"让千人踏万人跨"，也无法赎罪，最终仍被排斥在"鲁镇文化"之外。

给祥林嫂带来毁灭性精神打击的不是她贫困无依的生活，悲惨无常的命运，也不是她没有守住贞节，被逼再嫁，而是她作为一个虔诚的民间信仰的信奉者，本以为可以通过"捐门槛"等仪式来洗刷罪恶，救赎自己，但最终化解灾难的民间信仰仪式被视为无效，她仍然不被宗族制度的维护者所接受、认可。祥林嫂被拒绝参与祭祀，意味着她不是"这个由祭祀、受祭祀的关系构成的强固的单位集合体社会的一员"③，这造成了她巨大的精神危机，陷入了无限的恐惧和绝望之中。这个原来和其他鲁镇人一样"照例相信鬼"的女性，开始对人死后魂灵的存在产生了怀疑，但她却无法找到答案。最后，在"天地圣众歆享了牲醴和香烟，都醉醺醺的在空中蹒跚，预备给鲁镇的人们以无限的幸福"④之时，祥林嫂这一原来属于神灵崇拜的信众却被排除在外，孤独、凄苦地死于祝福之夜。

和祥林嫂一样，《离婚》中的爱姑也是民间传统的信仰者。她坚信自己是按照传统婚仪"三茶六礼定来的，花轿抬来的"，丈夫姘上了一个寡

---

① 鲁迅：《祝福》，载《鲁迅全集》第二卷，人民文学出版社 2005 年版，第 5—6 页。
② 鲁迅：《祝福》，载《鲁迅全集》第二卷，人民文学出版社 2005 年版，第 16 页。
③ ［日］丸尾常喜：《"人"与"鬼"的纠葛——鲁迅小说论析》，秦弓译，人民文学出版社 2006 年版，第 194 页。
④ 鲁迅：《祝福》，载《鲁迅全集》第二卷，人民文学出版社 2005 年版，第 21 页。

妇而抛弃她，就应该受到惩罚。她父亲"木叔带了六位儿子去拆平了他家的灶，谁不说应该"。在中国"民以食为天"，"拆灶"被浙东一带视为对人最大的侮辱。爱姑"闹了整三年，打过多少回架，说过多少回和，总是不落局"①。因为乡土中国的古风已经开始分崩离析，爱姑无犯"七出"之条却被夫家"出妻"；慰老爷从城里请来"说和"的七老爷，在爱姑眼中是"礼"的维护者，然而他一开口的第一句话是说玩屁塞，这构成了莫大的讽刺，表明了传统的乡村秩序已经开始瓦解、溃散。从慰老爷说"离婚"可以选择公事公办"打官司打到府里"；处理离婚的问题除了双方父亲在场，还要爱姑同意，并获得赔偿才能换帖成功等，都可以看到东南沿海一带时代风气的改变和民众对传统婚俗礼仪信仰的逐渐松动。

过去，在面对瘟疫、蝗灾、旱灾等灾难时，巫术仪式的举行可以凝聚人心，释放焦虑，化解灾难。但是，民间仪式的权力运作与乡村社会权力秩序的构建纠缠在一起，使得仪式的指向性并不一致，复杂的权力关系的较量压倒了仪式的目的性、神圣性，给民众带来了新的危机和更大的灾难。

鲁彦的《岔路》描写了袁家村和吴家村发生了可怕的鼠疫。面对鼠疫带来的无数生命的死亡，在使用了"熟食，忌荤，清洁，注射……"等种种办法都无法奏效之后，两位村长在绝望之中决定抬出三年未曾出巡的关爷神像来驱邪除疫。但现在村里的事情需要获得政府的批准，县府的科长面临着政府绝对禁止"迷信"、视其为犯法的压力，一开始是断然拒绝的。后来，他被村长袁筱头花钱买通，同意了两村人抬神像出巡。

两村人合作抬关爷出巡，费用采取的是"预定两万元，两村平摊"。准备工作让两村人"复活了"，大家团结一致，"扎花的扎花，折纸箔的折纸箔，买香烛的买香烛，办菜蔬的办菜蔬"，村里充满了近似节日喜庆的氛围。为出巡仪式所做的准备，使村民们感到了关爷的庇护，内心镇定下来，看到了战胜死亡、迎来新生的希望。

在袁筱头带领两村人祭祀神灵后，关爷出巡仪式开始了。"为头的是大旗，号角，鞭炮，香亭，彩担，锣鼓，旗帜，花篮，乐队，随后又是各色的旗帜，彩担，松柏扎成的龙虎和各种动物，锣鼓，鞭炮，香亭，各种各样草扎的人，木牌，灯笼……随后捧着香的吴大毕、袁筱头，关爷的神

---

① 鲁迅：《离婚》，载《鲁迅全集》第二卷，人民文学出版社 2005 年版，第 148 页。

轿……二三十个打扮着各色人物骑马的童男，百余个新旧古装的骑骡的童女……"① 作者俨如一位参与民间信仰调查的人类学家，非常细致地记录了关爷出巡仪式的全过程，包括参加仪式的队伍、出巡的顺序，参加者的年龄、着装，仪式中的道乐、器具等，场面盛大而隆重，神圣而庄严，既严肃又充满了喜悦。

但是，在抬关爷出巡前，两村人为推定谁担任总管和副总管一职产生了矛盾。吴村人不满于袁村村长比吴村村长小了十岁，竟然当上了总管，认为这坏了规矩，让吴村人丢了脸面，今后很难抬头。在巡游开始后，他们有意破坏往年出巡的规矩——"每年都是先把神像在袁家村供奉一天，然后顺路转到吴家村去"，坚决要先到吴家村。最后，两村人互不相让，关爷出巡的仪式发展成了一场充满暴力和血腥的械斗，"每个村庄里的人在加倍死亡"，而关爷的神像被毁坏，"神轿和椅子全部拆得粉碎，变成了武器"。控制仪式的不同权力之间的矛盾，在一场抬关爷出巡的祭神仪式中凸显出来，让读者看到的不仅是一场对浙东一带的关帝信仰仪式的人类学记录，更是作者在仪式与权力交融的复杂关系中，揭示了狭隘、自私的宗法观念给村民带来的毁灭性灾难。

而那些虔诚信仰超自然的神秘力量的民众，也出现了危机。他们完全丧失了自我的理性和行动的主体性，按照惯例施行种种仪式来化解灾难，却根本无济于事，反而带来了自己和他人生命毁灭的悲剧。

如陈炜谟的短篇小说《夜》、修古藩的短篇小说《龙王镜》、巴金的长篇小说《家》、老舍的长篇小说《骆驼祥子》等都描写了女性生育中遇到了难产，民众将所有的希望寄托于巫术仪式之上。《夜》中的篾婶婶难产，家人认为是鬼魂附体所致，全家人忙于请神护佑、请道士打鬼、向众神灵祷告，母亲还叫晓弟撒尿，用来给篾婶婶做药吃。结果，篾婶婶仍难产死去。《龙王镜》里为了让自己的媳妇能顺利生产，王秋生从龙王洞请来一面"龙王镜"并悬挂在房门上以驱鬼辟邪，最终她的媳妇难产死去。《家》里的陈姨太认为高老太爷刚死去，瑞珏在家生孩子会冲撞亡灵，带来"血光之灾"。于是，瑞珏被逼到城外生产，最后在难产中丧命。《骆驼祥子》里虎妞难产，请来巫婆陈二奶奶为她画符，并喝下了那道神符和一丸药，最后难产身亡。在遇到危机的时候，民众臣服于鬼神面前，靠巫术

① 鲁彦：《岔路》，载萧枫编《鲁彦作品集》（二），河南大学出版社 2000 年版，第 436 页。

仪式来化解苦难，释放内心的焦虑。但是敬神驱鬼的仪式徒劳无效，反而加速了人的死亡。

围观仪式的民众，往往表现出病态的亢奋。萧红的《呼兰河传》中的小团圆媳妇被脱去衣服，抬进大缸中，由大神为她洗澡驱鬼。她被滚烫的水连浇了三次，最后被大神、二神折磨而死，而围观的群众充满激情地欣赏了整个驱鬼仪式的表演，觉得"没有白看一场热闹，到底是开了眼界，见了世面，总算是不无所得的"①。跳神、驱鬼的仪式和他人的不幸、痛苦，给观看的民众们带来了节日一般的兴奋、愉悦，而对于小团圆媳妇被殴打、被烫死整个过程中的痛苦、悲惨，他们毫不在意，冷漠、麻木。

对于中国人这种按因袭的惯例，无条件地服从、接受传统的民间信仰，拒绝科学，思想停滞，安于现状，不思改变，周作人讽刺为"海面的波浪是在走动，海底的水却千年如故"②。他一针见血地指出："我们可以看出野蛮思想怎样根深蒂固地隐伏在现代生活里，我们自称以儒教立国的中华实际上还是在崇拜那正流行于东北亚洲的萨满教。"③ 鲁迅非常清醒地认识到中国人愚昧、麻木、缺乏创新，不能推动先进的科学技术的发展。他说："外国用火药制造子弹御敌，中国却用它做爆竹敬神；外国用罗盘针航海，中国却用它看风水；外国用雅片医病，中国却拿来当饭吃。"④ 在农耕文化封闭的生存环境中，中国人形成了更重视对鬼神的祭俗、礼仪，反而轻视人自身的生命价值的病态。鲁迅、萧红、巴金、老舍等中国现代启蒙者对此进行了揭露和批判。在《迎神和咬人》中，面对农民因迎神祈雨被劝阻，他们活活打死了国民党党部常委徐一清，并咬断了他的喉管的暴力事件，鲁迅激愤地说："依然是旧日的迷信，旧日的讹传，在拼命的救死和逃死中自速其死。"⑤ 即使在日本人侵略中国，民族处于生死存亡之际，民众在月蚀之夜，仍噼噼啪啪放爆竹，"要将月亮从天狗嘴里救出"。

① 萧红：《呼兰河传》，百花文艺出版社 2018 年版，第 184—185 页。
② 周作人：《回丧与买水》，载钟叔河编《周作人文类编·花煞》，湖南文艺出版社 1998 年版，第 210 页。
③ 周作人：《回丧与买水》，载钟叔河编《周作人文类编·花煞》，湖南文艺出版社 1998 年版，第 210 页。
④ 鲁迅：《伪自由书·电的利弊》，载《鲁迅全集》第五卷，人民文学出版社 2005 年版，第 18 页。
⑤ 鲁迅：《花边文学·迎神和咬人》，载《鲁迅全集》第五卷，人民文学出版社 2005 年版，第 577 页。

对于民众因为危险不去救国，而选择"最妥当是救月亮"，统治阶层允许"奴才们的发昏和做梦"以维护思想统治，鲁迅进行了辛辣的讽刺。①

二　无信的欺骗——仪式与信仰相脱离的虚假表演

法国社会人类学家涂尔干（Emile Durkheim）认为："宗教现象可以自然而然地分为两个基本范畴：信仰和仪式。信仰是舆论的状态，是由各种表现构成的；仪式则是某些明确的行为方式。这两类事实之间的差别，就是思想和行为之间的差别。"② 信仰和仪式都与神圣事物有关，两者组合在一起构成了一个统一体。

中国的民间信仰具有多神崇拜、多教合一的特点。"民间宗教信仰就是在巫、道教的基础上，杂融了儒教佛教等内容形成的，它驳杂精深，保守而又充满活力，成为具有多神信仰、兼容性、地域性和实用性的民众精神的支柱或根柢。"③ 在日常生活中，多神崇拜、多教合一的民间信仰通过种种仪式展示出来。但是，进入 20 世纪以后，虽然很多仪式仍然按照传统被沿袭，遵循习惯程序被重复，但是仪式背后的信仰内核已经开始动摇，甚至被消解，使得仪式逐渐沦为了虚假的表演，甚至成为欺骗他人、满足私欲的工具。

彭家煌的乡土小说《活鬼》中荷生家的"闹鬼"和咸亲的"驱鬼"两条线索并行。咸亲得伯父之真传，学会了"算命画符"。小说三次写咸亲在荷生家驱鬼的仪式：第一次咸亲"在荷生家的屋前屋后巡视了一遭，口里咕噜着神秘的法语，尽了相当的职责，才进荷生的卧房"；第二次是"次晚，未睡之前，咸亲点三根香，焚着纸钱，在房门上喷着法水，才就寝"；第三次驱鬼，"咸亲在山中斫了一枝桃，削去皮叶，慎重将事的用朱笔画了一朵古怪的符在上面，桃枝的一端用红绸缠着，钉在卧室的一角，夜深时，他在桃符前设了香案，焚香三揖之后，将预备好的雄鸡的头一

① 鲁迅：《准风月谈·新秋杂识（二）》，载《鲁迅全集》第五卷，人民文学出版社 2005 年版，第 297—298 页。
② ［法］爱弥尔·涂尔干：《宗教生活的基本形式》，渠东、汲喆译，上海人民出版社 1999 年版，第 42 页。
③ 赵德利：《人生仪式与审美还原——论 20 世纪中国小说的仪式化审美范式》，《社会科学》2011 年第 7 期。

捏，鲜血淋淋的染在桃符上，合掌闭目，诚虔的请了天师，然后告退。在多鬼的铜邑，这是驱鬼顶辣手的办法，而且这很关咸亲的威信，于是结果非常的灵验。"① 作者越细致、真实地描写驱鬼仪式的程序、道具、动作，凸显举行仪式的虔诚，越具有讽刺性。因为施行"驱鬼"仪式的咸亲正是在荷生家"闹鬼"之人——晚上与荷生嫂私通。小说批判的矛头指向了乡村失去对鬼神虔诚信仰后的"装神弄鬼"和"小丈夫，大媳妇"这一畸形的文化生态。

端木蕻良的长篇小说《科尔沁旗草原》中，丁家的发家靠的是民众对"真灵官""胡仙"的信仰。在二百年前山东闯关东的灾民中出现了瘟疫，丁家的先人利用巫术的手段，为灾民们治病，被他们当成真灵官派来救他们的"半仙"。"丁半仙"告诉灾民有七七四十九天的劫数。他通过摇串铃等仪式手段，治好了灾民的病痛，赢得了威信、财富、地位。紫鹭湖畔的人们素来信仰仙姑可以通灵。丁四太爷为了能当上大地主的盟首，与北天王对抗，他请来仙姑跳大神，并派人传话告诉仙姑："说北天王是恶贯满盈，天罚的，你懂吗？"让仙姑告诉众人："咱们府上是命，风水占的，前生的星宿，现世的阴骘，家仙的保佑，阴宅生阳，阳宅生阴，阴阳相生……"② 从而达到侵吞北天王财富的目的。跳大神的仪式仍在热热闹闹地进行，但和庄严、神秘的仪式相联系的神灵信仰却已经丧失，仪式已沦为了为获得威信、财富、地位、满足私欲而欺骗信众的工具。

涂尔干曾说："如果仪式不具有一定程度的神圣性，它就不可能存在。"③"无信"的仪式，使人不再拥有对超自然力量的敬畏，仪式的神性丧失殆尽，其表演性、展览性、虚假性暴露无遗。

对于中国人这种"无信"的做戏，鲁迅曾做过激烈的批判。鲁迅说："然而看看中国的一些人，至少是上等人，他们的对于神，宗教，传统的权威，是'信'和'从'呢，还是'怕'和'利用'？只要看他们的善于

---

① 彭家煌：《活鬼》，载阿宏主编《彭家煌小说经典》，印刷工业出版社2001年版，第44页。
② 端木蕻良：《科尔沁旗草原》，载《端木蕻良文集》第1卷，北京出版社1998年版，第28—29页。
③ ［法］爱弥尔·涂尔干：《宗教生活的基本形式》，渠东、汲喆译，上海人民出版社2006年版，第33页。

变化，毫无特操，是什么也不信从的，但总要摆出和内心两样的架子来。"① 内心的"不信"与表面的"信"的虚伪背后有不可告人的目的。周作人的《求雨》揭露了"求雨"仪式中存在着"主奴关系的宗教观念"，一直延续下来，未曾改变——如"北京军民长官率领众和尚求雨"，实则利用宗教仪式对民众实行控制。②

徒有其表的"无信"的国民信仰心理，与中国的民间信仰突出的功利性特点密不可分。民众对民间信仰的理解多建立在实用的基础上，他们创造出了各种各样的神灵，向它们顶礼膜拜，求神拜佛多出于现世的利益诉求和对灾难的规避。有些巫术仪式甚至以"损人利己"为目的，转移病痛、灾患于他人，如巫术的"替身法""移病法"等。这种强调信仰和利益的交换关系、具有极其狭隘和直接的功利性的民间信仰，造就了一部分中国人骑墙善变、马虎敷衍、瞒与骗、重功利性、强调实用的文化心理，形成了鲁迅所批判的"收贿，无特操，趋炎附势，自私自利"③ 以及冷漠、马虎、不认真、名实不符等国民性弱点。

三　仪式中的反仪式——仪式参与者的"无情"

"仪式作为人类一种极为重要的行为，与情感和想象等人类的内在心理因素有着密切联系，是观察和理解人类经验的一把钥匙。"④"情感"是仪式中的一个重要因素。集体情感和个体情感的注入，使参与仪式的人感受到了仪式的神圣性。当仪式的实践性大于其情感性，缺乏情感的真实性的仪式，是不具备神圣性的，反而产生了消解仪式的权威性、正统性的反作用力。

鲁彦的《黄金》中如史伯伯在陈四桥村家境不错，他辈分高，名声好，在全村"平日无论走到那里，都受族人的尊敬"。但是，自从由儿子

---

① 鲁迅：《华盖集续编·马上支日记》，载《鲁迅全集》第三卷，人民文学出版社2005年版，第346页。

② 周作人：《求雨》，载钟叔河编《周作人文类编·花煞》，湖南文艺出版社1998年版，第224—225页。

③ 鲁迅：《华盖集·通讯》，载《鲁迅全集》第三卷，人民文学出版社2005年版，第23页。

④ 张良丛：《从行为到意义——仪式的审美人类学阐释》，社会科学文献出版社2015年版，第5页。

接任账房后，维持不了原先的门面，家境开始下滑，村民们马上开始欺负他们一家人。在参加木行老板的儿子的婚宴仪式上，他被众人嘲讽他穿着俭省、寒酸；喜酒开始后，村民故意让他坐最卑下的位置。在祭祀祖先的忌日，他准备了两桌羹饭给族人吃，因买不到祭祀用的支鱼，只好买了价钱更贵、味道更好的米鱼代替。但是在备好羹饭的当晚，却遭到了族人阿黑、阿安的故意刁难、讽刺。远祖死忌之日的晚上，就在庄严、肃穆的安放先祖神灵位的祠堂里，一场祭奠、缅怀祖先、增强宗族凝聚力的神圣的祭祀仪式，竟变成了族人之间唇齿相讥的辱骂，积怨的宣泄与报复。如史伯伯的大女儿非常了解陈四桥村人的性格："你有钱了，他们都来了，对神似的恭敬你；你穷了，他们转过背去，冷笑你，诽谤你，尽力的欺辱你，没有一点人心。"① 对金钱的崇拜，使古老偏僻的山村在"物质欲"的支配下人性开始异化，"工业文明打碎了乡村经济时代应有的人们的心理状况"②，"同根同源"的宗族情感开始分裂，由传统的鬼神信仰而来的对祖先神灵的崇拜、敬畏之情，同宗同祖的互帮互助、彼此温暖的人情，已逐渐淡化，甚至消失。徒有形式空壳而缺少虔诚、庄严、认同情感的祭祖仪式，显示了古老传统走向崩溃、人性沦落的可悲现状。

　　20 世纪初期崇尚科学、民主的理性思想的传入，导向了对以鬼神信仰为核心的中国民间信仰的批判。民间信仰仪式虽在乡村按照传统的惯性还在延续，宗法家族制度还在顽强支撑、维系，如鲁迅笔下狼子村的村民还在吃人的心肝，人血馒头还是治疗痨病的"药"；吉光屯庙里自梁武帝时点起的长明灯一直没有熄灭过；闰土这样的"老中国儿女"在主人搬家时选择的是"一副香烛和烛台"的祭祀器具，但中国乡村已经开始出现了异质的思想，并构成了对传统不可忽视的破坏性力量。

　　鲁迅的《孤独者》中"出外游学"的魏连殳在乡民的眼里是"异类"。魏连殳的祖母去世，族长、近房、他的祖母的母家的家丁、闲人等聚集了一屋子，筹划怎样对付这"承重孙"，"因为逆料他关于一切丧葬仪式，是一定要改变新花样的。聚议之后，大概商定了三大条件，要他必行。一是穿白，二是跪拜，三是请和尚道士做法事"③。让人意料不到的

① 鲁彦：《黄金》，载萧枫编《鲁彦作品集》（二），河南大学出版社 2000 年版，第 341 页。
② 方璧（茅盾）：《王鲁彦论》，《小说月报》第 19 卷第 1 号，1928 年 1 月。
③ 鲁迅：《孤独者》，载《鲁迅全集》第二卷，人民文学出版社 2005 年版，第 89 页。

是，奔丧到家的魏连殳全部接受了他们的要求。他仿佛是一个大殓的专家，给祖母穿衣一丝不苟，井井有条。一切按照传统的丧葬仪式进行，"其次是拜；其次是哭，凡女人们都念念有词。其次入棺；其次又是拜；又是哭，直到钉好了棺盖"①。然而，众人突然发现了大殓仪式中的异样——"连殳就始终没有落过一滴泪，只坐在草荐上，两眼在黑气里闪闪地发光"②。自古以来，"哭丧"是中国丧葬仪式中最受世人重视的传统，要以"哭"来表达对死者的孝顺和怀念之情。如果死者大殓之时没有哭声相伴，其子孙会被视为不孝。正如人类学家布朗所说："哭始终都是一种仪式，是习俗要求的本分行为。"③ 仪式中如何行为，将决定人划入哪一个阶层，属于哪一种文化。然而，魏连殳以丧葬仪式上的断然"不哭"和大殓结束后的"长嚎"这一独特的个性化的方式，表达了他的"无情"——对"哭"的仪式中强调的孝顺、归依、认同传统文化的集体性情感的抗拒，取而代之的是葬仪结束后的"有情"——他长达半小时"像一匹受伤的狼，当深夜在旷野中嗥叫，惨伤里夹杂着愤怒和悲哀"的嚎哭，为祖母哭，也为自己的命运哭，传递了他积压多年的对周围人、事和自身无力改变的愤怒，也释放了他失去至亲后的心灵巨痛。众人期待的集体情感空缺，取而代之的是个体的本真情感的注入，导致了仪式表达社会情感、维护集体存在的意义、达到文化认同等功能都无法实现。仪式中暗藏的"反仪式"，使"大殓便在这惊异和不满的空气里面完毕"。在安葬祖母后，引起了村人热议的是魏连殳"要将所有的器具大半烧给他祖母"。不按照传统丧葬仪式烧纸扎器具给亡人享用，而选择烧掉实有的器具来祭祀祖母，表面暗合了乡村社会"生死如一"的传统礼俗观念，实则以徒有其表的仪式，来作为"越名教而任自然"的反仪式的武器，表达了他对势利、冷漠无情的本家们的愤恨，和对传统文化的反抗姿态。

情感要比仪式的实践性更重要。徒有形式，缺少情感的仪式，消解了仪式的神圣色彩，造成了对仪式所承载的文化观念的反讽与解构，也表现出传统文化所编织的蛛网在异质思想的冲击下已经开始松动。

总之，对传统文化的理性审视，使现代启蒙作家对民间信仰的书写具

---

① 鲁迅：《孤独者》，载《鲁迅全集》第二卷，人民文学出版社 2005 年版，第 90 页。
② 鲁迅：《孤独者》，载《鲁迅全集》第二卷，人民文学出版社 2005 年版，第 90 页。
③ ［英］拉德克利夫－布朗：《安达曼岛人》，梁粤译，广西师范大学出版社 2005 年版，第 180 页。

有鲜明的文化批判的色彩。他们视民间信仰为落后文化的"蛮性遗留物"的组成部分，对民间信仰的"有信"者和"无信"者同样面临的危机，"有信"者的愚昧、麻木，"无信"者的叛逆，民间信仰仪式中潜藏的反仪式的力量等，进行了细致入微的体察和描写，指向了对传统文化病态的审视和对国民劣根性的批判。

第二节　人情恒在：对民间信仰中"民间"的发现

民间信仰是流传于民间大众的一种信仰心理和信仰行为。它往往通过种种仪式活动来表达和实现信众的愿望。在民众日常生活中，民间信仰和民俗活动紧密结合在一起。人们通过种种仪式来实现人与神、鬼，人与人，人与自然之间的交流。"传统社会的种种节俗活动，无不围绕着一定的信仰展开，人们采取多种手段（祭祀的或巫术的）讨好、取悦甚至威逼神灵为自己服务，祈福禳灾成为传统节俗的基本精神。"[①] 这充分体现了在农耕社会中，中国人重视人与天地万物之间的联系，重视自然节序与人文节序的对应；同时，民众也能在传统的民间信仰仪式活动中获得一种身心的放松和精神上的抚慰和满足。

"五四"以来，中国现代启蒙者对民间信仰的关注，既源于他们对民族"蛮性的遗留"的文化批判的立场，又和他们对"民间"的发现密不可分。对于信仰、仪式和民众精神情感上的联系的认识，使"五四"现代启蒙作家并没有将民间信仰贴上"迷信"的标签全盘否定，反而将民间信仰重要的社会文化功能，以文学的审美化方式呈现出来。

西方启蒙运动在高扬人的主体性的同时，也造成了新的"理性的神话"。人视自己为世界的中心，对自然展开了无休止的掠夺。忽视了人文理性，对技术理性推崇备至，使人沦为了科学的附庸。面对西方启蒙运动已经出现的弊病和局限，中国现代启蒙者结合中国本土的思想资源进行了纠偏的努力，开始重视被理性压抑的人的非理性、情感和意志，挣脱了理

---

① 萧放：《岁时——传统中国民众的时间生活》，中华书局 2002 年版，第 250 页。

性批判的偏激，表达了对民间信仰中蕴藏的生命力和诗性思维的向往，以及对仪式禁忌的敬畏，对民间信仰的娱乐功能、经济功能的尊重，对民间信仰的超越性的渴望等复杂的文化体验，从理性的启蒙走向了对文化的审美性开掘和对"民众本心"的关注，使现代启蒙文学的创作走向了复杂和深化。

一　对生命的虔诚之心

茅盾在"五四"新文化运动期间，对民俗学产生了浓厚的兴趣。他的《中国神话研究》（1925 年）、《中国神话 ABC》（1928 年）等神话学研究的著作，就是在英国学者安德鲁·兰（Andrew Lang）的神话学影响下，对中国的神话进行研究的成果。安德鲁·兰在《神话与童话》一文中说："我们必须记住，我们如此易于忘记的东西，即农民生活和农民信仰的相当完好的特点。进步的阶层在把乡下民众遗留在身后时，相比之下在信条和习俗进化的过程中只是前进了一小步。他们在精神兴奋的时刻一次又一次地返回到这些东西上，并且不得不让它们披上新信仰的外衣。还要乞灵于并非他们创造的神灵。但是，迷信的本能使群众一点都不会忘记和遗漏古老的崇拜和古老的仪式。"① 对民众保存至今的"古老的崇拜和古老的仪式"的关注，使茅盾重视文学创作的"地方色"和对典型的风土人情的描写，把古老的信仰和仪式作为"地方色"的主要标志。

在茅盾的《冥屋》《香市》《陌生人》等散文中，民间的鬼神崇拜和"糊阴屋"、烧"冥器"、赶"嬉春祈蚕"的香市等仪式，得到了较详细的介绍。茅盾在仪式的今昔对比中，揭示了从古至今民间信仰发生的演变，表达了对过去发自民众本心的真诚的鬼神信仰的赞美、肯定，和对当时只有信仰之名、而无信仰之诚、商家唯利是图、农村经济萧条的批判。《冥屋》对比了作者小时候家乡的纸扎店和大都市上海的纸扎店制作的"冥屋"。乡下的纸扎店老板糊阴屋时，"从容不迫，很有艺术家的风度"，给亡人制作的阴屋"一切都很精致，很完备。厅里的字画，他都请教了镇上

---

① 转引自户晓辉《论欧美现代民间文学话语中的"民"》，《民间文化论坛》2004 年第 3 期。

的画师和书家。这实在算得一件'艺术品'了"①。但价格便宜，"它的代价是一块几毛钱"。与之相比，上海的纸扎店"糊阴屋"充满了作战式的紧张，"那工程的进行，在组织上，方法上，都是道地的现代工业化！结果，这是商品：四百余元的代价"，"十来个人的总动员有精密的分工，紧张连系的动作，比起我在儿时所见那故乡的纸扎店老板捞一朵浆糊，谈一句闲天，那种悠闲从容的态度来，当真有天壤之差！"②在《香市》中，记述了浙江乌镇"香市"今昔的对比。过去"到'香市'来的农民一半是祈神赐福（蚕花二十四分），一半也是预酬蚕节的辛苦劳作"，赶"香市"成了民众的狂欢节。但是，在革命"破除迷信"之后，虽然"'迷信'的香市忽又准许举行了"，"'市面'却很不好"，"往常'香市'的主角——农民，今天差不多看不见"，民众赶"香市"为"祈神赐福"的信仰心理也已经被摧毁，"镇上的小商人是重兴这'香市'的主动者；他们想借此吸引游客'振兴'市面，他们打算从农民的干瘪的袋里榨出几文来"③。《陌生人》描写了打着现代科学、文明的幌子的"蚕种改良分析"和"肥田粉"对古老的乡村带来的冲击。以往，"嬉春祈蚕"的仪式都要在土地庙举行，"这是百年相承的习俗。即使被摸以后蚕花依然不熟，从不会怪到奶，更不会怪到土地老爷"④。但是，现在土地庙门前挂上了"蚕种改良分析"的招牌，而且实力非常强大，人们不再相信土地老爷，肥田粉的价格也越来越高，农民的利益实际上遭到了损害。

　　茅盾的短篇小说《春蚕》再现了老通宝家从准备养蚕的器具"团匾""蚕箪""缀头"，到"窝种""收蚕"和"上山"等一套完整的蚕事活动。"窝种"时，"稻场上和小溪边顿时少了那些女人们的踪迹。一个'戒严令'也在无形中颁布了；乡农们即使平日是最相好的，也不往来；人客来冲了蚕神不是玩的！他们至多在稻场上低声交谈一二句就走开。这

① 茅盾：《冥屋》，载钟桂松主编《茅盾全集第十一卷·散文一集》，黄山书社 2012 年版，第144 页。

② 茅盾：《冥屋》，载钟桂松主编《茅盾全集第十一卷·散文一集》，黄山书社 2012 年版，第146 页。

③ 茅盾：《香市》，载钟桂松主编《茅盾全集第十一卷·散文一集》，黄山书社 2012 年版，第185—187 页。

④ 茅盾：《陌生人》，载钟桂松主编《茅盾全集第十一卷·散文一集》，黄山书社 2012 年版，第204 页。

是个'神圣'的季节!"① 收蚕蚁前,老通宝将大蒜头涂上泥放在蚕房的角落。民间相信,等到收蚕蚁的那天,如果大蒜发的芽苗多,就意味着今年蚕事丰收;如果很少,则预兆今年蚕事不利。到"收蚕"的日子,"老通宝拿出预先买了的香烛点起来,恭恭敬敬放在灶君神位前"②。美国文学史家夏志清认为,《春蚕》描写的"用中国传统方法来殖蚕,是一个古老而粗陋的方法,需要爱心、忍耐和虔诚。整个过程就像一种宗教的仪式。茅盾很巧妙地表达出这股虔诚,并将这种精神注入那一家人的身上"③。茅盾对桐乡乌镇一带民众的蚕神信仰及庄重、神圣的仪式描写,成为"这故事成功的地方和它吸引人的地方"④,传递了民众对自然生命的虔诚、敬畏之心。

与茅盾的小说一样,民俗学的修养给台静农的小说带来了浓郁的"泥土的气息"。他的小说《拜堂》写汪二和守寡不足一年的嫂嫂半夜子时成亲。两人虽然已偷偷结合,并已有身孕,但为图吉利,他们仍想按照民间习俗行拜堂之礼,只是选择在半夜偷偷进行。他们请了邻里田大娘、赵二嫂在家里主婚。"烛光映着陈旧褪色的天地牌,两人恭敬地站在席上,顿时显出庄严和寂静。"⑤ "男左女右",烧黄表,向死去的祖宗、阴间的妈妈和哥哥磕头,一丝不苟。在他们向死去的哥哥磕头时,双烛的光辉突然黯淡了下去,他们两人脸色突变,但仍然完成了向亡者磕头的仪式。仪式,将生者和死者联系起来,想象界和现实界之间的界限通过仪式被跨越。在庄重、虔诚的氛围中,生者表现出对死者既敬又畏的情感。正如孔范今先生所说:"(《拜堂》)所表现的就未必是什么愚昧,更多的倒是民间草民对仪式的敬畏之心和对生命的认真态度。"⑥

在这些作品中,中国现代作家并没有从启蒙出发,对民众的鬼神信仰及举行的仪式进行理性的质疑和批判,而是从审美出发,表现了民众在信

① 茅盾:《春蚕》,载钟桂松主编《茅盾全集第八卷·小说八集》,黄山书社 2012 年版,第 359—360 页。
② 茅盾:《春蚕》,载钟桂松主编《茅盾全集第八卷·小说八集》,黄山书社 2012 年版,第 360 页。
③ [美]夏志清:《中国现代小说史》,刘绍铭等译,香港中文大学出版社 2001 年版,第 138 页。
④ [美]夏志清:《中国现代小说史》,刘绍铭等译,香港中文大学出版社 2001 年版,第 138 页。
⑤ 台静农:《拜堂》,载《台静农全集·地之子》,海燕出版社 2015 年版,第 87 页。
⑥ 孔范今:《"五四"启蒙运动与文学变革关系新论》,载《近百年中国文学史论》,人民文学出版社 2008 年版,第 280 页。

仰的虔诚中所具有的忍耐、爱、敬畏、认真等美质。"民"不是现代知识分子的对立面,而是可以被认同和整合的对象。

二 寻求心灵的慰藉

对巫鬼的信仰,形成了一个意义世界,它具有超验的神圣性,对应和关注的是实实在在的现实。民间信仰观念及举行的种种仪式,可以帮助人们面对死亡、疾病、祸患、灾难等困境,消除种种恐惧和不确定性,获得心灵的抚慰和情感的满足。

"放河灯"是一种中国民间祭祀活动,常在农历七月十五举行。台静农的小说《红灯》描写了农历七月十五晚鬼节放河灯超度亡魂的仪式。"大灯沉重走得迟慢。这小红灯早顺着水势,漂到大众的前面了,它好像负了崇高的神秘的力量笼罩了大众,他们顿时都静默,庄严,对着这小红灯。"① 众人都感到了"崇高""神秘""静默""庄严",这是民间的鬼魂信仰和超度亡魂的仪式带来的超越现实功利和世俗的生活状态的神圣体验。为死去的儿子放了河灯,得银娘得到了极大的安慰。她似乎"看见了得银是得了超度,穿了大褂,很美丽的,被红灯引着,慢慢地随着红灯远了"②。现世充满了凄惨、悲苦、不公,想望中的阴间无饥饿、无纷争、无疾病的幸福人生可以补偿现世人生的缺憾,给她惨淡的生活带来一丝心灵的慰藉,帮助她减轻内心深重的苦痛。从得银娘身上,我们感受到的不是愚昧无知,而是"母性之爱的伟大"。

萧红的《呼兰河传》第二章非常详细地描写了呼兰河人"精神上的盛举":跳大神,唱秧歌,放河灯,唱野台子戏,四月十八娘娘庙大会,几乎全为祭神奠鬼的仪式表演,有仪式行为者的动作、姿态、舞蹈、吟唱、演奏等表演活动,形成一个有意义的仪式情境,让人兴奋,催人落泪。"人们只有通过仪式才能摆脱日常生活的羁绊进入到神圣的领域、精神的领域"③,跳大神,放河灯,唱大戏,逛庙会,将艰辛单调的俗世和令人向往的鬼神世界相连接起来,"跳大神有鬼,唱大戏是唱给龙王爷看的,七

① 台静农:《红灯》,载《台静农全集·地之子》,海燕出版社2015年版,第31页。
② 台静农:《红灯》,载《台静农全集·地之子》,海燕出版社2015年版,第32页。
③ 王杰:《现代审美问题:人类学的反思》,北京大学出版社2013年版,第79页。

月十五放河灯，是把灯放给鬼，让他顶着个灯去脱生。四月十八也是烧香磕头的祭鬼"①，人在与鬼、神之间的沟通中，既娱神又自娱，从祭神的盛典中获得了心灵的愉悦。送神回山的歌声、鼓声，抚慰着人世间的痛苦和不幸，让"寡妇可以落泪，鳏夫就要起来彷徨"②。

七月十五盂兰会呼兰河上放河灯，是因为活着的人们并没有忘记那些已经死去的孤魂野鬼。呼兰河上的河灯美丽、绚烂，"这灯一下来的时候，金呼呼的，亮通通的，又加上有千万人的观众，这举动实在是不小的。河灯之多，有数不过来的数目，大概是几千百只。两岸上的孩子们，拍手叫绝，跳脚欢迎。大人则都看出了神了，一声不响，陶醉在灯光河色之中。灯光照得河水幽幽地发亮。水上跳跃着天空的月亮。真是人生何世，会有这样好的景况"③。无数盏河灯，在人们的想象中，照亮了死后从阳间到阴间的那条非常黑暗的路，让冤魂野鬼们托河灯得以脱生，充满着美的创造和诗意的温情。

唱野台子戏，则是秋收酬神谢神，或干旱时龙王降雨，人们许愿而还愿演戏给神灵看的。在戏台子搭好后，人们"接亲戚的接亲戚，唤朋友的唤朋友"，温暖而亲切。嫁了的女儿，被接回娘家看戏，见到了思念的母亲和姐妹们；说媒的约定两家父母戏台底下相见；女孩子们盛装打扮，促膝长谈。在连续三天演戏的喜庆欢乐之中，人们感谢神灵的护佑，期望五谷丰登，家畜兴旺，平安幸福。虽然"这些盛举，都是为鬼而做的，并非为人而做的。至于人去看戏、逛庙，也不过是揩油借光的意思"④，但这些仪式给呼兰河人单调的生活增添了许多色彩，缓解了生活的艰辛、疲惫，释放了情感意志，使人与自然、人与人之间更加和谐。

正是基于对民间信仰存在的合理性的深入理解，才有鲁迅小说《药》的结尾，借清明祭奠亡人的仪式，将两位同样经历了丧子之痛的母亲——华奶奶和夏奶奶连接起来，让她们在西关外墓地相遇。两家之间"吃人"和"被吃"的对抗关系，因他们母亲对儿子的"爱"而化解。鲁迅以无比同情、悲悯的笔墨，描写了两位母亲清明扫墓、祭奠儿子的仪式。小栓的墓在右边，华大妈"排出四碟菜，一碗饭，哭了一场。化过纸，呆呆的坐

---

① 萧红：《呼兰河传》，百花文艺出版社 2018 年版，第 75 页。
② 萧红：《呼兰河传》，百花文艺出版社 2018 年版，第 48 页。
③ 萧红：《呼兰河传》，百花文艺出版社 2018 年版，第 52 页。
④ 萧红：《呼兰河传》，百花文艺出版社 2018 年版，第 75 页。

在地上";革命者夏瑜的墓在左边,夏奶奶同样在儿子坟前"排好四碟菜,一碗饭,立着哭了一场,化过纸锭"。在几近重复、刻板的祭奠亡灵的仪式程序中,两位母亲在命运的打击面前无可逃避的悲哀与痛苦,被表达得令人心颤。夏瑜的母亲认定儿子是被冤枉的,"死后有灵"的民间信仰让她相信儿子鬼魂会"显灵",那些害死她儿子的人将会得到报应;上坟让"华大妈不知怎的,似乎卸下了一挑重担"。清明祭奠亡灵的仪式,一方面给遭受亲人离世、孤苦、悲痛的民众以人道主义温情的抚慰,另一方面也将鲁迅对夏瑜革命意义的思考,推入了无法直面的可怕的清醒。生前吃了用夏瑜的鲜血做成的人血馒头、仍死于肺痨的华小栓,和参加革命被清廷杀害的革命者、启蒙者夏瑜,不管他们是何等身份,走向的终点都是坟墓,最终都归于泥土,化为虚无。但显然鲁迅想掩盖他内心过于消极、绝望的"鬼气",于是"不恤用了曲笔,在《药》的瑜儿的坟上平空添上一个花环"[1],以与虚无抗战。

　　在《药》之后创作的《明天》中,单四嫂子生活的鲁镇"还有些古风"。守寡的母亲在儿子宝儿生病后,按照鲁镇人的传统,"神签也求过了,愿心也许过了,单方也吃过了,要是还不见效,怎么好?——那只有去诊何小仙了"[2]。可是,何小仙开的药方也没有用,宝儿在午后死去了。鲁迅并没有对单四嫂子信神许愿、求助于巫师的"迷信"进行讽刺、批判,反而表现出体谅性的同情和理解。小说细致地描写了宝儿去世后,乡邻们都来帮助单四嫂子应对生命变故,众人合力安葬宝儿的民风。一个孩子的"葬仪"本没有这么夸张,在中国的民间信仰里,早夭的孩子一般被视为不祥之物,不能进入宗族的坟地,往往被草草埋葬,有的甚至没有棺材。但是,《明天》却描写了宝儿从死去要烧"倒地钱"到最后入棺被抬到义冢地埋葬的仪式,虽然简单甚至寒酸,但庄重、周到,充满了人情味。首先,是王九妈"发命令,烧了一串纸钱;又将两条板凳和五件衣服作抵,替单四嫂子借了两块洋钱,给帮忙的人备饭"。然后,托咸亨的掌柜做保,"半现半赊的买一具棺木"。掌柜帮忙联系买棺材,到很晚才回。第二天清晨背来棺材,下半天棺材合盖。咸亨掌柜替单四嫂子雇了脚夫,棺木被抬到义冢地上安放。最后,"王九妈又帮他煮了饭,凡是动过手开

①　鲁迅:《呐喊·自序》,载《鲁迅全集》第一卷,人民文学出版社 2005 年版,第 441 页。
②　鲁迅:《明天》,载《鲁迅全集》第一卷,人民文学出版社 2005 年版,第 473 页。

过口的人都吃了饭"。"单四嫂子待他的宝儿，实在已经尽了心，再没有什么缺陷。昨天烧过一串纸钱，上午又烧了四十九卷《大悲咒》；收敛的时候，给他穿上顶新的衣裳，平日喜欢的玩意儿，——一个泥人，两个小木碗，两个玻璃瓶，——都放在枕头旁边。"宝儿下葬后，"单四嫂子很觉得头眩，歇息了一会，倒居然有点平稳了"①。在王九妈等街坊邻里乡亲的协力帮助下，宝儿的丧事办得有条不紊，单四嫂子丧子的痛苦在传统的丧葬仪式中获得了有效的释放，可以重新去面对无数个从暗夜变成的"明天"。

三　寻找民众的"本心"

民间信仰从远古的原始信仰而来。在漫长的发展过程中，中国的民间信仰虽然没有形成完整的信仰体系，但是在具有多样性、自发性、多重性的信仰中逐渐形成了带有民族特征的若干信仰事象和具有相对稳定性的仪式，代代流传。"在这些仪式中，一方面是情绪和动机，另一方面是形而上的观念，缠绕在一起；它们塑造了一个民族的精神意识（spiritual consciousness）。"②仪式中保存了人类的原始思维，也保留了一个民族或族群的历史文化和社会记忆，蕴藏了这个民族的"本心""白心"。20 世纪与启蒙主义并行的民族主义运动的影响，欧美、日本现代民俗学研究成果的引入等，使中国现代作家没有全盘否定民众非理性的信仰，而是回到民间，重视对民间信仰的价值的发掘。

鲁迅在留日期间发表的《破恶声论》（1907 年）中，表达了对"普崇万物"的中国民间信仰的肯定。民间信仰是古代先民们的"形上之需求"，是基于他们的内在需要而产生出来的能动性。中国古代民间信仰属于多神信仰，"他若虽一卉木竹石，视之均函有神閟性灵，玄义在中，不同凡品，其所崇爱之溥博，世未见有其匹也"③。鲁迅把先民"普崇万物"即崇敬万物之心，看作中国文化的本根，"敬天礼地，实与法式，发育张大，整

---

① 鲁迅：《明天》，载《鲁迅全集》第一卷，人民文学出版社 2005 年版，第 478 页。
② ［美］克利福德·格尔兹：《文化的解释》，纳日碧力戈等译，上海人民出版社 1999 年版，第 129 页。
③ 鲁迅：《集外集拾遗补编·破恶声论》，载《鲁迅全集》第八卷，人民文学出版社 2005 年版，第 30 页。

然不紊"①。这使中国的民间宗教与基督教、伊斯兰教、印度教等有所不同。"鲁迅认为中国不是一个世俗化的社会，而是一个较之欧洲社会、伊斯兰社会更为宗教化的社会，因为中国的国家、家族、社会制度都是跟这种原始的、对万物宇宙的崇拜联系在一起的。"②鲁迅不认同只以西方人的一神论来判断中国民间信仰存在的合理性的观点，他说："设有人，谓中国人之所崇拜者，不在无形而在实体，不在一宰而在百昌，斯其信崇，即为迷妄，则敢问无形一主，何以独为正神？"③

在鲁迅看来，"信"才是宗教和迷信问题的核心。但是，当时士大夫们却并无自身的信仰，他们往往"精神窒塞，惟肤薄之功利是尚，躯壳虽存，灵觉且失。于是昧人生有趣神闷之事，天物罗列，不关其心，自惟为稻粱折腰；则执己律人，以他人有信仰为大怪，举丧师辱国之罪，悉以归之，造作蜚言，必尽颠其隐依乃快。不悟墟社稷毁家庙者，征之历史，正多无信仰之士人，而乡曲小民无与"④。这些号称"志士"的人，打着反对迷信的旗号极力"禁止赛会"，实际上，农民劳作终岁，"必求一扬其精神"。在报神赛会上，农民一方面酬谢神灵，并祈祷保佑；另一方面，从这些活动中求得精神的愉悦。破除迷信者带来了对人的信仰世界的摧毁，使人"形上之需求"丧失。特别是在中国"普崇万物"的"文化本根"已失，现代信仰尚未建立的时期，更需要找到信仰重建的精神基点。所以鲁迅说："而吾则谓此乃向上之民，欲离是有限相对之现世，以趣无限绝对之至上者也。人心必有所冯依，非信无以立，宗教之作，不可已矣。"⑤与"元气黮浊，性如沉垽，或灵明已亏，沦溺嗜欲"的士大夫相比，"乡曲小民"始终存在"本心"，"朴素之民，厥心未失""气禀未失"，这使乡民的信仰之真成为可能。现代信仰的重建，应该建立在民众的"白心"

---

① 鲁迅：《集外集拾遗补编·破恶声论》，载《鲁迅全集》第八卷，人民文学出版社2005年版，第29页。

② 汪晖：《声之善恶：什么是启蒙？——重读鲁迅的〈破恶声论〉》，《开放时代》2010年第10期。

③ 鲁迅：《集外集拾遗补编·破恶声论》，载《鲁迅全集》第八卷，人民文学出版社2005年版，第30页。

④ 鲁迅：《集外集拾遗补编·破恶声论》，载《鲁迅全集》第八卷，人民文学出版社2005年版，第30页。

⑤ 鲁迅：《集外集拾遗补编·破恶声论》，载《鲁迅全集》第八卷，人民文学出版社2005年版，第29页。

之上。因此，"伪士当去，迷信可存，今日之急也"①。

鲁迅留日期间提出的"伪士当去，迷信可存"这一观点，是从现代的另一方面来看待"迷信"，表现了他对"唯科学主义"的怀疑。日本学者伊藤虎丸认为，鲁迅呼吁"迷信可存，今日之急也"，源于鲁迅"重建民族国粹"的心理。"在'国粹'荡然的中国，只有农民的'迷信'，才是接受作为'启示'的欧洲近代的'主体'，才是通过接受'启示'而应当觉醒的'主体'；同时，也说明了他的一种逆向逻辑，即放弃中国优秀传统文化的依托，而执着于中国最孱弱最蒙昧的部分，通过其'觉醒'而一举全面重建民族'国粹'。"② 伊藤虎丸从"迷信"中看到了与"鲁迅设想重建的民族国粹"同构的心理，他把鲁迅的这一思想称作"文化民族主义"。汪晖曾指出，鲁迅这一时期重视"迷信"和"重建民族国粹"，应该是受到章太炎"以宗教发起信心，增进国民的道德"和"用国粹来激励种性"思想的影响。③

与鲁迅一样，周作人也重视对民众之"信"的研究。在虚幻的迷信里，周作人看到了美与善的分子的存在；在种种民间信仰仪式中，他感受到了人心人情之常。

周作人曾在《立春以前》一文中谈到，他在故乡度过了儿童时代，经历过逢时逢节的种种行事，"这从冬至算起，祭灶，祀神，祭祖，过年拜岁，逛大街，看迎春，拜坟岁，随后跳到春分祠祭，再下去是清明扫墓了"，让他"对于鬼神与人的接待，节候之变换，风物之欣赏，人事与自然各方面之了解，都由此得到启示"。④

1906 年周作人留学日本期间，开始关注希腊神话及西方人类学的研究成果。他在《我的杂学（六）》一文中说："我在学校里学过几年希腊文，近来翻译亚坡罗陀洛斯的神话集，觉得这是自己的主要工作之一，可是最初之认识与理解希腊神话却是全从英文的著书来的。我到东京的那年，买

---

① 鲁迅：《集外集拾遗补编·破恶声论》，载《鲁迅全集》第八卷，人民文学出版社 2005 年版，第 30 页。

② ［日］伊藤虎丸：《鲁迅与日本人》，李冬木译，河北教育出版社 2000 年版，第 38 页。

③ 汪晖：《声之善恶：什么是启蒙？——重读鲁迅的〈破恶声论〉》，《开放时代》2010 年第 10 期。

④ 周作人：《立春以前》，载钟叔河编《周作人文类编·花煞》，湖南文艺出版社 1998 年版，第 82 页。

得该莱的《英文学中之古典神话》，随后又得到安特路朗的两本《神话仪式与宗教》。"① 在《习俗与神话》中，周作人介绍安特路朗的《习俗与神话》的第一篇《论民俗学的方法》："所以我们的方法是以开化民族的似乎无意义的习俗或礼仪去与未开化民族中间所有类似的而仍留存着原来意义的习俗或礼仪相比较。"② 另外，周作人还多次提到英国哈理孙女士讲古代宗教的著作，"其中有《古代艺术和仪式》一册小书，给我作希腊悲剧起源的参考，很是有用，其说明从宗教转变为艺术的过程又特别觉得有意义"③。他引用了哈理孙女士在《希腊神话论》的引言里所说："全世界的宗教仪式不出这两种，一是驱除的，一是招纳的。饥饿与无子是人生的最重要的敌人，这个他要设法驱逐他。食物与多子是他最大的幸福。"④ 后来周作人又再次在《中国新年风俗志》的序言中引用这一段话，用来说明中国的节气时令举行礼节仪式"迎新送旧"的意义。⑤ 1925—1928 年间，周作人接连翻译了哈理孙女士的《论鬼脸》《〈希腊神话〉引言》《论山母》等多篇文章，并几次提到哈理孙对希腊神话研究的观点。

　　日本的乡土研究也对周作人产生了很大的影响。日本的民俗学者柳田国男始终把下层社会的"常民"的固有信仰和精神生活作为民俗学研究的中心。他认为政府不能无视民众固有信仰的合理存在。"要探寻一个民族或国家总体的沿革、变迁，我们只能通过比较的手法，收集存在于地位、阶级里的所有事物，并将之排列起来，把后加进去的事物排除掉，最终找出其固有的初始状态。民俗学这种学问，即使是在西方最初也是以找出基督教化以前的信仰状态为目的的。"⑥ 要了解和反省日本民族的历史文化，就要对与国民生活代代相承的民间神道、民间祖灵祭祀等民间信仰进行研

① 周作人：《我的杂学（六）》，载周作人著，止庵校订《周作人自编文集：苦口甘口》，河北教育出版社 2002 年版，第 66 页。

② 周作人：《习俗与神话》，载钟叔河编《周作人文类编·花煞》，湖南文艺出版社 1998 年版，第 376 页。

③ 周作人：《立春以前》，载钟叔河编《周作人文类编·花煞》，湖南文艺出版社 1998 年版，第 82—83 页。

④ 周作人：《立春以前》，载钟叔河编《周作人文类编·花煞》，湖南文艺出版社 1998 年版，第 83 页。

⑤ 周作人：《〈新年风俗志〉序》，载娄子匡编著《新年风俗志》，商务印书馆 1935 年版。

⑥ ［日］柳田国男：《日本的祭祀》，转引自［日］铃木岩弓《柳田国男的学问救世思想与祖先祭祀观》，《东南大学学报》（哲学社会科学版）2000 年第 3 期。

究。柳田国男主张将民众的信仰与国民宗教区别开来，通过考察民俗、传说以解读民众固有的信仰生活的民俗研究的观点，对周作人影响很大。周作人曾说："对于乡土研究的学问我始终是外行，知道不到多少，但是柳田氏的学识与文章我很是钦佩，从他的许多著书里得到不少的利益和悦乐。"① 20 世纪二三十年代，柳田国男的民俗学思想经周作人的介绍在中国民俗界得到传播，周作人的民俗思想也"深深地打上柳田国男'乡土研究'的烙印"②。"柳田国男对平民固有的生活、习俗、信仰抱有深切的关怀与理解，试图描述历来被排除在正统史学之外的平民精神生活史，重新认识日本的文化传统，把民俗学视为民族自我反省的学问而非判断野蛮文明与否以及传统批判的武器等等思想，均引起周作人的同感并间接地推动了其思想转变。"③ 周作人从民间习俗、礼仪、传说出发，考察国民生活及固有的信仰。同时，日本民族的宗教信仰也成了他研究中国民间信仰的参照系。

因为周作人是从"人情"出发，从人性、人情的丰富自在去体察民间信仰的价值，所以他"对于旧生活里的迷信且大有同情焉"④。自 20 世纪 20 年代以来直至 50 年代，他发表了一系列谈鬼的文章，如《文艺上的异物》（1922 年）、《疟鬼》（1926 年）、《水里的东西》（1930 年）、《鬼的生长》（1934 年）、《说鬼》（1936 年）、《谈鬼论》（1936 年）、《变鬼人》（1939 年）、《溺鬼》（1944 年）、《鬼夜哭》（1950 年）、《怕鬼》（1950 年）、《活无常与女吊》（1950 年）等。周作人几次声称自己不信鬼，却喜欢谈鬼，因为"河水鬼大可不谈，但是河水鬼的信仰以及有这信仰的人却是值得注意的。我们平常只会梦想，所见的或是天堂，或是地狱，但总不大愿意来望一望这凡俗的人世，看这上边有些什么人，是怎么想"⑤。"我们喜欢知道鬼的情状与生活，从文献从风俗上各方面去搜求，为的可以了

---

① 周作人：《我的杂学（十四）》，载周作人著，止庵校订《周作人自编文集：苦口甘口》，河北教育出版社 2002 年版，第 83 页。
② 钱理群：《周作人论》，上海文艺出版社 1991 年版，第 168 页。
③ 赵京华：《周作人与柳田国男》，《鲁迅研究月刊》2002 年第 9 期。
④ 周作人：《鬼的生长》，载钟叔河编《周作人文类编·花煞》，湖南文艺出版社 1998 年版，第 387 页。
⑤ 周作人：《水里的东西》，载钟叔河编《周作人文类编·花煞》，湖南文艺出版社 1998 年版，第 373 页。

解一点平常不易知道的人情，换句话说就是为了鬼里边的人。"① 因为鬼神的问题中"盖有人心的机微存在也"②；老百姓会在鬼身上表现出他们的"苦痛与幽默"③；透过民间对鬼的信仰，"我们能够于怪异的传说的里面瞥见人类共通的悲哀或恐怖"④。

　　周作人有多篇文章探讨中国的民间信仰，终其一生都保持了对"民间信仰"浓厚的兴趣。如《风俗调查》（1913 年）、《花煞》（1926 年）、《回丧与买水》（1926 年）、《求雨》（1927 年）、《再求雨》（1927 年）、《扫墓》（1935 年）、《结缘豆》（1936 年）、《上坟船》（1941 年）、《关于祭神迎会》（1943 年）、《关于送灶》（1944 年）、《两种祭规》（1944 年）、《关于测字》（1945 年）、《扶乩的故事》（1950 年）、《祭祖的商榷》（1950 年）、《顾亭林论火葬》（1950 年）、《洗三的咒语》（1950 年）、《火葬与土葬》（1950 年）、《卜星相的前途》（1951 年）、《爱人的占卜》（1951 年）、《祝福与过年》（1951 年）、《女人的头》（1951 年）、《端午节》（1951 年）、《风俗的记载》（1951 年）、《关于薄葬》（1958 年）等，均涉及民间巫术仪式、禁忌、咒语、占卜、驱鬼辟邪、求雨、祭祀神灵、祭祀祖先、岁时节庆、丧葬仪式等，几乎囊括了中国民间信仰的主要种类。博古通今的学识，开阔的中西文化视野，学者的专业素养，重视民众的信仰心理，使周作人对民间信仰的研究独特而富有启发性。

　　首先，民间信仰中蕴含着人情。《两种祭规》非常详细地摘抄了两本文献上的祭祀规则和祭文，并指出"简单庄重实为祭祀之要点，繁文缛节，仆仆亟拜，均非所宜也"⑤。《上坟船》详尽地记载了浙江绍兴上坟墓祭的仪式。《关于送灶》对于与民间祭灶和送灶相关的种种文献记载进行了非常细致的考证。在《结缘豆》中，周作人认为寺庙在佛诞生之辰，送

①　周作人：《说鬼》，载钟叔河编《周作人文类编·花煞》，湖南文艺出版社 1998 年版，第400—401 页。

②　周作人：《读〈鬼神论〉》，载钟叔河编《周作人文类编·花煞》，湖南文艺出版社 1998 年版，第 443 页。

③　周作人：《活无常与女吊》，载钟叔河编《周作人文类编·花煞》，湖南文艺出版社 1998 年版，第 481 页。

④　周作人：《文艺上的异物》，载钟叔河编《周作人文类编·花煞》，湖南文艺出版社 1998 年版，第 353 页。

⑤　周作人：《两种祭规》，载钟叔河编《周作人文类编·花煞》，湖南文艺出版社 1998 年版，第266—267 页。

路人结缘豆或结缘饼，里面寄存了深重的情意，这是用结缘这一仪式来消除"人生的孤寂"①。《无生老母的信息》里，民间对于无生老母的信仰崇拜，在官方看来是邪教，但周作人认为它体现了人类的"母神崇拜"，信仰的民众"对于母亲的爱总有一种追慕，虽然是非意识的也常以早离母怀为遗恨，隐约有回去的愿望随时表现"②。

即使在"反封建迷信"的 20 世纪 50 年代的中国，周作人仍在《祭祖的商榷》中说："我认为祭祖不是宗教仪式，不是迷信，这只是对于父母的敬意的延长，所用的方式虽与祀神相似而意义实不一样。"所以，"明知死者无知，而羹饭罗列，虽是矛盾，却尚本于人情"③；在他看来，"爱人的占卜"在个人中间会维持下去，因为"这事情有时地的限制，但这情意可能是恒久的，一时不容易改变也未可知"④；在《端午节》中，他肯定了节日对"振起人民的精神"有重大的作用。

即使将中国的民间信仰与西方、日本的宗教信仰进行比较研究，民间信仰中的"人情"仍是周作人关注的重点。如《撒豆》谈立春前夜撒豆驱邪纳福的仪式，周作人比较了古罗马、日本撒豆驱鬼和中国驱鬼逐疫仪式的异同，最后指出了撒豆、追傩仪式产生的缘起在于"避凶趋吉，人情之常，平时忍受无可如何，到得岁时告一段落，想趁这机会用点法术，变换个新场面，这便是那些仪式的缘起"⑤。《关于祭神迎会》比较了日本的祭神和中国的祭神仪式，认为中国民众在祭神迎会上对神明的态度是"礼有余而情不足"，而"日本国民富于宗教心，祭礼正是宗教形式"。⑥

其次，民间信仰中包含着壮健而明朗的人心。周作人曾多次引用哈里孙女士论希腊神话的一段话："这是希腊的美术家与诗人的职务，来洗除

---

① 周作人:《结缘豆》，载钟叔河编《周作人文类编·花煞》，湖南文艺出版社 1998 年版，第 238 页。

② 周作人:《无生老母的信息》，载钟叔河编《周作人文类编·花煞》，湖南文艺出版社 1998 年版，第 454 页。

③ 周作人:《祭祖的商榷》，载钟叔河编《周作人文类编·花煞》，湖南文艺出版社 1998 年版，第 290 页。

④ 周作人:《爱人的占卜》，载钟叔河编《周作人文类编·花煞》，湖南文艺出版社 1998 年版，第 319 页。

⑤ 周作人:《撒豆》，载周作人著，止庵校订《周作人自编文集·药味集》，河北教育出版社 2002 年，第 71 页。

⑥ 周作人:《关于祭神迎会》，载钟叔河编《周作人文类编·花煞》，湖南文艺出版社 1998 年版，第 255—256 页。

宗教中的恐怖分子。"[1] 他在《新希腊与中国》《希腊闲话》中赞美希腊文明的精神,认为希腊人具有"热烈的求生欲望",激发了一代又一代希腊人对"美的健全的充实的生活"的追求。他将希腊人人生观的特点概括为"现世主义"与"爱美的精神",即希腊人无论身处顺境或逆境,"都竭力想把现世改善";他们的神都是美丽的。而中国人关于水火风雷的信仰则充满了恐怖、惨酷、刻薄,缺少亲近,周作人提出了批评,认为这"正是一种病态心理,即可见精神之不健全"[2]。对于保存了健全充沛的生命活力的民间信仰,周作人表达了赞赏和向往。

如周作人为家乡绍兴的祭祀仪式剧写过一系列文章:《谈目连戏》《目连戏的情景》《关于目连戏》《村里的戏班子》《副净与二丑》《活无常与女吊》等。在《谈目连戏》一文中,周作人说:"这些滑稽当然不很'高雅',然而多是壮健的,与士流之扭捏的不同,这可以说是民众的滑稽趣味的特色。"[3] 他在《目连戏的情景》中进一步提出,"虽然人民一直过着阴暗的生活,却保留着他们的弹力。从前乡下每到夏天有目连戏,也是照例坊社保平安的演剧,由农民自己扮演,专讲目连救母的故事,中间穿插路上所见情景,处处可以看出民众的诙谐与讽刺"[4]。几年之后又在《关于目连戏》中谈到目连戏是"劝善的宗教剧"和"它的喜剧性",认为"这表示中国人民的明朗的性格,爱好和平快乐"[5]。

鲁迅在《无常》《女吊》等文中,也描写了目连戏里两种有特色的鬼:索命的无常和讨替代的女"吊死鬼"。迎神赛会上的"活无常"全身雪白,戴着一顶白纸的高帽子,手拿破芭蕉扇,活泼而诙谐,勾魂而有情,可怖又可爱;目连戏开演,要邀请神、鬼与人一起看戏,鬼中有横死的"女吊"。童年扮演鬼卒的酣畅淋漓,"女吊"具有的强烈的反抗、复仇的

---

① 周作人:《关于雷公》,载钟叔河编《周作人文类编·花煞》,湖南文艺出版社1998年版,第408页。

② 周作人:《关于雷公》,载钟叔河编《周作人文类编·花煞》,湖南文艺出版社1998年版,第408页。

③ 周作人:《谈目连戏》,载钟叔河编《周作人文类编·花煞》,湖南文艺出版社1998年版,第636页。

④ 周作人:《谈目连戏》,载钟叔河编《周作人文类编·花煞》,湖南文艺出版社1998年版,第638页。

⑤ 周作人:《关于目连戏》,载钟叔河编《周作人文类编·花煞》,湖南文艺出版社1998年版,第640页。

精神，给大病之中的鲁迅以情感的亲近、抚慰和抗争现实的力量。和周作人一样，鲁迅对民间信仰的鬼魂身上具有的"有情"、美丽、强健的生命力表达了赞美之情。

周作人曾在《缘日》一文中谈到，要了解一国的文化，非从民俗学入手不可。"如以礼仪风俗为中心，求得其自然与人生观，更进而了解其宗教情绪，那么这便有了六七分光，对于这国的事情可以有懂得的希望了。"① 从人类学、民俗学的研究出发，他对"礼仪风俗"产生了浓厚的兴趣，并对其中蕴含的国民的自然观、人生观、宗教观，进行了较为客观、深入地分析。与鲁迅一样，他希望对已内在于民众的精神生活史中、具有历史的、伦理的真善性格的民间信仰予以充分的理解和保护，在民众的"本心"上，来重建民族的精神信仰。周作人呼吁"多注意田野坊巷的事，渐与田夫野老相接触，从事于民间生活史之研究，此虽是寂寞的学问，却与中国有重大的意义"②。但是，在鲁迅的作品中，始终可以感觉到"启蒙者"和"被启蒙者"之间的紧张关系。鲁迅青年时代撰写《破恶声论》提出要"重建民族国粹"的设想，在峻急的思想启蒙、文化启蒙的时代命题前，不得不让步而无法实现；而周作人对"民众本心"的考察，多停留在学术研究、考证的层面。比如，1957 年，他虽然还在宣传新年"放爆竹"体现了民众"驱邪降福""并不坏"的思想，但否认其"逐鬼""敬神"的"迷信"，只强调放炮仗是"表示喜悦与庆祝"③。20 世纪 50年代，为配合中华人民共和国成立后的"改风易俗"运动，他写了多篇与"丧葬制度"相关的文章，提出"死当速朽"，宣传"火葬""薄葬"的可行之处（如《顾亭林论火葬》《火葬与土葬》《婚丧的改革》《关于薄葬》）。正如周作人在《水里的东西》一文中所说："我愿意使河水鬼来做个先锋，引起大家对于这方面的调查与研究之兴趣"④，开了重视民间信仰调查和研究的风气，但重建民族信仰最终并没有在实践层面上得到推进。

---

① 周作人：《缘日》，载周作人著，止庵校订《周作人自编文集·药味集》，河北教育出版社2002 年版，第 80 页。

② 周作人：《关于竹枝词》，载钟叔河编《周作人文类编·花煞》，湖南文艺出版社 1998 年版，第 96 页。

③ 周作人：《爆竹》，载钟叔河编《周作人文类编·花煞》，湖南文艺出版社 1998 年版，第 201页。

④ 周作人：《水里的东西》，载钟叔河编《周作人文类编·花煞》，湖南文艺出版社 1998 年版，第 373 页。

从中国现代启蒙作家对民间信仰的复杂态度可以看出，中国现代知识分子在提倡"科学"与"民主"的新文化运动中打出了"反传统"的口号，并且在公众面前表现出全盘否定的激进的文化姿态。但是，他们实际上并没有完全重蹈西方启蒙运动"唯理性"的道路。他们返回民间，情感上接纳民众，认识到包括"民间信仰"在内的被压抑的"传统"，可以成为转化或激活现代性要素的内容。① 对国民劣根性的批判，和对民间信仰中充满人情味和生命力的肯定、赞美同时并存于现代启蒙者的思想感情之中，营造了富有张力的文学审美空间。

第三节　"别有天地非人间"：文化重建中民间信仰资源的新生

民间信仰与神话之间具有非常密切的关系。"神话是一种以民间信仰的对象、观念和仪式为基本原型、借助于民间信仰活动而传承的神圣的叙事。"② 学术界一般都视民间信仰为神话传承的载体，民间信仰的对象和观念，成了神话产生的动因。神话的传播，又为民间信仰活动增强了神圣性。因为"仪式是民间信仰的重要组成部分，是表现人们崇拜神灵的行为活动方式。民间信仰的仪式分为巫术仪式与祭祀仪式。民间信仰的仪式构成了神话特别是远古神话的重要内容"③。

中国现代启蒙作家在关注民间信仰的问题时，一方面，他们高举理性旗帜，对神话、仪式的神圣性、超自然力量进行了解构，从而制造了新的"启蒙神话"；另一方面，"礼失求诸野"，重建民族文化的驱动力，使他们探究潜藏于民族文化深层的心理和思维结构，民族的神话进入他们的视野中。如郭沫若、闻一多、朱湘等现代作家在他们的诗歌创作中，利用了与神话叙述相互依存的仪式特征，来完成启蒙的叙事，激发起民族"横蛮"的生命力和人性的美质，使文学的"祛魅"与"复魅"同时并存于

---

① 参见吕微《现代性论争中的民间文学》，《文学评论》2000 年第 2 期。
② 向松柏：《神话与民间信仰研究》，人民出版社 2010 年版，第 5 页。
③ 向松柏：《神话与民间信仰研究》，人民出版社 2010 年版，第 10 页。

20 世纪中国的启蒙叙事之中。在这些现代作家中，郭沫若的创作最具有代表性。

与"五四"众多的文化启蒙者不同，郭沫若不是从国民性批判的角度自上而下进行启蒙。他热烈欢呼文化的新生，歌颂大自然，肯定健朗、自由、热烈的时代个性，歌颂科学、技术的迅猛发展，呼唤国人改变现状，追求文明进步，表达了与旧世界彻底决裂的叛逆精神。

但是，在郭沫若表达批判旧制度、重建新文化的激情时，他又不断重返民族的传统，借"复古"之名，行人文主义之实。郭沫若让古老的神话和仪式在他的诗歌、戏剧中复活，借助于仪式的象征意义来表达文化的"死亡"与"再生"，通过还原仪式的"诗、歌、舞"三位一体来传达激越的情感体验，借仪式的炽热和神圣、庄严，将读者带入了文学审美的沉醉之中。

一　古老仪式的再现

1919 年 9 月，郭沫若创作了《浴海》一诗。这首诗描写了祭祀太阳神的仪式。"太阳当顶了！/无限的太平洋鼓奏着男性的音调！/万象森罗，一个圆形的舞蹈！"[1] 以圆形或半圆形舞蹈来祛祟迎新、消灾祈福，是祭祀仪式中经常出现的场景。参加祭神仪式的"我"全身鼓荡着虔诚而迷狂的激情，要将"有生以来的尘垢、秕糠""陈腐了的旧皮囊"全盘清洗后，获得新生。"死亡"是"金蝉蜕壳"，"浴海"后将迎来"新生"！"死亡"也是创造的前提，"快把那陈腐了的旧皮囊/全盘洗掉！/新社会的改造/全赖吾曹！"[2] "死而复生"的仪式和成人仪式两个原型仪式相连接，呈现了生命新老交替的欣喜与庄严。

1919 年 11 月，郭沫若创作了他的第一个诗剧《黎明》。戏剧本起源于古老的祭祀活动。在郭沫若的眼中，戏剧的舞台就是祭神仪式举行的圣坛。之前《浴海》这首短诗中初现神秘的祭祀仪式，在诗剧《黎明》中得到了淋漓尽致的表现，再现"仪式"的过程成了《黎明》的主体剧情。演

---

① 郭沫若：《浴海》，载《郭沫若全集》文学编第一卷，人民文学出版社 1982 年版，第 70 页。
② 郭沫若：《浴海》，载《郭沫若全集》文学编第一卷，人民文学出版社 1982 年版，第 70—71 页。

员、音乐、舞蹈、台词、布景等，都指向了仪式感的营造。"我"是《黎明》中修炼成精的"蚌壳"的儿女，在海边同样跳着"圆形的舞蹈"。在黎明的光辉中，他们跪向太阳、大海、森林祈祷，他们边舞边歌，以"随舞随歌"的仪式音乐、舞蹈来感谢神灵，驱邪去灾，祈求宇宙中众神的护佑。破坏是创造之始，最后他们坚决将幽闭他们几千年的"蚌壳"投入海中，在"旧我"的死亡后重获新生。

继《黎明》之后，1920 年郭沫若又先后创作了四部诗剧：《凤凰涅槃》《棠棣之花》《湘累》和《女神之再生》。这四部诗剧在时间上，返回到历史时代，或为"天地玄黄，宇宙洪荒"的远古，或是诸侯争霸的春秋战国时期。剧中的人物一开始都置身于黑暗不公、混乱无序的时代，企盼着秩序的恢复。《凤歌》控诉、诅咒这个阴秽的世界，"你脓血污秽着的屠场呀！/你悲哀充塞着的囚牢呀！/你群鬼叫号着的坟墓呀！/你群魔跳梁着的地狱呀！"①《棠棣之花》里聂政、聂嫈生活的世界"成为了乌鸦与乱草底世界"，战争不息，杀人盈野，天地荒芜，人民苦不堪言。《湘累》里屈原身处的是一个是非不分、黑白颠倒的"混浊的世界"，"他们见了凤凰要说是鸡，见了麒麟要说是驴马……他们见了圣人要说是疯子"②。《女神之再生》中女神们面对的是共工、颛顼争帝后的天体破裂、天地含混、太阳被驱逐于天外，世界一片狼藉的黑暗。

如何埋葬黑暗，获得新生？郭沫若曾在写《凤凰涅槃》的前一天写信给宗白华说："我现在很想能如 Phoenix 一般，采集些香木来，把我现有的形骸烧毁了去，唱着哀哀切切的挽歌把他烧毁了去，从那冷净了的灰里再出生个'我'来。"③先死后生，从死向生迈进。在《凤凰涅槃》中，郭沫若遵循了"死亡—再生"的仪式结构，完整地书写了凤凰神鸟从集香木自焚到投火涅槃新生的一场仪式。"序曲"低昂、哀伤又不乏悲壮，"凤歌"充满了愤怒的诅咒和控诉，"凰歌"在绝望与忧伤中低徊，"凤凰同歌"表现出坚决赴死的决心；与之形成对比的是"群鸟歌"的滑稽、可笑；最后，"凤""凰"与光明、宇宙一起更生，"凤凰更生歌"充满了死

① 郭沫若：《凤凰涅槃》，载《郭沫若全集》文学编第一卷，人民文学出版社 1982 年版，第 37—38 页。
② 郭沫若：《湘累》，载《郭沫若全集》文学编第一卷，人民文学出版社 1982 年版，第 18 页。
③ 郭沫若：《三叶集》，载《郭沫若全集》文学编第十五卷，人民文学出版社 1990 年版，第 19 页。

而再生后的狂喜。

在另一部诗剧《女神之再生》中，从神龛中走下来的"炼五彩石补天"的女神们不再炼石——"我们要去创造个新鲜的太阳"①。在黑暗中，女神们以合唱迎接新造的太阳的到来。歌声中，"晨钟"和"丧钟"同时敲响，死亡与新生并存，毁灭与创造彼此成就。正是在从"生"到"死"，再到"复生"的永恒交替中，生命获得了不断提升的力量。

"死亡"与"再生"是原始信仰的重要组成部分。先民们往往用"死亡—再生"来解释四季的更替，也反映了人们相信灵魂不灭、追求永生和朴素的原始时间循环的观念。"《金枝》底研究告诉给我们：死亡与衰老对于初民的主要意义是重生底台阶；秋季丰收与冬季敛藏都不过是春季复兴底序幕罢了。"② 古希腊的悲剧就来源于对酒神狄奥尼索斯的祭祀，酒神通过人与自然万物的集体性生命存在，以再生战胜了死亡。正如题目中的"黎明""再生""涅槃"所示，郭沫若的《黎明》《女神之再生》《凤凰涅槃》都包含了"死亡—再生"仪式。《黎明》中海蚌跳出了蚌壳的"幽宫""囚笼"获得了永生，乐园恢复；《女神之再生》里女娲在太阳死去后，重新创造出了新的太阳；《凤凰涅槃》里满了五百岁的凤凰在烈火中死去，"复从死灰中更生，鲜美异常，不再死"，都具有相同的仪式结构。

与《女神之再生》创作于同一时期的诗歌《星空》中，"我"与星辰相对，如一夜观星宿的占星师，从选择了良辰吉日观星的欣喜，到见流星之坠落，在星光中哀哭"堕落了的子孙""堕落了的文化"而"滔滔流泪"。他与众星辰激情对话，仰望着星空反复祷告，"祷告那青春时代再来！""祷告那自由时代再来！"③ 直至天明，他向初升的朝云虔诚叩拜，全诗具有鲜明的仪式感。

对民间的"万物有灵"信仰的关注和深入体悟，也表现在郭沫若对屈原及"楚辞"的研究之中。郭沫若对屈原生活时代的民间信仰及举行的巫术仪式，一直保持了非常浓厚的兴趣。他的多篇文章均与"招魂""礼魂""祭祀"等人与神、鬼相通的仪式相关，如《屈原·招魂·天问·九

---

① 郭沫若：《女神之再生》，载《郭沫若全集》文学编第一卷，人民文学出版社 1982 年版，第 8 页。

② ［英］马林诺夫斯基：《巫术科学宗教与神话》，李安宅译，上海社会科学院出版社 2016 年版，第 10 页。

③ 郭沫若：《星空》，载《郭沫若全集》文学编第一卷，人民文学出版社 1982 年版，第 178 页。

歌》《蒲剑·龙船·鲤帜》《〈礼魂〉今译》等文。郭沫若说:"仪饰仅存着化石的形式。现代的诗人们不是应该吹入自己的生命,使化石复活吗?"① 1942 年,郭沫若创作了历史剧《屈原》。历史学家渊博的学识,严谨的考证,加入了诗人的激情与浪漫,让创作于两千多年以前的《楚辞》中的"祭仪"——《礼魂》《招魂》在舞台上重现。

闻一多曾在《什么是九歌》中提出:"楚歌十一章中只首尾的《东皇太一》与《礼魂》(相当于汉歌首尾的《练时日》与《赤蛟》),是纯粹祭神的乐章。其余九章,正如上文所说,都只是娱神的乐章。"②"严格地讲,二千年前《楚辞》时代的人们对《九歌》的态度,和我们今天的态度,并没有什么差别。同是欣赏艺术,所差的是,他们是在祭坛前观剧——一种雏形的歌舞剧,我们则只能从纸上欣赏剧中的歌辞罢了。"③ 郭沫若的现代戏剧《屈原》偏要将"纸上欣赏剧中的歌辞"转变成可演、可观、可闻的仪式歌舞剧:

> 在那明堂内室的左右二房里面陈列乐器,让乐师们在那儿奏乐。
> 唱歌的就在这西边的总章右房,跳神的就从那东边的青阳左房出现。
> 单独的跳舞在房中各舞一遍,一共十遍;最后的轮回舞在这中霤跳舞,把《礼魂》那首歌返复歌唱,唱到适度为止。④

郭沫若借南后之口道出的"明堂""总章""青阳",为遵循礼乐传统举行仪式的居所(包括青阳、明堂、太室、总章、玄堂),每一季天子坐"明堂"行王事,所有王事均以仪式为纲配合着四时推移。⑤ 这体现了集文学家、历史学家、考古学家等于一身的郭沫若对中国的"明堂"制度和传统的仪式叙事的熟悉和研究。

---

① 郭沫若:《蒲剑·龙船·鲤帜》,载《郭沫若全集》文学编第十九卷,人民文学出版社 1992 年版,第 85 页。
② 闻一多:《什么是九歌》,载《神话与诗》,天津古籍出版社 2008 年版,第 203 页。
③ 闻一多:《什么是九歌》,载《神话与诗》,天津古籍出版社 2008 年版,第 204 页。
④ 郭沫若:《屈原》,载《郭沫若全集》文学编第六卷,人民文学出版社 1986 年版,第 316 页。
⑤ 唐启翠:《以"初"为常与仪式叙事——从神话思维透视礼仪中国》,《百色学院学报》2009 年第 2 期。

　　郭沫若在《〈屈原赋〉今译·九歌·解题》中说:"《九歌》一共十一篇,全部是祭神的歌辞。"① 在他的戏剧《屈原》中,参加这场祭神仪式的舞者十人"均奇装异服,头戴面具",为东皇太一、云中君、湘君、湘夫人、大司命、少司命、东君、河伯、山鬼、国殇,他们一起跳神。歌者所唱《礼魂》之歌正是屈原《九歌·礼魂》的歌辞"成礼兮会鼓,/传芭兮代舞。/姱女倡兮容与。/春兰兮秋菊,/长无绝兮终古"的现代白话文翻译:"唱着歌,打着鼓,/手拿着花枝齐跳舞。/我把花给你,你把花给我。/心爱的人儿,歌舞两婆娑。/ 春天有兰花,秋天有菊花,/馨香百代,敬礼无涯。"②

　　剧中宋玉等怀疑屈原已发疯失去了本性,他们决定为屈原招魂。一位老者担任了招魂的巫师。郭沫若笔下的"招魂"仪式,体现了"模仿巫术"和"顺势巫术"的神秘性。老人扎茅草人作为屈原的替身,取来屈原穿过的衣服进行施法,滴上几滴童男、童女的血在茅草人头上驱邪赶鬼,这一系列巫术仪式带有鲜明的南方巫鬼信仰的色彩。

　　仪式需要营造"仪式情境"来激发情感的产生和蔓延。《屈原》中再次出现了圆圈舞。众人围成圆圈,先唱《礼魂》,边唱边跳,返复三遍。然后老人再次滴血于茅草人的头上,持衣向空中招魂,唱《招魂》,从巫阳招魂的这一段歌辞开始:"东方不可以托些。/长人千仞,/惟魂是索些。/十日代出,/流金铄石些。/彼皆习之,/魂往必释些。归来兮! 不可以托些。/魂兮归来!"民间招魂的对象是死者或重病将死者;《屈原》中的招魂辞,是为屈原招魂而唱。郭沫若对屈原《招魂》原文中的仪式唱辞做了一些删改。同时,郭沫若想象老人完成仪式的动作——他手抱茅草人,向东、南、西、北、天上、地下不同方向招展;他在亭子中回旋,同时愈唱愈快,进入到巫师施行巫术忘我、迷狂的状态。他每唱完一段,众人皆齐声和之,在集体共同参与的仪式中,情感达到了高潮。

　　仪式必然伴随着牺牲或献祭。《屈原》中,在关押屈原的东皇太一庙的神殿里,婵娟误服了南后阴谋杀害屈原的毒酒死去。屈原在极度悲痛之中,将她的尸体安放在祭奠东皇太一的神案上,"为她举行一个庄严的火

① 郭沫若:《〈屈原赋〉今译·九歌·解题》,载《郭沫若全集》文学编第五卷,人民文学出版社 1984 年版,第 272 页。

② 郭沫若:《屈原》,载《郭沫若全集》文学编第六卷,人民文学出版社 1986 年版,第 341 页。

葬"。死后的婵娟戴着花环，美丽高洁。屈原以《橘颂》为祭文祭奠婵娟，卫士按照传统祭文形式，加上了"维楚大夫屈原率其仆夫致祭于婵娟之前而颂曰"和"哀哉尚飨"一首一尾。致祭时，屈原"垂拱而立"于婵娟脚边，卫士立于屈原之右，展读祭辞。念完祭辞后，屈原和卫士再拜，最后将祭文与婵娟尸体一起焚烧。在"火葬"的仪式完成后，屈原说："婵娟，我的恩人也！你已经发了火，你把黑暗征服了。你是永远永远的光明的使者呀！"① 一如《凤凰涅槃》中浴火重生的凤凰，婵娟年轻的身体被献祭于东皇太一神殿之上，预示着将祛除一切邪恶、黑暗，返回初始的纯净世界。

从1919—1921年期间郭沫若创作《浴海》《黎明》《凤凰涅槃》《女神之再生》等，到20世纪40年代的《屈原》，郭沫若在他的诗歌和戏剧中，让带有民族文化密码的仪式，穿越了五彩斑斓的原始时代，来到了现代的时空情境之中。作为历史学家、考古学家，郭沫若曾结合卜辞，断定殷商人每日早晚均有迎日出，送日落的拜日仪式；20世纪50年代初，郭沫若还撰写了多篇文章，对殷墟王陵人殉、人牲的丧葬仪式进行探讨。② 祭祀、丧葬、驱鬼、招魂仪式与古老的原始信仰密切相连，如太阳崇拜、女神崇拜、万物有灵、灵魂不灭、生死如一等，背后蕴含着我们民族对宇宙、时间、生命和超自然力量等的独特认识。

但是，作为20世纪中国新诗的奠基者之一、中国现代历史剧的开创者之一的郭沫若，不是因为个人的历史癖好和对"原始世界的憧憬"③ 而去追溯这些古老仪式已渐渐模糊的身影，而是独辟蹊径，让古老的民间信仰仪式成为新文学的创新资源，在"旧的皮囊中盛上了新的酒浆"。他在"死亡"和"再生"的仪式书写中，建构了"神圣界"与"世俗界"的二元对立；同时，仪式又是超越生死两界、圣俗两界鸿沟的途径。郭沫若利用仪式的象征性，在"死亡"与"复生"的仪式结构中，烧毁旧我，创造新我；埋葬黑暗的旧时代，重造民族的新文化，在集体共同的仪式情感中，实现了"五四"新文化运动时期中西文化碰撞之下民族文化的新生。

---

① 郭沫若：《屈原》，载《郭沫若全集》文学编第六卷，人民文学出版社1986年版，第395—396页。

② 参见郭沫若《奴隶制时代》，载郭沫若《郭沫若全集》历史编第三卷，人民出版社1984年版。

③ 穆木天：《郭沫若的诗歌》，载王训昭等编《郭沫若研究资料》（中），知识产权出版社2010年版，第600页。

后来，在抗日战争中华民族处于生死危亡之时，郭沫若又以"仪式"作为开启文化认同的钥匙，依靠"仪式"的文化建构功能团结各种力量，形成抗战所需要的民族共同体的心理认同和民族的自信心，以实现文化与民族的自我拯救。

二　与仪式同生的神话的复活

神话与仪式行为往往相伴相生。英国人类学家哈里森认为，希腊语用"在仪式中所说的东西"指称神话，神话是"和仪式行为相对立或相伴随的言语行为"①。列维－斯特劳斯也认为神话和仪式有着密切的关系。在他看来，神话和仪式"相互复制，神话存在于概念的层次上，而仪式存在于行为的层次上"②。弗莱指出："神话在提供情况方面占有中心地位，它给宗教仪式以原型的意义，给神的传谕以原型的叙述。因而神话就成了原型。"③

在 20 世纪 20 年代初期，郭沫若对于神话有专门的研究。他认为神话是同宗教——原始的"自然神教"一起产生的。郭沫若视神话为"诗的艺术"。他说："神话是艺术品，是诗。我们在这里可以酌饮醍醐，我们在这里可以感受启迪。"④ 他的文学创作从"神话"和"自然神教"中汲取了丰富的营养。

郭沫若常常在他的戏剧或诗歌的开篇，设置一个混沌不明、原始苍莽的神话背景。《黎明》这个独幕剧一拉开序幕，就将人们带入长着太古时代的森林的海岛。在神诞生前，世界充满了黑暗和混乱。当狂暴的海涛渐渐平息，太阳出海，万道霞光齐射，宇宙具有了神性的光泽。在清晨的阳光照耀下，"海蚌中有较巨的两蚌，渐渐开放，随即跳出一对儿女来"⑤。诗歌《凤凰涅槃》的序曲中出现了《山海经》记载的生长着五彩斑斓的凤

① ［美］约翰·维克雷编：《神话与文学》，潘国庆等译，上海文艺出版社 1995 年版，第 102—103 页。
② 胡志毅：《神话与仪式：戏剧的原型阐释》，学林出版社 2001 年版，第 37 页。
③ ［加拿大］弗莱：《文学的若干原型》，庄海骅译，载胡经之、张首映主编《西方二十世纪文论选》第一卷，中国社会科学出版社 1989 年版，第 382 页。
④ 郭沫若：《神话的世界》，载《郭沫若全集》文学编第十五卷，人民文学出版社 1990 年版，第 286 页。
⑤ 郭沫若：《黎明》，载《郭沫若剧作全集》第一卷，中国戏剧出版社 1982 年版，第 3 页。

鳯的丹穴山，却萧瑟荒凉，"山右有枯槁了的梧桐，山左有消歇了的醴泉，山前有浩茫茫的大海，山后有阴莽莽的平原，山上是寒风凛冽的冰天"①。话剧《湘累》故事发生的地点是"浩森迷茫地"洞庭湖，在参天的金色的银杏树下，"妙龄女子二人，裸体，散发，并坐岸边岩石上，互相偎倚，一吹'参差'（洞箫），一唱歌"。她们是藏在洞庭湖深处的水神。每到晚上，她们出现，"永远唱着同一的歌词，吹着同一的调子"②。话剧《女神之再生》的序幕把人带入了中国神话中的史前时期、上古时代，"山上奇木葱茏，叶如枣，花色金黄，萼如玛瑙，花大如木莲，有硕果形如桃而大，山顶白云叆叇，与天色相含混"③。

在这天幕低垂、太古洪荒的史前时期，蚌壳精、女娲、共工、颛顼、东君、凤凰、湘水女神、天狗、嫦娥、玉兔、牛郎、织女、张果老、鲛人、巫山神女等古老的中国神话、传说中的形象，在郭沫若的话剧或诗歌中出现。与众多神话人物相伴生的，是古老的民间信仰与为表达信仰而举行的仪式。

神话产生于民间信仰，民间信仰是神话传承的载体，而仪式往往构成神话尤其是远古神话的重要内容。《黎明》中的"蚌壳精"是先民崇拜的水神之一，也体现了生殖崇拜的内涵。从巨蚌中跳出的一对儿女称自己为"我们是夏娃与亚当"，他们跪向"举长矢射天狼"的太阳神祈祷，又向太古的森林神跪祷。他们称自己生活的地方为"乐园"，希望不吃那"乐园里的禁果"。这既体现了郭沫若有意将西方伊甸园的神话因素融入中国的神话与仪式之中的创造性尝试，也表现了中西神话与仪式所具有的共通的象征体系。

《地球，我的母亲》以地球为母体，人类自居于其子。诗中地球母亲的宠儿，既有属于全人类的希腊神话中的"普罗米修斯"，也有中国神话传说里"空桑中生出的伊尹"。来自中西神话不同的形象，因共同拥有的"地母崇拜"信仰而毫无违和地在诗歌中相聚，表现了"五四高潮期的时

① 郭沫若：《凤凰涅槃》，载《郭沫若全集》文学编第一卷，人民文学出版社1982年版，第34页。
② 郭沫若：《湘累》，载《郭沫若全集》文学编第一卷，人民文学出版社1982年版，第17—18页。
③ 郭沫若：《女神之再生》，载《郭沫若全集》文学编第一卷，人民文学出版社1982年版，第6页。

代热情和那一代人曾经有过的世界眼光，广阔浩淼的生存感受"①。

《蜜桑索罗普之夜歌》是郭沫若 1920 年 11 月创作的诗歌，最初发表于 1921 年 3 月 15 日《少年中国》季刊第 1 卷第 9 期，被置于田汉所译王尔德剧本《沙乐美》之译文前，发表时和收入 1921 年《女神》初版本时另有副题——"此诗呈 Salome 之作者与寿昌"。王尔德的戏剧《莎乐美》所表达的厌恶世俗、逃避世俗、崇尚空灵之美、神秘之美的追求，和郭沫若《蜜桑索罗普之夜歌》一诗所具有的缥缈神秘的意境、唯美空灵的风格遥相呼应。虽然构成全诗主体的神话意象是来自中国古老的"羽衣人""鲛人对月流珠"的神话，唯美浪漫，令人浮想联翩，但是全诗表达的情感则如莎乐美在死亡中追求美的孤绝。主人公"独披着件白孔雀的羽衣"，伫立在"象牙舟"上翘首，但她没有中国传统女子月下的顾影自怜，她不愿做"流泪的鲛人"，"宁在这缥缈的银辉之中，/就好象那个坠落了的星辰，/曳着带幻灭的美光，/向着'无穷'长殒！"②她宁愿以死亡为代价，也要如彗星一现，向着光明、自由和美丽前进，凸显了个体强烈的生命意志。

"太阳神"是多次出现在郭沫若诗集《女神》中的神话形象。如《日出》中放射雄光、驱除一切暗云的亚坡罗（Apollo）、《太阳礼赞》中"新生的太阳"、《新阳关三叠》里"披着件金光灿烂的云衣"的"将要西渡的初夏的太阳"、《金字塔》中游历地球的"将要西下的太阳"、《胜利的死》中胜利地死去的"沉没的太阳"、《日暮的婚筵》里拥抱着海水新娘的夕阳"情郎"、《新生》中"黄金的太阳"、《海舟中望日出》里"唱着凯旋歌"的太阳、《我们在赤光之中相见》的"砥砺他犀利的金箭"要射死天魔的太阳……。它们多为中国神话中象征正义和光明的"英雄神"，有时又是惠泽万物的女神。在中国传统神话中出现的太阳神，既有屈原《九歌》中尊贵、雍容、英武的太阳男神东君、东皇太一，也有《山海经》里记载的"生十日"的"羲和"女神。③郭沫若的诗剧《女神之再生》开头援引了歌德的《浮士德》结尾的诗句，由神女玛甘泪引导死去了

---

① 赵园：《自序》，载《地之子——乡村小说与农民文化》，北京大学出版社 1993 年版，第 4 页。

② 郭沫若：《蜜桑索罗普之夜歌》，载《郭沫若全集》文学编第一卷，人民文学出版社 1982 年版，第 144 页。

③ 《山海经·大荒南经》中记载"东南海之外，甘水之间，有羲和之国。有女子名曰羲和，方日浴于甘渊。羲和者，帝俊之妻，生十日"。

的浮士德去见"光明圣母"——即外国古老神话中的"光明女神"。郭沫若在《神话的世界》中谈到，这个太阳神的形象既源于屈原的《九歌》中的太阳神东君，又有对希腊神话中赫利俄斯（Helios）与阿波罗（Apollo）的借鉴。[①] 尽管"太阳神"的形象糅合了中外关于太阳神的多种传说而成，但《女神之再生》情节的主干部分却是"女娲炼五色石以补苍天"和"共工怒触不周山"的中国神话故事。在中国民间信仰中，"人面蛇身"的女娲是生殖女神的化身。郭沫若突出了女神们进行新的创造后的狂喜。在共工与颛顼之争造成世界的黑暗、混乱、暴力、毁灭之后，她们不愿意再去"补天"，而是要创造一个崭新的世界，重新造一个太阳，这是一个从大海中跃然腾起的新鲜的、女性的太阳神。女神们用集体合唱的仪式，迎接太阳女神的到来。

《凤凰涅槃》中的神话形象是神鸟凤凰。据郭沫若考证，我国古代的凤凰是太阳的象征，被称为"金乌"。这和"天方古国有神鸟名'菲尼克斯'"，即古埃及人想象出来的古阿拉伯的一种神鸟是太阳的象征这一神话形成了相互印证。在李泽厚看来，凤凰是中华民族的图腾标记，而"原始歌舞正乃龙凤图腾的演习形式"。他认为，"之所以说'龙飞凤舞'，正因为它们作为图腾所标记、所代表的，是一种狂热的巫术礼仪活动"[②]。"图腾崇拜是一个由神话观念、信仰和仪式组成的繁复的体系。"[③] 《凤凰涅槃》中凤凰啄香木自焚、复从死灰中获得新生的神话，与史前人类对凤凰的图腾信仰、原始社会祭祀凤凰的仪式融合为一体，使全诗形成了一种热烈奔放、欢乐和谐、神圣庄严的审美氛围。

"创生神"也多次出现在郭沫若1921—1923年间创作的诗歌之中。《创造者》中开辟洪荒、划破混沌的盘古，他以自我为本体，创造了日月、泰岱、江海、草木、婴儿，迎来了"风的贺歌""鸟的贺歌""白云涌来朝贺"；在《我们的花园》中，"我们"创造出的花园是地球的妹妹，绝不弃却、时来欣赏它的美丽的是西方弹着竖琴的缪斯女神；《创世工程之第七日》里的创造者是创造了万物的上帝，但我们不满意于上帝第七天创

---

① 郭沫若：《神话的世界》，载《郭沫若全集》文学编第十五卷，人民文学出版社1990年版，第286页。

② 李泽厚：《美的历程》，天津社会科学院出版社2001年版，第22页。

③ ［苏］德·莫·乌格里诺维奇：《艺术与宗教》，王先睿、李增鹏译，生活·读书·新知三联书店1987年版，第65页。

造人类时的粗制滥造，要"重新创造我们的自我"。中西方神话中的盘古、上帝等创造之神出现在郭沫若的新诗之中，他们在破坏、毁灭中创造一切；与"创生神话"相伴生的仪式带来了无限喜悦、神秘、力量、快乐、礼赞之情，充分体现了郭沫若所张扬的宇宙本体的"生命之力"。

自"五四"以来，郭沫若对中西神话的了解和研究，使他注意到了神话的发生与民间信仰及仪式的密切关系，开始重新认识业已被现代人渐渐遗忘的古代仪式。在历史的演进之中，仪式的展演或许已经消亡，但神话故事却流传了下来，"神话是失落的仪式的遗音"①。神话，激发了郭沫若的文化记忆和诗性想象；神话，也成为他表达时代精神的文学资源。在 20 世纪 20 年代初宣传科学、强调启蒙理性至上的时代，郭沫若却以物我合一的"互渗"式思维方式，天才的奇幻的想象力，对神秘、浪漫的"屈骚"传统的自觉继承，将文学的诗性和神话的神性打通，视神话、传说为"无限的宝藏，正待我们去开发，正足以丰富我们的生命。不怕就有偏激的启蒙主义者要笑为'搅拌野蛮人的死灰'……"②对神话进行了现代性转换，表现出强烈的创新动力和浪漫主义者的激情。

三 "诗、剧杂糅"——文体的仪式化

作为中国现代文学史上的一部新诗集，郭沫若《女神》的初版本被称为"剧曲诗歌集"（上海泰东图书局 1921 年 8 月 5 日初版），而不是新诗集。它的第一辑是诗剧，包括《女神之再生》《湘累》《棠棣之花》三部，是戏剧，也是诗；第二辑的首篇为《凤凰涅槃》，采用诗的语言，但更像是一部诗剧，有不同角色，有剧情，有对白，还有舞蹈；它也像一部交响乐，从"序曲"到中间音乐主题的发展到最后迎来高潮，包括独唱、对唱、合唱等丰富的音乐变化。"诗歌"和"戏剧"融为一体的特点，也表现在郭沫若《星空》中的《孤竹君之二子》《广寒宫》，《瓶》中第十六首《春莺曲》，《恢复》里的《诗和睡眠争夕》，历史剧《卓文君》《聂嫈》《屈原》《高渐离》等作品中。

---

① 赵晓寰：《戏剧、小说与民间信仰——中国传统文学和文化的域外观照》，复旦大学出版社 2018 年版，第 62 页。

② 郭沫若：《神话的世界》，载《郭沫若全集》文学编第十五卷，人民文学出版社 1990 年版，第 290—291 页。

"诗、剧杂糅"是郭沫若在文体上新的创造。给予郭沫若文学创新的灵感,离不开既事神又娱人的仪式剧。郭沫若的这些作品表现的题材多为民族的英雄人物,有不少作品保留了古老的神话原型,如《女神之再生》中的女娲、太阳神,《湘累》里的水神潇湘二妃娥皇、女英,《凤凰涅槃》中的凤凰,《广寒宫》中的嫦娥、张果老等。它们对民族神灵的创造、图腾的崇拜、祖先的崇拜及英雄人物事迹的讲述,是通过极富仪式化的诗歌、舞蹈、歌唱表达出来的,使这些作品充满着激越的情感体验和富有冲击力的审美力量。

首先,郭沫若创作的一些诗歌,并不只是书面语言的记录,而是诗、歌、舞三位一体的融合,具有非常鲜明的仪式特征。

诗歌是语言的艺术。在没有文字的时期,它是与歌、舞艺术关系密切的口头文学,书面文学是要在记录它之后产生的。中国先秦的诗歌在起源上,与仪式文化关系密切。如《诗经》中的"大雅"及"小雅"的一部分、"三颂",《楚辞》中的《离骚》《九歌》《招魂》《大招》,都与朝廷、宗庙及民间的祭祀仪式有关,有的就是祭祀仪式的记录。在传统的祭祀仪式中,"降临的神灵(尸)与迎神的巫师之间,有以对舞、对唱的形式,把歌、舞、动作、神谕、祝词等部分彼此融于一体的狂乱、依托动作"①。记录祭祀仪式的诗歌,保持了仪式的结构,具有音乐性、动作性和象征性。

郭沫若试图让诗歌回到它诞生的源头,将歌、舞、诗融为一体。《凤凰涅槃》由"序曲""哀哀的歌声"拉开了满五百岁的凤与凰"集香木自焚"的序幕。之后,有"凤歌""凰歌"的独唱,有"凤凰同歌"的合唱,也有"群鸟"作为旁观者各自的歌唱,最后是"凤凰更生歌"的"和鸣"。凤和凰在烈火中更生后,它们在歌唱中起舞,"我们欢唱!/我们欢唱!/一切的一,常在欢唱!/一的一切,常在欢唱!"诗歌和音乐并存,同时还伴随着舞蹈,在迷狂的歌舞中实现了光明、宇宙和凤凰的更生。"火便是你!/火便是我!/火便是"他"!/火便是火!"②凤与凰、与万事万物皆融为一体,达到了"神人以合"、物我合一的境界。

---

① [日]田仲一成:《中国戏剧史·序论》,云贵彬、于允译,北京广播学院出版社 2002 年版,第 3 页。

② 郭沫若:《凤凰涅槃》,载《〈女神〉及佚诗》,人民文学出版社 2008 年版,第 46 页。

在祭祀仪式中，主祭人往往通过身体的动作、话语的韵律、悦耳的声音来讲述神话，控制和操作整个祭祀仪式的节奏，营造仪式的情境。《尚书·尧典》云："诗言志，歌永言，声依永，律和声，八音克谐，无相夺伦，神人以和。"要达到"歌永言，声依永，律和声"，仪式性的歌唱有许多技巧，如重章叠句，用韵，行数、顿律和节奏的变化等。法国著名的人类学家葛兰言认为《诗经》中的诗歌，"原本是在庆典和仪式的场景中被创作和演唱的"①，他提出："对称也是诗歌创作中的基本技巧。诗歌的形式通常非常简单，每首诗一般由三到四章构成，每章通常包含四句或六句。在有些诗歌中，每一章的诗句都是类似的，实际上每章中都有叠句。"②

"反复"在郭沫若的《凤凰涅槃》的咏唱中占了绝对的篇幅。以《凤凰更生歌》为例，"鸡鸣"唱辞的行数都是一节三行，三行的句式都相同——"×潮涨了！／×潮涨了！／死了的××更生了！"诗行的音节数目多为 2—3 音节／行，诗句较短。用韵上全部采用行末叠字。"凤凰和鸣"唱辞的行数齐整，都是每节十二行。第二节到第四节的句式完全相同，第一节的句式也只稍有不同。诗行的音节数目都为 2—3 音节，句子较短。用韵除了行末叠字外，还押尾韵且有变化。从第一节到第四节，全部以"翱翔！翱翔！／欢唱！欢唱！"结尾，尾韵使用开口而且收入鼻音的韵，如欢乐的呼喊。周扬说："正如在有名的《凤凰涅槃》中，'火便是你。／火便是我。／火便是他。／火便是火。／翱翔！翱翔！／欢唱！欢唱！'这六句竟反复至十三遍之多。""觉得作者好像是在念符咒、弄虚玄一般的重句。"③《凤凰涅槃》的"重章叠句"，一唱三叹，使诗歌极富节奏感和音乐性。句式齐整中有变化，使诗歌具有庄严、神圣感的同时也不乏活泼。诗句通过重复、排比、回旋往复，增加了诗歌宏阔的气势，显示了仪式中集体的强大力量。

集体参与的仪式具有沟通人神的目的。它在主客、物我、神人之间架

---

① ［法］葛兰言：《中国古代的节庆与歌谣·译序》，赵丙祥、张宏明译，广西师范大学出版社 2005 年版，第 3 页。

② ［法］葛兰言：《中国古代的节庆与歌谣》，赵丙祥、张宏明译，广西师范大学出版社 2005 年版，第 76 页。

③ 周扬：《郭沫若和他的〈女神〉》，载王训昭等编《郭沫若研究资料》（中），知识产权出版社 2010 年版，第 670 页。

起了一座桥梁,通过仪式化的歌舞,将想象界和现实界沟通。所以,仪式中"我们"或"我"吟唱的歌,其实都有一个言说的对象——"你们""你""他"。《凤凰涅槃》从《凤歌》开始到结束,出现了很多第一人称代词"我们"对"你们"带有诵唱乐调的言说。在郭沫若的其他诗歌中,我们也可以发现大量"我们""我"第一人称代词的运用。笔者初步统计,诗集《女神》中,出现了第一人称的诗歌有四十多首,如《天狗》《炉中煤》《日出》《晨安》《浴海》《地球,我的母亲》《梅花树下醉歌》《我是个偶像崇拜者》《太阳礼赞》等,没有出现人称代词的诗歌寥寥无几。创作《凤凰涅槃》的郭沫若如一个施行仪式、与神对话的巫师,他说:"在民八、民九之交,那种发作时时来袭击我。一来袭击,我便和扶着乩笔的人一样,写起诗来。有时连写也写不赢。"[1] 出现"全身都有点作寒作冷,连牙关都在打战"的"神经性的发作"[2],表现了"人神合一"情感的热烈甚至迷狂。《女神》中的"我"以最原始的方式对着太空,地球,太阳,星星,大海,梅花,春神,死神,天狗,煤,恋人……倾诉,表白,赞美,咏叹,呼唤,祈祷,在"我"与"物",世俗与神圣,日常性与非日常性之间重新建立起沟通与连接,表达的却是狂飙突进的时代激情,一个现代知识分子个性的张扬和对旧时代、旧思想决绝的叛逆。"我"对"你"自然万物之神的祈祷、倾诉、唱诵,也给"五四"启蒙者带来了情感的抚慰与仪式的治疗作用。

其次,郭沫若将戏剧仪式化。他的戏剧有的就是一场仪式表演的实录,如《黎明》和《女神之再生》;有的戏剧中仪式表演是全剧非常重要的组成部分,如《屈原》中穿插着《礼魂》的歌舞,民众为屈原"招魂"的颂唱,钓叟的歌唱等,构成了一种浓郁的诗意。

中西戏剧的起源与发展,都与原始宗教仪式相关。祭祀仪式的表演性、性格化、程序化的特征,孕育了戏剧的萌芽。最早的戏剧是一种混合型的艺术,它由诗、歌、舞组成。它们的诞生都与古老的仪式活动有非常密切的关系。如先秦的"方相氏""蜡祭""尸祭"等,都与仪式相关。苏轼在《东坡志林》卷二"祭祀"条中指出:"'八蜡',三代之戏礼也。"

---

① 郭沫若:《我的作诗的经过》,载《郭沫若全集》文学编第十六卷,人民文学出版社 1989 年版,第 217 页。
② 郭沫若:《我的作诗的经过》,载《郭沫若全集》文学编第十六卷,人民文学出版社 1989 年版,第 217 页。

先秦的"蜡祭"亦祭亦戏。明代杨升庵（慎）云："观《楚辞·九歌》所言巫以歌舞悦神，其衣披情态，与今倡优何异?"① 在闻一多看来，屈原的《九歌》乃是一种宗教仪式之歌剧，他还将其翻译成了散文化的歌剧。

郭沫若的戏剧往往将时间拉回到史前时期或者春秋战国时期。在《黎明》和《女神之再生》中，时间似乎已经静止、停滞不前。在亘古洪荒之中，蚌壳精、女娲、共工、颛顼、太阳神的出现，给戏剧提供了一个奇幻、神秘、虚拟的舞台时空。"我们来祝天地的新生，／我们来祝海日的新造"，《黎明》中的海蚌精跳着圆形舞蹈，他们集体向太阳、大海、森林虔诚跪祷；《女神之再生》中的女娲在祈祷新生的太阳出来时，"我们的心脏，好象些鲜红的金鱼，／在水晶瓶里跳跃!"② 在仪式的狂欢之中合唱、祈福，以"欢迎新造的太阳"。此时，舞台已经成了举行祭祀仪式的祭台，诗、歌、舞将人们带入神圣、庄严且欢乐的仪式情境之中。《屈原》中"礼魂""招魂"仪式，让观众似乎置身于神奇、瑰丽、浪漫的巫楚文化的传统之中，在诗、歌、舞一体中感受到了《楚辞》的魅力。郭沫若曾在《屈原考》一文中评价《离骚》："它里面写的多是超现实的东西，充满着超现实的风韵。这种气质，不但在屈原以前的北方文学里找不到（实在可以说绝无而不是仅有），就是在屈原以后的中国文学里也很少。"③ 他主动继承了"屈骚"传统，试图复活被遗忘已久的中国南方文化的浪漫体系。

让戏剧回到仪式的原点，绝不是对戏剧之根的怀旧。郭沫若充分发挥了仪式的表演性功能，以体现戏剧这一综合性艺术的特点；同时他利用了仪式的象征性，以仪式来象征、隐喻时代、民族、自我的更生；以仪式来凝聚人心，强化文化认同，最终要创造出新的精神仪式。

抗日战争期间，郭沫若创作了《棠棣之花》《屈原》《虎符》《高渐离》《孔雀胆》《南冠草》六部历史剧。《棠棣之花》中，在聂政受严仲子之托，去刺杀无道的韩相侠累前，他和姐姐一起在母亲的坟墓前祭祀母亲亡魂，"聂政置篮墓前，折剑斫白杨一枝，在墓之周围打扫。聂嫈分桃枝

① 陈多、叶长海：《中国历代剧论选注》，湖南文艺出版社1987年版，第103页。
② 郭沫若：《女神之再生》，载《郭沫若全集》文学编第一卷，人民文学出版社1982年版，第13页。
③ 郭沫若：《屈原考》，载《郭沫若全集》文学编第十九卷，人民文学出版社1992年版，第105页。

为二，分插碑之左右。插毕，自篮中取酒食陈布，篮底取出洞箫一支"①。对母亲的祭拜，充分体现了中国传统的祖先崇拜。不过，虽在祭拜仪式上他们遵循了祭祀祖先的传统，但是他们在母亲坟前所唱的歌曲，却被作者注入了"舍身保国"的时代内容——"不愿久偷生，但愿轰烈死。愿将一己命，救彼苍生起！"② 郭沫若想激发的是中华儿女不惧牺牲，投身于抗日的时代洪流之中的斗志和激情。

历史剧《屈原》同样完成于抗战期间。在创作《屈原》之前，郭沫若做过几次纪念屈原的演讲，发表过多篇研究屈原的文章，后收入《蒲剑集》和《今昔集》中。《关于屈原》一文写于 1940 年 5 月 3 日，郭沫若在文中再次强调屈原"是为殉国而死，并非为失意而死"。"屈原是永远值得后人崇拜的一位伟大的诗人，他的对于国族的忠烈和创作的绚烂，真真是光芒万丈。中华民族的尊重正义，抗拒强暴的优秀精神，一直到现在都被他扶持着。多造些角黍，多挂些蒲剑和藤萝，这正是抗战建国的绝好的象征。"③ 他倡议将端午节纪念屈原的仪式与抗战建国的国家仪式相联系。1941 年，郭沫若联合田汉、老舍、茅盾等文化名人，在重庆发出倡议，定夏历五月初五纪念屈原之日为"诗人节"，并发表了《诗人节宣言》。1941 年 5 月 30 日，郭沫若发表《蒲剑·龙船·鲤帜》一文，"希望这个民族的大众纪念节日，不要被解释为少数的'诗人'所垄断"，强调端午节纪念诗人屈原的风俗中蕴含的民族精神。他说："群鬼百邪害死了忠良，损坏了民族的正义感，故尔每一个人为自卫和卫人记，都须得齐心一意的来除去邪鬼。""更进而除去一切宇宙中的辟邪吧，以蒲为剑，以艾为犬（古时曾以艾为人或虎），岂不是象征着要民族的每一个人都成为驱魔的猎人，伏虎的斗士？这诗意真真是十分葱茏，值得我们把它阐扬、保存、而且扩充——扩充为民族的日常生活：熏莸不同器，邪正不两立！"④ 创作于1942 年 1 月的历史剧《屈原》就是要在抗日的持久战阶段，通过舞台上塑造的民族英雄屈原的形象来凝聚民心，鼓舞斗志。民间"驱鬼""招

---

① 郭沫若：《棠棣之花》，载《郭沫若剧作全集》第一卷，中国戏剧出版社 1982 年版，第 10 页。

② 郭沫若：《棠棣之花》，载《郭沫若剧作全集》第一卷，中国戏剧出版社 1982 年版，第 11 页。

③ 郭沫若：《关于屈原》，载《郭沫若全集》文学编第十九卷，人民文学出版社 1992 年版，第 23 页。

④ 郭沫若：《蒲剑·龙船·鲤帜》，载《郭沫若全集》文学编第十九卷，人民文学出版社 1992 年版，第 85 页。

魂""火葬"的仪式，被转化为具有社会功效性的国家仪式，表达了一种集体的情感。戏剧已经不再只是为满足人们娱乐需求的审美艺术，同时也具有祈福驱难、获得信心、重新整合对立社群、疗治创伤等仪式功用性。

不难看出，郭沫若作品中民间信仰仪式和神话的重生，都是发生在 20 世纪中国文化裂变与创造、启蒙与救亡的时期。在历史的转折时期，人们追求光明，破除黑暗，重建文化秩序和社会秩序，呼唤新生力量，同时也寻求心理疗治。民间信仰作为民族记忆、种族记忆的储存器，可以满足肩负"启蒙"与"救亡"双重实名的中国现代知识分子的心理需求。但是，对仪式集体情感的强调，也带来了个体情感的压抑和弱化。

如郭沫若在自传《少年时代》中回忆自己亲身经历的包办婚姻的全过程。令人诧异的是，他并没有将笔墨放在控诉封建包办婚姻的罪恶之上，反而从文化史学家的研究角度，很耐心地写出了传统婚礼仪式的文化内涵。如他说男女交拜是变相交媾，是"生殖器崇拜时代神前结婚的遗习"；夫妻进"洞"房，明明是结婚的寝室却叫做"洞"，还要在白天点烛，这是"穴居野处的风习"在语言上的遗留。他做出的结论是："像这样，全部旧式婚礼都是原始时代的孑遗，在这一天半日之中，人类的子孙把他们的祖妣要经过几千年或者几万年的野合时代、母权时代、寇婚时代，交错地再演出来。"① 回忆自己的洞房花烛之日，他如一具有考证癖的老学究袖手旁观，冷静地发掘出传统婚礼仪式背后承载的社会文化内涵和表达的集体情感，反常之中潜在透露了他作为包办婚姻的受害者"心如死灰"的痛苦，也表现了郭沫若以探讨仪式的集体情感，有意掩盖他内心的个人隐痛，逃避和压抑痛苦的个体生命体验的表达。

抗战期间，《屈原》的演出获得了成功。但因郭沫若过分强调为抗战服务的集体情感，将政治倾向鲜明的国家仪式植入了民间仪式之中，剧本中的灵魂人物屈原的人物形象并不够饱满。郭沫若对仪式话语传递的集体情感和对价值共同体的建构的侧重，使屈原这一千古文人的复杂、矛盾的个体情感未能得到充分表现。

1939 年 7 月，郭沫若父亲去世。这位在 20 世纪初因叛逆传统包办婚

---

① 郭沫若：《黑猫》，载《郭沫若全集》文学编第十一卷，人民文学出版社 1992 年版，第 294—297 页。

姻而出走日本多年的现代知识分子回国后，却选择了最为传统的"丧葬仪式"来祭奠父亲。"这次父丧，从其父 7 月 5 日逝世开始，到 12 月丧事办理完毕，竟用了一百多天。郭沫若严格按照当地极其纯正的乡风民俗来操办这场丧事，特别是其中的启祖、朝祖、祭祖三天大祭盛典，排场之大，叹为观止。"① 郭沫若采用了传统祭文形式，撰写了《先考膏如府君行述》《家祭文》等文，对自己有悖于家庭伦理道德进行了充满忏悔的告白。这与 20 世纪 20 年代作为"五四"狂飙精神代表的青年郭沫若形成了鲜明的对比。传统的叛逆者又成了传统的皈依者。郭沫若的文学作品中被有意复活的"仪式"，和现实生活中的家族丧葬仪式的无比隆重的展演，构成了意味深长的文学内外的呼应。它折射出 20 世纪中国现代知识分子现代和传统的双重面影，显示了这一代文人文化心理的复杂和文化选择的艰难。

霍克海默（Max Horkheimer）和阿道尔诺（Theodor Adorno）在《启蒙辩证法》一书的《启蒙的概念》中提出："启蒙的纲领是要唤醒世界，祛除神话，并用知识替代幻想。"② 启蒙将神话世俗化，消除了鬼魅及其概念派生物；启蒙推翻了信仰的合法性，反对宗教主义和形而上学。上帝的偶像被推翻后，理性被绝对化、权威化，这导致了人与自然的和谐关系被破坏，人成为自然的征服者、破坏者，主体在"脱魅"的过程中走向物化。而中国现代启蒙运动具有不同于西方启蒙思潮的特点。中国在传统文化影响下人与自然之间的关系并不构成主体与客体之间的对立；理性的张扬也不以对上帝的否定为前提。自晚清以来"亡国灭种"的危机使得推翻帝制，建立民主共和国，否定"天命论""天授神授""神道设教"等根深蒂固的民间迷信观念成为要务，但是人的理性总是伴随着情感，理性与非理性、理性与信仰之间永远存在着无法回避的矛盾。在高扬西方"科学""民主""自由"的思想旗帜的同时，在现代中国民族主义的呼声中，中国知识分子对现代启蒙运动的思想资源的寻找，使他们关注到了"民间""民俗""民间信仰""民间神话、传说"等可供借鉴的本土的文化资源。"信仰""仪式""神话"中保存了民族原始的思维，充沛的情感，集体的伦理原则，中国现代启蒙者不能斩断"启蒙"理性与"民间信仰"之间的

---

① 陈俐：《郭沫若归国事件和奠父仪式的国家意义》，《抗战文化研究》（辑刊）2008 年 9 月。

② ［德］马克斯·霍克海默、西奥多·阿道尔诺：《启蒙辩证法》，渠敬东、曹卫东译，上海人民出版社 2006 年版，第 1 页。

联系，从而形成了张光芒先生所说的"中国近现代启蒙主义，既非单纯对情感的推崇，亦非只是对理性的弘扬，而是对二者之'合力'（自由意志）的高扬"①。但遗憾的是，抗日战争的爆发，中断了中国启蒙运动走向多元的探索阶段的发展，民族面临的任务从"启蒙"转向了"救亡"，"自由意志的高扬"并未得到更加充分的表现。

---

① 张光芒：《启蒙论》，上海三联书店 2002 年版，第 75 页。

第二章 神性的坚守:沈从文与民间巫鬼信仰

与"五四"众多启蒙者肯定工具理性,以"民主"与"科学"为思想资源参与到中国社会文化的现代性建构之中不同,沈从文对近代以来中国的启蒙运动提出了质疑。他在1934年创作的小说《凤子》中,借"乡下人"总爷之口说:"中国是信神的,少数受了点科学富国强种教育的人,从国外回来,在能够应用科学以前,先来否认神的统治,且以为改变组织即可以改变信仰,社会因此在分解,发生不断的冲突,这种冲突,恐怕将给我们三十年混乱的教训。"① 面对启蒙时代过分强调理性,否定"神的统治"和"神的信仰",反而出现了无信仰后人性的堕落、秩序的混乱和社会的悲剧,沈从文进行了深刻的反思。他认为:"在科学发达够支配一切人的灵魂时候,神慢慢的隐藏消失,这一切都不须我们担心。但神在××人感情上占的地位,除了他支配自然以外,只是一个抽象的东西,是正直和诚实和爱;科学第一件事就是真,这就是从神性中抽出的遗产,科学如何发达也不会抛弃正直和爱,所以我这里的神又是永远存在不会消失的。"② 沈从文并非拒绝科学、启蒙、变革,他否定的是启蒙、颠覆、变革之后缺乏文化的重建,而这关系到民族的生死存亡。沈从文在他的作品中,呼唤"神之再现",以重造现代民族文化。湘西古老的民间信仰,成为现代性重建的重要资源之一。

---

① 沈从文:《凤子》,载《沈从文全集》第7卷,北岳文艺出版社2002年版,第125页。
② 沈从文:《凤子》,载《沈从文全集》第7卷,北岳文艺出版社2002年版,第124页。

第一节　文明的隐忧与对"生命的神性"的呼唤

　　1940 年 6 月，沈从文发表了《读英雄崇拜》一文，驳斥"战国策派"陈铨提倡英雄崇拜，并提出"个人认为时代到了二十世纪，神的解体是一件自然不过的事情。他虽解体却并不妨碍建国。如有人从一个政治哲学新观点，感觉东方的中国，宗教情绪的散漫十分可惜，神的再造有其必要，这问题大，绝不是单纯的英雄崇拜即可见功"，"神的重造"不必集中到一个"伟人"身上。① 实际上，《读英雄崇拜》中提出的"神的解体"和"神的再造"，多次出现在沈从文的小说、散文、杂文、文论之中。如1937 年沈从文补写的小说《凤子》第十章"神之再现"，通过乡下总爷和城里客人之间的讨论，提出了"神的消亡"和"哲学之再造"的问题。《美与爱》一文也谈到了"神的解体"和"神的重造"的问题。沈从文说："神既经解体，因此世上多斗方名士，多假道学，多蜻蜓点水的生活法，多情感被阉割的人生观，多轻微妒嫉，多无根传说。大多数人的生命如一堆牛粪，在无热无光中慢慢燃烧，且都安于这种燃烧形式，不以为异。"② "然而人是能够重新知道'神'的，且能用这个抽象的神，阻止退化现象的扩大，给新的生命一种刺激启迪的。"③ 沈从文还强调"文学"在"重造"中发挥的重要的作用。他说："我是个弄文学的人，照例得随同历史发展，学习认识这个社会有形制度和无形观念的变迁。三十年来虽明白社会重造和人的重造，文学永不至于失去其应有作用。"④ 沈从文重视文字的力量，他"相信一切由庸俗腐败小气自私市侩人生观建筑的有形社会和无形观念，都可以用文字作为工具，去摧毁重建"⑤。他一方面批判神性的缺席带来的人的精神和道德的堕落，另一方面他在小说、散

---

① 沈从文：《读英雄崇拜》，载《沈从文全集》第 14 卷，北岳文艺出版社 2002 年版，第 139 页。
② 沈从文：《美与爱》，载《沈从文全集》第 17 卷，北岳文艺出版社 2002 年版，第 361 页。
③ 沈从文：《美与爱》，载《沈从文全集》第 17 卷，北岳文艺出版社 2002 年版，第 362 页。
④ 沈从文：《定和是个音乐迷》，载《沈从文全集》第 12 卷，北岳文艺出版社 2002 年版，第 213 页。
⑤ 沈从文：《长庚》，载《沈从文全集》第 12 卷，北岳文艺出版社 2002 年版，第 39 页。

文、杂文、文论等作品中，重建人性的神性之维，呼吁"新宗教"的出现。

一　"神"之解体后的人性病态

"神的解体"指的是人性的神性解体，人的信仰沦丧，造成了种种人格的病态和人的沦落，甚至影响到了种族的存亡。人性的神性被遮蔽后，人的生存沦为一种动物性的生存，即沈从文所说的"生活"。"多数人或具有一种浓厚动物本性，如猪如狗，或虽如猪如狗，惟感情被种种名词所阉割，皆可望从日常生活中感到完美与幸福。"① 即使是读书人，"知识上已成专家后，在作人意识上，其实还只是一个单位，一种'生物'。只要能吃，能睡，且能生育，即已满足愉快。并无何等幻想或理想推之向上或向前，尤其是不大愿因幻想理想而受苦"②。《顾问官》中的顾问每天看牌，吸烟，聊天，下乡催款捞点外快，上衙门陪师长打牌，"这一来，当地一个知识阶级暂时就失踪了"③。他们的"生活"满足于一种动物性的生存和本能的需求，"捕蚊捉虱，玩牌下棋，在小小得失上注意关心，引起哀乐，即可度过一生。生活安适，即已满足。活到末了，倒下完毕。多些人所需要的是'生活'，并非对于'生命'具有何种特殊理解，故亦不必追寻生命如何使用，方觉更有意思"④。人只满足于动物性生存的"生活"，不仅是"生物学上的退化现象"，而且这一现实"将使下一代堕落的更加堕落，困难越发困难"⑤。

人的信仰丧失后，"一种可怕的实际主义，正在这个社会各组织各阶层间普遍流行，腐蚀我们多数人做人的良心、做人的理想，且在同时把每一个人都有形无形市侩化。社会中优秀分子一部分，所梦想，所希望，也都只是糊口混日子了事，毫无一种较高的情感，更缺少用这情感去追求一

---

① 沈从文：《潜渊》，载《沈从文全集》第 12 卷，北岳文艺出版社 2002 年版，第 34 页。
② 沈从文：《烛虚》，载《沈从文全集》第 12 卷，北岳文艺出版社 2002 年版，第 18 页。
③ 沈从文：《顾问官》，载《沈从文全集》第 8 卷，北岳文艺出版社 2002 年版，第 241 页。
④ 沈从文：《潜渊》，载《沈从文全集》12 卷，北岳文艺出版社 2002 年版，第 31—32 页。
⑤ 沈从文：《黑魇》，载《沈从文全集》12 卷，北岳文艺出版社 2002 年版，第 171 页。

个美丽而伟大的道德原则的勇气"①。《王谢子弟》中族人为得到钱财，故意设计让人教唆七爷染上赌博和玩女人；七爷从乡下来天津办地产交涉，每天在城里花钱应酬各方官员，玩妓女，在吃喝玩乐中浪费生命。七爷母亲去世，族人在参与丧事中，都赚得了一笔"白财"。人与人之间的关系只剩下"金钱"。

人的神性退隐后，人的生命意志匮乏，它导致了"阉寺性"的病态人格。沈从文说："至于阉寺性的人，实无所爱，对国家，貌作热诚，对事，马马虎虎，对人，毫无情感，对理想，异常吓怕。也娶妻生子，治学问教书，做官开会，然而精神状态上始终是个阉人。"②《八骏图》里的八位大学教授们，他们挂着"学者""专家"的头衔，实则精神空虚，内心变态。表面上看，他们是正人君子，但实际上却以"阉割观念"来抑制潜意识里的爱欲冲动，以"违反人性的理想"来扼杀天性。

文明压抑下的"阉寺性"人格在青年人身上也表现了出来。"在年青男女中，则作什么都无精神，不兴奋，即在最切近的男女关系事件上，也毫无热情可言。"③《如蕤》中围绕在如蕤身边的都是"一群阉鸡似的男子，各处扮演着丑角喜剧"，她厌恶那些"灵魂又从另一个模子中印出"的男子，在失望中逃离。

"阉寺性"的人格还表现在一些政客身上。"因为在政治上或男女关系上，目下似乎流行一种风气，即用一个宦寺阴柔风格来活动，从阿谀、驯顺、虚伪、见技巧，为时髦人生观。"④"其属于精神堕落处，正由于工具误用，在受过高等教育的公务员中，就不知不觉培养成一种阉宦似的阴性人格，以阿谀作政术，相互竞争。"⑤ 沈从文对这种病态的人格进行了揭露和批判。

总之，无论是有教养的绅士，或年青男女，还是政客小丑，他们对生活毫无热情，"一面表现少年老成，一面即表现生命力不旺盛。许多人活

---

① 沈从文：《云南看云》，载《沈从文全集》17 卷，北岳文艺出版社 2002 年版，第 310—311 页。

② 沈从文：《生命》，载《沈从文全集》第 12 卷，北岳文艺出版社 2002 年版，第 43 页。

③ 沈从文：《谈家庭》，载《沈从文全集》第 14 卷，北岳文艺出版社 2002 年版，第 153 页。

④ 沈从文：《谈家庭》，载《沈从文全集》第 14 卷，北岳文艺出版社 2002 年版，第 153—154 页。

⑤ 沈从文：《长庚》，载《沈从文全集》第 12 卷，北岳文艺出版社 2002 年版，第 39 页。

下来生命都同牛粪差不多，俨然被一种不可抗的命定聚成一堆，燃烧时无热又无光"①。他们没有美的情趣，缺乏爱的情感，"对于'美'，对于一切美物、美行、美事、美观念，无不漠然处之，竟若毫无反应"②。在虚假的文明、金钱、权势的腐蚀下，人性中的神性消失，民族的品德日趋退化、衰微。

令沈从文痛心的是，被认为保存了人的"神性"的湘西乡村，也出现了"神的解体"。《丈夫》中丈夫送妻子进城当妓女出卖肉体，"女子出乡卖身，男人皆明白这做生意的一切利益。他懂事，女子名分仍然归他，养得儿子归他，有了钱也总有一部分归他"③。而乡下来的女性，离开了乡村开始在船上做卖肉体的生意，"慢慢的学会了一些只有城市里才有的恶德，于是妇人就毁了"④。《媚金·豹子·与那羊》中媚金和豹子可以为爱情而死，但是他们至爱殉情的传说故事已逐渐被人遗忘，"地方的好习惯是消灭了，民族的热情是下降了，女人也慢慢的像汉族女人，把爱情移到牛羊金银虚名虚事上来了，爱情的地位显然是已经堕落，美的歌声与美的身体同样被其他物质战胜成为无用东西了"⑤。即使是在民风淳朴的"边城"，白塔在雷雨之夜倒塌，爷爷去世，翠翠的孤独还在延续，命运无法预料，"自然越是平静，'自然人'越显得悲哀：一个更大的命运影罩住他们的生存"⑥。

1934 年沈从文回乡，历时月余。他看到"现代"进入湘西世界后，"农村社会所保有那点正直朴素人情美，几几乎快要消失无余，代替而来的却是近二十年实际社会培养成功的一种唯实唯利庸俗人生观"⑦。《长河》里"前一代固有的优点，尤其是长辈中妇女，祖母或老姑母行勤俭治生忠厚待人处，以及在素朴自然景物下衬托简单信仰蕴蓄了多少抒情诗气分，这些东西又如何被外来洋布煤油逐渐破坏，年青人几几乎全不认识，

① 沈从文：《谈家庭》，载《沈从文全集》第 14 卷，北岳文艺出版社 2002 年版，第 153 页。
② 沈从文：《潜渊》，载《沈从文全集》第 12 卷，北岳文艺出版社 2002 年版，第 33 页。
③ 沈从文：《丈夫》，载《沈从文全集》第 9 卷，北岳文艺出版社 2002 年版，第 50 页。
④ 沈从文：《丈夫》，载《沈从文全集》第 9 卷，北岳文艺出版社 2002 年版，第 48 页。
⑤ 沈从文：《媚金·豹子·与那羊》，载《沈从文全集》第 5 卷，北岳文艺出版社 2002 年版，第 356 页。
⑥ 王珞：《沈从文——评说八十年》，中国华侨出版社 2004 年版，第 201 页。
⑦ 沈从文：《〈长河〉题记》，载《沈从文全集》第 10 卷，北岳文艺出版社 2002 年版，第 3 页。

也毫无希望可以从学习中去认识"①；即使是接受了新式教育的"新青年"也非常肤浅世俗，在长辈面前颐指气使。《失业》中军人和烟贩私下合作贩毒谋利，兵士可以公开抢走妇人的鸭子，军人入住东岳宫神殿，对"阎王"等鬼神已毫无敬畏之心。金钱的诱惑已使人心异化。《贵生》中贵生勤劳忠厚，待人真诚。金凤和贵生早有爱意，但金凤最终抵御不住城里五爷有钱的诱惑，选择嫁给了花天酒地、爱嫖好赌的五爷。

面对乡土中国自然人性的堕落和德行的退化，沈从文感到极大的失落和悲凉。他在《〈长河〉题记》里说："去乡已经十八年，一入辰河流域，什么都不同了。表面上看来，事事物物自然都有了进步，试仔细注意注意，便见出在变化中那点堕落趋势。"② 自然神统治的时代已经逐步"解体"，乡土旧的神性信仰日趋消失，但新的信仰却没有确立，新旧杂糅，社会芜杂无序。沈从文一方面要写出湘西的"常"与"变"，另一方面他认为作家有责任唤醒国人对生命的"信仰"，在对乡土文明和现代文明的反省中，重建国人的文化信仰。

二　倡导"美和爱的新宗教"

沈从文在《美与爱》一文中明确指出："我们实需要一种美和爱的新宗教，来煽起更年青一辈做人的热诚，激发其生命的抽象搜寻，对人类明日未来向上合理的一切设计，都能产生一种崇高庄严感情。国家民族的重造问题，方不至于成为具文，为空话。"③ 创造"一种美和爱的新宗教"，是沈从文提出的信仰重造的目标，它和沈从文多次表达的生命的"美与爱"的思想是一致的。沈从文说过："我是个对一切无信仰的人，却只信仰'生命'。"④ 这种"新宗教"并非"宗教信仰"，而是沈从文崇尚的理性的人性与健康的人格，它包含了"美与爱""回归自然""做人热诚""生命单纯庄严""情感崇高庄严""自由""美育代宗教"等丰富的内容。

沈从文的建设"新宗教"的思想显然离不开"五四"新文化运动的影

---

① 沈从文：《长河》，载《沈从文全集》第 10 卷，北岳文艺出版社 2002 年版，第 4 页。
② 沈从文：《〈长河〉题记》，载《沈从文全集》第 10 卷，北岳文艺出版社 2002 年版，第 3 页。
③ 沈从文：《美与爱》，载《沈从文全集》第 17 卷，北岳文艺出版社 2002 年版，第 362 页。
④ 沈从文：《水云》，载《沈从文全集》第 12 卷，北岳文艺出版社 2002 年版，第 128 页。

响。他赞美"五四"精神的特点是"天真"①与"勇敢"②；和鲁迅一样，他从"国民性的改造"出发，认为首先要重造国民的理想人格，继而才能达到对民族国家的重造。即使是在战争期间，他仍强调："作一个人，作一个中国当前所需要的国民。先在生活态度上，建立一个标准，一种模范，由此出发，再说爱国，救国，建国。"③而文学可以输入"爱与同情的抽象观念"④，成为重要的改造工具。对文学的工具价值的肯定，表明了沈从文重视文学与"立人"的密切关系，肯定文学对于民族精神的建立与发扬之功。他在《从现实学习》一文中谈到："我于是依照当时《新青年》、《新潮》、《改造》等等刊物所提出的文学运动社会运动原则意见，引用了些使我发迷的美丽词令，认为社会必须改造，这工作得由文学重造起始。文学革命后，就可以用它燃起这个民族被权势萎缩了的情感，和财富压瘪扭曲了的理性。两者必需解放，新文学应负责任极多。我还相信人类热忱和正义终必抬头，爱能重新黏合人的关系，这一点明天的新文学也必需勇敢担当。"⑤他相信"文学革命"对于培养新国民、进行社会改造、民族改造方面能发挥重要的作用，希望"到一切意义都失去其本来应有意义时，一群有头脑的文学家，还能够用文字粘合破碎，重铸抽象，进而将一个民族的新的憧憬，装入一切后来统治者和多数人民头脑中，形成一种新的信仰，新的势能，重造一个新的时代一种新的历史"⑥。"新"字连续出现多次，表达了他要用文学进行"人的重造""民族的重造"的迫切之心。

　　但是，沈从文"新宗教"建设的思想，显然又和"五四"以来受西方启蒙主义思想影响下崇尚科学理性、强调人的绝对自主性、祛除神话、用知识代替幻想等知识分子的选择并不相同。启蒙要"唤醒世界就要根除泛

---

①　沈从文：《"五四"二十一年》，载《沈从文全集》第14卷，北岳文艺出版社2002年版，第135页。

②　沈从文：《纪念五四》，载《沈从文全集》第14卷，北岳文艺出版社2002年版，第298页。

③　沈从文：《给一个青年朋友》，载《沈从文全集》第14卷，北岳文艺出版社2002年版，第125页。

④　沈从文：《定和是个音乐迷》，载《沈从文全集》第12卷，北岳文艺出版社2002年版，第213页。

⑤　沈从文：《从现实学习》，载《沈从文全集》第13卷，北岳文艺出版社2002年版，第374—375页。

⑥　沈从文：《关于学习》，载《沈从文全集》第14卷，北岳文艺出版社2002年版，第349页。

灵论（Animismus）"①，沈从文恰恰主张"泛神论"。20 世纪 40 年代他在
《水云》《潜渊》中明确提出"泛神的思想"和"泛神情感"。到 1975 年，
他仍然坚持"泛神论"未曾改变，他说："一个真正'无神论'者，在情
绪上或许正恰是个'泛神论'者，因为从新的生命存在与发展，将感到
'无处不神'。"② 即使到了 1980 年，沈从文在和金介甫的谈话中说："后
来我成了泛神论者，我相信自然。神不是同鬼一起存在而是同美并存。它
使人感到庄严。所以你完全可以叫我是一个信神的人。"③ 沈从文对于"五
四"以来启蒙者崇尚科学、过分强调工具理性造成的社会问题和人性病态
进行了批判。他认为，"五四"以后文学"工具性"的滥用，尤其是与
"商业"和"政治"的结合，造成了"文运的堕落"④，"作家的天真和勇
敢完全消失了，代替它的是一种功利计较和世故运用"⑤，培养了"阉宦似
的阴性人格"⑥。而且，"科学教育已提倡三十年，目下实在亦有问题。科
学重分工而合作，余固知之，然虽分工至细，中国公民道德则宜为人所同
具"⑦。1937 年，沈从文在小说《凤子》第十节"神之再现"中，借助总
爷和绅士的对话，直接表达了他对"科学"与"神""迷信"的看法。他
认为，科学否定"神""迷信"带来了悲剧，因为神之解体后，"人类选
上了'政治'寄托他们的宗教情绪"，各派为了争夺资源、利益，带来了
"革命、继续战争和屠杀"。其实，科学可以和"神性"共存。"神不会灭
亡"，"神之存在，依然如故"。他视自己为"楚人"的后裔。当他回眸湘
西乡土世界，从"崇巫信鬼"的民间宗教中感受到了"楚文化的余绪"，
希望能从湘西民间尚存的巫鬼信仰和仪式中，寻找到生命的重造、文化的
重造、民族的重造的力量，其创作"最终指向对民族未来生存方式的终极

---

① ［德］马克斯·霍克海默，［德］西奥多·阿道尔诺：《启蒙辩证法——哲学断片》，渠敬东、
  曹卫东译，上海人民出版社 2006 年版，第 3 页。
② 沈从文：《题旧书元稹〈赠双文〉诗》，载《沈从文全集》第 14 卷，北岳文艺出版社 2002 年
  版，第 512 页。
③ ［美］金介甫：《沈从文传》注释 88，符家钦译，国际文化出版公司 2005 年版，第 236 页。
④ 沈从文：《文运的重建》，载《沈从文全集》第 12 卷，北岳文艺出版社 2002 年版，第 80 页。
⑤ 沈从文：《纪念五四》，载《沈从文全集》第 14 卷，北岳文艺出版社 2002 年版，第 299 页。
⑥ 沈从文：《长庚》，载《沈从文全集》第 12 卷，北岳文艺出版社 2002 年版，第 39 页。
⑦ 沈从文：《迎接秋天》，载《沈从文全集》第 14 卷，北岳文艺出版社 2002 年版，第 393 页。

关怀"①。

第二节　民族品德之重造与民间信仰的教化功能

沈从文对"民族品德的重造"的认识并非一蹴而就，而是经历了一个从简单到丰富、从零散到体系化的过程，显示出沈从文既是 20 世纪创作成就卓著的文学家，同时也已逐渐形成了自己独特的思想体系，具备了理论家的气质和思想家的深刻。

一　"神的重造"——从感性到理性

沈从文在他的作品中多次提到"神"，在他看来，"生命之最高意义，即此种'神在生命中'的认识"②。神即自然，神即"正直和诚实和爱"③，神即美，神即人性中的神性。"神"的内涵如此丰富，它是居于自然人性之上的具有超越性的理念存在，我们几乎无法对它进行准确的定义。在沈从文终其一生用文字进行"神的重造"工作中，他对"神"的认识并非一成不变，而是经历了一个从感性到自觉的理性，思想不断发展、丰满的过程。"沈从文在许多方面和周作人观念相同，其中最主要的是他们都从人类学和社会心理学的角度上看人和人的道德。"④ 他将湘西的民间信仰逐渐上升为他所追寻的集生命、美、爱于一身的"神"，再进一步转变为哲学意义上的抽象的"神"。

20 世纪 20 年代，沈从文写了一些诗歌，描写在自己家乡已流行了两千多年、他童年时期亲眼目睹的巫师跳傩降神驱鬼的仪式。这组诗是他仿效屈原的楚辞而创作的，但发表的只有一首，即沈从文发表于 1926 年 5 月 6 日《晨报副刊·诗镌》第 6 号上的诗歌《还愿——拟楚辞之一》。《还

---

① 凌宇：《沈从文创作的思想价值论——写在沈从文百年诞辰之际》，《文学评论》2002 年第 6 期。
② 沈从文：《美与爱》，载《沈从文全集》第 17 卷，北岳文艺出版社 2002 年版，第 360 页。
③ 沈从文：《凤子》，载《沈从文全集》第 7 卷，北岳文艺出版社 2002 年版，第 124 页。
④ ［美］金介甫：《沈从文笔下的中国社会与文化》，华东师范大学出版社 1994 年版，第 67 页。

愿》采用湘西本地方言和苗语，描写了家乡跳傩祭神的狂欢场面：

> 锣鼓喧阗苗子老庚酬傩神，
> 代帕阿蚜花衣花裙正年青：
> 舞若凌风一对奶子微微翘，
> 唱罢苗歌背人独自微微笑。
>
> 傩公傩母座前唢呐呜呜哭，
> 在座百人举箸一吃两肥猪，
> 师傅白头红衣绿帽刺公牛，
> 大缸小缸舀来舀去包谷酒。①

"楚俗尚鬼，而傩尤甚。"苗人相信民族神话史诗中讲述的人类是洪水滔天中兄妹两人结合繁衍而来的子孙，信奉那兄妹两人为傩公傩母。他们"非常崇敬傩神，信仰傩神。他们以为一年中田地的丰收，家畜的兴旺，人口的平安，都靠傩神的力量。所以他们凡遇人口不安，六畜不旺，五谷不丰的时候，惟一的办法，就是'许傩愿'。既经许愿后，到了秋季，就要'还傩愿'；无论穷到如何地步，也非设法举行不可"②。沈从文《还愿》一诗中，出现了"还傩愿""吃猪""锥牛"，都属于湘西苗族四十堂祭鬼仪式，其中"吃猪""锥牛"属于苗教十六堂祭鬼中的仪式，"还傩愿"属于客教二十四堂仪式之一，或为避祸求福，或因病祭鬼求愈，或酬谢傩神。

1926年12月，沈从文在《晨报副刊》上连载采风之作《筸人谣曲》。有很多谣曲是他委托表弟代为搜录家乡民歌所得，共41首。除第41首为"对唱歌"外，其余全部为"单歌"。③这是沈从文来到北京后，受北京大学歌谣运动的影响，投入了搜集整理家乡民谣的潮流之中的成果。《筸人谣曲》大多为男女情歌，直白、朴实、真挚，富有乡野情趣。其中，第15

---

① 沈从文：《还愿——拟楚辞之一》，载《沈从文全集》第15卷，北岳文艺出版社2002年版，第13页。
② 凌纯声、芮逸夫：《湘西苗族调查报告》，民族出版社2003年版，第167页。
③ 沈从文：《筸人谣曲》，载《沈从文全集》第15卷，北岳文艺出版社2002年版，第21—40页。

首"十字路前难等姣，/露水坐干草坐痨；/脱下草鞋来占卦，/那个偷了有情姣？"男子久等女子不来，担心女子移情别恋，在焦虑之中"脱下草鞋来占卦"。在中国古代，"鞋子"是重要的祭祀法器。后来，对"鞋履"的崇拜使"鞋子"转化为民间求神显灵的"爻具"。以鞋来占卜的仪式，可以见出男子渴望见到心上人的迫切之情和因爱而生的担心、猜疑、焦虑的心理。古老的"占卦"法，帮助他预测未知、释放焦虑。第40首"早晨上坡坡又长，/半坡有个土地堂，/土地公公问我要钱纸，/我问土地公公要婆娘"属自咏之民歌，诙谐幽默，同时也体现了湘西一带民间祭拜土地公公的土地崇拜和中国人敬神的功利性特征。

1927年8月，沈从文继续对家乡一带的山歌进行整理、编辑，编成《筸人谣曲选》，共9首，全部为"对唱歌"，分6期连载于《晨报副刊》。① 其中，"歌七"《十字路旁》与1926年发表的《筸人谣曲》中的第15首基本相同，只不过将"单歌"改为了"对唱歌"。"脱下草鞋占个卦"，"脱下绣鞋占个卦"，男子用草鞋、女子用绣鞋占卦，表达了等待对方不到的焦急不安，只能以"鞋打卦"决疑。在中国古代，女性用绣花鞋卜卦，被称为"相思卦"，也叫"鬼卦"。② 即将两只鞋子从上抛到地上，以鞋子的正、反作为阴阳卦，来判断丈夫是否归家，表达了思妇对丈夫归家的企盼。沈从文整理的家乡谣曲中，看似"脱鞋"的游戏实质为民间的信仰仪式，潜藏了民众的自然人性和自远古而来的民族文化心理。"歌八"《决绝词》中女子对嫌弃、辱骂她的情哥说："城隍庙内吃血酒，/酒碗还在庙门边！/莫说虚空无神道，/举头二尺就是天！"昔日恋人在城隍庙以"血盟"仪式表达两人同心，永世不移；今日彼此心生怨恨，尽管"祀神""敬天"的民间信仰仍在，但两人已情断义绝。

除了山歌外，沈从文对家乡的傩戏有着非常深厚的情感。早在1926年12月，沈从文在《筸人谣曲·前文》中说："我还希望我在一两年内能得到一点钱，转身去看看，把我们那地方比歌谣要有趣味的十月间还傩愿

---

① 沈从文：《筸人谣曲选》，载《沈从文全集》第15卷，北岳文艺出版社2002年版，第58页。

② 如《金瓶梅》第八回《盼情郎佳人占鬼卦，烧夫灵和尚听淫声》中描写潘金莲"盼不见西门庆到来，骂了几句负心贼。无情无绪，用纤手向脚上脱了两只红绣鞋儿来，试打一个相思卦"；又如《聊斋志异》中《凤阳士人》篇："丽人不拒，即以牙拨抚提琴而歌曰：'黄昏卸得残妆罢，窗外西风冷透纱。听蕉声，一阵一阵细雨下。何处与人闲磕牙？望穿秋水，不见还家，清清泪似麻。又是想他，又是恨他，手拿着红绣鞋儿占鬼卦。'"

时酬神的喜剧介绍到外面来。"① 尽管他并未对湘西"傩堂戏"进行系统搜集、整理、出版，但民间酬神"傩戏"的一些题材，及幽默、滑稽、讽刺的特点，影响到了他 20 世纪 20 年代戏剧的创作。如收入他的第一部集子《鸭子》中的戏剧《野店》《宵神》《鸭子》热闹有趣，诙谐幽默，不压抑人性中的原始欲望。"宵神"是湘西傩戏祭祀的诸神之一，"据说大神是身长不过一尺，头戴红帽，身穿花衣，脸如冠玉"②。沈从文 1926 年创作的戏剧《宵神》应该模仿了湘西酬神笑剧，并运用了民间酬神剧的题材来创作。据金介甫研究，《宵神》和《鸭子》两个剧本的情节，可能为湘西苗民当地的故事。他访谈的"两位苗民说他们都知道这个故事，还知道《宵神》、《鸭子》这两个剧本的情节，可他们就是没有听说过这位受到排斥的作家沈从文"③。另外，沈从文创作的戏剧还受到了日本"狂言"的影响。日本"狂言"是喜剧，也是笑剧，多在祭祀仪式、庆典活动中演出。它以其喜剧的幽默滑稽，表演时丰富的面部表情，清晰洗练的口语对话，穿插于"能剧"之中，来调剂沉重而肃穆的能剧故事。周作人曾在 1926 年出版了他翻译的日本《狂言十卷》，向中国读者介绍日本狂言。沈从文谈到自己受到了周作人的这些翻译之作的影响。沈从文创作的戏剧《赌徒》被他称为"模拟笑剧"；《鸭子》一剧直接标明"拟狂言"；《过年》《野店》都具有仿"狂言"风格。沈从文想要介绍给外界的凤凰"十月间还傩愿时酬神的喜剧"，可以说就是中国的"狂言"。和狂言一样，傩堂戏在祭祀神灵中表演，既"娱神"又"娱人"。具有东方文化特征的狂言——"傩堂戏"，充分体现了笑的精神，具有明显不同于西方酒神祭祀悲剧的特点。与狂言一样，它们都是以科白为主，以谐趣取乐为主题，体现了庶民阶层的精神和情趣，在讽刺的同时也充满了怜惜与宽容。

对谣曲、山歌、傩戏持续不绝的兴趣，寄托了沈从文对家乡的思念、对民间文化贴近自然的本色、率真、乡村生命的单纯、热情、朴素、"更比其他世界上人感到四时交替的严肃"④ 的生存状态的认同。

① 沈从文：《筸人谣曲·前文》，载《沈从文全集》第 15 卷，北岳文艺出版社 2002 年版，第 20 页。
② 沈从文：《宵神》，载《沈从文全集》第 1 卷，北岳文艺出版社 2002 年版，第 33 页。
③ [美] 金介甫：《沈从文传》注释 88，符家钦译，国际文化出版公司 2005 年版，第 138 页。
④ 沈从文：《湘行散记·一九三四年一月十八》，载《沈从文全集》第 11 卷，北岳文艺出版社 2002 年版，第 253 页。

从 1929 年开始，沈从文不再停留于早期创作的写实、模仿，他发表了一系列以湘西苗族传说为题材的小说《龙朱》《媚金·豹子·与那羊》，另外还有以神巫为主人公的《神巫之爱》等作品。1929 年 1 月发表的小说《龙朱》前，附有"写在'龙朱'一文之前"。沈从文说："这一点文章，作在我生日，送与那供给我生命，父亲的妈，与祖父的妈，以及其同族中仅存的人一点薄礼。"① 这是他第一次表示对自己所属民族——苗族的身份认同。出现在这一时期小说中的男性龙朱、豹子、神巫，都是美丽、纯洁、诚实、勇敢、热情，具有狮子或豹子的孤独，几近完美具有神性的男人。沈从文在《神巫之爱》（1929 年）中，对巫师演唱的神歌、跳傩的舞蹈、祈福的过程等种种"酬神"仪式，进行了详细的描写。神圣、庄重的"仪式"始终都与男女情感的释放、身体自由的结合相伴。"仪式"不再停留于前期重视傩戏的幽默诙谐、民歌谣曲的传情求欢之野趣，而是开始突出"神巫"跳傩的庄严神圣、如诗似梦的酬神活动的优美、人与神同乐的无限欢喜。

　　1931 年 11 月 19 日，沈从文在致朋友王际真的一封信中说："近日来在研究一种无用东西，就是中国在儒、道二教以前，支配我们中国的观念与信仰的巫，如何存在、如何发展，从有史以至于今，关于他的源流、变化，同到在一切情形下的仪式，作一种系统的研究。近来已抄得不少材料。"② 此时，沈从文在青岛大学任教，开始从学术上对"巫"的发展、流变及其"仪式"进行系统的研究。虽然后来沈从文并没有相关的学术专著出版，但他对"巫傩信仰"及其"仪式"的研究所得，在他 1937 年补写的《凤子》第十章"神之再现"中通过总爷和绅士的对话、争论体现了出来。他不再满足于对巫师跳傩场面的介绍，而是通过两人的对话，对科学与"迷信"、人与自然、人与"神"等自"五四"以来知识分子争论不休的问题，表达了他的独特之见。如"神之存在，依然如故"；"神即自然"；"不过它的庄严和美丽，是需要某种条件的"等。对"神的重造"的思考和探究一直延续到 20 世纪 40 年代，他在不断丰富、完善他的生命哲学的建构。

---

① 沈从文：《龙朱·写在"龙朱"一文之前》，载《沈从文全集》第 5 卷，北岳文艺出版社 2002 年版，第 323 页。

② 沈从文：《致王际真（19311119）》，载《沈从文全集》第 18 卷，北岳文艺出版社 2002 年版，第 151 页。

很多学者都谈到了沈从文在 20 世纪 40 年代的创作走向了抽象，包括 1940—1943 年在西南联大期间创作的小说《看虹录》《摘星录》和《新摘星录》，以及《烛虚》《潜渊》《长庚》《生命》《七色魇集》等文论。沈从文不再直接描写湘西世界的巫师与巫术仪式所表现出的"神性"，而开始走向抽象的哲学思考，对"神性的重造"仍然是他思想探索的核心。在《绿魇》里，他几次提出在民族或一种阶级逐渐堕落之时，"还可能用一种观念一种态度而将它重造？我们是不是还需要些人，将这个民族的自尊心和自信心，用一些新的抽象原则，重建起来？"①《黑魇》中呼喊"人先要活得尊贵些！我们当前便需要一种'清洁运动'"，"得一切从新起始：从新想，从新做，从新爱和恨，从新信仰和感疑"。② 对"神性"的抒写，在创作中凸显出来，成为了他创造新的经典、新的抽象原则的体现。

沈从文在《水云》中宣称自己无信仰，他只信仰生命。他相信"神在生命中"，但《看虹录》《摘星录》中的"生命"除了"灵魂的高尚"外，已经开始突出"身体的完美"，是《水云》中所说的"自然所给予一个年轻肉体完美处和精细处"，"毫无情欲，只有艺术"。③ 沈从文说："我理会的只是一种生命的形式，以及一种自然道德的形式，没有冲突，超越得失，我从一个人的肉体上认识了神。"④《潜渊》中提出"美与神近"；《长庚》里指出，要用新理性下产生的"意志"代替"东方式传统信仰的命运"；《生命》中说，"我正在发疯。为抽象而发疯"⑤。他要在"抽象"中抵达生命，领悟到生命的意义。

如果说，沈从文 20 世纪 20 年代初期对湘西傩戏的关注，主要是从民俗介绍、文学趣味、文化冲突、心理防御等出发，在"独居生活的幽闭、欲望不能达成的焦虑、不断的挫折与失意，以及自怨自艾的感伤"⑥ 中，回望童年记忆中故乡的民间宗教信仰、乡风民俗、民间艺术，以获得来自故乡的温暖，反抗"人情冷漠"的都市；那么，从 20 世纪 20 年代末期至 40 年代，他逐渐从感性的情感层面走向理性的自觉，将个人的文学趣味和

① 沈从文：《绿魇》，载《沈从文全集》第 12 卷，北岳文艺出版社 2002 年版，第 139 页。
② 沈从文：《黑魇》，载《沈从文全集》第 12 卷，北岳文艺出版社 2002 年版，第 171 页。
③ 沈从文：《水云》，载《沈从文全集》第 12 卷，北岳文艺出版社 2002 年版，第 117 页。
④ 沈从文：《水云》，载《沈从文全集》第 12 卷，北岳文艺出版社 2002 年版，第 117 页。
⑤ 沈从文：《生命》，载《沈从文全集》第 12 卷，北岳文艺出版社 2002 年版，第 43 页。
⑥ 姜涛：《"公寓空间"与沈从文早期作品的经验结构》，《中文自学指导》2007 年第 2 期。

针对都市有意识的文化对抗的愤激情绪，转变为对中国思想文化的自觉建构，体现出一名现代思想家的气质与襟怀。"神的重造"中的"神"，从湘西的民间信仰逐渐上升为他所追寻的集生命、美、爱于一身的"神"。到40年代，"神"进一步转变为哲学意义上的抽象的"神"，表达了沈从文在"与神同在""主客交融契合"中体验到美的迷狂，又在"向虚空中凝眸"的哲理思考中达到内心澄澈、纯洁之境的生命体验。

二　"善意的记录"：民间信仰背后的"巫德"

沈从文在《〈凤子〉题记》中说："想把他的文字，来替他所见到的这个民族较高的智慧，完美的品德，以及其特殊社会组织，试作一种善意的记录。"① 湘西苗族没有文字，现代文明在当地传播较晚，之所以能保持"民族较高的智慧，完美的品德"，源于它们保存了以"拜物教"为中心的民间信仰，世世代代依靠对巫鬼的信仰来传承文化，教化民众。

"巫教"是中国文化传统中的组成部分。李泽厚认为，人们参加巫术礼仪活动，"从这里生发不出'超越'（超验）的客观存在的上帝观念，而是将此'与神同在'的神秘畏敬的心理状态，理性化为行为规范和内在品格。这也就是由巫术力量（magic force）逐渐演化成为巫术品德（magic moral）"②。首先要求原始巫君具有与神灵沟通的内在"巫德"，"这种道德、品质、操守，仍然具有某种自我牺牲、自我惩罚、自我克制（祭祀时必须禁欲、斋戒等等）特色③；而"德"的外在方面演化为"礼"，"德、巫、礼本紧密相连"④。"'礼'由巫术礼仪，演化至天地人间的'不可易'的秩序、规范（'理'）"⑤，作为制度保存延续下来；另一方面，巫、祝、卜、史流入民间后，"巫术礼仪"在民间被保存下来，也对民众的道德、品质、操守提出了要求。

（一）巫术仪式之"和"与"人神和乐"

人与神之间的交流，是通过约定俗成的仪式来互渗。湘西"万物皆

---

① 沈从文：《〈凤子〉题记》，载《沈从文全集》第7卷，北岳文艺出版社2002年版，第79页。
② 李泽厚：《由巫到礼 释礼归仁》，生活·读书·新知三联书店2015年版，第23页。
③ 李泽厚：《由巫到礼 释礼归仁》，生活·读书·新知三联书店2015年版，第23页。
④ 李泽厚：《由巫到礼 释礼归仁》，生活·读书·新知三联书店2015年版，第24页。
⑤ 李泽厚：《由巫到礼 释礼归仁》，生活·读书·新知三联书店2015年版，第26页。

神"的信仰，人神互渗的原始思维，使人与神、人与物、人与人融为一体，种种具有象征意味的"简单仪式中即充满了牧歌素朴的抒情"①。

《长河》中果园主人"对于橘柚，虽从经验上已知接枝选种，情感上却还相信每在岁暮年末，用糖汁灌溉橘树根株，一面用童男童女在树下问答'甜了吗？''甜了！'下年结果即可望味道转甜"②。经验与迷信、自然与超自然、理性与情感两者杂糅，在模仿巫术的仪式中蕴藏着生命与自然之间的和谐。《往事》中，四叔告诉"我"和大哥，山上的小屋子是山神土地为赶山打野猪人设的；树的杈桠上搁了无数小石头。树上的石头是用来寄倦的——凡是走长路的人，只要放一个石头到树上，便不倦了。《雪晴》里的满老太太在客人枕下塞了一包寸金糖，原来"是老太太举行一种乡村古旧的仪式。乡下习惯，凡新婚人家，对于未婚的陌生男客，照例是不留宿的。若留下在家中住宿时，必祝福他安睡，恐客人半夜里醒来有所见闻，大清早不知忌讳，信口胡说，就预先用一包糖甜甜口，封住了嘴"③。这些古老的仪式，是这个民族的"浪漫情绪与宗教情绪两者混合为一"④的结晶。

从仪式的发生学角度来看，举行仪式的直接目的是为了"驱逐疫鬼，和神纳吉"。面对生活中出现的危机，人们通过仪式来获得神灵的力量，化解灾难，减轻焦虑，建立信心，从而达到一种内心和谐的状态。如遇干旱无雨，"有方法使玉皇落雨了。这方法又分软求与反激两种：软求为设坛打醮，全城封屠，善男信女派代表磕头，坛外摆斋素筵席七天，给众首事僧道吃，贴黄榜，升桅，燃天蜡，施食，以至于在行香时各家把所有宝物用托盘托出，满城走，象开展览会（行香中少不了观音一座），据说因此一来本地就风调雨顺国泰民安了。求雨的反激办法可就简便洒脱多了，只要十个本地顽皮的孩子同一只狗，一张凳，一副破烂锣鼓就行。他们把狗用草绳绑到椅上，把狗头上戴一杨柳圈，两三人抬着这体面的首领满街走，后面跟随了喧阗的锣鼓。孩子们全是赤膊，到各家门前讨雨，每家都把满瓢满桶的水往这一群孩子同高据首席的公狗浇去"⑤。"抬狗求雨"和

---

① 沈从文：《雪晴》，载《沈从文全集》第10卷，北岳文艺出版社2002年版，第411页。
② 沈从文：《长河》，载《沈从文文集》第10卷，北岳文艺出版社2002年版，第21页。
③ 沈从文：《雪晴》，载《沈从文全集》第10卷，北岳文艺出版社2002年版，第411页。
④ 沈从文：《凤凰》，载《沈从文全集》第11卷，北岳文艺出版社2002年版，第402页。
⑤ 沈从文：《一个母亲》，载《沈从文全集》第7卷，北岳文艺出版社2002年版，第305页。

"扎草龙求雨"在《从文自传·我所生长的地方》和《凤子》中也出现过，"旱暵祈雨，便有小孩子共同抬了活狗，带上柳条，或扎成草龙"①，是湘西乡民运用模拟巫术来求雨的最普遍的仪式。"抬狗求雨"可能和湘西苗族、瑶族的"盘瓠图腾"的崇拜有关；而"龙"则是民间公认的司雨之神。求雨仪式中的"讨雨"，充满着人与神、人与人的和谐之美——"把草龙扎成，仍然是用锣鼓为宣传，先到河中请水，请了水，就到各家去讨雨。一面因为天热，这些平时成天以跑到河中为消遣的顽童，对于水的淋头淋身，也具有一种比打醮首事人还诚心的需求，所以各个人家都不能吝惜缸中的清水。他们有时还把龙舞到郊外四乡去，因为乡下人礼节除了款待他们的清水外还预备得有点心吃，所以草龙下乡成为一种必需的事"②。另外，人们还以"自我牺牲""自我克制""自我惩戒"等方法来向神灵"求雨"。"县里遇到天旱，知事大人，就斋戒沐浴，把太太放到一边，自身率子民到城隍庙大坪内去晒太阳求雨，仰祈鬼神。"③ 政府设坛打醮求雨，孩子们扎草龙、抬狗求雨，知县率民众晒太阳求雨，每一个人在灾害面前"勇敢不凡"，都在尽自己的本分和责任。

对于神灵的护佑，湘西乡民通过各种祭祀活动来表达对神的致敬、献礼，"并不向神有何苛求，不过把已得到的——非人力而得到的，当它作神的赐予，对这一赐予作一种感谢或崇拜表示"④。《山鬼》中毛弟的娘失踪多天的大儿子平安回家，她带上鸡、酒、香纸去酬谢土地神的帮助，感谢他跑了那么远的路，帮她找回了儿子；沅陵的妇女，上城卖一担柴，换一只纸船、一些香烛，为的是"拿回家去做土地会"⑤，酬谢山鬼的护佑；湘西的麻阳大船主，在每次开船拔锚时，"必擂鼓敲锣，在船头烧纸烧香，煮白肉祭神，燃放千子头鞭炮，表示人神和乐，共同帮忙，一路福星。在开船仪式与行船歌声中，使人想起两千年前《楚辞》发生的原因，现在还好好的保留下来，今古如一"⑥。

———————————

① 沈从文：《从文自传》，载《沈从文全集》第13卷，北岳文艺出版社2002年版，第245页。
② 沈从文：《一个母亲》，载《沈从文全集》第7卷，北岳文艺出版社2002年版，第305页。
③ 沈从文：《哨兵》，载《沈从文全集》第2卷，北岳文艺出版社2002年版，第378页。
④ 沈从文：《凤子》，载《沈从文全集》第7卷，北岳文艺出版社2002年版，第164页。
⑤ 沈从文：《湘西·沅陵的人》，载《沈从文全集》第11卷，北岳文艺出版社2002年版，第354页。
⑥ 沈从文：《湘西·常德的船》，载《沈从文全集》第11卷，北岳文艺出版社2002年版，第341页。

人们按照时令，春秋两季，为社稷唱木傀儡戏；岁暮年末，以歌舞酬神。"和天地""悦人神"，是神巫要执行的神圣使命。"男巫用广大的戏剧场面，在一年将尽的十冬腊月，杀猪宰羊，击鼓鸣锣，来作人神和乐的工作，集收人民的宗教情绪和浪漫情绪。"①《长河·秋》和《凤子》描写了村中人"谢土"酬神的仪式，包括"准备迎神—迎神—娱神—送神"仪式全过程，以"向神表示感激，并预约'明年照常'的简单愿心"②。

神道即人道。因人神之间对话的媒介是巫师，他施行巫术仪式来向神传达人的意愿，同时也让人倾听到神的声音，感受到神的存在，他就是神在人间的代表，具有了神性。《神巫之爱》中寨子里的所有年轻美丽的女子，都爱上了神巫；在请神巫赐福的仪式上，她们都希望神巫能爱上自己。在祭神、酬神的庄严仪式中，可以感受到人对神的畏敬升华为"与神结合"的爱的神圣。

总之，通过举行仪式，人将万物纳入一个"众生平等"的生命序列之中。鬼与神，不过是"造化之迹"；生老病死，属"天次之序"。在"一气三元"的天、地、人的世界中，彼此不是对立，而是纵横交织，仪态万方。"与神合一"的神圣冲动，"人神和悦"的和谐、美好，使得民间信仰仪式蕴蓄着生生不息的力量，从古到今承传下来，"今古如一"。

（二）巫术仪式之"敬"与"神人有序"

"敬"是指对神的畏惧、崇拜、敬仰的情感。"它源于上古的'巫术礼仪'，是原始巫术活动中的迷狂心理状态的分疏化、确定化和理性化。"③在举行仪式的过程中，人在神面前，其主体性其实并未丧失，人对神鬼之"敬"，"是人的精神，由散漫而集中，并消解自己的官能欲望于自己所负的责任之前，凸显出自己主体的积极性与理性作用"④。人在"畏神"和"敬神"的种种仪式之中，使社会、政治、伦理等秩序得到了安排。

僻居一隅的湘西人的民间信仰带有原始宗教的色彩。乡民信仰"万物有灵"，敬畏神鬼。在这里，神具有很高的地位，"地方统治者分数种，最上为天神，其次为官，又其次才为村长同执行巫术的神的侍奉者。人人洁

---

① 沈从文：《湘西·凤凰》，载《沈从文全集》第 11 卷，北岳文艺出版社 2002 年版，第 401 页。
② 沈从文：《长河·秋》，载《沈从文全集》第 10 卷，北岳文艺出版社 2002 年版，第 23 页。
③ 李泽厚：《由巫到礼 释礼归仁》，生活·读书·新知三联书店 2015 年版，第 22 页。
④ 李泽厚：《由巫到礼 释礼归仁》，生活·读书·新知三联书店 2015 年版，第 22 页。

身信神，守法爱官"①。"管理地方一切的，天王菩萨居第一，宵神居第二，保董乡约以及土地菩萨居第三，场上经纪居第四。"② "人人怕菩萨比怕官的地方还多。"③ 总之，神的地位要高于官，天、地、人之间的秩序，神、鬼、人之间的关系，通过种种信仰仪式获得了清晰有序的表达。

这里的人们"一切事保持一种淳朴习惯，遵从古礼"④。沈从文多次写到"天王庙"，庙中敬奉的是苗民的庇护神"白帝天王"。"城中人每年按照家中有无，到天王庙去杀猪，宰羊，磔狗，献鸡，献鱼，求神保佑五谷的繁殖，六畜的兴旺，儿女的长成，以及作疾病婚丧的禳解。"⑤ "白帝天王"也是他们心目中最高的道德和司法的裁判者。《苗防备览》载苗人发生争执，入天王庙盟誓，"当其入庙吃血，则膝行股栗，莫敢仰视，理屈者逡巡不敢饮，悔罪而罢"⑥。赶场时节买牛的买主与卖家面对天王盟神发誓；当兵的是否应当出兵，会去问天王庙那泥像；乡民对神鬼的敬畏，使得地方官员在湘西的统治要借助于"人神合作"共治才能有效。"要断一种案，对犯人又实在指不出他是应在法律下生或死时，遇到聪明一点的法官，于是主意就有了。牵到神前去，凭了筊，判他的刑罚。掷下地去的是一覆一仰，或双双仰卧，则这人为神所赦同时也为法律所保护，生下来了！若地上竹筊是双覆，那就用不着迟疑，牵去杀了完事！"⑦ 人们都安然接受天王的"神判"，"生死取决于一掷，应死的自己向左走去，该活的自己向右走去"⑧。即使是官方的刽子手杀人后，也需在城隍庙的菩萨前磕头认罪，并由县太爷对他进行象征性审讯和惩罚，"这罪过却由神作证，用

---

① 沈从文：《凤子》，载《沈从文全集》第 7 卷，北岳文艺出版社 2002 年版，第 107 页。

② 沈从文：《山鬼》，载《沈从文全集》第 3 卷，北岳文艺出版社 2002 年版，第 345 页。

③ 沈从文：《阿丽思中国游记》，载《沈从文全集》第 3 卷，北岳文艺出版社 2002 年版，第 219 页。

④ 沈从文：《从文自传·我所生长的地方》，载《沈从文全集》第 13 卷，北岳文艺出版社 2002 年版，第 245 页。

⑤ 沈从文：《从文自传·我所生长的地方》，载《沈从文全集》第 13 卷，北岳文艺出版社 2002 年版，第 245 页。

⑥ 吕养正：《湘鄂西苗族崇拜"白帝天王"考辨》，《中央民族大学学报》（哲学社会科学版）2002 年第 1 期。

⑦ 沈从文：《哨兵》，载《沈从文全集》第 2 卷，北岳文艺出版社 2002 年版，第 379 页。

⑧ 沈从文：《从文自传·辛亥革命的一课》，载《沈从文全集》第 13 卷，北岳文艺出版社 2002 年版，第 271 页。

棍责可以禳除"①。

他们相信人死后有魂，对"鬼魂"充满"畏敬"之心。《哨兵》中写当地人"他们当兵，不怕死，不怕血，不怕一切残酷的事"，但"他们怕鬼，比任何地方都凶"。即使是刽子手把人头砍下后，也要"很自然的匀出赏钱之一部分，买纸钱焚化"给自己手下的新鬼。②亲人死后，人们会举行一系列繁复的丧葬仪式，来表达对死者的敬意。《边城》里老船夫去世，大家都来帮忙料理丧事。"住在城中的老道士，还带了许多法器，一件旧麻布道袍，并提了一只大公鸡，来尽义务办理念经起水诸事"，船总顺顺"扛了一口袋米，一坛酒，一腿猪肉"来吊唁。尽管丧事从简，但边城人仍然按照"念经起水""闭棺入殓""绕棺散花""守灵""唱丧堂歌""送葬埋葬"的丧葬程序，使亡灵得到妥善安顿。沈从文如一名人类学者撰写民族志，较为详细地描写、复现了"绕棺""唱丧"及"埋葬"的仪式场景。从灵堂的布置，到道士的着装，绕棺的方式及下殓前的巫术，都被细致入微地呈现在读者面前。晚上在棺木前守灵，"老马兵为大家唱丧堂歌取乐，用个空的量米木升子，当作小鼓，把手剥剥剥的一面敲着升底一面唱下去"③，唱"二十四孝"，历数古代孝子贤孙楷模，以慰藉死者之灵，将死者亡魂送走。在棺材土葬前，"老道士照规矩先跳下去，把一点朱砂颗粒同白米，安置到阱中四隅及中央，又烧了一点纸钱，爬出阱时就要抬棺木的人动手下殓"④。安葬后，翠翠看守祖父的坟山、从头七到四七祭奠祖父亡灵。这些仪式，都体现了湘西苗人"死后有魂""死者为尊"的观念。

人对神鬼的"畏敬"，体现了巫术礼仪的特质。它拒绝和排斥混乱，通过"仪式"重建生命秩序和道德秩序。"建立生命秩序，在根本上即是建立人自身的存在秩序"，"将生命之种种情态予以分类，并分别赋予了意义，从而在人的深层意识里安顿了人的生命，使每个个人乐居于生命秩序之中"。⑤正如《凤子》中总爷告诉城里客人："神的意义在我们这里只是'自然'，一切生成的现象，不是人为的，由他来处置。他常常是合理的，

①　沈从文：《新与旧》，载《沈从文全集》第 8 卷，北岳文艺出版社 2002 年版，第 290 页。
②　沈从文：《哨兵》，载《沈从文全集》第 2 卷，北岳文艺出版社 2002 年版，第 378 页。
③　沈从文：《边城》，载《沈从文全集》第 8 卷，北岳文艺出版社 2002 年版，第 148 页。
④　沈从文：《边城》，载《沈从文全集》第 8 卷，北岳文艺出版社 2002 年版，第 149 页。
⑤　张建建：《冲傩还愿》，贵州人民出版社 1997 年版，第 219 页。

宽容的，美的。人作不到的算是他所作，人作得的归人去作。"① "神"按自然的规律来安排人的生命，生活在自然的"神性"之中，每一个人都"乐天知命""顺天体道"，从而真正获得了"神人有序"的生命和谐。

（三）巫术仪式之"狂"与"人神相通"

仪式，往往具有非常强烈的情感。"在'巫术礼仪'中，情感因素极为重要。巫术活动是巫师或所有参与者所具有的某种迷狂状态，它是一种非理性或无意识的强烈情感的展现和暴露。"② 通过仪式，巫师和仪式的参与者很容易进入迷狂之中，此时，"一切事物都是相互渗透的——自我与外界、梦与清醒、现实与幻想、昨日与今日、概念与迹象、思想与感觉"③。"迷狂"或"狂欢"的出现，体现了仪式活动"在控制与反控制中，不断地转换文化与自然的位置，从而在其中达到一种微妙的平衡"④。

《神巫之爱》中巫师跳傩，"手执铜叉和镂银牛角，一上场便有节拍的跳舞着，还用呜咽的调子念着娱神歌曲"。他"双脚不鞋不袜，预备回头赤足踩上烧得通红的钢犁"，伴着"鼓声蓬蓬""牛角呜呜"，神巫如精灵附身，处于半疯状态，完成了常人无法完成的仪式。⑤ 他以极富感染力的巫歌演唱，富有激情如旋风般的舞蹈，令人不可思议的巫技，带领众人跨越了世俗与神圣、阴与阳、现实与想象的界限，进入"物我两忘"的集体迷狂状态。"围着跳傩的人不下两百三百"，"人人拍手迎神"，让人想起春秋时子贡参加了酬谢农神的蜡祭后，感叹"一国之人皆若狂"。神巫为众人祈福，在众人眼中，神巫才是神，"因为他有完美的身体和高尚的灵魂"，"神巫的歌声，与他那种优美迷人的舞蹈，是已先在云石镇上人人心中得到幸福欢喜了"。⑥ 到天亮时分"送神"仪式已结束，还有一些美丽热情的花帕族的年青女子们不愿意离开神巫，她们迷恋神巫的身体，为其风仪而倾倒，大胆追求真诚的爱情，将如蜜的情歌，送给既年轻俊美又带

① 沈从文：《凤子》，载《沈从文全集》第 7 卷，北岳文艺出版社 2002 年版，第 123 页。
② 李泽厚：《由巫到礼 释礼归仁》，生活·读书·新知三联书店 2015 年版，第 12 页。
③ ［德］玛克斯·德索：《美学与艺术理论》，中国社会科学出版社 1987 年版，第 225 页。
④ 张良丛：《从行为到意义——仪式的审美人类学阐释》，社会科学文献出版社 2015 年版，第 87 页。
⑤ 沈从文：《神巫之爱·晚上的事》，载《沈从文全集》第 9 卷，北岳文艺出版社 2002 年版，第 377 页。
⑥ 沈从文：《神巫之爱·晚上的事》，载《沈从文全集》第 9 卷，北岳文艺出版社 2002 年版，第 379 页。

有"神性"光芒的神巫，希望得到他的美与爱。在神巫跳傩逐疫祈福的整个仪式活动中，充满了对身体的完美、肉体的活力、炽热的爱情和基于爱情之上性爱的自由等人类生命力的表现的憧憬、赞美甚至狂热的吁求，释放了压抑的生命能量，使生命获得了健康的发展。

在《凤子》中，沈从文细致地描述了当地巫师跳傩还愿的"谢土"仪式。巫舞、巫戏、巫歌合一的巫傩仪式，让人似闻其声，如临其境。在傩祭"准备迎神—迎神—娱神—送神"这四个阶段中，作者用墨最多的是第三阶段"娱神"，其次是"迎神"；描述最简略的是"送神"。因为"娱神"也是"娱人"。"娱神"是虚，"娱人"是实；"娱神"是表，"娱人"是里。"意义虽是娱神，但神在当前地位，已恰如一贵宾，一有年龄的亲长，来此与民同乐。真正的对象反而由神转到三百以上的观众方面。"① 进入"娱神"后，仪式的氛围由"迎神"的庄严转为轻快、诙谐；做法事的形式由巫舞变为"戏剧"，即沈从文多次提到的傩戏。不同于其他制度性宗教的仪式，"娱乐性"是"傩戏"仪式的一个特点。"傩戏"亦祭亦戏，亦庄亦谐，娱神亦娱人。《凤子》中娱神的三部戏剧，有幽默逗趣的爱情喜剧，也有幽默和悲伤兼具的歌剧，最后是不乏讽刺的战争故事，悲喜结合，庄谐相映，充分体现了傩戏"娱人"的喜剧灵魂和源泉。这种"神圣、庄严"和"滑稽、诙谐"相结合的仪式表演，是民间集体的狂欢，它将人们从日常生活的艰辛、劳累、压抑中解放出来，超脱了现实的功利需求和世俗的生活，进入了一种自由自在的状态。

仪式，是信仰的载体和行为表现。沈从文小说中描写的湘西民间信仰的仪式，植根于民族的文化记忆，体现了湘西苗族的巫鬼信仰保留了自然"拜物教"这一原始宗教信仰的特点，同时又融入了道家、儒家、佛家等多种文化的影响，也是苗族和汉族、土家族等多民族文化交流的结果。"和"是"神之再现"的前提，"敬"和"狂"是人与神、人与鬼、人与人"同一和乐"的体现。生活在 20 世纪的大都市，沈从文感受更多的是人的虚伪、苍白、糜烂、动物性地生存。置身于一个"神的缺席"的时代的沈从文，在他的文学作品中通过"仪式"在文学中的回归，一往情深地呼唤"神"的出现，不断回返带有原始色彩的民间信仰文化，最终要实现的是他的"人的重造"和"民族的重造"乃至"社会的重造"的现代性

---

① 沈从文：《凤子》，载《沈从文全集》第 7 卷，北岳文艺出版社 2002 年版，第 161 页。

目标。

三　审美救世：民间信仰精神的现代性提升

沈从文对"神"的召唤、对仪式的书写，最终落在对民间信仰背后的"信仰精神"的彰显。在他看来，仪式中表现出的"敬""和""狂"与湘西民间宗教信仰中蕴含的爱、美、真诚、情感的热烈同生共存，可以成为重造人性、重造新国民、重造"新的信仰"、重造国家民族不可或缺的根基。

（一）"朴素的心"：回归自然

湘西世界人们相信"万物有灵"，由自然统摄的生命形态具有一种"神性"。与自然契合的生命状态，是沈从文极力推崇和向往的理想境界，"可是这地方到处是活的，到处是生命，这生命远溢于每一个最偏僻的角隅，泛溢到各个人的心上。一切永远是安静的，但只需要一个人一点点歌声，这歌声就生了无形的翅膀各处飞去，凡属歌声所及处，就有光辉与快乐"①。沈从文将湘西乡村种种信仰仪式所体现出的对自然神的膜拜之情，提升为"神即自然""回归自然"的文化选择，作为文明造成了"人的异化"的纠偏，也成为人的重造、民族品德重造的起点。

人回归自然，与自然和谐统一，可以享有生命的本真和庄严。沈从文描写仪式过程时，曾多次强调仪式参与者所感受到的生命的庄严。仪式是自然与文化的中介，是人类从自然走向文明的开端。仪式的自然属性和文化属性两者的合一，唤起了人对自然的审美，也体验到了生命的神性。

沈从文说："美固无所不在，凡属造形，如用泛神情感去接近，即无不可以见出其精巧处和完整处。"② 以"万物皆神"的"泛神论"去看待自然，感觉自然充满了神性，"神"存在于自然万物之中。自然界的"每一块石头，每一茎草，每一种声音"③，都有它的完整自足之处，无不昭示自然的神奇。"不仅这些与'偶然'同时浸入我生命中的东西，各有其神性，即对于一切自然景物的素朴，到我单独默会它们本身的存在和宇宙彼

---

①　沈从文：《凤子》，载《沈从文全集》第7卷，北岳文艺出版社2002年版，第139页。
②　沈从文：《潜渊》，载《沈从文全集》第12卷，北岳文艺出版社2002年版，第32页。
③　沈从文：《凤子》，载《沈从文全集》第7卷，北岳文艺出版社2002年版，第139页。

此生命微妙关系时，也无一不感觉到生命的庄严。……一种由生物的美与爱有所启示，在沉静中生长的宗教情绪，无可归纳，因之一部分生命，就完全消失在对于一些自然的皈依中。"① 自然不是"风景"，它是支配人类生命的运行法则的神秘力量。但自然也是"合理的，宽容的，美的"②，"把这些巨人名人，同那些下贱的东西，安置到一个相同的结局，这种自然的公平与正直，就是一种神！"③ 神不是迷信，它是一种合乎自然的生命规则。

自然具有神性，不受文明压抑、与自然谐和一体的人，也具有神性。自然与人之间，不是"征服者""改造者"和被征服、被改造的对象之间的关系，人就是自然的一部分，人类在自然中生存、成长，自然之美赋予人类以美与爱。《月下小景》中的女子"一微笑，一眨眼，一转侧，都有一种神性存乎其间"④；《边城》里的翠翠"眸子清明如水晶。自然既长养她且教育她，为人天真活泼，处处俨然如一只小兽物"⑤；《神巫之爱》中的哑女眼睛清澈无比，秀媚通灵……她们都是自然的女儿，天真善良，清纯灵秀，恬淡自守，好幻想，善神思，具有自然的神性之美。

沈从文崇拜人的自然生命力，在他看来，理想健康的人性，就是不受封建文明和现代文明的束缚、压抑，人能够充分占有自己的本质的人性。在阳光下、草地上、月光中、山洞里，《采蕨》中的五明和阿黑，《雨后》里的四狗和女伴，《夫妇》中的那对青年夫妇，《道师与道场》中的道师，《神巫之爱》里的神巫，《阿黑小史》中的五明和阿黑，《媚金·豹子·与那羊》里的媚金、豹子，他们追求美好、自然的性爱，以天为被，以地为床，并不压抑人的感性生命欲望，他们基于爱欲的结合是顺应神的意志的，使自然的生命和人的生命实现了诗意的交融。

"回归自然"，张扬人的自然生命力，并不是要倒退到原始社会，而是沈从文从人的自身诉求和社会发展的现代使命出发，思考信仰的重造的结果。"当初，沈从文从自然社会中走来，带着对'文明世界'的向往，但当他站在'文明世界'的门槛上反观其所出来的自然世界时，也正是他重

① 沈从文：《水云》，载《沈从文全集》第12卷，北岳文艺出版社2002年版，第120页。
② 沈从文：《凤子》，载《沈从文全集》第7卷，北岳文艺出版社2002年版，第123页。
③ 沈从文：《凤子》，载《沈从文全集》第7卷，北岳文艺出版社2002年版，第9页。
④ 沈从文：《月下小景》，载《沈从文全集》第9卷，北岳文艺出版社2002年版，第219页。
⑤ 沈从文：《边城》，载《沈从文全集》第8卷，北岳文艺出版社2002年版，第64页。

新发现了其之于现代文明的价值。"① 他试图回到人类文化发展的起点，寻找生命创造力的源泉，抵御人性的异化，让生命恢复"原有的素朴所表现的式样"②，彰显生命的本真。

（二）"抒情性"：情感的热烈专诚

沈从文在《凤凰》中说："在宗教仪式上，这个地方有很多特别处，宗教情绪（好鬼信巫的情绪），因社会环境特殊，热烈专诚到不可想象。"宗教情绪的热烈专诚，多通过仪式来传达。"仪式能够激发并通过特殊的符号形式来传达情感经验，使情感经验具有自己的形态。"③《神巫之爱》和《凤子》都描写了当地年轻美丽的女子们对神巫的爱慕之热烈。《神巫之爱》中的神巫到云石寨做法事，很多美丽的女子们精心打扮自己，早早就聚集在寨门外，等待神巫的到来。夜晚，年轻的女子们向神巫表达心愿，都希望得到神巫的爱。《凤子》中，从城里来的绅士，在参加了当地巫师主持的"谢土"酬神仪式后，才开始真正理解和接受当地人对"神"的信仰；他在酬神仪式中感受到了"爱"与"美"，被民众"崇神敬神"的情感的热烈、真诚所打动。

但是，"五四"以来破除和批判"迷信"的运动，将"仪式"视为国民"愚昧""迷信"的表现加以根除，通过仪式表达出来的人的热烈专诚的情感也随之被压抑。对于"五四"以来知识分子简单否定巫术，不能理解"巫术仪式"对人的情感经验的表达作用，沈从文表达了强烈的不满。他说："一知半解的读书人，想破除迷信，要打倒它，否认这种'先知'，正说明另一种人的无知。"④

对于个体情感受到压抑后，出现的人性变态的悲剧，沈从文在《凤凰》中，运用心理学知识进行了分析，他认为湘西的"蛊婆""仙娘"和"落洞少女"，"三者同源而异流，都源于人神错综，一种情绪压抑后变态的发展"。所以，凤凰的"行巫者"不同于中国其他地方巫术的执行者。她们不是因懒惰行骗，"行巫术多非自愿的职业，近于'迫不得已'的差

① 周仁政：《巫觋人文——沈从文与巫楚文化》，岳麓书社 2005 年版，第 203 页。
② 沈从文：《长河·题记》，载《沈从文全集》第 10 卷，北岳文艺出版社 2002 年版，第 5 页。
③ 张良丛：《从行为到意义——仪式的审美人类学阐释》，社会科学文献出版社 2015 年版，第 95 页。
④ 沈从文：《凤凰》，载《沈从文全集》第 11 卷，北岳文艺出版社 2002 年版，第 398 页。

使"①。行巫的女性担任"人鬼之间的媒介","她的工作真正意义是她得到社会承认是神的代理人后,狂病即不再发,当地妇女为现实生活所困苦,感情无所归宿,将希望与梦想寄在她的法术上,靠她得到安慰"②。巫术仪式如同医疗仪式,对女性的"狂病"具有心理治疗的作用。通过巫术仪式,行巫者和参与者都释放了个体情感,获得了精神的疏导。沈从文在《长河》中也谈到了他对"迷信"有益于情感释放的认识。"但同类迷信,在这种农家妇女也有一点好处,即是把生活装点得不十分枯燥,青春期女性神经病即较少。不论她们过的日子如何平凡而单纯,在生命中依然有一种幻异情感,或凭传说故事,引导到一个美丽而温柔仙境里去,或信天委命,来抵抗种种不幸。迷信另外一种形式,表现于行为,如敬神演戏,朝山拜佛,对于大多数女子,更可排泄她们蕴蓄被压抑的情感,转换一年到头的疲劳,尤其见得重要而必需。"③

总之,湘西民间巫鬼信仰及举行的仪式,通过作用于个体和群体的心灵、情感和潜意识,使个体情感得到宣泄和提升,也使集体情感得到彼此沟通、交流、聚合,从而形成了"人神合一"的和谐社会。面对中国战争的混乱、人性的堕落,沈从文希望将民间信仰所具有的教化功能,提升为现代社会"人的重造"的道德改造方案和行动的动力。他明白对于鬼神之力的迷信时代已经过去了,但人类对"信仰"的热情不能缺少。他说:"迷信就是宗教情绪的统一,它使人'简单',比'世故'对于人类似乎还有用些。"④信仰民间宗教的情感之真,情感之热烈,使人保持人之为人的自然本质,"无迷信就少热情。一个民族缺少热情,悲观与乐观完全浮在表面上,活下去,也就是鬼混下去罢了。知识阶级能觉悟,不鬼混,中国是有办法的"⑤。

(三)"为抽象而发疯":迷狂之美

巫术仪式作为沟通人神之间的通道,保存了原始思维"互渗律"的特点。人与神、人与物、生与死、现实界与想象界的互渗,使所有参与仪式的人,在作为牺牲的献祭、仪式音乐的表演、巫师的舞蹈、吟唱的激化

① 沈从文:《凤凰》,载《沈从文全集》第11卷,北岳文艺出版社2002年版,第397页。
② 沈从文:《凤凰》,载《沈从文全集》第11卷,北岳文艺出版社2002年版,第398页。
③ 沈从文:《长河》,载《沈从文全集》第10卷,北岳文艺出版社2002年版,第21页。
④ 沈从文:《悲观与乐观》,载《沈从文全集》第14卷,北岳文艺出版社2002年版,第96页。
⑤ 沈从文:《悲观与乐观》,载《沈从文全集》第14卷,北岳文艺出版社2002年版,第96页。

下，很容易进入一种"疯癫""迷狂"的状态。"在巫术礼仪中，内外、主客、人神浑然一体，不可区辨。特别重要的是，它是身心一体而非灵肉两分，它重活动过程而非重客观对象。因为'神明'只出现在这不可言说不可限定的身心并举的狂热的巫术活动本身中，而非孤立、静止地独立存在于某处。"① 仪式中巫歌、巫舞、巫戏将人带入美的迷醉和情感的狂热之中，在意识和潜意识的交融之中，消弭了主客体之间的界限，达到身心一体、主客一体，"神"在此时就出现了。这个"神"，不是基督教中崇拜的上帝，在主体之外、之上；也不是民间宗教信仰中的"鬼"，往往被主体企图控制、摆脱，它是享有极端自由的。"神"不是一个实体，它是在仪式活动中主体产生的"与神同在"的融合无间的神秘感受和体会。

沈从文在湘西的巫傩仪式中体验过这种"人神同在"带来的"忘我"的迷狂。他从审美出发，将民间宗教信仰的迷狂，提升为对"美"的迷狂体验；将仪式的审美性，转化为神思之美、自然之美、信仰之美的审美性，从而使"迷狂"的审美体验，超越了政治、商业等功利性价值，进入一种"主客交融"的纯净、澄明的状态。

沈从文在《生命》中说："我正在发疯，为抽象而发疯。我看到一些符号，一片形，一把线，一种无声的音乐，无文字的诗歌。我看到生命一种最完整的形式，这一切都在抽象中好好存在，在事实前反而消失。"②"抽象之美"是频繁出现在沈从文 20 世纪 40 年代作品中的词汇。"神在生命之中""神即自然"，都要在"抽象"中完成。"抽象"就是人面对美时，产生的一种主客体交融、意识和潜意识合一的"迷狂"体验。这种抽象之美，靠文字言说根本无法穷尽，需要内心的体悟，超越日常生活状态，在"虚空中凝眸"而达到一种至美至乐之圣境，所以它似乎"无迹可寻"。

在沈从文看来，要表现他心目中"抽象美丽印象"，"文字不如绘画，绘画不如数学，数学似乎又不如音乐。因为大部分所谓'印象动人'，多近于从具体事实感官经验而得到。这印象用文字保存，虽困难尚不十分困难。但由幻想而来的形式流动不居的美，就只有音乐，或宏伟，或柔静，

① 李泽厚：《由巫到礼 释礼归仁》，生活·读书·新知三联书店 2015 年版，第 12 页。
② 沈从文：《生命》，载《沈从文全集》第 12 卷，北岳文艺出版社 2002 年版，第 43 页。

同样在抽象形式中流动，方可望将它好好保存并重现"①。音乐、绘画具有的与感性生命相通的抽象形式，更能表达一种纯粹的美，还原生命的本身。这种抽象的美，这个抽象的神，可以"阻止退化现象的扩大，给新的生命一种刺激启迪的"②，"有人仅仅从抽象产生一种境界，在这种境界中陶醉，于是得到永生快乐的"③。音乐、美术对人心的改造也可以重造政治思想，重造新的人民。④

对理想人格的寻找是沈从文思考的出发点，民族人格的重造是他致力实现的目标。从沈从文对仪式的审美性开掘不难看出，他拥有"美育代宗教"的情怀。他说："余曾刻有一象牙图章，作小篆字十个，'美育代宗教之真实信徒'。"⑤ 美育的本质就是情感教育，蔡元培认为美育的本质就是陶养情感。仪式，是通过情感来影响人类的信仰和行为，达到它的文化目的。但是，仪式的情感，不能脱离信仰而产生。沈从文看到了"神的解体"后人性堕落的悲剧。面对"无信心、无目的、无理想"的社会，他呼吁"似乎需要一个神，一种神话，有个'明天'威胁他，'引诱'他。本地菩萨虽多，都是铜铸的，实缺少神性。作法又不新不旧，毫无美感。也许真正需要的是一个艺术家，文学作家，来创造神与神话"。⑥ 他重造的信仰对象是"神"，"但神在××人感情上占的地位，除了他支配自然以外，只是一个抽象的东西，是正直和诚实和爱"⑦。从表层来看，沈从文重返非理性，批判都市文明，赞颂乡土生命，将湘西的民间信仰作为"诗意的栖居地"，在"前现代"中开掘中华民族长久被遮蔽、压抑的儒释道文化之外的巫傩文化之道；但是，从深层来看，他以"反现代性"的倾向，要实现的是"向远景凝眸"的现代性的目标。不管他"审美救世""美育救

① 沈从文：《烛虚》，载《沈从文全集》第 12 卷，北岳文艺出版社 2002 年版，第 25 页。
② 沈从文：《美与爱》，载《沈从文全集》第 17 卷，北岳文艺出版社 2002 年版，第 362 页。
③ 沈从文：《烛虚》，载《沈从文全集》第 12 卷，北岳文艺出版社 2002 年版，第 24 页。
④ 参见沈从文《从开发头脑说起》《苏格拉底谈北平所需》《试谈艺术与文化》《迎接秋天——北平通信》等杂文，均完成于 20 世纪 40 年代，载《沈从文全集》第 14 卷，北岳文艺出版社 2002 年版。
⑤ 沈从文：《北平通信——第一》，载《沈从文全集》第 14 卷，北岳文艺出版社 2002 年版，第 360 页。
⑥ 沈从文：《潜渊（第二节）》，载《沈从文全集》第 12 卷，北岳文艺出版社 2002 年版，第 85 页。
⑦ 沈从文：《凤子》，载《沈从文全集》第 7 卷，北岳文艺出版社 2002 年版，第 124 页。

国"的方式，是否能在中国社会里取得成效，沈从文对理想人性的设想，对生命诗学的建构，对科学理性从"真""善""美"中分化出来的纠偏，对改造社会途径的独特思考，对文化多样性的尊重，至今仍具有思想的启示性和超越意义。

第三章 "政治祛魅"与"民间反思"：政治叙事与民间信仰

　　作为一种文化现象，民间信仰属于乡村底层民众生活代表的文化"小传统"，在相当长的历史时期内经历着被禁毁和改造的命运。如在传统中国，民间信仰只有在符合正统意识形态、具备了经典依据的情况下，才拥有其存在的合理性，否则就被纳入"淫祀""愚迷"之列，被加以压制和改造。与此同时，中国文化的"大传统"又一直持续地内敛化于"小传统"之中。国家在批判民间信仰的同时，也在积极利用和改造它，如在封建社会，官方借助于"神道设教"来加强对权力的控制；同时将民间的、地方性的符合正统的伦理教化的神祇纳入国家祭祀的体系，以维护稳定的统治秩序。

　　进入 20 世纪后，现代性、启蒙主义实现了对历史的垄断，中国民众的信仰世界被视为与旧文化、旧秩序、愚昧、专制等相联系的"迷信"。为了倡导科学，破除迷信，重造国民，中国知识分子以西方启蒙时代的科学、理性为武器，对宗教迷信进行了不遗余力地批判。

　　除启蒙的现代性之外，革命也是现代性的另一种表达。革命的最终目标，是为了建立一个崭新的现代化国家。在激进的革命者看来，过往的历史已经终结。与过去彻底决裂的历史观，和民族国家重建民俗文化、"重铸国魂"的计划，使革命者积极投身于"移风易俗"的活动之中。

　　面对政府发动的"反宗教运动"，中国知识分子的态度充满了矛盾的复杂性。一方面，知识分子在现代化目标的驱动下，在破除封建迷信的运动中和政府保持一致。但是，国家在批判民间信仰的同时，也在积极利用和改造它为国家认同、政治认同、社会认同服务。知识分子也通过征用民间信仰的象征符号，完成了国家的集体认同；另一方面，对于中国民间信仰的熟悉，对中国乡村文化的深入理解，使 20 世纪一些中国作家能够不局囿于知识分子对启蒙使命的承担。相反,他们对启蒙者的精英姿态保持着警惕,试图挣脱出"政治祛魅"运动的简单粗暴,在时代留存的狭窄缝隙中,真实书写底层民众的宗教信仰心理,表现人们文化观念的差异和激烈的思想冲突,反思民间信仰复杂多样的表现形式及其文化意义。这样,"国家仪式"与"民间信仰"、"知识分子"与"民间"之间形成了既对立又建立联盟、既批判又有认同的复杂关系。

第一节 民间信仰"神性"的瓦解

中国的民间信仰并非独立的一个部分,"(在这里)宗教观念、信仰、习俗与生活的各个方面融为一体"①。从 20 世纪初期中国就开始了批判民间信仰的"祛魅"运动。"中国政府的现代化计划肇始于 1902—1908 年清政府的新政改革,新式学校、警察、新的政府机构是这一计划的最明显的标志。政府和社会精英中的现代化的改革者把民间宗教与文化领域视做建立一个非迷信的、理性实足的世界的最主要障碍。"② 如果说,政府发起的试图使农村文化理性化的运动,隐藏着国家为占有地方资源而发动反宗教运动的实利目的,那么中国知识分子多是从进化论出发,视"迷信"为国民进步的障碍,将民众从"迷信"之下解救出来的目标,汇入了"五四"提倡科学和民主的文化启蒙运动之中。然而,启蒙的使命并未最终完成。参与民族救亡、建设新的现代民族国家的政治目标,使知识分子开始从"理性的启蒙"转移到"激情的革命","打倒封建迷信"的呐喊显然是要与"解放农民"的政治理想结合在一起的。"为了建立现代民族国家,必须动员一切政治的、文化的力量。特别是在民族国家的形成阶段——'绝对主义国家'时期,更需要包括文学在内的文化的支持,以造就民族国家这个'想象的共同体'。"③ 因此,在"打倒封建迷信"的旗帜下,中国知

---

① [美] 杜赞奇:《从民族国家拯救历史》,王宪明译,社会科学文献出版社 2003 年版,第 95 页。

② [美] 杜赞奇:《从民族国家拯救历史》,王宪明译,社会科学文献出版社 2003 年版,第 87 页。

③ 杨春时:《现代性视野中的中国文学思潮》,《天津社会科学》2006 年第 2 期。

识分子在文学作品中开始了政治祛魅运动，民间的巫鬼信仰遭受了嘲笑、压制、批判。尽管出发点有所不同，但知识分子和政府力量对民间巫鬼信仰都保持了批判性立场。当然，中国知识分子对乡村民间信仰的书写，在服从于"政治祛魅"的共同目标下，呈现出复杂多样的形态，隐藏着作家们不同的文化态度。

一　巫师的祛魅

进入20世纪，在"迷信妨碍人类之进化""迷信的民族将贻笑于世界"等观念的影响下，全社会掀起了反迷信、反民间宗教的运动。从政治出发，政府为巩固自己对于地方政权的统治而开展了反巫运动，如20年代以来，国民党政权先后颁布了《神祠存废标准》（1928年）、《废除卜筮星相巫觋堪舆办法》（1928年）、《取缔巫医》（1929年）、《取缔经营迷信物品业办法》（1930年）等法规，[①] 来取缔民间对巫术、巫师、祭司等的信仰。20世纪中国知识分子是文化批判和文化重建运动的核心力量，他们以文学作品参与了旧社会是"无比落后的社会形象"的塑造，批判民间信仰的落后、迷信等"反现代性"因素。

从20世纪40年代到70年代，知识分子在文学作品中对巫师大多进行了否定性和批判性描写。昔日巫师拥有的神秘光泽完全褪色，成为了缺乏对神的真诚膜拜、无诚心、庸俗化、实利化的反面角色。

赵树理曾在40年代改编了一首《考神婆》。写区上派共产党干部申法群同志来领导群众反迷信。申同志设计让教员假装病，请来神婆驱邪灾。神婆胡编乱诌，当场出洋相。最后在群众大会上，神婆当场认错："千错万错我的错，只怨我想取轻巧财。申同志这回放了我，再不敢装神弄鬼做买卖。"[②]《考神婆》里出现的"巫婆装神弄鬼—被拆穿骗局—低头认错—获得新生"这一情节，构成了解放区众多反迷信作品的情节模式。

这一类作品中，最典型的自然要属赵树理的《小二黑结婚》。《小二黑

---

① 参见［美］杜赞奇《从民族国家拯救历史》，王宪明译，社会科学文献出版社2003年版，第102页。
② 赵树理：《考神婆》，载《赵树理文集》第三卷，工人出版社1980年版，第1319页。

结婚》中于福的新媳妇利用乡间"经过一场大病后成为巫婆"这一传统做了"三仙姑"，她"哭了一天一夜，头也不梳，脸也不洗，饭也不吃，躺在炕上，谁也叫不起来，父子两个没了办法。邻家有个老婆替她请了一个神婆子，在她家下了一回神，说是三仙姑跟上她了，她也哼哼唧唧自称吾神长吾神短，从此以后每月初一十五就下起神来，别人也给她烧起香来求财问病"①。新媳妇能变成"三仙姑"，显然离不开民间对"巫为神授"的信仰。但是，三仙姑自己并不信仰鬼神。她每月初一、十五都要设香案并顶着红布摇摇摆摆装扮天神，只不过是想通过跳大神的方式来和她喜欢的异姓接触。人性与神性的分离，使三仙姑虽有"仙姑"之名，却无"仙姑"之"仙气"。三仙姑不再具有巫师沟通人神的庄严、虔诚甚至迷狂的宗教情感，即使在跳神作法之时，仍不忘提醒女儿小芹"米烂了"，而成为了乡间笑谈。在失去了对神的虔诚后，三仙姑所施行的"鬼神附体"的巫术仪式，就变成了装神弄鬼的伎俩，她的言谈举止因背后隐秘的欲望、世俗化的个人目的，被作者涂抹上了漫画化、滑稽、反讽的色彩。

共产党干部区长对三仙姑、二诸葛的批评，预示了巫师们改邪归正的人生转折的到来。小说结尾，三仙姑悄悄拆去了装神弄鬼三十年的香案，从此不再下神骗人；二诸葛回家以后把神龛撤掉，不再卖弄他那套阴阳命相。三仙姑、二诸葛获得了文化和政治上的新生，是与他们摒弃鬼神信仰紧紧联系在一起的。迷信的雾霭被彻底驱散，巫师重获新生，表现了老一代农民在共产党员的帮助下，摆脱迷信，去除弱点，获得思想解放的政治主题。

黄谷柳的章回体中篇小说《刘半仙遇险记》中的刘半仙和二诸葛一样，平日爱看卦问卜，后来他在游击队的教育下逐渐觉醒。他帮助共产党探路，帮助游击队大获全胜，他自己也获得新生——"小弟永不再算命占卦卖神符骗大家了，我要跟游击队好好做事"。刘半仙把自己过去行巫通神之举视为"骗术"，表明了他对巫师身份的自我否定，并主动开始"改邪归正"向共产党的政治信仰靠近。

与上述作品描写巫师在党的教育下摆脱迷信，重获新生的命运不同，欧阳山的长篇小说《高干大》描写的巫神则成为了破坏合作社的反动力量的代表。小说第九章的题目为"巫神的罪恶"，已明确表达了作者的道德

---

① 赵树理：《小二黑结婚》，载《赵树理文集》第三卷，工人出版社1980年版，第1319页。

批判立场。豹子沟的巫神郝四儿反对合作社生产，不务正业，吃喝嫖赌，偷抢殴打。因任家沟合作社的副主任高生亮要办医药合作社，影响了郝四儿装神弄鬼的生意，郝四儿便和一伙巫神们联合起来，向落后一点的人们散发谣言，鼓动退股，并且假造鬼神，闹得全村不安宁。最后，党的干部高干大依靠群众，上山捉"鬼"。他和装成鬼嚎叫的巫师郝四儿一番恶斗，两人滚入沟底，巫师郝四儿当场摔死在岩石上。高干大与巫师郝四儿的斗争的胜利，意味着正义最终战胜了邪恶，高干大以坚强的意志顶住了重重压力，给合作社开辟了一条发展的新道路。

丁玲《太阳照在桑干河上》中写到被人称为"白娘娘"的女巫白银儿则充满着性的诱惑。她是个寡妇，会医病，她"不只做着女巫，而且还招揽一些人来赌钱"。和三仙姑一样，女巫白银儿以行巫为名，诱惑男人为实，使她"就常编这些鬼话骗人"。"别人都说她会治个想老婆的病"。看她的打扮，与众不同，"一身雪白的洋布衫，裁剪得又紧又窄，裤脚管下露出一对穿白鞋的脚，脸上涂了一层薄薄的粉，手腕上带了好几副银钏，黑油油的头发贴在脑盖上，剃得弯弯的两条眉也描黑了"[1]。共产党干部杨亮第一次见她，"说不出是股什么味道的心情，好像成了《聊斋》上的人物，看见了妖怪似的"[2]。白银儿被称为"女妖"显然包含了男人对邪恶女人的诋毁与恐惧，也从侧面体现出白银儿对男人致命的诱惑力。

总之，在上述解放区文学和20世纪五六十年代作品中，巫师或作为可以被教育的迷信、落后的农民的代表；或成为与落后、反动的政治势力勾结在一起的反面人物；或是为达到诱惑男性的隐秘目的而行巫的风流女子。他们自己都不相信鬼神，而是为达某一不可告人的目的而装神弄鬼的巫婆神汉。在以"宗教是人民的鸦片"为文化指针和"破除迷信"的无神论思想的指导下，作家们对民间的巫鬼信仰进行了否定性的批判。他们多从政治批判的立场出发，对巫师进行了带有明显道德批判倾向的丑化描写。如《小二黑结婚》中巫婆三仙姑的老来俏"看起来好像驴粪蛋上下上了霜"[3]；《太阳照在桑干河上》里的女巫白银儿"瘦骨伶仃的，像个吊死鬼似的叉开两只腿站在那里"[4]；《欢笑的金沙江》中的毕摩"两颗眼珠黄

---

① 丁玲：《太阳照在桑干河上》，人民文学出版社1956年版，第48页。
② 丁玲：《太阳照在桑干河上》，人民文学出版社1956年版，第48页。
③ 赵树理：《小二黑结婚》，载《赵树理文集》第三卷，工人出版社1980年版，第3页。
④ 丁玲：《太阳照在桑干河上》，人民文学出版社1956年版，第48页。

闪闪的，就像一只猫头鹰"[1]；《高干大》中的巫神郝四儿"鼻子非常小，又非常奸狡"[2]；等等。巫师们迷信鬼神的思想往往与他们好吃懒做、愚昧落后、性变态、阴险狡猾等道德品质败坏共生，从而使作品难逃概念化、理念化的写作弊病。在描写巫师的最后命运时，作家们往往拆解了巫师所具有的沟通人神的神性，设置了极具戏剧性的圆满结局来完成主题的宣谕。"这样常常被朝廷官方视为迷信、妖术、旁门左道，在民间能够直接与人们精神交通、来往的人或方法，在马克斯·韦伯看来，实际上就是中国式的卡里斯玛"，它们被"纳入权力秩序之中，祛除其巫魅之力，解除其精神世界或鬼神世界的中介功能"[3]。

当然，作家们一方面在作品中批判和丑化装神弄鬼的巫师，强调作品的政治批判性主题，另一方面，他们在写到具有浓郁的民族特色的巫术仪式时，又不自觉挣脱出简单粗暴的政治批判立场，游离了反迷信的科学主义的理性判断，饶有兴趣、客观真实地呈现出巫师行巫的整个表演过程，表达了对民族古老的民间信仰仪式的关注。如欧阳山的长篇小说《高干大》于1952年出版，描写了40年代初期陕甘宁边区抗日民主根据地的情况。任家沟虽已进行了土地革命，成立了合作社，但乡间民众敬神畏鬼、请巫师治病之风并未得到彻底改变。对任家沟装神弄鬼、谋人钱财的巫神郝四儿，作者流露出明显的厌恶之情。但在揭露巫师的罪恶的同时，欧阳山又颇为细致地描写了巫师郝四儿跳神、驱鬼的场面。首先是请神附体阶段，他"打着赤膊，打着赤脚，腰间系上红围裙，头上戴了红头巾，头斤外面用柳条绑住，有时摇着小铜铃，有时摇起三山刀，在窑里跳着叫着。他的眼睛半开半闭，嘴里不断吹着气，咿咿呀呀地胡诌一顿，谁也不知道他说些什么。他的两脚摆成八字形地在地上蹲着，围绕着香案跌跌地走，浑身抖颤着，像喝醉了烧酒，又像他正在打摆子"[4]。在施行驱鬼的仪式中，郝四儿"拿起柳条鞭子向病人周身毒打"，又"用加了清油的扫帚在窑里上下左右乱烧一通，又在病人面前大放爆竹，最后将罗家十几个饭碗

① 李乔：《欢笑的金沙江》，人民文学出版社1956年版，第35页。
② 欧阳山：《高干大》，华夏出版社2009年版，第176页。
③ 李向平：《信仰、革命与权力秩序——中国宗教社会学研究》，上海人民出版社2006年版，第551页。
④ 欧阳山：《高干大》，华夏出版社2009年版，第177页。

装满柴灰，一个个从门口撂出去打得粉碎，说是这样子可以把鬼赶走"①。最后是送鬼，"要白氏使劲巴住那个碾子，然后在她头上放起鞭炮来。每放一个鞭炮，她就惨叫一声，跌在泥水里面，一连放了三次，一连跌了三次"②。这样一番折腾后，病人白氏断了气。作者一方面通过强调巫师郝四儿自己从来不相信所祈求的事情会真的发生，批判了其装神弄鬼、骗取钱财、毫无怜悯之心的恶行；另一方面，通过对跳神、驱鬼、送鬼一系列巫术仪式的描写，真实展示了乡村的巫鬼信仰在 20 世纪消灭民间宗教的种种运动中从未绝迹过，底层民众对巫师仍充满了崇拜和敬畏之情。这预示着高生亮破除巫术迷信、兴办医药合作社将遇到很大的阻碍。即使是共产党员高生亮自己也无法摆脱对鬼神的畏惧。面对着装神附身的郝四儿的怒声喝令，"高生亮深深地尝到了恐惧的滋味，可是他仍然十分执拗地，直挺挺地站着不动。他的脊骨发麻，浑身瘫软，两个小腿在打战。他听见自己心跳，觉得喉咙发渴，汗水好像小虫似得爬过他的脸"③。后来，巫师郝四儿故意闹鬼，高生亮吓得一晚不敢入睡。早起后，他发现居住的窑洞地上出现一条被剁断的青蛇的尸体，而睡在窑洞里的人脸上都有干了的血印却平安无事，高生亮就以自己曾救过一条青龙（青蛇），昨晚一定是它前来报恩帮他"驱邪护身"来解释。身为合作社副主任的干部高生亮畏神怕鬼、相信预兆、邪法的心理描写，使这一人物形象不同于同时代作家塑造的理想化、公式化的"高、大、全"的正面人物，而具有人物性格的复杂性和特定文化环境下性格形成的合理性。

解放区文学和 20 世纪五六十年代文学努力消除巫师身上的神秘，揭露"巫师"装神弄鬼的伎俩，批判民众的迷信，与 20 世纪 30 年代沈从文反复申明湘西乡土世界的民间信仰不同于迷信、从正面书写民间巫鬼信仰的立场形成了鲜明的对比。总体来说，40—60 年代文学对于民间信仰的表现较为单薄，描写过于简单化、草率化。另一方面，一些持政治启蒙立场却与民间传统文化保持千丝万缕联系的作家们，在一个民间巫鬼信仰尚未获得合法地位的时代里，敢于真实客观地描写处于民间隐秘状态的种种巫术仪式，这又从一个侧面体现出知识分子与民间信仰之间既对抗又有所认

---

① 欧阳山：《高干大》，华夏出版社 2009 年版，第 178 页。
② 欧阳山：《高干大》，华夏出版社 2009 年版，第 178 页。
③ 欧阳山：《高干大》，华夏出版社 2009 年版，第 182 页。

同的复杂矛盾的关系。

二 自然的祛魅

与"打倒封建迷信"、揭穿巫师们的谎言骗术同时进行的,是"自然的祛魅",即"人类的理智战胜迷信,去支配失去魔力的自然"①。所谓"自然的祛魅",美国学者大卫·格里芬认为"从根本上讲,它意味着否认自然具有任何主体性、经验和感觉。由于这种否认,自然被剥夺了其特性——即否认自然具有任何特质;而离开了经验,特性又是不可想像的"②。在解放区文学和20世纪五六十年代文学中,"自然的祛魅"显然已构成了"政治祛魅"的重要内容。丧失了主体性、经验和感觉的自然,不再具备超越于人类之上的力量,失去了人类理智所无法认识的神秘。人类不再对自然怀有深深的敬畏之感,自然成为人类可以用理性来解释、征服和控制的对象。

创作于20世纪四五十年代的李季的《老阴阳怒打"虫郎爷"》(1946年)和赵树理的《求雨》(1954年)的主题都是要破除迷信。李季《老阴阳怒打"虫郎爷"》中,山漫凹村天旱少雨,禾苗遭灾,蝗虫四起。在老一辈人眼中,"这是天意"。上年纪的人说:"那是神虫,越打越多哩;想要退蝗虫,还是要靠神仙才行。"③赵树理《求雨》里,金斗坪村遇上旱灾,老年人认为是村民"得罪了龙王爷爷","人们这样没有诚心,恐怕要惹得龙王爷一年也不给下雨"④。为了消灾祛邪,山漫凹村的老年人请来了老阴阳连夜给虫郎爷写好表章、祭文,第二日端着五尊虫郎爷的神位,抱着香表、钟鼓,在西山头上祭起了虫郎爷;金斗坪村老一辈人面对旱灾,沿袭了过去在庙里向龙王求雨的仪式,他们在龙王庙里焚香跪守,敲钟打鼓,希望能感动龙王降雨。两个村的老一辈村民都认为必须靠祭神才能消

① [德]马克斯·霍克海默、西奥多·阿道尔诺:《启蒙辩证法——哲学断片》,渠敬东、曹卫东译,上海人民出版社2006年版,第2页。

② [美]大卫·格里芬:《科学的返魅》,载江怡主编《理性与启蒙——后现代经典文选》,东方出版社2004年版,第605页。

③ 李季:《老阴阳怒打"虫郎爷"》,载《李季文集》第四卷,上海文艺出版社1986年版,第32页。

④ 赵树理:《求雨》,载《赵树理文集》第一卷,中国工人出版社1980年版,第320页。

除自然灾害，对虫郎爷、龙王等自然界的神灵充满着深深的敬畏。

与老一辈村民对自然神信仰的虔诚、庄重形成对比的是村里的年轻人和共产党的干部。山漫凹村的年轻人反对迷信，坚决主张打蝗虫。在王区长的支持下，他们跟村主任、变工队长上了东山打蝗虫。几天后，东山上的蝗虫差不多打净了，而西山上"越念祭文，蝗虫越厉害"。同样，金斗坪村一些村民在党支部书记的领导下开渠引水，科学治理旱情，而庙里跪香求雨的人则越来越少。李季《老阴阳怒打"虫郎爷"》中，在打蝗告捷、祭虫郎爷无效的事实面前，那些一心想靠神仙退蝗虫的老人们不再"跪熬"了。参与祭神的王木匠说："从哪里会来个虫郎爷？神牌位，是我拿木头一刀一斧砍出来的；那要是个神，我就成啦虫郎爷的娘老子啦！"①而"请神神到，请鬼鬼到"的老阴阳在王区长的教育下，把那几尊虫郎爷的牌位"扯个粉碎"，要将木座"放到灶火洞的，烧了它！"赵树理《求雨》里，当开渠引水取得成功，庙里求雨的几个老头再也待不住了，他们给龙王磕了个头，说："抢水救苗要紧！龙王爷会原谅！"②爬起来都出去了，科学最终战胜了迷信。共产党领导下打蝗和开渠工作的胜利，张扬了"人定胜天"的壮志豪情，使重实际利益的农民暂时放弃了对神灵的信仰，有的开始转变顽固的迷信思想，尽管小说对这一转变的描写显得较为单薄。

自然神性解体后，青年一代面对自然毫无顾忌，坚定投入改天换地的斗争之中，而老一辈却仍然保留了对超自然力量的崇拜和敬畏，这样就构成了两代人的文化冲突。

赵树理《糊涂县长》（1934 年）里，C 县长接到上级命令，要求举行破除迷信活动，打毁偶像。但他害怕城隍庙鬼多，主张只打毁"五道庙"和"关帝庙"。到了城隍庙，当年轻人都争着向泥城隍爷打下去时，县长"却蹙着眉毛，蹲在阶下，用小炭斧敲小石子"。在他人催促下，县长跑进大殿敲神像，但是"自己觉得头有点眩，心有点跳，腿有点抖，生怕小鬼和县长拼命，所以趁早离开"③。赵树理以带有讽刺的笔调描写了县长的"糊涂"，其怕鬼的心理让人觉得十分可信。

周立波 1949 年后创作的很多短篇小说在展示时代政治风云的同时，

① 李季：《老阴阳怒打"虫郎爷"》，载《李季文集》第四卷，上海文艺出版社 1986 年版，第 37 页。
② 赵树理：《求雨》，载《赵树理文集》第一卷，中国工人出版社 1980 年版，第 320 页。
③ 赵树理：《糊涂县长》，载《赵树理文集》第一卷，中国工人出版社 1980 年版，第 322 页。

也通过描写民间信仰发生的变化，来表现农村"新与旧"之间的冲突。《盖满爹》里，农民们谈到洞庭湖的水灾、当地的旱灾和当前出现的粮荒时，一个穿长袍的老头说："你不敬天，天肯维护你？""上回我跟满爹讲，我们缴伙打场雷祖醮好吧？他说：'有么子雷祖啊，不要再信那些了。'不信，就没得了？记得鬼子来的头一年伏天，天下和天翻的雨，又打雷，又扯闪，雷公把栗树坪的两棵松树劈开了，还烧死了一个躲雨的过路的客子，用朱笔在他的背上写了两行字：'不信神明，天火烧身'"。老人的话马上被一个青年团员驳斥："你迷信，你落后，没得知识！"①《张润生夫妇》中，过年时，张润生夫妇杀猪，猪嚎叫声响亮悠长。原队长说好。一个花白胡子解释说："不长不吉利。"这话马上被一个初中生斥责为"迷信"。②《桐花没有开》中，思想保守的张三爹不满青年人破除迷信之举，他说："说天良没有！我还不晓得，你们这班后生子，没有吃得油盐足，把土地菩萨都打得稀烂，灶君王爷也撕掉，还说天良！"③ 人物的三言两语，鲜活地体现出老一辈农民对自然神灵的信仰根深蒂固和青年一代农民的神鬼信仰已经开始动摇。尽管周立波没有在小说中具体展开两代人因思想观念、宗教信仰不同发生的激烈的矛盾冲突，但他通过人物个性化的语言，客观真实地揭示了农村中传统与现代、保守与进步、新与旧之间矛盾的尖锐性、复杂性和长期性。

20世纪国家权力发生变迁，导致了民间社会的精神秩序随之发生变迁。"祛魅"既是科学理性张扬的结果，也是国家政治革命的辅助性成果。"人定胜天""改天换地"的革命豪情，取消了自然的主体性，人类征服自然、控制自然的自信心极度膨胀、放大，沟通人神、控制自然的巫师的神秘性被拆解。但是，传统的民间信仰并未全部退出，它的象征符号被国家仪式征用，来表达政治文化。

在20世纪40年代以来的中国农村题材小说中，我们依然可以看见龙王庙、土地庙等庙宇和祠堂的身影。龙王庙曾是村落举行祭祀仪式的神圣场所，每逢风雨失调、久旱不雨或久雨不止时，人们要去龙王庙烧香祈福，以求龙王治水，风调雨顺。在赵树理的小说中，"龙王庙"经常出现，

---

① 周立波：《盖满爹》，载《周立波选集》第一卷，湖南人民出版社1983年版，第113页。
② 周立波：《张润生夫妇》，载《周立波选集》第一卷，湖南人民出版社1983年版，第238页。
③ 周立波：《桐花没有开》，载《周立波选集》第一卷，湖南人民出版社1983年版，第129页。

但是后来转变为政府行使政治职能的场所。在《李家庄的变迁》中，抗战以前的七八年，"龙王庙"既办祭祀，也是村民来说理的"村公所"。过去，人们到庙里来敬神，守庙的老宋可以吃上一份献供；后来，人们来庙里说理，老宋也可以吃一份烙饼。到了抗日战争，"龙王庙"成为公祭本村抗战死难烈士的场所。"龙王庙"神圣象征的文化符号以及这一民间信仰在民众心理产生的影响力，仍然在发生潜在的作用。中国现当代作家描写了"移风易俗"运动带来的人们与旧的信仰的告别和新的社会秩序的构建，同时又表现了民间信仰的象征空间仍然存在于国家权力秩序之中，它们具有激发、维持和重塑群体的凝聚力和强化政治认同的作用。

第二节　权力秩序中民间话语的潜在表达

在 20 世纪中国的反迷信运动中，庙宇、祠堂等遭到了不同程度的破坏，政治仪式取代了民间仪式，以建构新的权力话语。但民间信仰仍作为隐形的乡村伦理和民间秩序的表达方式，存在于人们的意识深处。和其他传统表现出稳定性、顽固性一样，民间信仰不甘心、也不会退出历史的舞台，它们仍以独特的方式在强调革命叙事的时代缝隙中生存，隐性表达了对民间权力和民间秩序的认同。

一　隐形的乡村伦理

赵树理在 20 世纪 40 年代创作了《万象楼》《小二黑结婚》《考神婆》等配合解放区反封建迷信的作品，但他对乡村民众的信仰哲学非常熟悉，也了解其表达的乡村秩序和民间伦理关系的重要意义。民间信仰具有引导民众向善的伦理价值。赵树理在《运用传统形式写现代戏的几点体会》中，介绍了他上长治师范之前"信教敬神"的虔诚。受祖父影响，幼年时赵树理信仰"三圣教"，"每天吃斋，吃饭前打供，每天烧香四次"①，强

---

① 赵树理：《运用传统形式写现代戏的几点体会》，载《赵树理文集》第四卷，工人出版社 1980 年版，第 1775 页。

调行善。赵树理十七岁结婚，和妻子一起加入了"太阳教"，不吃肉，每天都烧香敬神。他一直严格自律，会把带字的纸收起，烧成灰，撒到河中，表现了民间尊敬知识、"敬惜字纸"的信仰的坚定；他到二十一岁才开斋吃肉，当时还怕犯咒语。在《地方戏和年景》中，赵树理介绍了村里每一年端阳节都要演戏祀神，"敬神"的原因主要有三种："一是本村掌殿之神的出生、逝世等纪念日，一是遇上了水、旱、瘟疫等灾情求神保佑许下的愿，而最普遍的一种则是常年和丰年秋收之后的酬神。"① 年景会影响到民间地方戏上演的盛衰，而民间"敬神"有助于个人的道德自律和乡村良好的伦理秩序的形成。

乡村的葬礼、婚礼、祈福、驱邪等仪式延续数千年，在农村革命的浪潮中，尽管受到了一定程度的冲击，但种种民间信仰仪式的举行，在应对人生重要的转折阶段、灾难变故时，从容不迫，有条不紊，具有抚慰人心、凝聚群体力量等重要的作用。这使它们仍然在乡村获得了生存的空间。如梁斌的《红旗谱》描写了江涛的奶奶去世，江涛的母亲及赶来帮忙的村里的女性们一起"给死去的人穿上新洗的褂儿，新拆洗的棉袄，箍上黑布头巾，头巾上缝上一块红色的假玉"。朱老忠指挥大家"把老奶奶的尸首停在板床上，蒙上了一块黑色的蒙头被，床前放上张饭桌。又打发贵他娘煮了倒头饭，做了四碟供鲜，摆在桌子上。打发伍顺找了一匹白布来，叫娘儿们给严志和和涛他娘缝好孝衣"②。门上挂着纸钱，街坊四邻都来吊孝。江涛奔丧回家，扑在奶奶身上痛哭，朱老忠劝他说："人断了气，身上不干净，小心别弄病了。"③ 出殡的时候，严志和和他媳妇穿着大孝，执幡摔瓦，孙子江涛在后头跟着，朱老忠和朱老星抬灵，将奶奶埋葬。族人和乡民都来参与丧事，土葬仪式的程序、送葬的着装、哭灵及禁忌等，体现了中国民众对待死亡的态度，也表现了乡民邻里之间携手互助、共同面对危机的集体伦理。

柳青的《创业史》第二部第五章描写了农民王二直杠的葬礼。按照当地的葬仪，八个男社员抬着一副灵柩，孝子栓栓"穿着不合身的白孝衫，扛着'引魂幡'，挂着哭丧棍，走在灵柩的前头"。到了墓坑，大家将灵柩

---

① 赵树理：《地方戏和年景》，载《赵树理文集》第四卷，工人出版社1980年版，第1741页。
② 梁斌：《红旗谱》，中国青年出版社1985年版，第154页。
③ 梁斌：《红旗谱》，中国青年出版社1985年版，第162页。

停在两条长板凳上。"欢喜把棺材上面绑着爪子的那只红花公鸡,抓起扔在霜地上。"① 当灵柩被吊入墓坑里,孝子栓栓按当地传统仪式,留在墓坑里踩土时,梁生宝也跳入墓坑帮忙踩土。柳青描写了梁生宝主办丧事的严肃认真,一再强调这是"灯塔社的丧事"。但是,在宣传国家政治利益的背后,也潜在表达了作者对"古风不再"、送葬的庄稼汉"不拘礼仪""不严肃地笑着"的不满,和对栓栓媳妇素芳"哭丧"无比真诚、孝顺公公的民间伦理的认可。

周立波的《山乡巨变》是 20 世纪 50 年代书写农业合作化运动、鲜明表达国家话语的长篇小说。但是,该作品也为乡村民间信仰话语的表达提供了较大的空间。如盛佑亭的岳母去世,乡村干部指示"不要做道场",但小说描写了"给死者装洗"、"宰猪款待杠夫、吊客"、亡人"脚端点起一盏清油灯"、"入殓"、"吊孝"、"头七"等丧仪。左邻右舍都来相助,"有的劝慰哀哭的人们,有的动手帮忙了"②,直至将老人埋葬。老婆婆去世七天后,盛妈"头上挽一块孝布,脚上穿双白布蒙面的鞋子"③ 回家了,邻舍堂客们都过来劝慰悲伤的盛妈。中国传统文化中的孝道,民间信仰中对灵魂的崇拜,对死者的尊重和乡村邻里温暖的人情,在死者的丧葬仪式中充分体现了出来。

《山乡巨变》还描写了村长刘雨生和盛佳秀的婚礼仪式。尽管国家话语已经渗透、改变了民间仪式,如婚礼一开始,党支部书记李月辉宣布"三茶六礼,拜天地,叩祖宗"被废止,"新郎新娘向国旗和毛主席肖像双双行个鞠躬礼"④,但是,新郎新娘"进洞房""抬茶盘"的仪礼却保留了。李月辉解释:"吃抬茶是老规矩,含着好事成双的意思。"⑤ 他还介绍了小时候门牙掉了后,新牙齿好久不长,他妈妈相信"牛会保佑牙齿长出来",要他一见到牛就要作揖。在当地人看来,牛是具有灵性的动物。李月辉说:"不论碰到黄牛和水牛,公牛或母牛,我都作揖。"然而此方不灵验,他母亲又按当地风俗,"若要牙齿长,非得请新娘子摸一下可以"。李月辉说他缺门牙的牙龈被新娘子摸了两下,"后来不久,牙齿真的长出来

---

① 柳青:《创业史》第二部,人民文学出版社 2005 年版,第 46 页。
② 周立波:《山乡巨变》,上海文艺出版社 2019 年版,第 454 页。
③ 周立波:《山乡巨变》,上海文艺出版社 2019 年版,第 455 页。
④ 周立波:《山乡巨变》,上海文艺出版社 2019 年版,第 537 页。
⑤ 周立波:《山乡巨变》,上海文艺出版社 2019 年版,第 539 页。

了。好快啊，并且长得又白又整齐。那一摸很灵，这里面是有点哲学的"①。作为党的干部，李月辉在婚礼上宣传新的婚俗，但在聊天时仍不自觉流露出对乡村民间信仰的认同。婚俗新旧杂陈，传统的婚仪及背后的象征意义、对牛的动物崇拜、请新娘"摸牙龈"的巫术仪式等，显然是民众的信仰心理在乡村已根深蒂固的表现。

乡村老一辈农民都相信神鬼、精怪的存在。《山乡巨变》中刘雨生妈妈担心儿子遇上狐狸精，她要儿子赶快去找巫师"冲一个锣"；亭面糊听谢庆元说他不走运，总是"背时"，就告诉他如果是小孩说了不吉利的话，可以请人写一张"老少之言，百无禁忌"的红纸，贴在堂屋里；谢庆元吃了有毒的水莽藤自杀，盛家大姆妈说他是碰到了水莽藤鬼或落水鬼找替身。亭面糊主张"灌他几瓢水，再拿杠子一压，把肚里的家伙都压出来，马上就好了"②。周立波并没有对乡村农民应对灾难、疾病、死亡的手段和民间信仰观念进行粗暴的批判和讽刺，而是以带有喜剧性的幽默、温情的笔调去描写乡村农民的民间信仰、日常伦理关系等，表现了对"反理性"的民间信仰的浓厚兴趣。

在周立波的短篇小说《下放的一夜》中，下放干部王凤林的左膝弯被虫子咬了一口，敷了磺胺、达姆膏等西药，都无法止痛。村民们建议她求助于当地一个七十五岁的卜妈治疗。卜妈的方子就是"蜈蚣虫咬了"，"蜈蚣成了精，也还是怕鸡公子"，"捉个鸡公，把它宰了，用鸡血涂在床架上，她就会走的。蜈蚣最怕鸡公"③。王凤林按照卜妈的方法，"捉一只雄鸡，剪掉一点冠子，用那血敷敷"，果真不痛了。第二天一起床，腿已奇迹般地完全恢复了。在民间的巫术信仰中，"鸡血"具有祛病、驱鬼、除灾、赌咒、盟誓的神秘力量。周立波写于1959年的这篇小说，并没有批判卜妈和乡民的迷信思想，反而描写了巫术仪式具有的神奇力量。周立波的另一短篇小说《艾嫂子》（1961年）写生产队养猪场的刘艾珍喂了二十八年猪。她把猪婆肚里的胎儿死了，归因于"猪舍后边有人动了土"；如果要让猪婆多奶汁，就要将猪的"胞衣丢在活水里，涧里，塘里，都可以，这样子，奶汁就多"④。民间的禁忌、模拟巫术被作者真实地表现出

① 周立波：《山乡巨变》，上海文艺出版社2019年版，第503页。
② 周立波：《山乡巨变》，上海文艺出版社2019年版，第401页。
③ 周立波：《下放的一夜》，载《周立波短篇小说集》，中国青年出版社1979年版，第173页。
④ 周立波：《艾嫂子》，载《周立波短篇小说集》，中国青年出版社1979年版，第177页。

来，而身为知识分子的"我"暗暗赞赏"她的肚里装着丰富的经验"。不难看出，民间对鬼神、巫师的信仰，在 20 世纪五六十年代的乡村并未根除。一方面，"反迷信"运动在乡间轰轰烈烈展开，年轻一代农民不再相信"雷祖""土地菩萨"（如周立波的小说《盖满爹》《胡桂花》等），另一方面人们在应对危机、灾祸、疾病的时候，又不自觉地求助于巫术仪式的举行。

在 20 世纪中国乡村发生政治震荡、文化变革的时代里，民俗学、人类学研究的开展历经曲折。一些中国现当代作家追求现实主义真实性的书写，他们为时代作证，为中国乡村民众的信仰方式及信仰心理留影，从而使文学作品成为了可供参考的非常宝贵的"民俗学""人类学""社会学"的资料。

二　觉醒的民族意识

民间信仰从原始宗教发展而来，在漫长的历史过程中演变、延续至今。作为一种活态传承的民俗文化和代代延续的文化形式，民间信仰蕴含着一个民族独特的精神价值、思维方式和文化意识，成为识别一个民族的民族身份、构建民族认同的主要方式之一。在政治话语居于主导地位的 20 世纪五六十年代，一些少数民族作家的民族意识在觉醒之后，仍然坚持在表达国家话语的同时，也表达了对民族文化传统的认同。其中，彝族作家李乔对民间信仰的关注和书写，表现出鲜明的民族特色。

《欢笑的金沙江》描写了中华人民共和国建立初期，党和政府派出工作组进入凉山彝民区宣传民族团结政策，粉碎了国民党残匪策动的叛乱的斗争史实。1953 年，李乔参加民族工作队到凉山工作。从 1956—1957 年，他参加了凉山地区轰轰烈烈的民主改革运动。作为一名民族工作者，他在作品中表现出鲜明的政治立场，反对"盲目进兵"，赞美共产党"政策过江"的胜利；同时，他对彝族的文化充满了深情，渴望古老的民族文化能够延续下去，并获得新生。

彝族有祖灵信仰，为了不使祖灵变成孤魂野鬼，作祟后人，凡老人去世后，都要为死去的老人制作"马都"（"马都"系彝语音译，意为"祖先牌"）。他们的信仰中，"马都"是祖灵的特殊附着物，是祖灵的象征，其制作有相应的祭仪。《欢笑的金沙江》描写了沙马木札家里供奉祖先的灵台和祖先的灵牌"马都"。"祖先的灵牌是用一根五寸长的木棒做成，两面剖开，中间挖一小洞，当人死了的时候，毕摩在烧尸的坟上拾起一根小竹根，截成竹片，用三月间剪下的羊毛包起，然后又用棉线扎起（男九扎，女七扎），再用白布包上放在灵台上。灵台下挂着几包包谷和几蓬苦荞，那是去年秋收时供奉祖先的祭品。"① 以竹象征祖灵，也体现了彝族竹图腾崇拜的观念。

在沙马木札和磨石两家之间发生械斗，沙马木札作为一个黑彝人，决不能在冤家的面前逃走，若他逃走，他和他的子孙们都会遭到他人的嘲笑。沙马大妈为了停止杀戮，把百褶裙解下来，高高举起那条百褶裙摇摆。两房的人看见她那条裙子，遵照彝族人的风俗习惯，果真停止厮杀了。女性孕育生命、创造生命，彝族崇拜女性——"在凉山上打冤家，当妇女出来调解时，双方应当尊重女权，立即停止械斗。假若哪家不停止，那女人自杀死了，女人的后家就会加入战斗"②。

《欢笑的金沙江》中还多次出现了毕摩的身影。毕摩被彝族人视为人与神鬼交流的媒介，他们认为其具有无比的法力。李乔在小说中充满深情地介绍毕摩："他知道彝文的许多经典，这些经典记载着开天辟地的故事，人类的来历，彝族的历史，还有许多鬼神的事情。彝族人民相信自己的命运被鬼神主宰着，他们生了疾病，要请毕摩来念经；遭了灾难，要请毕摩来念经；打冤家，也要请毕摩来打卦念经。总之，他们的生活是离不开毕摩。"③ 在磨石拉萨进攻沙马木札家族前，他请毕摩来家里念咒，"那个老毕摩，摇着比举（笔者注：铃铛），在家里念了一天咒，一会唱，一会跳，然后扎了一个草人，把一些鸡毛鸡血粘在那草人上，口中念念有词，远远地送到路边去，预兆着沙马木札一定会被恶鬼捉去"④。毕摩所施行的仪式，属于典型的巫术仪式，从动作、道具、信仰心理等都体现了彝族民间信仰的特点。

在20世纪50年代国家反迷信运动中，李乔的《欢笑的金沙江》却在现代国家叙事的结构中，描写了彝族的祖灵信仰、竹图腾、毕摩信仰、女性崇拜、血盟、念咒等信仰及仪式，历史与现实相互参照。彝族人勇武、

① 李乔：《欢笑的金沙江》，人民文学出版社1956年版，第23页。
② 李乔：《欢笑的金沙江》，人民文学出版社1956年版，第61页。
③ 李乔：《欢笑的金沙江》，人民文学出版社1956年版，第35页。
④ 李乔：《欢笑的金沙江》，人民文学出版社1956年版，第40页。

敬神畏鬼、尊重生命的民族性格，在其民间信仰中显现出来，打上了同时代并不多见的少数民族文化的印迹，为处于边缘的少数民族文化话语获得了表达的空间。

与李乔相比，蒙古族作家乌兰巴干创作于 1959 年的长篇小说《草原烽火》突出的是蒙族人民在中国共产党领导下经过革命斗争取得了胜利。对阶级斗争、国家意识的突出，使《草原烽火》描写的蒙族民众的民族意识的觉醒并不鲜明，但是小说中出现了达尔罕王爷大祭灵堂的仪式：

> 煮熟了的整牛整羊，布满在黑树林子北边左侧的草地上。成缸的奶油，燃起了祭灯的火焰。遍地插着长香，一缕缕香烟升起，汇成淡雾一般，散在遍地跪着的奴隶们的头顶上。①

作者还描写了祭灵中王爷府家庙的喇嘛们的跳鬼仪式，出现了"鹿鬼""马鬼""肉头神""赫赫麦""花花鬼""十八罗汉""四大天王"，他们随着鼓钹的节奏舞着，跳着。最后，喇嘛们将用上等面粉塑成、涂满黄油的"苏勒"投入火里燃烧，让"面鬼"上天。祭灵后，就是蒙族传统的摔跤、赛马会的举行。

在描写自己所属民族的民间信仰时，乌兰巴干短暂地游离于紧张的阶级斗争之外，写出了蒙古族祭天仪式的隆重、盛大、喜庆的气氛。可是，庄重而喜悦的民间祭祀场面，又马上被达尔罕王爷鞭打赛马失败的奴隶巴图吉拉嘎热的冷酷、无情所取代了。在描写蒙族的自然崇拜的时候，作者并不是仅从文化的角度去关注民间信仰，而是时刻注意政治立场的表达和国家政治意识的凸显。但是，小说中描写的祭天、跳鬼等仪式，呈现了不同于汉民族民间信仰的特点，为蒙古民族的文化留下了富有艺术表现力的空间，尽管比较薄弱，但民族意识的表达弥足珍贵。

三　女性的隐秘愿望

在男权社会中，女性作为依附于男性的弱势群体，没有自己的话语权。民间信仰仪式实施者的身份，给予了一些妇女获得地位补偿的机会，

---

① 乌兰巴干：《草原烽火》，人民文学出版社 1959 年版，第 78 页。

让巫婆、道姑、老年妇女等女性得到了可以行使的独特权力和相对自由的空间。"女巫作为一个借鬼神求食的寄生群体和统治者所防范、利用的民间社会力量,突破'女治内事'、'女不言外'的行动准则,从养育子女、料理内务的家庭角色变为沟通人神、从事外务的公共角色,介入上层社会,活跃于下层民间。"① 更多的女性在参与"事鬼敬神"的种种活动中得到了梳妆打扮、外出、聚会、结社、踏青、和异性交往等机会。民间信仰成为了封建女性挣脱狭窄的家庭空间、反抗男性话语、参与社交、违抗禁忌、释放欲望的一种表达途径。②

赵树理的《小二黑结婚》尽管对三仙姑采取了嘲讽、漫画的笔调,但背后也隐藏着作者对农村女性的精神处境的同情。三仙姑十五岁嫁给了老实巴交的农民于福。于福不爱说话,每天和父亲在外干活。新媳妇在情感上得不到满足。她和村里年轻异性公开交往,结果遭到了公公的大骂。面对长辈的粗暴干涉,"新媳妇哭了一天一夜,头也不梳,脸也不洗,饭也不吃,躺在炕上,谁也叫不起来"。后来请神婆在她家下神,说是"三仙姑"跟上了新媳妇,就这样开始下神当"仙姑"。"仙姑"的人神沟通的特殊身份,使她在家里和村子里拥有了一定的话语权。她俏丽、风骚,利用"仙姑"附体,给村民下神治病,同时也满足了她可以与喜欢的青年男性接触的自我情欲。可以说,"三仙姑"以"下神"仪式的主持者的巫婆身份,与谩骂、干涉、压制她的男权社会进行了有限的抗争。

丁玲《太阳照在桑干河上》里的白银儿和三仙姑一样,也利用女巫的身份来实现与异性接触,满足自己对金钱和性的欲望。白银儿是寡妇,会卖弄风情。她从姑妈那里学会了治病、下神,家里供奉着"白先生"。"这里正点着香烛,地下一个铜钵子里还有刚刚烧尽的纸钱,柜子上供了一个神龛,沉沉地垂着红的绸帐,白的飘带上绣着字,锡烛台和锡香炉都擦得雪亮。"③ 女巫白银儿进行神灵崇拜的场所,充满着庄严、神圣的氛围,显得洁净、安静而神秘,短暂地游离于作者对白银儿漫画般的讽刺、批判的笔墨之外。

在中国民间的巫鬼信仰中,女性通过各种机缘,成为了沟通人神的巫

---

① 方燕:《巫文化视域下的宋代女性——立足于女性生育、疾病的考察》,中华书局 2008 年版,第 22 页。

② 参见吴翔之《从传统民俗看女性禁忌的中断及其欲望表达》,《学术交流》2009 年第 3 期。

③ 丁玲:《太阳照在桑干河上》,人民文学出版社 1956 年版,第 48 页。

术仪式的执行者。在民众心目中,这些巫婆获得了神赐予的力量,可以代神发话,从而较其他乡村女性,拥有了更多的话语权和支配权,表达了女性隐秘的愿望。从人性的角度来说,女巫们带有自我扭曲的有限抗争,具有一定的合理性。

四 超越现实的生命智慧

在"文革"时代,民间信仰被作为"封建迷信"加以批判、剿杀。然而,丰子恺在1971—1973年期间却完成了并不回避民间信仰书写的《往事琐记》一书,后改名为《缘缘堂随笔》,再后又改名为《缘缘堂续笔》。"往事琐记"多记录丰子恺对自己的童年和家乡石门湾的旧事、故人的回忆,其中有多篇为带有浓郁民俗风情的仪式的描写,表现了民众将生活审美化、神圣化的美丽的情感、大人、孩子在节日的狂欢、乡民祭神畏鬼的文化心理等。《牛女》写七月七日之夜,民间相信牛郎织女在鹊桥相会。"我"回忆起家里的姐妹们在"乞巧节""祭双星时,大家在眉月光中穿针,穿进者为乞得巧"。《过年》写家乡民间春节"送灶""烧祭品""送神""吃年夜饭""毛糙纸揩窀""拣泼留""接财神"等举行的仪式,充满着辟邪、祈福、敬神、迎接新年到来的喜庆、祥和的氛围。节日的时间是在神圣的仪式空间中,"破坏过去的世俗时间,建立一种'新时间'。换言之,结束一个时间的循环并开启另一个时间循环的季节性节日试图达到一种时间的彻底再生"①,民众在"时间的再生"中迎来了节日的狂欢。

《清明》《放焰口》的种种仪式,祈求获得祖先的护佑,免除孤魂野鬼的作乱,自身也获得了情感的抚慰和安宁。在丰子恺的幼年记忆中,清明家族扫墓是"无上的乐事"。清明三天,他们全家出行,每天都去上坟——第一天寒食,下午上杨庄坟;第二天清明上"大家坟";第三天上私房坟。每次上坟要陈设祭品,依次跪拜,而孩子们可以吃到美食,祭扫完毕后在田野自由玩耍。上"大家坟",祭拜土地神的鸡蛋美味无比,"孩子们中,谁先向坟墓土地叩头,谁先抢得鸡蛋"。清明节白天上坟,晚上要吃上坟酒。吃酒时,那些作恶为非、盗卖坟树的晚辈遭到了长辈的训

---

① [美]米尔恰·伊利亚德:《神圣的存在:比较宗教的范型》,晏可佳、姚蓓琴译,广西师范大学出版社 2008 年版,第 387—388 页。

斥。在清明节祭奠祖先的仪式中，儒家文化"慎终追远"的思想得以传承，民间的伦理道德观念得以巩固，家族成员之间的凝聚力增强，人们"一路春风笑语和"，获得了身心的愉悦与放松。

《放焰口》记录了阴历七月十五中元节，地方上要举办"放焰口"仪式来超度亡魂。活着的人借仪式表达了对死去的亲人及无人祭祀的亡魂的关怀，传达了人界对鬼界的温情。仪式举行时，和尚们各持法器，鸣鼓敲钟，念佛唪经，"每念完一段，撒一把米，向孤魂施食"，请亡魂食用。在丰子恺看来，召请亡魂"魂兮归来"的经书《瑜伽焰口施食》文辞优美动人，虽表现了无常之恸，但他认为"不须忧恸"，并引用了曹子建的诗歌"先民谁不死，知命复何忧"，来表达他面对死亡的超越、平和、达观之心。

对于重要的地方神灵，民间每年要举行迎神会来获得菩萨、神灵的保佑。石门湾有一元帅庙，每年五月十四日为元帅菩萨迎会，人们要举行非常盛大的抬神游行的庆典仪式。丰子恺的《元帅菩萨》非常详细地记录了家乡迎神会上以肉体的"自虐"来"报娘恩"的臂香队和肉身队的游行。对于假借"祭神"之名，行谋财害命之术最终被砍头的两个庙祝，丰子恺也进行了揭露。《菊林》写西竺庵里和尚们每月都要为菩萨的生日举行"拜忏"，当地信佛的太太们很高兴，因为她们可以借佛游春。在庙里吃了素斋后，她们会在碗底留下洗碗钱。六岁就入庙的菊林非常善良，每次将太太们给他的铜板角子交给了老和尚，糖果拿来与他人分吃。在丰子恺的《缘缘堂续笔》中，对民间信仰及种种仪式的回忆，不仅将他带回到梦中才能重返的在故乡的童年时光，而且可以从中悟出先民在民间信仰中传达的生命智慧，至今仍濡养着中国人的性格、生死观以及与自然相处的方式等。

"文革"时期，丰子恺在遭受误解、政治处境及生活状况非常艰难的时期，在《缘缘堂续笔》中深情地描写了浙江民间传统的生活方式，未见丝毫对自我遭受命运不幸的申诉。二十多年未回的故乡，是安歇作者灵魂的精神家园。他写乡村民众顺应四季时序变迁，敬神畏鬼，崇拜祖先，祭拜菩萨神灵，安抚游魂野鬼，有条不紊，生活不受外界现代文明的惊扰，似乎已经超然于动荡不定的时代之外。日常生活的仪式化，使《缘缘堂续笔》与"文革"时期的国家政治权力保持了审美的距离，民间的另一种生活方式，可以"使心地暂时脱离尘世"①，从而构成了对反迷信、反传统的时代主流的一种潜在的反抗。对民间信仰的书写，不仅仅是对童年记忆的打捞，也是对民族文化记忆的追溯，与丰子恺自在、达观、顺天命的人生态度和谐一致，体现了中国民间信仰中所包含的生命诗学。

　　总之，民间信仰蕴含着历史的记忆，它与传统紧密相连，"有关过去的意象和有关过去的记忆知识，是通过（或多或少是仪式性的）操演来传达和维持的"②。国家和民间之间的关系并非只有疏离和对抗，它们相互影响，彼此互动。国家的宏大叙事需要通过民间修辞的认可，进入民间的神圣空间；国家通过"发明传统"，改造传统或者构建"新传统"，从而参与宣传国家意识与民族主义立场。而作为仪式执行者的民众又利用了民间信仰，保存和延续了民间的伦理观念、生死观、自然观等，从而使文化的多层次结构、民间信仰的多元化、国家权威与民间立场之间的互动成为可能。20 世纪中国作家在文学创作中对民间信仰的书写，表现了民间信仰与政治、民间信仰仪式与国家仪式之间的复杂关系，在一定程度上还原了特定历史时期民众的信仰内容及民间信仰发生的整体变迁。他们对"信仰"和"仪式"的观照，以文学的方式承担了民俗学、人类学对民间信仰存在的价值与意义的挖掘，虽然不具备田野调查的科学、客观、严谨、务实，但是却传递了在传统与现实之中，关注人的生存方式，关注集体情感和个人需求的生命的温度和文化建设的力量。

---

① 丰子恺：《暂时脱离尘世》，载《缘缘堂续笔》，海豚出版社 2016 年版，第 8 页。
② ［美］保罗·康纳顿：《社会如何记忆》，纳日碧力戈译，上海人民出版社 2000 年版，第 40 页。

第四章 为文化"招魂"：民间信仰与民族文化记忆的建构

中国民间信仰是承载中国文化记忆的一块重要的基石。它和儒释道文化相互影响、相互渗透、相互包容，形成了较为稳定的文化生态格局。正如有的学者所说："中国民间信仰这一文化系统通过'天地君亲师'的文化神话和'神祖鬼运巫'的神话文化将儒家的思想植入中华民族的记忆系统，并以固化的民族文化心理模式进行传承。"①

中国民间信仰含纳了少数民族的民间信仰。作为多民族的文化共同体的构成内容，少数民族的民间信仰既受到了儒道释文化"祖先崇拜""积德行善""忠孝节义""善恶有报"等观念的影响，同时也拥有民族独特的庆典仪式、文化语言和身体语言。新时期对包括少数民族文化在内的"非规范文化"的热切关注，要到20世纪80年代以后。随着"文化热"的兴起和文化寻根思潮对现代性的反思，很多中国当代作家开始重新关注到"民间信仰"这一重要的文化样式。尤其是寻根作家对民间地域文化和少数民族文化的重视，使作为地方性文化和特定族群文化标志的"仪式"成为了文学关注和表现的对象。

与基督教、佛教、伊斯兰教等其他宗教系统不同，中国的民间信仰缺少规范的、制度化的教会组织和教义思想，也没有职业化的成集团的神职人员。"仪式"成为了表达中国民间信仰观念和传承民族文化记忆的重要媒介。"仪式作为一种综合文化样式，内含很多基本的文化观念、情感经验和社会意义，是行为与意义的有机结合。"②对仪式的书写，赋予了文学

---

① 高长江：《民间信仰：文化记忆的基石》，《世界宗教研究》2017年第4期。
② 张良丛：《从行为到意义——仪式的审美人类学阐释》，社会科学文献出版社2015年版，第7页。

作品文化象征的内涵，也强化了族群认同意识的表达；对与仪式相伴相生的神话的讲述，回溯到古老的民族文化起源，将现代与历史相接。与此同时，当代作家也意识到了古老的民间信仰在现代社会商业化、泛娱乐化的潮流下被篡改和异化，他们通过文学作品对此进行了反思与抵抗。当代作家对"民间信仰"的文学书写，成为了建构中华民族文化记忆的重要方式，以拒绝商业文化、全球文化对既博大精深又多元通和的中华民族文化的消解和替代。

第一节　仪式与民族文化主体性的确认

德国学者扬·阿斯曼（Jan Assmann）曾提出，"仪式"和"文字"为主要媒体的文化记忆，对民族主体性的形成有直接的影响。它们是民族价值观念的外化，两者在互动中共同塑造了一个族群的整体文化。而对于没有自己的文字的民族来说，"文化记忆"主要以非文本的形式得以流传，"仪式"成为了一种形成集体记忆、表达自我认同、传承民族文化的重要符号。[①] 因为仪式来自于古老的史前时期，它具有贮存历史和"社会记忆"的功能。具有传统信仰底色的仪式，"能使抽象的民族传统风俗习惯借助一系列象征符号体系转化为外在可视的行为与具体可见的过程"[②]，从而唤醒和激发民族共同体的文化记忆。

乌热尔图、阿来、郭雪波、吉狄马加等当代作家认识到了古老的仪式中所保存的民族文化记忆。20 世纪 80 年代以来，在民族扎根于传统的文化空间在现代文明的渗透下走向萎缩，负载着集体意识的象征符号渐渐被人遗忘，民族身份的认同变得模糊之时，他们对民间信仰仪式的文学书写成为了呼唤民族传统、表现民族性格、构筑精神家园的重要方式。

---

① 参见［德］扬·阿斯曼《文化记忆：早期高级文化中的文字、回忆和政治身份》，金寿福、黄晓晨译，北京大学出版社 2015 年版。

② 廖小东：《传统的力量——民族特色仪式的功能研究》，中国社会科学出版社 2015 年版，第 31 页。

一 对民族文化传统的追寻

仪式，是"记忆的仪式"。它与文化传统有着直接的联系，传承着民族的历史文化记忆。面对现代性的发展，传统在不断消失的同时也在不断重建。仪式既与过去的文化传统相接，又通过仪式传播中发生的变化，参与到现代性的发展之中。

鄂温克族作家乌热尔图20世纪80年代以来的创作，一直执着地追寻民族的文化传统。除了创作一系列小说外，他还编写、出版了《鄂温克族历史词语》《鄂温克史稿》等著作，让更多的人了解鄂温克族的历史。

鄂温克族没有文字，但有本民族的语言。他们以口传的方式来传承自己的历史。对民族历史的口述，通常由萨满或擅长讲故事的老年人来担当。老人在部族中享有非常高的地位。萨满，就是部族中充满智慧、可沟通人神的老人、智者。然而，这些部族的老者或者走向了死亡，或者被人逐渐遗忘。乌热尔图小说通过描写"跳神""风葬""祭山神"等民间信仰仪式，让萨满复活，将久远的民族文化记忆唤醒。

在小说《丛林幽幽》中，乌热尔图描写了托扎库萨满这位枯瘦干瘪的老头手里拿着圆形的皮口袋，口中喃喃自语，"以自己的方式，进入常人难以领悟的人神双体的萨满世界"[1]。然而，可悲的是，在家族年轻的继承人的记忆中，这一切是如此陌生——在以阿那金为首的营地，已经无人知晓萨满述说的鄂温克部族神圣的历史了。《萨满，我们的萨满》里的达老非萨满宣布自己就是一头熊，熊是鄂温克民族信奉的图腾和祖先。但令人悲哀的是，"'萨满'这个代表着鄂温克人灵魂和力量，这个同整个部族的命运扭结在一起的，江河一样存在了千百年的称呼，一下子在人们的嘴上消失了，好像变成了新的禁忌"[2]。达老非萨满在"跳神"仪式中"身着神袍"，"戴着镶有铁制的六叉犄角的神帽"，他那可以透视世间万物的神奇的目光、超越自然的力量、旋转舞动的迷狂，使他"将自己变幻为一头熊"。在完成了一套庄重的仪式后，达老非萨满似被雷电击中，仰面栽倒在地，走向了死亡。《你让我顺水漂流》中的卡道布老爹预见了森林大火

① 乌热尔图：《丛林幽幽》，载《你让我顺水漂流》，作家出版社1996年版，第208页。

② 乌热尔图：《萨满，我们的萨满》，载《你让我顺水漂流》，作家出版社1996年版，第159页。

爆发的灾难。人类对森林肆意的破坏，对野兽残忍地无休止地捕杀，造成了毁灭自然最终也毁灭自己的悲剧。

"最后一个萨满"离去的悲哀，象征着与信仰、仪式紧密相连的民族文化的记忆在淡化，甚至有走向消亡的危险。乌热尔图描写了鄂温克民族"风葬""祭拜山神"等古老的仪式，在悲凉之中表达了坚守民族传统的坚韧与执着。萨满在生命走向终结之时，尸体被四棵树木高高举起，"那高耸的风葬架象征着木排，载着告别阳光的灵魂，顺着氏族的河流而下，漂向最终的归宿地"①。鄂温克族人死后与自然融为一体的丧葬仪式，联结了氏族古老的神话，表现了部族独特的生死观、自然观。作为一名鄂温克族作家，乌热尔图以写作来抗拒传统文化被遗忘的命运，他吟唱了"一首哀歌，一首悼亡的哀歌"②。

仪式是民族历史、文化记忆的载体，仪式本身就是民族文化的展演。彝族诗人吉狄马加在对仪式的深情描述中，去探寻彝族的历史，思考彝族的当下。"葬礼"是经常出现在吉狄马加诗歌中的场景。《母亲们的手》的题记写道："彝人的母亲死了，在火葬的时候，她的身子永远是侧向右睡的，听人说那是因为，她还要用自己的左手，到神灵世界去纺线。"③ 她不仅是彝人的母亲，她也是"苦难而又甜蜜的民族"的化身。《黑色河流》就是一次彝人古老葬礼仪式的书写。在彝族人的信仰中，"死亡"只是告别俗世，沿着黑色的河流，重回他们祖先出发的地方，与祖灵相会。"我看见送葬的人，灵魂像梦一样，/在那火枪的召唤声里，幻化出原始美的衣裳。/我看见死去的人，像大山那样安详，/在一千双手的爱抚下，听友情歌唱忧伤。"④"死亡"是如此安详，死者的魂灵在送葬人忧伤的歌声中，得到安抚。《黑色河流》的开头和结尾反复出现"在一条黑色的河流上，/人性的眼睛闪着黄金的光"⑤，表现了彝人对灵魂的信仰、对彼岸世界的想象和他们美好的人性。

2016年，吉狄马加的母亲去世。他为逝去的母亲创作了《献给妈妈的二十首十四行诗》，与"死亡"有关的仪式更密集地出现在他的诗歌中。

---

① 乌热尔图：《丛林幽幽》，载《你让我顺水漂流》，作家出版社1996年版，第205页。
② 季红真：《乌热尔图：拒绝遗忘》，载《众神的肖像》，人民文学出版社1996年版，第51页。
③ 吉狄马加：《母亲们的手》题记，载《吉狄马加的诗》，人民文学出版社2018年版，第15页。
④ 吉狄马加：《黑色河流》，载《吉狄马加的诗》，人民文学出版社2018年版，第18—19页。
⑤ 吉狄马加：《黑色河流》，载《吉狄马加的诗》，人民文学出版社2018年版，第18—19页。

《无言的故土》中，沉睡先人骨灰的故土在"接纳亡灵"，母亲将长眠于故乡。《当死亡正在来临》里的死神告诉了她的母亲，"接你的白马，/已经到了门外。早亡的姐妹在涕泣，/她们穿着盛装，肃立在故乡的高地"①，"死亡"成了已逝去的姐妹们迎接母亲归来的盛典。彝人认为人死后有三魂，一魂留火葬处；一魂被供奉；一魂被送到祖先的最后归宿地。《肉体与灵魂》中母亲的身体已枯萎，而她的魂魄"完好如初"，"你心灵幽秘质朴，如一束火焰，/怀揣着安居于永恒的护身符，/唯有不灭的三魂将被最后加冕"②。在母亲"迎接死亡的到来"和故人接纳亡灵的庄重、肃穆的仪式中，我们感受到诗人对祖先的崇敬和赞美，相信母亲回到祖先的归宿地获得的心灵慰藉。

与乌热尔图深情地呼唤"最后一个萨满"一样，吉狄马加发出了"守望毕摩"的呼唤。毕摩，是彝族原始宗教活动的祭司和主持者，被族人认为可以通灵，是人与神鬼交流的媒介。毕摩掌握大量的彝文古籍，通晓彝文经书，是彝族文化的传承者，在彝人中享有很高的地位。在《守望毕摩——献给彝人中的祭司》中，吉狄马加说："守望毕摩/就是守望一种文化/就是守望一个启示。"③ 另一首《毕摩的声音——献给彝人的祭司之二》里，毕摩的声音在真实与虚无之间，"同时用人和神的口说出了/生命与死亡的赞歌"④。在《听〈送魂经〉》中，他希望在活着的日子，"就能请毕摩为自己送魂"，"就能沿着祖先的路线回去"⑤。

然而，在现代化的进程之中，吉狄马加清醒地意识到彝族传统文化正在消失。身处现代化的大都市，"我站在这里/我站在钢筋和水泥的阴影中/我被分割成两半/我站在这里/在有红灯和绿灯的街上/再也无法排遣心中的迷惘"⑥，诗人感受到了现代人灵魂的分裂和自我的迷失。面对现代化发展带来的人的同化与异化，他要去寻找祭司"被埋葬的词"，那些民族最

① 吉狄马加：《当死亡正在来临》，载《吉狄马加的诗》，人民文学出版社 2018 年版，第 251 页。
② 吉狄马加：《肉体与灵魂》，载《献给妈妈的十四行诗》（二十首），《草堂》诗刊 2017 年 1 月号。
③ 吉狄马加：《守望毕摩——献给彝人中的祭司》，载《吉狄马加的诗》，四川文艺出版社 2004 年版，第 120 页。
④ 吉狄马加：《毕摩的声音——献给彝人的祭司之二》，载《吉狄马加的诗》，人民文学出版社 2018 年版，第 56 页。
⑤ 吉狄马加：《听〈送魂经〉》，载《吉狄马加的诗》，人民文学出版社 2018 年版，第 31 页。
⑥ 吉狄马加：《追念》，载《吉狄马加的诗》，人民文学出版社 2018 年版，第 183 页。

隐秘的符号；① 他讲述着"一支迁徙的部落"的民族史诗②；他要使"另一个我""让仪式中的部族/召唤先祖们的灵魂"③。对仪式的书写和对民族信仰的守护，正是他抵御全球化、商业化对民族传统文化造成冲击的文学手段，坚韧有力而不乏忧伤、悲壮。

对民族传统的寻找，绝不是要封闭在对某一族群共同体的历史叙事之中，而是要突破壁垒，将传统置于民族文化的多元、动态的发展中去关注它的精髓和当下命运。藏族作家阿来在开阔的文化视野中思考传统与现代、民族性和世界性之间的关系。他 1998 年创作的《尘埃落定》讲述了四川阿坝地区最后一个土司家族麦其土司从辉煌走向毁灭近半个世纪的历程，为逝去的土司制度吟唱了一曲挽歌。虽然，小说中土司统治下的民间宗教信仰、风俗描写等具有写实的特点，但是，直接描写"仪式"的笔墨并不多，体现了阿来希望将以往作品重视民族意识的传达，上升为超越历史、超越民族，去探究藏地文化与全世界、全人类的关系的创作意图。

《尘埃落定》之后，阿来完成了长篇小说《空山》三部曲，开始转向了对"村庄的秘史"的书写。阿来在沉重的悲哀中呈现了从 20 世纪 50 年代末到 90 年代初期"机村"民族文化行将消亡、民众的精神信仰失落、人性迷失的现实危机。在这个村庄的物质基础与精神信仰都走向崩溃之时，机村人将何去何从？如何在"传统"与"现代"的冲突中重新找回民族文化之根？阿来在《空山》中表现了文化思考的焦虑、峻急、哀伤，但并没有坚定地找到走出危机、进行文化拯救的道路。

继《空山》第三部出版十年后，2019 年阿来"献给'5·12'地震中的死难者"的长篇小说《云中记》问世。阿来说要"用颂诗的方式来书写一个殒灭的故事"，以《云中记》表达了他对灾难与人性、信仰与仪式、人与自然、现代和传统等关系的深度思考。《空山》中出现的那个坚执信念、最后在森林大火中祈雨累死的巫师多吉的身影变得更加清晰饱满。作为民族文化守护者的多吉的大无畏的献身精神和善待生命、拯救他人的博爱，在《云中记》中同为民间祭师的阿巴身上得到延续，并被进一步提升为悲悯大爱的圣人情怀。

① 吉狄马加：《被埋葬的词》，载《吉狄马加的诗》，人民文学出版社 2018 年版，第 53 页。
② 吉狄马加：《一支迁徙的部落》，载《吉狄马加的诗》，人民文学出版社 2018 年版，第 60 页。
③ 吉狄马加：《反差》，载《吉狄马加的诗》，人民文学出版社 2018 年版，第 8 页。

民间祭师阿巴在离开地震后的云中村四年之后，决意重返村庄的废墟。他要履行一个祭师"奉侍神灵和抚慰鬼魂"的职责，为被埋在废墟下的 36 户人家安抚鬼魂，并代表云中村人祭祀山神。在全村人都已搬迁到移民村居住，他却选择和这个将要消失的村庄相伴至死。他对地震中死去的每一个生命都充满了悲悯和爱——"我是云中村的祭师，我要回去敬奉祖先，我要回去照顾鬼魂。我不要任他们在田野里飘来飘去，却找不到一个活人给他们安慰"①。他熏香，摇铃击鼓，施食，安抚了每一个丧失了生命的鬼魂，抚慰了每一个幸存者内心的精神创伤。他点燃祭火，且歌且舞，往火堆里投入柏枝、糌粑、青稞，向山神"献马""献剑"，以"祭山"的仪式连接了神与人，自然与社会，祖先和子孙，召唤族人对祖先们勇武历史的回忆和对祖先们的崇拜之情。

　　阿巴未曾"通灵"见到鬼魂，但他始终相信万物有灵、天人感应。在村里的老树垂死之际，他"在树前摆开香案。穿着祭师服，带着祭师帽，摇铃击鼓，向东舞出金刚步，旋转身体，向西舞出金刚步，大汗淋漓"②，劝阻"树爷爷"的死亡；他带着两匹马重返云中村，而不愿意带狗，因为"村里尽是鬼魂，狗一惊一乍叫到天亮，鬼会害怕"③；他相信绽放在妹妹死去的磨坊附近的蓝色鸢尾花上，寄居着妹妹的灵魂，应声而开的花，是妹妹的鬼魂在和他说话；他用炙烤牛肩胛骨的古老的"骨卜"仪式，来选择上山作法的日子。

　　阿巴独自一人返乡，永不撤离将要滑坡坠入大江的村庄，超然面对死亡的到来，本身就是一次不可思议的"向死而行"的仪式行为。仪式超越了善恶、贫富、敌我、民族之间的界限，阿巴在一次次的祭祀仪式中，找到了自我存在的价值，获得了超越"智者"的圣人的博大情怀和理想人格的神性光芒。

　　如同《空山》中马路、卡车、帐篷、电影进入机村，改变了村民的生活方式和价值观念；当公路、拖拉机、水电站、电灯、手机等进入了云中村，云中村的生活越来越便利，物质日益富裕，但民族的文化传统受到了强有力的冲击，年轻人已经忘记了村庄的历史和先人的英勇。"地震发生

①　阿来：《云中记》，北京十月文艺出版社 2019 年版，第 46 页。
②　阿来：《云中记》，北京十月文艺出版社 2019 年版，第 6 页。
③　阿来：《云中记》，北京十月文艺出版社 2019 年版，第 22 页。

前，云中村已经有很多年没有人谈论鬼魂了。人在现世的需要变得越来越重要，缥缈的鬼魂就变得不重要了。"① 在商业社会实利主义的影响下，云中村人的传统信仰已经开始瓦解。地震中截断了一条腿的阿金来到村庄，带来了摄制组和偷拍的无人机，企图利用灾难的煽情，拍摄她的舞蹈广告片；地震灾难后的村庄废墟成了村民中祥巴进行热气球乘坐经营的卖点。但是，云中村废墟里永远沉睡的妈妈、爸爸、弟弟的灵魂，善良的祭师阿巴的存在和坚守，给阿金带来了最强烈而真实的情感冲击和良知的醒悟。即使是阿巴的外甥——担任乡长的年轻有为的仁钦，也愿意相信地震中死去的母亲的魂灵，栖息在村里的鸢尾花上。他和女友精心呵护着栽在盆中的那株"妈妈"鸢尾花。在舅舅阿巴决意与云中村一起消失时，仁钦敲响了法鼓，吟诵祷词，庄严地为阿巴的灵魂提前送行。

对想象中的鬼魂的关怀和安抚，重新唤醒的是人类与理性思维并存的诗性思维，它有助于人类达到精神世界的平衡。《云中记》在现实的物理时空之外，构建了一个有情的仪式时空。人可以回到祖先的"故乡"，可以在过去和历史、暂时和永恒、生存与死亡之间穿行，使文本形成了巨大的审美张力。民间信仰及其仪式，让人摆脱了物理时间之维的束缚，与民族的历史同时存在于现实之中，让地震的伤痛者、民族传统的健忘者重新获得了精神的救赎。

二　图腾信仰的象征表达

仪式，并不是纯粹的行为。它通过构造各种象征符号，传达出一种象征意义，从而成为了文化的象征。这些文化的象征符号，往往在仪式行为中被赋予了神圣的意义，成为了团结和凝聚群体，形成族群认同的重要符号。

图腾崇拜，可以使人类形成集体性情感，达到对同一的图腾对象的认同。如熊图腾是鄂温克族人图腾崇拜的重要对象，他们相信"万物有灵"，认为熊与人类有着共源的亲族关系，视熊为他们的祖先，将熊人格化、神圣化。在鄂温克族民间文学中，有很多与熊图腾有关的神话。与熊图腾相关的崇拜和祭祀，保留在萨满教的仪式活动之中。

---

① 阿来：《云中记》，北京十月文艺出版社 2019 年版，第 215 页。

乌热尔图的小说《萨满，我们的萨满》中的达老非萨满十岁那年，遇到了一只凶猛无比的熊。然而，熊却对他和善得像一位老人。达老非萨满喜欢像熊一样"躺在一个树洞里，晒着暖融融的阳光，嘴里嚼着陈年的松籽，熊一样的悠闲自在"①。他可以利用萨满所掌握的超常自然力，将自己变幻为一头熊。最后，达老非在祭神仪式的舞蹈中达到了人熊合体，从容地走向了死亡。与达老非萨满一同离去的，是这个民族熊图腾崇拜的古老仪式所负载的文化记忆，民族传统在令人无比忧伤地走向消亡。作为年轻一代的鄂温克族人，"我"在萨满举行的庄重、神圣的仪式中追溯曾经强健、充满生命活力的民族历史之根，重新寻找到自己所属民族的文化传统、民间信仰。

　　在《丛林幽幽》中，乌热尔图让鄂温克族人古老的熊图腾崇拜得以复现。狩猎民族对待熊既崇拜又敬畏。他们既把熊当作祖先来崇拜，又允许每年杀死一个图腾物，分而食之以获得祖先的神力。乌热尔图描写了"熊娃"额腾柯非同寻常的诞生。他的母亲乌妮拉做了一个梦，梦见自己被一只巨大的熊抚摸了全身；第二天夜里，巨熊又在她隆起的腹部上摁上了掌印。是熊赐予了她腹中的孩子以神力和希望。后来，她生出了一个浑身长满黑毛的"熊娃"额腾柯。他周身充满了野性和活力，遭到了部落男性们的嫉妒和排斥。猎人阿那金也忍受不了这个儿子，甚至曾将他扔掉。但是，在一只硕大的棕熊向他们居住的营地逼近时，所有营地的男人们都吓得束手无策，哭嚎遍地。乌妮拉以惊人的勇气与棕熊展开了殊死搏斗。此时，被驱逐在外的儿子额腾柯赶回，与母亲合力杀死了棕熊。最后，他们母子一起永远离开了营地。

　　鹰是彝族人崇拜的图腾之一。"鹰崇拜的真正文化内涵是生殖崇拜，这可算是彝族文化的一种特殊的表现。"②吉狄马加多次在诗歌中宣布"我是鹰的后代"③。彝族英雄史诗的主人公"支格阿鲁"在彝族传说中被视为鹰的儿子，"伟大的父亲：鹰的血滴"——倾听大地苍茫消隐的呓语"④。"鹰是我们的父亲/而祖先走过的路/肯定还是白色"⑤，"鹰"是将

① 乌热尔图：《萨满，我们的萨满》，载《你让我顺水漂流》，作家出版社 1996 年版，第 167 页。
② 杨甫旺：《彝族鹰崇拜与生殖文化》，《云南师范大学学报》2002 年第 3 期。
③ 吉狄马加：《彝人之歌》，载《吉狄马加的诗》，人民文学出版社 2018 年版，第 29 页。
④ 吉狄马加：《支格阿鲁》，载《吉狄马加的诗》，人民文学出版社 2018 年版，第 245 页。
⑤ 吉狄马加：《看不见的波动》，载《吉狄马加的诗》，人民文学出版社 2018 年版，第 70 页。

彝族的后人与他们的祖先连接起来的神圣之物。然而，吉狄马加也无限忧伤地意识到当代彝族人对"鹰"的崇拜已经渐渐淡去，迎接"鹰"的是它的葬礼。"鹰的死亡，是粉碎的灿烂／是虚无给天空的／最沉重的一击！没有／送行者，只有太阳的／使臣，打开了所有的窗户"①，《鹰的葬礼》一诗，就是一场鹰的死亡仪式的书写，它灿烂而悲壮，盛大而忧伤。在《鹰爪杯》的题记中，吉狄马加说："不知什么时候，那只鹰死了，彝人用它的脚爪，做起了酒杯。"死去的鹰，仍能让"我嗅到了鹰的血腥／我感到了鹰的呼吸／把你放在耳边／我听到了风的声响／我听到了云的歌唱／把你放在枕边／我梦见了自由的天空／我梦见了飞翔的翅膀"②。诗人希望彝人亲近自然、崇尚自由和生命力量的民族传统，仍能在神圣的图腾崇拜之中得以复活与延续。

"白虎"则是土家族崇拜的图腾。土家族自称"白虎之后"，他们以白虎为祖神，并设坛祭祀"虎神"，各地还设有白虎庙。白虎崇拜体现了图腾崇拜和祖先崇拜的双重崇拜。湘西土家族作家孙健忠的小说《舍巴日》描写了"十必掐壳"这个地方生活着"一个被全世界遗忘了几千年的小部落"。"他们自称巴人，说的全是最古老的巴语。巴人的祖宗是廪君，廪君死后化为白虎，白虎要吃人肉，喝人血。他们每年杀一个人，叫'还人头愿'，以人肉、人血祭祀廪君，祈求消灾免祸"③。部落里老人死去，被认为是一件最快活的喜事，大家会为死者跳一种叫"撒忧尔嗬"的舞蹈。"初丧，鼓以道哀，其歌必号，其众必跳，此乃盘瓠白虎之勇也。"④ 跳丧仪式中的唱词，以"白虎"为歌颂对象，是献给"坐堂白虎"即"家神"的。土家族人认为，在跳丧鼓中，鼓声可以通神，舞蹈多模仿猛虎洗脸、摆尾、捕食、嬉戏等动作，以引导亡魂归宗。土家族丧葬仪式中的"跳丧"，后从祭祀仪式中的敬神娱神，逐渐向人神共娱转化。"撒忧尔嗬"歌舞，既是一种祭神的仪式，也是一种民间娱乐，更是来自历史深处的文化记忆和民族记忆。

对图腾信仰的描写，使作家们能够深入历史的深处，连接古今，在具

---

① 吉狄马加：《鹰的葬礼》，载《吉狄马加的诗》，人民文学出版社 2018 年版，第 223 页。
② 吉狄马加：《鹰爪杯》，载《吉狄马加的诗》，人民文学出版社 2018 年版，第 75 页。
③ 孙健忠：《舍巴日》，载《当代湖南作家作品选·孙健忠卷》，湖南文艺出版社 1997 年版，第 316—317 页。
④ 刘志燕：《土家族跳丧歌舞之白虎图腾崇拜内涵的文化解读》，《北方音乐》2013 年第 7 期。

有隐喻性、象征性的意象中，去探索民族的命运和民族的文化心理构成；作家们也挣脱了单一的客观写实的创作模式，使作品拥有丰富的文学想象空间，具有灵动、诗性的气质。

三 仪式展演中民族神话、民间故事的讲述

"仪式是民间信仰的重要组成部分，是表现人们崇拜神灵的行为活动方式。民间信仰的仪式分为巫术仪式与祭祀仪式。民间信仰的仪式往往构成神话特别是远古神话的重要内容。"① 神话和仪式都是一个民族文化的母体，它们携手并行，彼此补充，相互印证，将原始宗教祭拜的神灵通过语言和仪式展演来具体化、形象化。

土家族作家孙健忠的小说《舍巴日》的题目"舍巴日"就是土家族祭祀祖先的仪式活动，包括"舍巴祭"和"舍巴乐"两部分，表达了对土家族的先祖"八部大王"和自然的崇拜。《舍巴日》题记摘抄了仪式中吟唱的《舍巴歌》。小说一开篇就讲述了"十必掐壳"这个地方人类起源的神话。身为巴人的后代，他们奉"白虎"为祖先，每年以人肉、人血祭祀化为白虎的祖先廪君，祈求消灾免祸，祈福丰收。他们为死者跳一种叫'忧尔嗬'的舞蹈，为生者跳的舞蹈是叫"舍巴日"的摆手舞。连续三日三夜跳摆手舞，祭祀仪式中吟唱"张古老制天、李古老制地、依罗娘娘造人"的族源神话、"洪水后剩下一男一女、兄妹成婚繁衍下一代"的洪水型人类再生神话，表现了土家族久远的历史和独特的民族性。"神话不仅联结了现在的仪式和过去的仪式，而且事实上使现在在其仪式层面上与一个单独按仪式而被思考的过去同一化——一个过去，也就是说，在其中超人的存在者竭力来表演仪式原型的行为。"②

蒙古族作家郭雪波的长篇小说《银狐》每一章的题记引用的内容或为萨满教字师的歌词、安代唱词，或来自民间艺人的说唱故事《银狐的传说》，或引自科尔沁草原古老的《招魂歌》，或为科尔沁草原民歌《十三神字》，具有厚重的历史感和自然崇拜的色彩。小说中描写了农历七月七日祭天的隆重仪式，非常详尽地介绍了仪式的摆设、祭品等。在祭天前有

① 向柏松：《神话与民间信仰研究》，人民出版社 2010 年版，第 10 页。
② ［意］马利亚苏塞·达瓦马尼：《宗教现象学》，高秉江译，人民出版社 2006 年版，第 192 页。

树突遭雷击，村民请去铁喜"孛"身着五色法衣行"孛"祭雷；祭天仪式
开始后，铁喜"孛"祭拜的是"长生父天"鄂其克·腾格尔，用九只羊来
血祭"父天"。他边舞边唱，众孛合唱，村民们齐声附和，气势雄伟。

　　草原上蒙古人供奉、祭拜的先神，往往和流传久远的古老的神话、传
说密切联系。《银狐》里爷爷"孛"铁喜向小孙子铁旦传授"孛"学，向
他讲述了祭天、祭雷、祭山河树林、祭吉亚奇畜牧神等祭祀知识、功法，
与祭祀仪式相伴随的是神话的讲述。铁喜告诉铁旦自己的师傅——达尔罕
旗老"孛"郝伯泰的传奇故事，讲述了科尔沁草原上流传很广的天神"宝
木勒"的传说，追溯了祭祀天神"宝木勒"的缘由和祭祀仪式的全过程。
铁喜在传授"孛"的过程中，还讲述了草原上畜牧保护神吉亚其的传说。
他教孙子祭祀吉亚其仪式，唱"孛"词进行祈祷："供桌供案摆好了，/香
火祭羊备好了，/双手捧着哈达和鲜奶，/祭奠神明的吉亚其仙灵！/保佑
我们五畜兴旺，/保佑我们幸福安康！"① 在这里，神话与仪式同一，"确实
语言和陈述的信仰在仪式中具体地和存在地得以实现，因为仪式再度体验
并强化了包含在神话中的信仰"②。

　　神话、民间故事的象征讲述，使郭雪波、乌热尔图等作家创作的小说
中经常出现"老人"或"萨满"的人物形象，他们往往是部落的老者、智
者，也是民族文化的代言人。他们以"讲故事"的方式，建构了对民间信
仰的确信和虔诚，形成了文本中"讲"与"听"的模式，给读者一种口述
史的历史感和亲历者的现场感。

　　在现代人逐渐淡忘了民族的信仰，先祖的墓地已被遗弃，年轻的一代
完全遗忘了"玛鲁"时，鄂温克族作家乌热尔图在小说《丛林幽幽》中让
一位陌生的老人出现在奇勒查家族的猎营地——他就是托扎库萨满。老人
进入了人神双体的萨满世界后，从他嘴里吐出了富有节奏的声音："石勒
喀河是我们的发祥地，/阿穆尔河畔是我们的宿营地，/西沃霍特山是我们
的原住地，/萨哈林的山梁使我们分迁……"③ 托扎库萨满述说的是"奇勒
查家族很久很久以前的迁徙路径"，是"克波尔河畔整个鄂温克部族神圣
的历史"。托扎库萨满对玛鲁神的祭拜，唤起了鄂温克人对祖先的崇拜之

① 　郭雪波：《银狐》，漓江出版社 2006 年版，第 164 页。
② 　[意] 马利亚苏塞·达瓦马尼：《宗教现象学》，高秉江译，人民出版社 2006 年版，第 194 页。
③ 　乌热尔图：《丛林幽幽》，载《你让我顺水漂流》，作家出版社 1996 年版，第 208 页。

情。"鄂温克猎人所说的'玛鲁神'，实际上是圆形口袋中装有各种神灵象征物的总称。'玛鲁'的神袋里包括'舍卧克''舍利神''乌麦神''阿隆神''熊神'。"① 猎人打猎前后举行的祭拜"玛鲁"的仪式，表达的是鄂温克人对"祖先神""舍利神""保护幼儿生命的神""驯鹿群的保护神""熊神"等神灵的虔诚祈祷。而"玛鲁"神袋中装着的祖先神和所有自然神，都与鄂温克族流传的神话、传说相伴相随。乌热尔图让萨满重生。他们带来了对民族古老传统的讲述，让敬畏自然、崇拜祖先的文化传统重生，也带来了对历史的丰富想象，散发出神圣和传奇的色彩。

但是，对神话的重述和仪式的重演，在族群文化被现代文化逐渐侵蚀的当下，又充满了忧伤与焦虑。吉狄马加说："面对这个世界，面对这瞬息即逝的时间，我清楚地意识到，彝人的文化正经历着最严峻的考验，在多种文化的碰撞和冲突中，我担心有一天我们的传统将离我们而远去，我们固有的对价值的判断，也将变得越来越模糊。"② 乌热尔图批判了经济利益驱动下"游猎文化博物馆""中华民族园"等伪造的民族民俗的展览，"那几件东拼西凑的狩猎用具，还有一堆由外乡的三流工匠制作的劣等仿制品，让你一眼就看出，这是几个嬉皮笑脸的披着猎人旧装的陌生人在演戏"③。

在民族文化逐渐失去的危机乃至被背叛的疼痛之中，吉狄马加"梦见我的祖先"，他们从远方走来，黑色的面孔，黑色的河流，黑色的树，古老的太阳，滴血的鹰，同时，"我看见一个孩子站在山冈上/双手拿着被剪断的脐带/充满了忧伤"④；置身于现代化的城市之中，"我站在这里/我站在钢筋和水泥的阴影中/我被分割成两半"，他要去寻找"失去的口弦"。吉狄马加"含着深情的泪水"复现了《彝人梦见的颜色——关于一个民族最常使用的三种颜色的印象》——黑色、红色和黄色；他带着与祖先母族剪断文化脐带的忧伤，去寻找《被埋葬的词》："我要寻找的词/是祭司梦幻的火/它能召唤逝去的先辈/它能感应万物的灵魂"，"我要寻找/被埋葬的词/它是一个山地民族/通过母语，传授给子孙的/那些最隐秘的符号。"⑤

① 乌热尔图：《丛林幽幽》，载《你让我顺水漂流》，作家出版社 1996 年版，第 214 页。
② 吉狄马加：《吉狄马加诗选》，四川文艺出版社 1992 年版，封底。
③ 乌热尔图：《丛林幽幽》，载《萨满，我们的萨满》，青海人民出版社 2014 年版，第 210 页。
④ 吉狄马加：《一支迁徙的部落》，载《吉狄马加的诗》，人民文学出版社 2018 年版，第 61 页。
⑤ 吉狄马加：《被埋葬的词》，载《吉狄马加的诗》，人民文学出版社 2018 年版，第 52 页。

民间信仰与仪式，成为了召唤民族传统文化回归的通道，它激活了民族的文化记忆。被重述的神话"负载着民族的灵魂"①，显露出民族诗性的心灵。

总之，当代作家在文学作品中对民族神话、传说的讲述，使现在与过去的时间相互连接，现实世界与神话世界彼此叠合，"仪式的参与者因此而成为与神圣的过去同步，因而使神圣的传统不朽，并更新了族群成员的职能和生活"②，从而使民族传统文化遭受现代文明的震荡和民族精神乌托邦的幻灭之后，又被重新建构。正如吉狄马加《太阳》一诗所写的："望着太阳，我便想/从它的光线里/去发现和惊醒我的祖先"③，从民族古老的原始信仰和祭祀仪式中，去汲取自我救赎和文化救赎的巨大力量，以古典主义的情怀和现代浪漫主义的内在生命激情"通往神秘的永恒"④。

第二节　自我与他者的彰显：跨文化互动中的仪式展演

一个族群形成后，往往会形成族群的价值认同。而仪式，具有族群的专属性，"通过仪式行为，该族群的思维方式以及怎样思考世界的方式被展示，仪式不是对生活的反应，而是对思维处置生活作出反应。它不直接回应世界，甚至也不回应世界的经验；它回应人思考世界的方式。"⑤ 但是，仪式中展示的自我的建立，需要借助于他者的参照、对比才能全部实现。仪式活动中自我与他者的相互对视，彼此影响，也使得这两个群体的互动成为可能。

进入少数民族居住区域的汉族作家，如昌耀、高行健、迟子建等当代作家，往往通过民间信仰去了解这一族群认识世界的方式，从"仪式"中

---

① 萧兵：《神话学引论》，陕西师范大学出版总社 2019 年版，第 130 页。
② ［意］马利亚苏塞·达瓦马尼：《宗教现象学》，高秉江译，人民出版社 2006 年版，第 190 页。
③ 吉狄马加：《太阳》，载《吉狄马加的诗》，人民文学出版社 2018 年版，第 74 页。
④ 吉狄马加：《古里拉达的岩羊》，载《吉狄马加的诗》，人民文学出版社 2018 年版，第 34 页。
⑤ 路芳：《火的祭礼——阿细人密祭摩仪式的人类学研究》，北京大学出版社 2012 年版，第 83 页。

见到了被发达的现代文明弃却的宇宙、自然与人的神性，在仪式的展演中让文化的他者在创设的"记忆空间"中复现集体记忆，既保存过去，又重构过去，他者的民族文化记忆成为了在理性和现代性的压迫和束缚之下的汉族作家质疑现代性、反抗理性、寻求审美救赎的资源。不同特色的民族文化，在人类生命经验的共通和文化的互动交流中走向了融合。

一 原始生命强力的张扬

艺术，是一种仪式化的存在。"艺术作为一种特定的文化仪式，通过死亡了的过去和遗物所散发出来的顽固而完整的'气息'，使我们得以与人类的非异化状态进行交流。"① 诗人昌耀自20世纪80年代以来创作的诗歌，注入了生命的沉痛、呻吟、喜悦和对生与死的形而上的思考，在肃穆、神圣之中，将内心郁结的沉痛，化成了原始生命的强力献祭于高原之上。

在"改天换地"的时代激情的鼓荡下，主动投身于大西北开发的青年昌耀创作于20世纪50年代的诗歌，大多表现了改造自然的革命豪情。如《寄语三章》中对"地平线上那轰隆隆的车队/那满载钢筋水泥原木的车队以未可抑制的迅猛/泼辣辣而来，又泼辣辣而去，/轮胎深深地划破这泥土"，他激动地赞美"大地啊，你不是早就渴望这热切的爱情?"② 在《哈拉库图人与钢铁——一个青年理想主义者的心灵笔记》里，他无限喜悦地描写了"炼铁炉前走向幸福的婚礼"，为哈拉库图人开始掌握工业化而吟唱赞歌。

但是1957年因政治原因在青海颠沛流离的经历，使昌耀在经历了个人生命中的苦痛之时，逐渐走向清醒和冷静。1962年创作的《峨日朵雪峰之侧》一诗中，当他面对着峨日朵雪峰的高度，只能叹服"这是我此刻仅能征服的高度"，他"惊异"于雪峰落日的壮美和石砾不时滑坡带来的嚣鸣。身为"囚徒"和"弃儿"的他，忍受着肉体巨大的痛苦，"我的指关节铆钉一般/楔入巨石罅隙。/血滴，从脚下撕裂的鞋底渗出"③。在生命沉

① 王杰：《审美幻象研究：现代美学导论》，广西师范大学出版社1995年版，第52页。
② 昌耀：《寄语三章》，载《昌耀诗文总集》，青海人民出版社2000年版，第12页。
③ 昌耀：《峨日朵雪峰之侧》，载《昌耀诗文总集》，青海人民出版社2000年版，第44页。

沦底层和承受肉体的苦痛之时，昌耀在与自然对晤之中获得了精神的高度："在锈蚀的岩壁但有一只小得可怜的蜘蛛/与我一同默享着这大自然赐予的/快慰。"① 在雄浑、悲壮的大自然面前，人是渺小的，但即使是一个极其卑微的生命，也可以在自然的抚慰之下获得活下去的勇气。当昌耀以"大山的囚徒"的受难之身，将目光重新投注于自然，天空、黑河、冰河、草原、大山的绝壁、石缝里的野蒿、马的沉默时，自然万物变得充满灵性，和诗人的呼吸彼此相通。

20 世纪 80 年代初期，已经历了政治平反并成为《青海湖》杂志的一名诗歌编辑的昌耀创作了《慈航》《山旅》等诗。人生就是"苦海慈航"。昌耀在生命的苦难之中"听到了土伯特人沉默的彼岸/大经轮在大慈大悲中转动叶片"②。他称呼"那些占有马背的人，/那些敬畏虫鱼的人，/那些酷爱酒瓶的人/那些围着篝火群舞的，/那些卵育了草原、耕作牧歌的"③ 人为"众神"，他们拥有悲悯的生命情怀和对天地万物的大爱。在《慈航》第 10 章"沐礼"中，昌耀将自己"入赘"土伯特人、成为"待娶的'新娘'"的婚礼仪式，呈现在读者面前。仪式神圣、庄重、肃穆，又充满了生命的温情、人生的欣喜，给予人力量。这是高原上古老民族婚俗的民族志写作，在这良宵，"他敬立在红毡毯。/一个牧羊妇捧起熏沐的香炉/蹲伏在他的足边，/轻轻朝他吹去圣洁的/柏烟"。"迎亲的使者/已将他扶上披红的征鞍"，他随迎亲使者穿越了高山冰坂，激流峡谷，来到了入赘的家门前。"吉庆的火堆/也已为他在日出之前点燃。/在一处石砌的门楼他翻身下马，/踏稳那一方/特为他投来的羊皮。/就从这坚实的舟楫，/怀着对一切偏见的憎恶/和对美与善的盟誓，/他毅然跃过了门前守护神狞厉的/火舌。"④ 具有强大生命力的松柏被藏民视为绿色的保护神和护身符。点燃松柏枝，用松柏枝焚起的霭霭烟雾，祭天地诸神，以此驱魔辟邪、求安祈福。

这也是一次在隆重的仪式和爱的沐浴中生命的彻悟与重生。在新婚的烛台中，"他看到喜马拉雅丛林/燃起一团光明的瀑雨。/而在这虚照之中

---

① 昌耀：《峨日朵雪峰之侧》，载《昌耀诗文总集》，青海人民出版社 2000 年版，第 44 页。
② 昌耀：《慈航》，载《昌耀诗文总集》，青海人民出版社 2000 年版，第 112 页。
③ 昌耀：《慈航》，载《昌耀诗文总集》，青海人民出版社 2000 年版，第 114 页。
④ 昌耀：《慈航》，载《昌耀诗文总集》，青海人民出版社 2000 年版，第 124 页。

潜行/是万千条挽动经轮的纤绳……"①，他将永远向着那团光前行！在第11章《爱的史书》中，诗人悟出了万物皆同源，忧患与喜悦相生转化，前世与今生，古老和年轻相因相生，"你既是牺牲品，又是享有者，/你既是苦行僧，又是欢乐佛"。在"爱与死"中，在寻找良知的彼岸，在感受到人的慈悲时，在新生命的降生中，在春天降临大地时，诗人昌耀在《慈航》中6次宣布——"爱的繁衍与生殖/比死亡的戕残更古老、更勇武百倍"②，以"爱和良知"，以"爱的繁衍与生殖"战胜了死亡、伤害、痛苦，使肉体和灵魂获得拯救。

与《慈航》创作于同一时期的诗歌《山旅》里，诗人尽管已伤痕累累，但"一切都叫人难以忘怀：/那经幡飘摇的牛毛帐篷，/那神灯明灭的黄铜祭器，/那板结在草原深层的部落遗烬……"③，让他走进这个民族的底层民众，爱慕他们的语言，"而将自己的归宿定位在这山野的民族"，从精神和肉体都愿意皈依于高原，而自己也得以在这一圣地获得重生。

从1982年到1985年，昌耀为西部大高原吟唱，创作了《纪历》、《青藏高原的形体》（6首）、《巨灵》、《牛王》、《招魂之鼓》等作品，气魄雄浑阔大，将高原的物理时空和宏阔的历史时空相接，显示了接通古今、历史与现实的浩瀚之气。在这些作品中，民间信仰仪式开始密集出现，给诗作涂抹上了一层来自远古的神圣、庄重、悠远的色彩。《纪历》的结尾出现了"黎明的高崖，最早/有一驭夫/朝向东方顶礼"④ 的定格。祭拜光明之神的仪式，划破了黑暗的峡谷，驱散了阴霾，灌注了与天地相往来的浩然之气！在《青藏高原的形体》（6首）中，他回望高原，感受到了西部高地的精魂所在。《河床》是"巨人般躺倒的河床"，也是"巨人般屹立的河床"，具有坚实宽厚、壮阔的雄性之美、创造不竭的精力和博爱的情怀；《圣迹》中朝圣者带着砂罐和采自故乡河床的一束柏木上路；《她站在剧院临街的前庭》中诗人凝视的是供人祭祀、膜拜的充满神力的高原，"那土地是为万千牝牛的乳房所浇灌。/那土地是为万千雄性血牲的头蹄所祭祀。/那土地是为万千处女的秋波所潮动。/是使精血为之冲动、官能为

① 昌耀：《慈航》，载《昌耀诗文总集》，青海人民出版社2000年版，第123页。
② 昌耀：《慈航》，载《昌耀诗文总集》，青海人民出版社2000年版，第113页。
③ 昌耀：《山旅》，载《昌耀诗文总集》，青海人民出版社2000年版，第138页。
④ 昌耀：《纪历》，载《昌耀诗文总集》，青海人民出版社2000年版，第197页。

之感奋、毛发为之张扬如风的土地"①，一种原始的生命强力在大地升腾。《巨灵》中，诗人感受到"宇宙之辉煌恒有与我共振的频率"，土地如"红缎子覆盖的接天旷原"，他热情地礼赞"在你黄河神的圣殿，是巨灵的手/创造了这些被膜拜的饕餮兽、凤鸟、夔龙……/惟化育了故国神明的卵壳配享如许的尊崇"②。在历史的长河溯源中，从那些神秘、古老的神话的象征符号之上，感受到了民族文化延续至今的厚重、悲壮，生生不已。

《牛王》中对繁殖神"春王之牛"的万人祭拜仪式，宏大壮观，"牛王为大地祝福。……路很长远。牛王巡游大地，以双龙为前导，以百伎之舞乐为前导，以花钹大镲为前导，以双狮为前导……接受天真孩子东方式的礼拜"③。对牛王的崇拜、祭祀，从古到今，从南方到北方，从东边到西边。诗人"想起月亮湖边的处子为她击节而歌月亮诗。/想起裸身的戏水者竞相以双臂擂打江河。想起南国夏熟的田畴，此起彼伏，农人围着仓桶扳打金稻穗……/遍地鼓声。/想起九间殿前喇嘛一同踏跳护法神舞……那响晴的鼓声"④。每一句都是一场庄严而充满生命律动的祭祀仪式，歌、舞、乐热烈、激昂、神秘，涌动着充沛的生命力，表达了人类对动物的崇拜和祈福驱邪的信心。

《夷〔东方人〕》则挣脱了高原之地，让古东方善射的"夷人""从神的时代远征而下"，他们腰缠蟒蛇，背弓而行，"蛇"是他们信奉的图腾。《招魂之鼓》就是一场招魂仪式的狂欢，"赤胸袒腹裸背而相扑相呼相嚎……奏为招魂之鼓"，"而以哭当歌，以肉感为呐喊，以沦丧为振呼"⑤，"于是跳下去，直跳到天荒地老而后可"，在"招魂之鼓"中奏出了"生的强音"。民间信仰仪式不是人臣服于鬼神的软弱、卑微，恰恰是人在与想象中的神沟通之中人的自我主体性的确立。通过众人的集体性仪式，释放了痛苦和焦虑，重新获得信心，以战胜疾病、饥饿、黑暗和死亡。《悬棺与随想》中附着于悬崖的"悬棺"，"以亡灵横空作死亡的建筑，静观世间众生相"，为对抗人生的烦忧、盲区、困顿、创痛，"最隆重的刹那必

① 昌耀：《她站在剧院临街的前庭》，载《昌耀诗文总集》，青海人民出版社 2000 年版，第 258 页。
② 昌耀《巨灵》，载《昌耀诗文总集》，青海人民出版社 2000 年版，第 275 页。
③ 昌耀《牛王》，载《昌耀诗文总集》，青海人民出版社 2000 年版，第 293 页。
④ 昌耀《牛王》，载《昌耀诗文总集》，青海人民出版社 2000 年版，第 294 页。
⑤ 昌耀：《招魂之鼓》，载《昌耀诗文总集》，青海人民出版社 2000 年版，第 308 页。

在人生的最后"①。

从 1985 年之后到 2000 年去世，昌耀创作的诗歌中，仍然可以见到对仪式的书写，但贯注于仪式之中的原始生命力的流动，开始渐趋渐弱，取而代之的是神秘、对生存之谜、生命本质的探究，和对虚空、寂寞、死亡的挣扎。如果说 1986 年 3 月创作的《云境·心境》一诗出现了夜半玄服起身、秉烛赏峰的"观星人"，还保持了"引动了黎明山海碰撞的连锁"的"悟性的力"②，但是到了同年 11 月、12 月写作的《生命体验》中，"祭：古典夕阳中的牲牛之献"带来的是"无话可说。激情先于本体早死"，勘不破"如小鸡啄米／在沙面点出命运不识的文字"③。即使是《玛哈噶拉的面具》给诗人带来了"远行者还乡"的皈依、陶醉，但在写于 1988 年 11 月的《燔祭》一诗中，仪式并没有驱散他内心的孤独、失落、痛苦和窥探到生存本质的恐怖。人的精神陷入极大的焦虑和困顿之中，"命运之蛇早在祭坛显示恐怖的警告色。／火花时时在导火索的嘶鸣中追步"，在命运的绳索之下，人如困兽无处可逃，陷入绝境——"人世是困蝇面对囚镜，／总是无望地夺路，总有无底的谜"④。即使是在《内陆高迥》一诗中，那个如鲁迅笔下的过客一般，忍受巨大的寂寞在西行的路上背锅独行的"蓬头垢面的旅行者"，也只不过是"一个挑战的旅行者步行在上帝的沙盘"⑤，谁也无法逃脱宿命的安排。或许《燔祭》中最后道出的"神已失踪，钟声回到青铜，／流水导向泉眼，／黄昏上溯黎明，／物性重展原初"⑥，让一切回到本源、心归入澄明之境，才可以拯救自我和人类。

1989 年 10 月重访流放故地、从日月山牧地归来的昌耀完成了诗歌《哈拉库图》。在时间和造物主面前，一切荣耀终将流失，被人遗忘，生命脆薄转瞬即逝，令人心生敬畏又不无悲哀。如何超越生命的有限，获得"那一颗希望之星"？从古到今，人类情感的"玄思妙想"创造了信神娱神的"仪式"给群体带来信心和勇气。仪式接通古今，消弭差别，"所有

① 昌耀：《悬棺与随想》，载《昌耀诗文总集》，青海人民出版社 2000 年版，第 316 页。
② 昌耀：《云境·心境》，载《昌耀诗文总集》，青海人民出版社 2000 年版，第 344 页。
③ 昌耀：《生命体验》，载《昌耀诗文总集》，青海人民出版社 2000 年版，第 391 页。
④ 昌耀：《燔祭》，载《昌耀诗文总集》，青海人民出版社 2000 年版，第 442—443 页。
⑤ 昌耀：《内陆高迥》，载《昌耀诗文总集》，青海人民出版社 2000 年版，第 445 页。
⑥ 昌耀：《燔祭》，载《昌耀诗文总集》，青海人民出版社 2000 年版，第 443 页。

的面孔都只是昨日的面孔。/所有的时间都只是原有的时间"①，但现实的痛苦仍无法消除，见昔日的美人容颜已凋，命运无常，而少妇出殡的灵车反而"传送一种超然的美丽"，令人不禁要叩问"死亡终是对生的净化"？勘探到生死真相的诗人"震悚觉心力衰竭顿生/恐惧"②，苍茫沉重的生命感伤笼罩全诗。

即使是在 20 世纪 90 年代昌耀获得了女性短暂的柔情和爱，在《致修篁》中，他将与修篁的相爱化成了一场可见的"祭仪"，"大地灯火澎湃，恍若蜡烛祭仪，/恍若我俩就是受祭的主体，/私心觉着僭领了一份仪典的肃穆"，但爱最终是与死相连的。宿命的悲剧感使昌耀从爱情的神圣幻象中走出，情感终将走向寂灭的预感、不安、痛苦，使他预言"也许我会宁静地走向寂灭，/如若死亡选择才是我最后可获的慰藉"③。2000 年 3 月 23 日清晨 7 时，时年 65 岁身患肺癌的昌耀迎着曙光在医院三楼阳台纵身一跃，"一弹指顷六十五刹那无一失真"④，平静、坚定地将自己的肉体呈上了死神的祭台，他的精神在诗歌中走向了永恒。

昌耀 14 岁从家乡湖南常德桃源走出，他在青海生活了四十五年，已与这片高原、旷野血肉相融。1956 年 6 月，他刚到青海才一年，就开始搜集、编选青海民歌《花儿与少年》。他逐渐在情感上贴近了给予他心灵慰藉的神启力量，这使他的诗歌在书写苦难之时，始终有一种悲悯、爱的光芒照耀着黑暗，有一种生命的强力在挣扎、抗争，有一种面对死亡的冷静、超然。正如他在 1998 年为摄影作品《天葬台》创作的诗歌《主角引去的舞台》所描写的天葬中"喜马拉雅一个背尸的仵工"，"他沉勇旷达坚忍睿智漠对死亡面具。/他执信永生而不懂为亡灵垂泪啼哭。/他解开链锁还无染的魂魄脱出尘世不洁之躯。"⑤ 进入花甲之年的昌耀就是那个"仵工"，他逐渐认同和接受了藏族民众对待生与死的民间信仰，而跨族裔的楚地之子的身份，使他心中始终有一棵南方的金橘在生长。在《91 年残稿》中，昌耀说："我曾是亚热带阳光火炉下的一个孩子，在庙宇的荫庇底里同母亲一起仰慕神祇。我崇尚现实精神，我让理性的光芒照彻我的角

① 昌耀：《哈拉库图》，载《昌耀诗文总集》，青海人民出版社 2000 年版，第 470 页。
② 昌耀：《哈拉库图》，载《昌耀诗文总集》，青海人民出版社 2000 年版，第 470 页。
③ 昌耀：《致修篁》，载《昌耀诗文总集》，青海人民出版社 2000 年版，第 551 页。
④ 昌耀：《极地民居》，载《昌耀诗文总集》，青海人民出版社 2000 年版，第 483 页。
⑤ 昌耀：《主角引去的舞台》，载《昌耀诗文总集》，青海人民出版社 2000 年版，第 7 页。

膜，但我在经验世界中并不一概排拒彼岸世界的超验感知。"[1] 他难以忘记童年母亲的纺锤、拜佛的庙宇、收割的稻田、依依的柳树、几声篙橹、屈子的行吟，在医院留下的遗嘱是将自己的骨灰带回湖南，葬在母亲的身边。江南楚山汉水打上的文化烙印，伴随他终身；楚人博大坚毅又不乏纯真浪漫的性格，深植于他的精神血脉之中；巫楚文化的神秘瑰丽使他亲近、认同原始信仰思维；上天入地上下求索、向苍天诘难的屈骚传统，使他对精神的探求永不止息。昌耀将湘楚文化与藏族文化、西方现代文化等融汇成为一体，造就了他诗歌典雅、神圣的境界，浩瀚、宏阔的气势和力透纸背的气韵。

二　神性世界的召唤

与昌耀一样，东北作家迟子建也生活在边地。她来自中国最北端的漠河北极村，那里居住着鄂温克族、鄂伦春族等少数民族。虽然迟子建是汉族人，但是童年在边地生活的经历，使她在情感上认同鄂温克族、鄂伦春族这些少数民族的民间信仰——中俄边界的额尔古纳河右岸"这个背景我熟悉之极，因为我从小出生在那里，大自然一年四季风云变幻，我了然于心，并且与他们有相似的世界观"[2]。从他们的民间信仰中她看到了自然的神性、人的神性。

在长篇小说《额尔古纳河右岸》中，迟子建讲述了鄂温克族这个与森林同生共死的狩猎民族近 100 年的历史命运和文化变迁。为了完成这部作品，迟子建用了三个月的时间阅读鄂温克族的历史和研究资料，完成了几万字的笔记。她亲近和理解她书写的少数民族，同时她也能保持文化的"他者"的视野，对不同民族面对自然、死亡的态度进行冷静、清醒的对比。

《额尔古纳河右岸》对鄂温克族的历史和文化的讲述，始终与这个民族的仪式展演、神话叙述相伴随。

首先，动物崇拜是鄂温克族的民间信仰，与动物崇拜相关的狩猎仪

---

① 昌耀：《昌耀诗文总集》（增编版），作家出版社 2010 年版，第 485 页。
② 《迟子建：生命尊严最重要》，http：//www.chinawriter.com.cn/2010/2010 - 08 - 04/88413.html，2010 年 8 月 4 日。

式、族源神话等非常丰富。如熊图腾神话是鄂温克族神话中的重要组成部分，他们对熊有着非常复杂的情感。一方面他们奉"熊"为自己的祖先，把"熊"作为祖先来崇拜、敬奉；另一方面他们猎杀熊，以熊为食物的来源。但是他们相信熊的魂灵永恒在世，在吃熊的时候，会为它举行一系列隆重的传统仪式。

《额尔古纳河右岸》写鄂温克族人猎到了熊后，"全乌力楞的人聚集在一起吃熊肉。我们崇拜熊，所以吃它的时候要像乌鸦一样'呀呀呀'地叫上一刻，想让熊的魂灵知道，不是人要吃它们的肉，而是乌鸦"[1]。熊的肉体在消失后，其灵魂不会死亡。妮浩萨满会为死去的熊唱"葬熊"的神歌："熊祖母啊，/你倒下了。/就美美地睡吧。/吃你的肉的，/是那些黑色的乌鸦。/我们把你的眼睛，/虔诚地放在树间，/就像摆放一盏神灯！"[2]以种种含蓄、委婉、礼貌、尊敬的语言，来求得熊灵的宽恕，也缓解了内心因猎熊、吃熊带来的不安和恐惧。鄂温克人吃熊肉时有很多禁忌。"比如切熊肉的刀，不管多么锋利，我们也要叫它'刻尔根基'，也就是'钝刀'的意思。"[3]他们敬重"熊骨"，"吃熊肉的时候，是不能乱扔熊骨的"，还会为"熊骨"举行风葬。小说中写马粪包因为肆意违反了这些禁忌，结果带来了"熊骨竟然卡进了喉咙"差点窒息而死的惩罚。

其次，与自然崇拜相关的各种仪式，渗透在鄂温克族人的日常生活之中。鄂温克族生活在大自然之中，以狩猎和放牧为其主要的生产活动。他们相信神秘的大自然中充满了各种神灵，自然养育了他们，他们需要各种自然神的庇护，对自然充满了向往、感激、崇拜和敬畏之情。

《额尔古纳河右岸》多次描写了鄂温克族虔诚祭拜的神灵"玛鲁神"。"玛鲁神"包括十二种神偶，他们护佑着族人的平安、幸福。每次在猎到熊或驼鹿之后，族人分食动物的肉之前，都要由萨满主持祭祀玛鲁神。另外，"火神"、山神"白那查"也是鄂温克族人崇敬的神灵。他们认为"火"是主人家的神，若火灭，则人有绝户之危。他们会精心保存火种，不能用刀器、木棍弄火，不能从火上跨过，不能用水浇灭火。"平时我们还常淋一些动物的油到火上，据说我们的祖先神喜欢闻香味。火中有神，

---

① 迟子建：《额尔古纳河右岸》，人民文学出版社 2010 年版，第 4 页。

② 迟子建：《额尔古纳河右岸》，人民文学出版社 2010 年版，第 138 页。

③ 迟子建：《额尔古纳河右岸》，人民文学出版社 2010 年版，第 164 页。

所以我们不能往里面吐痰、洒水，不能朝里面扔那些不干净的东西。"① 对于白胡须的山神"白那查"，他们认为一切野兽都是他饲养的。经过"白那查"居住的高山、岩洞、怪石，他们保持肃静，不会喧哗；遇到绘有"白那查"的大树，他们会将兽肉献祭给他；饮酒用餐前先敬"白那查"，以祈求猎到更多野兽。仪式使人的存在嵌入"神"之中，获得了人的主体性；仪式也建构了人对神的情感的二重性："恐怖而又被吸引，否定而又肯定，禁忌的态度和维持与保护的态度并存"②，使人与自然的关系在平衡之中保持和谐共处。

再次，在鄂温克族人的民间信仰中，充当人和神沟通媒介的萨满通过"跳神"、祭祀等仪式，来化解苦难、治疗疾病、拯救他人的生命、慰藉痛苦。《额尔古纳河右岸》中描写的很多仪式都与仪式的执行者——尼都萨满和妮浩萨满有关。迟子建说："他们就是宗教的使者，他们要勇于牺牲个人身上的'小爱'，获得人类的'大爱'。"③ 尼都萨满通过跳神，让病重的侄女列娜苏醒；使一个突然失去了光明的中年人重见天光；让一个孩子的疥疮"在他的舞蹈声中飞快地结了痂"。为了挽救驯鹿，"尼都萨满在天刚擦黑的时候就开始跳，一直跳到月亮升起、繁星满天，他的双脚都没有停止运动。他敲着神鼓，时而仰头大叫，时而低头呻吟。他一直跳到月亮西沉、东方泛白，这才'咕咚'一声倒在地上。他足足跳了七八个小时，双脚已经把希楞柱的一块地踏出了个大坑，他就栽倒在那个坑里"④。妮浩萨满忠实地履行着萨满的职责，富有崇高、伟大的牺牲精神。她每次跳神救活一个别人的孩子，就要失去一个她自己的孩子。但她仍然隐忍着内心巨大的痛苦，救活了得了重病的十岁的孩子、救了亵渎神的酒鬼马粪包、救了偷他们驯鹿的少年，而她自己的三个孩子都因此丧生。为了灭去森林大火，她再次跳神，在祈来的雨水中唱起了她生命中最后一首神歌，最后倒在了大雨之中，再也没有起来。妮浩萨满已超越了个人的悲喜，其善良、牺牲、奉献的"大爱之心"，使她全身闪耀着神性的光芒。

然而，现代文化和工业文明的入侵，破坏了鄂温克族人的生活领地，

① 迟子建：《额尔古纳河右岸》，人民文学出版社 2010 年版，第 30 页。
② ［意］马利亚苏塞·达瓦马尼：《宗教现象学》，高秉江译，人民出版社 2006 年版，第 190 页。
③ 迟子建、胡殷红：《人类文明进程的尴尬、悲哀与无奈——与迟子建谈长篇新作〈额尔古纳河右岸〉》，《艺术广角》2006 年第 2 期。
④ 迟子建：《额尔古纳河右岸》，人民文学出版社 2010 年版，第 47—48 页。

严重冲击了他们的生活方式和价值观念。这个在丛林中生活了近百年的鄂温克族部落面对着现代文明的诱惑、生态环境的破坏，很多人放弃了祖祖辈辈传统的游猎生活，来到山下定居。部落的最后一个萨满——妮浩萨满死去了，人与神沟通的桥梁已经切断。更重要的是，由仪式负载的民族文化记忆行将远去。她跳神穿上的神衣、神帽、神裙、神鼓被捐给了民俗博物馆，成为了死去的文化标本。从城市返回到山林的画家伊莲娜，在历时两年完成了一幅萨满祈雨图后投河自杀，只留下了"我"这位近九十岁的老人带着她的孙子安草儿孤独地留在山林之中坚守。尽管悲壮，但部落行将消失、传统文化走向衰颓的现状很难被改变。

迟子建对鄂温克族人的民间信仰具有"神性"的发掘，恰恰是建立在她身为汉族人、具有汉民族文化的参照系的根基之上。与身为鄂温克族中的一员的当代作家乌热尔图不一样，迟子建属于汉族，但是童年在漠河这一北极村与少数民族一起生活的经历，使她受到了"万物有灵"的原始宗教信仰的影响，在情感上她愿意归属于鄂温克族、鄂伦春族这些东北的游牧民族。在《额尔古纳河右岸》中，她以一个经历了近一个世纪的鄂温克族女人的口吻讲述民族的变迁，对"生活在山林之间"的鄂温克族人敬畏自然、信仰萨满教、重视生态保护、从容面对苦难、死亡的民族性格，表达了深情的礼赞。但是，汉民族的实际身份的归属，使她在小说中一方面表达了不同民族美好的人性可以相通、和谐相处的观点，如让在政治运动中被遗弃的汉族地主的孩子，被鄂温克族部落收留并抚养长大；同时，她又冷静、清醒地批判了汉族人对自然的肆意破坏，以"他们"（汉族）来对比"我们"（鄂温克族）对自然的态度。如"我们从来不砍伐鲜树作为烧柴，森林中有许多可烧的东西，比如自然脱落的干枯的树枝，被雷电击中的失去了生命力的树木，以及那些被狂风击倒的树。我们不像后来进驻山林的那些汉族人，他们爱砍伐那些活得好好的树，把它们劈成小块的木柴，垛满了房前屋后，看了让人心疼"①。对于鄂温克族人走出世代居住的山林，来到山下建设的集体定居点生活，森林被砍伐，驯鹿被圈养，她表达了无尽的忧伤。在小说最后，她让那只被赶下山的驯鹿逃回了山林，来表达她对尊重多民族文化的多样性、保持与自然和谐的生活方式的坚持。

对少数民族"他者"文化的观察、思考，也使迟子建更深刻地认识到

---

① 　迟子建：《额尔古纳河右岸》，人民文学出版社 2010 年版，第 69 页。

了汉民族文化中"仪式"的文化功能和蕴蓄其中的诗意化、审美化。她曾经谈到，"齐鲁文化（来自民间的那部分）与少数民族的宗教信仰微妙融合，至今影响着我的世界观"①。民间文化中的神鬼信仰、节日仪典，给予她非常温暖的文化记忆。对故乡白山黑水的热爱，使她对仪式的演练者、仪式的发生场域，投上了深情的目光，感悟到了中国传统的"仪""礼"中的"仁"和"德"。在《清水洗尘》中，礼镇"这里的人们每年只洗一回澡，就是在腊月二十七的这天"，无论老幼，都要痛痛快快地洗澡，洗去全年的污秽、霉运、不快、疾病等，辞旧迎新。"洗尘"的仪式中也蕴含着儒家的等级秩序、人伦亲情，"天灶家洗澡的次序是由长至幼，老人、父母、最后才是孩子"②，流溢着普通人生活的温情。《沉睡的大固其固》中媪高娘相信相面人的话，为避免魏疯子招惹来所有的老鼠让全镇人遭殃，她决定杀一头猪"做还愿肉"，请全镇人来吃，把灾难吃没了。她还按照相面人的吩咐，给他三十元钱，让他"给魏疯子做个'替身'，到了日子，就把它送走。鬼气驱散，疯子也就会好了，小镇也就会得救了"③。虽然她最后被意外砸死，但是她的善良、慈悲的情怀永远温暖着这个灰暗的世界。《白雪乌鸦》中哈尔滨鼠疫流行，死亡肆虐，到了腊月二十三过小年，虽没有了往日祭灶的七碟八碗，但一般人们还是要准备麦芽糖和黏豆包，想封灶神的嘴，黏他的牙，让他上天庭后难以开口说主人家的坏话。在鼠疫流行的人间地狱痛苦挣扎的人们，借"祭灶"的仪式，顽强地表达了"纳吉驱邪"的美好心愿。

死后有灵的民间信仰，给丧失亲人的人们带来了无限的慰藉。迟子建的《白雪的墓园》《灯祭》《亲亲土豆》等小说描写了祭奠亡人的种种仪式。《白雪的墓园》中父亲在极其寒冷的冬天离去。除夕前夕，姐弟三人来到安葬父亲的墓园，准备接父亲的亡灵回家过年，"我们到达父亲身边时就像看见上帝一样一齐跪下，我们做着最古老的祭奠"④。大年初一的早晨，他们突然发现母亲失踪，原来她在大雪中独自去父亲坟地祭拜，回家后母亲的内心获得了宁静和安慰。元宵节，人们会去山里，给逝去的亲人的坟前，送上一盏灯，这是迟子建故乡祭奠亡人的仪式。《灯祭》里，童

① 迟子建、刘传霞：《我眼里就是这样的炉火——迟子建访谈》，《名作欣赏》2015 年第 28 期。
② 迟子建：《清水洗尘》，载《格里格海的细雨黄昏》，江苏文艺出版社 2003 年版，第 119 页。
③ 迟子建：《沉睡的大固其固》，《北方文学》1985 年第 3 期。
④ 迟子建：《白雪的墓园》，载《格里格海的细雨黄昏》，江苏文艺出版社 2003 年版，第 59 页。

年时父亲在除夕之夜会为"我"做一盏漂亮的灯,"我"提着它快乐地走东家串西家。在父亲去世后的那个正月十五的晚上,"我买下了一盏灯。天将黑时,将它送到了父亲的墓地"①,永远守候着他的房子,虽灭犹燃。《亲亲土豆》里,在秦山的葬礼上,他的妻子李爱杰拒绝用黑色的煤渣埋葬丈夫的棺材,而选择了五麻袋的土豆盖坟,"雪后疲惫的阳光挣扎着将触角伸向土豆的间隙,使整座坟洋溢着一股温馨的丰收气息。李爱杰欣慰地看着那座坟,想着银河灿烂的时分,秦山在那里会一眼认出他家的土豆地吗?他还会闻到那股土豆花的特殊香气吗?"② 民间的种种祭奠仪式,缓解了亲人离去的痛苦,冲淡了死亡的冷酷、悲痛,使生者获得了对痛苦的超越和负重前行的信心。

三 文化漫游中仪式的还原

和昌耀、迟子建不同,高行健并没有在少数民族群体中长期生活的经历,但他曾在 20 世纪 80 年代初期(1983 年至 1984 年),在长江流域作过 3 次旅行,最长的一次,行程达 15000 公里。当时,他被医生诊断为肺癌后又确诊为"误诊",从死神的指缝间逃出来的高行健辞去了北京人民艺术剧院编剧的职务,开始了他的西南之旅。在这次西南行中,高行健进入了羌族、彝族、瑶族、苗族等少数民族地区,他说:"我宁可去长江流域漫游,找寻孕育出《山海经》里的神话的另一种文化。"③ 创作于 20 世纪 80 年代末期的长篇小说《灵山》就是他这次多民族文化漫游之后的成果。少数民族中尚存的古老的民间信仰,成为高行健寻找原始的文化遗存、呈现民间文化的重要入口。

面对自然,羌族、彝族、苗族等少数民族相信万物有灵,他们通过仪式的展演,将自然神圣化,使人对自然产生敬畏之心。火神崇拜是很多民族都有的民间信仰,一方面人们认为火神是善的,要用祈求的方式来祭祀它;另一方面,人们认为火鬼、火灵是恶的,会带来火灾,需要举行仪式

---

① 迟子建:《灯祭》,载《假如鱼也生有翅膀——迟子建最新散文》,湖南文艺出版社 2005 年版,第 114 页。

② 迟子建:《亲亲土豆》,载《格里格海的细雨黄昏》,江苏文艺出版社 2003 年版,第 117 页。

③ 高行健:《文学与玄学·关于〈灵山〉》,根据高行健在斯德哥尔摩大学东方语言学院讲话录音整理,http://bbs.tianya.cn/post-no01-3390-1.shtml。

来驱赶它。《灵山》中，"我"沿着长江流域寻找"灵山"，"在青藏高原和四川盆地的过渡地带，邛崃山的中段羌族地区，见到了对火的崇拜，人类原始的文明的遗存"①。如羌族人在喝酒之前先要用酒祭火。他说："祭灶神爷呢，多亏的他，我们才有得吃喝。"②

然而，人类在丧失了对自然神的敬畏后，只剩下对自然傲慢、无知的征服和无休止的索取。在利益的驱动下，山民无所禁忌地猎杀老虎、豹子、豺狼等野兽，疯狂地砍伐林木贩卖。当自然被人当成了谋求物质利益的工具，人终将受到自然的惩罚。"我"的太爷爷在砍伐树木的时候，见到了"红孩儿"——火神祝融，他哀叹"好日子完了"。不久厄运果真降临，以狩猎为生的太爷爷死在了仇人的黑枪之下；深夜森林大火爆发，林木化成灰，野兽或死或逃，"隔岸观火的众人只见对面火光之中，一只赤红的大鸟飞腾起来，长的九个脑袋都吐出火舌，托起长长的金色的尾巴，带着呼啸，又像女婴的啼哭，凌空而上"③，这是身为九山之神的火神祝融对人类的惩罚；进山的农民被熊抓瞎了一只眼，因为他进山时没有敬山神……

人与自然之间的神性联系已经被割断。如何观照那个神性照耀的世界？《灵山》多次写到"我"在山野之间寻访村寨的"毕摩""祭司""道士""老歌师"。这些少数民族村寨里的毕摩、祭司、歌师通过主持传统的祭祀仪式、丧葬仪式，来联结"神圣"与"世俗"，复活民族文化的记忆。

彝族信仰多神教，其巫师被称为毕摩（或称为贝玛、汝摩）。《灵山》中从彝族山寨里请来做法事的毕摩，为死去的彝族人做大斋，唱诵经文，为死者的灵魂在阴间引路，让他们按照毕摩指引的线路回归故土。在丧葬仪式上，人们用"唱孝歌""跳孝舞"来和死者的魂灵告别，"用竹子编的糊上彩纸做成阁楼的灵房，罩在棺木上，四周用树枝扎成围墙。灵场上一个个高高堆起的柴堆全都点着了，死者的家族中前来奔丧的每一个家庭各围坐在一堆柴前，火焰在响彻夜空的唱经声中越升越高，众人在场上又跑又跳，又击鼓鸣锣还又放枪"④。死亡，是灵魂的返乡。在熊熊的火焰映照下，在毕摩的经文诵唱和亲人欢乐的歌舞中，死者的魂灵在人们的想象

①　高行健：《灵山》，漓江出版社2000年版，第11页。
②　高行健：《灵山》，漓江出版社2000年版，第11页。
③　高行健：《灵山》，漓江出版社2000年版，第196页。
④　高行健：《灵山》，漓江出版社2000年版，第121页。

中，被送上了与祖先亡灵相聚的路程。

苗寨里有一名最后的祭司，当年他做过盛大的祭祖仪式，无人能及，但是这场"锥牛大祭"只能在他的回忆中重现辉煌。他"身穿紫色长袍，头上戴着一顶红绒帽，衣领里再插上大鹏的翎毛，右手摇起铜铃，左手拿着大芭蕉叶做的窖子"①。在他的高声领唱中，祭家的男主人们手执梭镖，追牛刺杀。在鼓乐声中，牛被梭镖轮番刺中，绕五花柱喷血狂奔，直到倒地断气，众人割下牛首分肉。牛喷出的鲜血，是在对祖先神施行的"血祭"。树，具有沟通天地的神性。祭祖仪式上用的树"起码要十二对不同的树木，一样长，一样粗细，白木得是青杠，红木得是枫树"②。"锥牛祭"仪式中，祭司讲述民族历史、训导族人的《祭鼓词》的诵唱，神牛作为"牺牲"的献祭，都将族人带入了"仪式情境"中，体味到"人神同体"的神圣与快乐，保持了集体共同的信仰和驱邪祛灾的信心。

道教中的"道场"仪式也出现在《灵山》中。民间道士"套上一件紫色缀有阴阳鱼、八卦图像的破旧道袍，手拿令牌司刀和牛角从楼上下来，全然另一副模样，气派庄严，步子也悠悠缓缓"③，点香、作揖、念咒，周身有一种通神灵的威严。与音乐、舞蹈、神咒相结合的礼乐仪式，唤起了对中华民族道家文化一脉的记忆。

这种对仪式的还原，还表现在对汉民族丧歌《黑暗传》的吟唱。《黑暗传》本子是山里早年做丧事时唱的孝歌，"死者的棺材下葬前，在灵堂的歌场上一连得唱上三天三夜"。一位山里的小学教员将老歌师吟唱的《黑暗传》记录下来，可惜未记完，老歌师就病逝了。在高行健看来，《黑暗传》是被人遗忘的汉民族的史诗，"这是没被文人糟蹋过的民歌！发自灵魂的歌！"④《灵山》赞叹民间对《黑暗传》记录、整理的价值，借小说中的"我"对这位小学教员表达了赞美和钦佩——"你拯救了一种文化！不光是少数民族，汉民族也还有一种不受儒家伦理教化污染的真正的民间文化！"⑤

在展示西南山野尚存的初民仪式时，高行健一方面揭示出它们是来自

① 高行健：《灵山》，漓江出版社 2000 年版，第 233 页。
② 高行健：《灵山》，漓江出版社 2000 年版，第 235 页。
③ 高行健：《灵山》，漓江出版社 2000 年版，第 289 页。
④ 高行健：《灵山》，漓江出版社 2000 年版，第 353 页。
⑤ 高行健：《灵山》，漓江出版社 2000 年版，第 353 页。

南方巫楚之地的原生态文化，包括自然崇拜、动物崇拜、图腾信仰、祖先崇拜、鬼魂信仰等，展示了祭火、祭江、祭祖、傩面具、薅草锣鼓、血盟、念咒、请香、算命、悬棺等带有鲜明的"东方气质"的多民族的仪式，它们接通今古，让我们返回到人类祖先的来处，进入到神人共处的空间，来保持人性的清澈、单纯、本真；另一方面，高行健又不无伤感地描写了这些仪式的施行者——祭司、毕摩、道士、歌师等，有的隐居山林，有的被人遗忘，有的只能通过回忆来重返昔日的荣耀。苗寨里的老祭师，痛心于年轻一代不再敬奉祖先的魂灵，"人是一辈一辈衰弱了"的无可挽回。除夕之夜，他走到黑沉沉空荡荡的河滩，完成最后一次祭祖的仪式，拼尽最后一丝力气，以苍老的声音为神灵唱诵。他涕泪俱下地说："忘了祖先可是罪过"，"枫树的妈，青杠木的爸，忘了祖公，会报应的呀！"[1]在寒冷的河滩上，微光中，凄凉、孤独的老祭师的身影，和他内心坚守信仰的落寞、悲壮，也是20世纪80年代初期一些巫师命运的写照。居于边缘的民间文化尽管也存有糟粕，但它们保存了我们民族的童心和灵魂。"灵山"何在？"灵山"不是一处纯粹的自然风景，"灵山"就是我们民族的文化积淀、民族的信仰体系、深藏的文化基因等，它永远存在于中国人的血脉之中。

总之，汉族作家走入了文化的他者世界，情感上建立的血肉联系和多民族文化发展的渗透相通，使他们由文化的"外在者"变成了"此在者"。寻找差异的文化冲动，变成了文化选择后的自觉归属。他们从多民族文化中感受到了人与天地同一律动的健康的生命力，感悟到了天、地、人一体的神性、多情的生命世界，在对自我的寻找中表达了对他者文化的情感皈依和反思现代性、寻求异质文化救赎的理性选择。

第三节　走向民间：汉民族民间信仰的展示

中国民间信仰与正统宗教最大的不同之一，就是它不是通过经典的阅读而是通过"仪式展演"来表达自己的存在。如果没有了"仪式"，民间

---

① 高行健：《灵山》，漓江出版社2000年版，第239页。

信仰的众多鬼神，只不过是一些漂浮不定的繁杂的符号；如果不举行"仪式"，民间信仰的神圣空间只不过是没有灵魂的空洞平凡的建筑物；如果没有仪式上的诵唱，宝卷、族谱、经文只不过是没有灵性的静默的文字。参拜祖先、祭祀神鬼、叙述神话、传说等民间信仰仪式，保存了民族文化的基因，承载了民族文化的记忆，强化了民族的文化认同和文化整合。

20 世纪 80 年代中西文化的碰撞和"文化热"的兴起，使中国当代作家从对启蒙具体任务的关注、突出政治主题的峻急的心态，转向了对民族文化的审视。回到民间，重视边缘，打捞正统文化之外的地方文化和民间信仰，重视仪式的社区"文化表演"，复活渐趋模糊的文化记忆，思考文化传统的生命力和滞后性，带来了 20 世纪 80 年代中期一直延续到 21 世纪中国当代文学的民间信仰仪式书写的大量涌现。

一 华人族群文化原生态的复原

"我们要去探访远古的祖先，他们的在天之灵已经等了我们五千年！"这是民俗学家、人类学家，同时也是作家赵宇共的文化人类学小说《走婚》的开头，它表现了作者要探究华夏族群文化的精神的野心。为了表现五千年前我们华人族群先祖的生活，赵宇共数年沉浸于民族学、人类学、民俗学、神话学、甲骨学、音韵学、历史文献学、考古学等文献资料研究中，并到多处史前文化遗址去做田野调查，最终于 20 世纪 90 年代完成了《走婚》一书，后又写出了《炎黄》。《炎黄》被考古学家石兴邦评价为："这是以文学的形式表述历史过程的科学作品，属于复原古代历史图景系统工程的一个组成部分，在文学研究中有开创性意义。"①

《走婚》呈现了仰韶时期黄河流域渭水一带，处于母系氏族社会的三个部落——大鱼族、大蛙族、飞狐族的生活图景。他们子随母居，采取走婚制，图腾崇拜、祖先崇拜、自然崇拜、女性崇拜等构成了他们信仰的内容。在没有发明文字的原始时代，集体举行的仪式成了文化记忆的主要方式。《走婚》中描写的与早期人类原始信仰相关的仪式丰富多彩，包括祭祀、献祭、舞蹈、念咒、驱鬼、求子、祈雨、补天等，带有鲜明的巫术色彩。

---

① 赵宇共：《炎黄》，作家出版社 2001 年版，封底。

女性崇拜是母系氏族社会非常鲜明的文化现象，它与生殖崇拜密切相关。女性在母系氏族拥有崇高的地位，也被认为拥有神圣的法力，能够与神沟通，带领氏族战胜了一次又一次灾难，具有超人的智慧、经验和勇于牺牲、奉献自我的大爱。《走婚》中的大鱼母就是这样一位女性。她是大鱼族的守护人，"大鱼母和鱼族神，心相通。族神说的话，只有大鱼母能听懂，只有大鱼母能听见"。她忠诚地履行沟通人神、驱灾祈福的女巫的职能，"大鱼母的神能响遍三湾九族寨。通灵、接神、施咒、撵鬼、治病、请雨、大鱼祭……"① 在大鱼族烧荒撒种的谷地未曾如期长出禾苗之时，她连续几天几夜在谷地中间喊魂；小鱼母在心里默念招魂咒，面朝东方、南方、西方、北方叩拜，和大鱼母一起呼唤谷魂，终于使谷苗得魂，长出了小尖叶芽，而大鱼母因劳累过度，被族人抬回了寨子。

在一场地动山摇的地震爆发后，山火又爆发，阴雨绵绵，世界一片黑暗，人们认为天塌了。在老神龟爬来寨子，显示吉祥之兆后，大鱼母决定大鱼族与蛙族合盟来补天。他们要炼出七彩的石头，填补天窟窿；要烧出祭盆，绘上鱼蛙两族的神灵；要在通天峰搭建祭台，将选出的"神尸女"献祭给天。大鱼母表达了如果补天不成将服毒自杀，以个人的身死、魂死来免除族人的罪灾的决心。最终，两族人补天的努力，终于迎来了天空的云彩。小鱼母和小蛙母"两位族后，双臂向天，似乎已经化作了硬石，一动不动，面空站立着"②。作者以注释的方式指出，"结合临潼姜寨原始部落遗址及出土文物，或许母系时代，在此地有过这类巫术式的补天抗震壮举。据李白凤考，鱼族在远古曾是一个文明程度较高的大族，因为某种至今仍不详知的原因，这个大族湮没了。出土的鱼族和蛙族两族徽记合为一盆的历史文物，或许就是线索。像这样补天抗震的大活动，须有多族联手方可成功"③。考古学、历史文献学等学科领域的研究成果，成为小说《走婚》复原作为女巫的"女娲"们补天的依据。

人对神的信仰情感，表现在敬奉神祇的祭祀之中。"因为祭祀是人们与神祇的主动关系。在祭祀中，不是间接地表现和描绘神性；相反，是对神性施加直接的影响。因为，最清晰地表现宗教意识的内在进展的通常正

---

① 赵宇共：《走婚》，作家出版社2001年版，第11页。
② 赵宇共：《走婚》，作家出版社2001年版，第359页。
③ 赵宇共：《走婚》，作家出版社2001年版，第359页。

是在这种影响的形式即仪式的形式中。"① 《走婚》中描写了大量祭祀仪式,包括对山神、谷神、地母、日神、月婆神、大天神、妈窝神、火神等自然神的祭祀,也有对族神大鱼神、飞狐神等的祭祀。祭祀的方式包括舞祭、礼物献祭、血祭等。在祈祷、祭祀和献祭之中,人和神的关系在祭品中建立,人意和神意在平等和交换之中达到统一,人的自我得以重新发现和建构,获得勇气和力量去战胜灾难、疾病、苦痛等。

为了祭祀火神,大鱼族在火祭台上奉上了圣羚羊;为了补天,大鱼族和蛙族联手合盟,将汇聚两族人人血的绘有两族族徽的红陶大盆奉上祭坛,以八樽红陶大盆祭祀天、泽、火、雷、风、水、山、地众神。为了祭祀大天神,他们选择了小鱼母之女鱼水妹和大蛙母的女儿黑点子作为祭天的神尸女——她们将在升天台上的柴火点燃后,与神龟一起升天。在原始氏族,仪式总与暴力相关联。仪式的献祭体现了仪式活动的暴力。"人类社会普遍为自己的成员提供了暴力的仪式,作为巩固群体忠诚、灌输秘传知识、传授转变经历的一种手段。"② 赵宇共作为学者所做的民俗学、人类学研究,使他在描写"猎头""祭祀谷神""祭祀火神"等仪式时,将人类学家在一些少数民族地区进行实地田野调查、梳理历史文献等所了解到的"猎头""祭神"的过程,运用到他所创作的小说之中。这些带有暴力和牺牲、献祭的仪式,都与氏族社会时期人类面临的两大最严峻的生存问题——"粮食"和"繁衍"密切相关。

赵宇共的另一部长篇小说《炎黄》描写了黄帝时期华夏民族的始祖黄帝、炎帝、蚩尤之间的争斗与融合的历史,在民族神话的讲述中寻找中华民族的文化基因。小说中与夸父追日、昆仑祈雨、黄帝蚩尤之战等神话并行的是仪式。这些仪式与求雨巫术、农耕巫术、打猎巫术、生殖巫术、驱鬼逐疫巫术、诅咒黑巫术等有关,体现了史前时期人类相信模仿巫术和接触巫术的原始思维。在群体遇到危险,面临劫难的时候,集体或个体举行的仪式"使世界、生命力、降雨和繁殖力得到更新,祖先的神灵和诸神得到抚慰,并确证其对他们的保护"③,以帮助他们缓解焦虑,克服障碍,应

---

① 〔德〕恩斯特·卡西尔:《神话思维》,黄龙保等译,中国社会科学出版社 1992 年版,第 240 页。

② 〔英〕菲奥纳·鲍伊:《宗教人类学导论》,金泽等译,中国人民大学出版社 2004 年版,第 209 页。

③ 〔意〕马利亚苏塞·达瓦马尼:《宗教现象学》,高秉江译,人民出版社 2006 年版,第 173 页。

对部落和个人的生命危机，重获信心。

赵宇共在《走婚》一书的后记中说："我与读者进行了一次较长的对话，话题是：作为华人，应怎样审视、反省华人族群的人类性？面临着未来世纪的时间段，作为华人，该怎样动作？"①他创作的《走婚》《炎黄》这两部小说依托于丰富的考古学知识，对五千年前华夏民族的文化信仰及仪式活动进行复原。因为信仰仪式活动具有极大的历史稳定性，华夏民族的文化模式可以历经几千年保存在各个时代人们的社会生活结构之中，所以作家可以借助于考古学、人类学的研究资料和田野调查，在文学世界中构拟、复原出已经湮没在史前文明的历史迷雾中的上古时代的仪式模式和神话传说、文化信仰等。这是自 20 世纪 80 年代中期以来，赵宇共历时七年所做的对华夏民族精神的寻根。他试图通过文化遗址拨开历史迷雾，溯源而上，对属于华夏民族的文化记忆进行辨识和凸显，具有重要的文学意义和文化意义。正如陈忠实所评价的："这两部小说揭示着、隐含着华人族群的文化动机、文化活性、文化魔力，使我们在混沌大千中，感受着人之生存欲说无言的复杂性，思考着人之生存的有限寿命与族群的长久……"②

二 地方性知识的"深描"

每个地方，都有自己的集体记忆或社会记忆。实际上，我们对现在的体验和理解，取决于我们对过去的了解。而"有关过去的形象和有关过去的回忆性知识，是在（或多或少是仪式的）操演中传送和保持的"③。当作家以文学创作者和人类学者双重身份进入乡村，发现了至今尚存的民间信仰以它独特的象征体系和语言行为负载了保存文化记忆和传播地方知识的功能。

仪式与语言的关系密切。在施行仪式的过程中，往往有特殊的语言相伴，如唱诵、咒语、祝福、念经、吼声等。但是，"仪式是一种施为语言

（performative language），而施为话语（performative utterance）也是行为，超越了'表达意义之声音'的限制，把身体的动作和说话粘着在一起，以言代行，以行附言"①。身体的动作、姿态、手势等，和仪式话语联系在一起，而且在不断重复之中形成了固定化、程式化的套路。在重复性的仪式行为中，具有文化特质的地域性知识作为重要的传统承传下来。仪式"它也是一种'地方性知识'系统，这种知识系统所呈示出来的诸如宗教、巫术、魔术和作为文化现象的各种分类都是为了保证满足人类的需要"②。"地方性知识"就是人类学家对"民间信仰"这一文化现象的表述。关注"地方性知识"，以"语言"（"方言"）作为进入乡村文化的路径，使韩少功的《马桥词典》成为了具有"深描"意义的文化人类学小说。

"深描"是由美国人类学家克利福德·格尔茨确立的以阐释与理解为基础的"阐释人类学"提出的重要的研究方法。"深描"是描述性的阐释，对所观察的对象进行深入内部的描写和解释。"民族志就是深描"③，但"深描"不同于过去民族志主要是"建立关系、选择调查合作人、作笔录、记录谱系、绘制田野地图、写日记"④ 等，而是要做"解释的解释"和"理解意义的结构"，关注表达意义的符号及符号构成的文本。

韩少功从 1968 年至 1974 年作为知青在湖南汨罗县乡村插队务农。六年与农民同吃、同住，一起生活、劳动，使他与插队的那片土地保持了血肉般的联系。20 世纪 80 年代初，他在湖南省总工会工作期间，曾和一直关注和研究"中国巫傩文化"的林河先生一起在湘西进行田野调查。《爸爸爸》《马桥词典》等小说的创作，离不开他前期曾进行的扎实的民俗实地调查。韩少功用当地人的语言来描述当地的文化，以当地人的视角来对待人和物，但恰如解释人类学所说的"深描"并不能达到"移情理解"和"主位分析"。人类学者可以使用当地的文化象征符号，但终究不能如同当地人那样思考。作为来自知识分子家庭、在长沙城里长大并接受文化教育的知识青年，韩少功以来自文化"外来者"的温情又冷峻、能逼视到文化

---

① 纳日碧力戈：《语言人类学阐释》，《中央民族大学学报》2003 年第 4 期。

② 彭兆荣：《人类学仪式理论的知识谱系》，《民俗研究》2003 年第 2 期。

③ ［美］克利福德·格尔茨：《文化的解释》，纳日碧力戈等译，上海人民出版社 1999 年，第 11 页。

④ ［美］克利福德·格尔茨：《文化的解释》，纳日碧力戈等译，上海人民出版社 1999 年，第 6 页。

内核的眼睛，多角度地观察、审视"本地人"的文化。

《马桥词典》的 115 个词条中，直接展示了马桥人的"仪式"文化的词条有"三月三""放锅""醒""发歌""枫鬼""肯""公地（以及母田）""打醮""背钉""嘴煞（以及翻脚板的）""结草箍""魔咒""开眼""企尸"，等等。这些词条中，与"仪式语言"相关的有"公地（以及母田）""嘴煞（以及翻脚板的）""魔咒"等。如为了促进植物的生长，让田地里的粮食获得丰收，马桥人在下种时节要说"臊地"的"下流话"，"越下作越好，没有臊过的地是死地、冷地，是不肯长苗和结籽的"①。"臊地"中说的与男女"性事"相关的"下流话"，体现了自远古以来人类具有的被人类学家弗雷泽称为"相似律"的原始思维。马桥人以公、母来命名地与田——"地是'公地'，田是'母田'。在地上下种，必须由女人动手；在田里下种，当然必须由男人动手。这都是保证丰收的重要措施"②。人们相信男女的交媾、孕育、繁殖力将影响到土地的播种、种植和收获，希望以与男女的交合、生育繁衍等相关的话语，来施行"顺势巫术"或称为"模仿巫术"，以促进植物的萌芽、生长。对"土地—母亲"与"生产—生殖"之间相互联系的民间信仰，成为了"臊地"产生的文化动因。

"嘴煞（以及翻脚板的）""魔咒"都属于"咒语"。"嘴煞"本是一种禁语。但复查犯禁，他骂罗伯"翻脚板的"这种咒语，被马桥人视为"恶毒等级最高的'嘴煞'"。犯煞之人可以退煞，"只要复查在门边及时插一炷香，割下一只鸡头，用鸡血洗门槛，就可能保住罗伯一条命"③。但复查并没有做"退煞"的仪式。最终这一句"嘴煞"，导致了罗伯的突然死亡和复查背负了几十年的愧疚、悔恨。而"魔咒"是对恶人的报复手段，如"迷山咒""取魂咒"等，念念有词的咒语会让被施咒的人丧失心智，变成行尸走肉，甚至丧命九泉。

对于马桥人相信与巫术仪式相伴随的语言的威力，追求逻辑和实用的理性主义者觉得可笑和荒诞，但韩少功并不认同这种科学理性至上的观念。他看到了"语言的力量，已经深深介入了我们的生命"；"煞"是

---

① 韩少功：《马桥词典》，人民文学出版社 2004 年版，第 92 页。

② 韩少功：《马桥词典》，人民文学出版社 2004 年版，第 92 页。

③ 韩少功：《马桥词典》，人民文学出版社 2004 年版，第 269 页。

"人们约定的某种成规，是寄托敬畏之情的形式"①。冒犯者侵凌的是乡民的情感和情感形式。正如马桥人把"肯"字用来描述人、动物、天下万物的生命意志；用"火焰"低来解释人生了病后可以见到鬼魂的原因，数千年积淀下来的语言符号，折射的是马桥人的生存方式、思维方式和价值观念。

汉民族以农耕为主。与农耕文化相因相生的仪式，会伴随农事的变化而季节性地、有规律地出现。《马桥词典》中的词条"三月三""公地（以及母田）"等与农业开荒、种地、收成等相关。词条"三月三"中标示的农历时间，是与马桥人"一年之初准备农事的仪式"相联系的，即要"吃黑饭""磨刀"。"吃黑饭"即"吃乌米饭"。在有些地方，做乌米饭是为了慰劳牛。在四月初八牛的生日那天，人用牛最爱吃的乌饭叶做了糯米饭。吃了乌米饭，能让即将投入开春辛苦劳作的人和牛更有气力。"磨刀"是为即将到来的春耕、砍树、砍柴等农事准备好锋利的农具。"三月三"的农历时间，因为"仪式"的嵌入，使它成为了农民告别过去、开始新的一年的农事活动的时间点；"吃黑饭"，人与牛、人与天地共享美食，给农民带来了节日庆典的欢乐和对万物的感恩，给予了他们新的希望和精神上的无限慰藉。

在《马桥词典》中与仪式相关的词条中，还有"背钉""企尸""开眼""枫鬼""结草箍"等值得关注。它们与马桥人的"老规矩"相关。但正是这些乡村仪式，表现了对民众道德的约束、社会秩序的维系等社会化的控制功能。对民间权力和象征符号的深入细致的体察，使韩少功透视到了这一系列被称为"迷信"的行为背后隐藏的文化功能。

仪式可以利用人们想象的神灵世界的威权和社会机构的治理相互配合，成为社会控制的有效手段。如"背钉"这一"死后必须在墓穴里伏面朝下，背上必须钉入铁钉九颗"的丧葬仪式，是对于不忠不孝、犯家规国法之人的严厉惩罚。它的存在，建立在"死后有魂""祖宗崇拜""生命轮回"等民间信仰的基础之上。"背钉"对民众形成的巨大的威慑力，可以有效地规约民众的道德和行为。而对"枫树精"的信仰，使民众能够自觉保护生态环境，不肆意砍伐树木，以免受到"枫鬼"的报复。

过去，祖宗的祭祀等重要的仪式属于社会的公共事务范畴，多不允许

① 韩少功：《马桥词典》，人民文学出版社 2004 年版，第 270 页。

妇女参加。但是，居于"弱势性别"和"弱势群体"的女性，她们会利用传统的盟约仪式来表达属于女性集体的意志。如《马桥词典》中十多个姑娘们"结草箍"，即结草为盟，都不嫁给复查其人，彼此长达十多年坚守誓约。虽然起念于内心欲望的不满足，结局也并不美好，但"仪式"的集体行为具有的内在、强大的规约力量被充分体现出来。

　　仪式的社会性表述、社会性控制的性质和能力，在韩少功的散文集《山南水北》的一些篇章中也得到了较清晰的阐释。第 29 篇"雷击"比较了城里人和乡下人面对"打雷""雷击"的不同反应。因为乡下人相信"雷打不孝子"，一听到雷声逼近，他们就要赶紧检点自己的孝行。他们相信"不做坏事就不怕遭雷打"①。而都市人懂得了雷电产生的原因后，对雷神的敬畏早已经消失。伴随对自然神的敬畏感和神圣感消失的，也包括儒家文化所强调的孝道。第 30 篇"守灵人"中，七月半乡下接鬼祭祖的炮声响起。"我"作为城里人没有燃炮祭祖的习惯，而乡下人他们的"先辈组成了房前屋后的四面八方"。清明节、七月半等节日在坟头祭祀祖先，事死如事生，并逐渐形成了"中国人视之为核心的孝道"，"一种慎终追远乃至厚古薄今"②的文化。第 31 篇"中国式礼拜"发现了"乡村的道德监控还来自人世彼岸：家中的牌位，路口的坟墓，不时传阅和续写的族谱，大大扩充了一个多元化的监控联盟"③。韩少功一针见血地提出："各种乡间的祭祀仪规，在我看来不过是一些中国式的教堂礼拜，一种本土化的道德功课。"④ 民间信仰仪式与儒家文化守孝道、讲仁义、尊崇祖宗、强调道德操守，形成了教化的合力。

　　除了约束人与人的社会关系，仪式也对人类与自然生态的关系形成了制衡作用；或为山民遇到的危机时刻提供了行为反应的模式等。《山南水北》第 34 篇"藏身入山"中，猎人进山打猎，需举行"和山"的仪式，"上山之前要焚香三炷，向山神表示求恕和感恩。上山以后决不能胡言乱语和胡作非为。如果是上山打猎者，要在山上动刀动枪，伤生见血，属于更严重的冒犯，那么他们上山三天以前就必须开始'藏身'"⑤。对山神的

① 韩少功：《山南水北》，作家文学出版社 2006 年版，第 81 页。
② 韩少功：《山南水北》，作家文学出版社 2006 年版，第 84 页。
③ 韩少功：《山南水北》，作家文学出版社 2006 年版，第 88 页。
④ 韩少功：《山南水北》，作家文学出版社 2006 年版，第 88 页。
⑤ 韩少功：《山南水北》，作家出版社 2006 年版，第 97—99 页。

敬畏，有效地保护了生态资源，使动物不至遭受人类过度的杀戮；对触怒山神会带来灾难的解释，也使山民获得了有效应对生命灾难的心理机制。祖先、历史、信仰、惯例对每一个人都形成了威权。祭祀祖先、敬拜自然神仪式的举行，形成了对村民的道德规约、行为引导和情感疏导。

可以说，《山南水北》中所表达的对民间信仰的独到见解，离不开韩少功在 2000 年离开海南，从都市迁徙到汨罗乡村八景乡的乡居生活的真实体验。它延续了韩少功一直没有停止的对民间文化的探索和对单一的启蒙理性叙事的质疑。在创作《山南水北》的同一年——2006 年，韩少功对 1985 年发表在《人民文学》第 6 期的中篇小说《爸爸爸》进行了多处修改。据日本学者盐旗伸一郎的研究，新版《爸爸爸》较旧版增加了 6000 多字。① 其中，2006 年版《爸爸爸》中"鸡头寨抽签决定拿丙崽的头祭祀谷神""械斗失败后鸡头寨的人唱'简'迁徙他方"等情节，较 1985 年版《爸爸爸》得到了扩充。韩少功修改了鸡头寨人对待"丙崽被抽中祭祀谷神"的心理，突出了天上突然霹雷后人们内心的敬畏和丙崽娘对儿子的深爱；对于迁徙时的"唱简"，韩少功增加了族群迁徙的仪式感，如动身前寨人"在新坟前磕头三拜""用布包上故乡的泥土"，并加上了"唱简"的歌词，进一步渲染了唱简时的神圣、庄重、有力，让人联想到他们祭神、打冤家、殉古等所表现出的坚毅、牺牲、悲壮和生命力的原始而强大。《爸爸爸》所表达的意蕴，显然不能只从"国民性批判"出发，用"对民族文化弊端的揭发、批判"来概括。韩少功在二十多年之后对作品的修改，鲜明地表现出《爸爸爸》主题的多元性、复杂性和作者原有的创作意图。其中，对民族生存所显示的坚韧的生命力的张扬，无疑是构成其丰富内涵的重要内容。

与韩少功一样，李杭育、郑义、李锐等当代作家在 20 世纪六七十年代以"知青"身份从城市来到乡村，与乡土邂逅，触摸到了乡土民间隐匿的生命符号，开始脱离了政治意识形态的表层，向文化的岩层深处掘进。"知青"返城政策出台后，他们离开了生活六七年的农村，重新回到了城市。经历过这场文化迁徙后，他们虽然仍未摆脱外乡人的文化观察者、分析者、研究者的眼光，但对乡村生长着的具有强健生命力的民间文化保持

---

① 参见洪子诚《丙崽生长记——韩少功〈爸爸爸〉的阅读和修改》，《中国现代文学研究丛刊》 2012 年第 12 期。

了持久的关注。在 20 世纪 80 年代的文化"寻根"热潮中，他们依托于乡村底层生活的体验，为过去多被正统文化遮蔽的民间文化、地域文化正名，同时也表现了对现代性背景下民间文化的当代命运的冷静思考。

首先，这些当代作家都有过"知青插队"的经历，而且在回城后，他们大多有意识地回到乡村进行田野调查、民俗采风。李杭育 1974 年到萧山县瓜沥公社插队落户，下乡两年后回到了城市，当了两年工人，又上了大学。1982 年大学毕业后，他被分配到富阳县城。"富阳"成为了孕育他的"葛川江小说"的母体。他曾经到乡间"采风、考据、实地察访、亲身体验、听野史秘闻、记录村夫老妪的风土掌故"[1]。郑义离开北京下放到山西太谷，在太行山中一个仅有九户人家、名叫大坪的小山村插队。后来他又到兴安岭森林和呼伦贝尔草原上流浪、干苦力。1983—1984 年，郑义骑自行车、乘船，沿着黄河流经山西的地段，进行了一次游历、民俗调查和对村史、家史资料的搜集，途经二十多个县，深入访问了四十几个村镇，历时三月，行程万里。李锐 1969 年从北京下放到山西吕梁山的一个只有十一户人家的村子去插队，在这里度过了 6 年的青春岁月。1985 年和 2008 年，他两次回到祖籍四川自贡寻根，很重视对当地文史资料的阅读。其次，他们挣脱了启蒙者文化批判的单一视角，并没有把乡村的民间信仰完全等同于"迷信""愚昧""落后"进行粗暴的否定。他们关注的是风俗人心、村野趣谈、民间化的历史，在小说中呈现了"本土中国"乡村的自然生态和文化生态。

李杭育在《理一理我们的根》中说："中国文学本来有两个源头，《诗经》和楚辞，但由于中原规范的排斥，后世基本上只沿着《诗经》的道路发展。"[2] 他要去寻找中原规范文化之外的吴越民间文化。从 1983 年开始，李杭育发表了《葛川江上人家》《最后一个渔佬儿》《沙灶遗风》《人间一隅》《船长》《土地与神》等小说，以独具魅力的"葛川江"系列，展现了吴越民间文化"幽默、风骚、游戏鬼神和性意识的开放、坦荡"[3]。

《沙灶遗风》描写了腊月十八"甩火把"的仪式，"孩子们怀里抱着一个个用茅草或者茭白草扎成的火把，急不可耐地等着点火。照老规矩，

---

① 吴亮：《戛然而止后的余音——略评李杭育小说中的几个煞尾》，《小说评论》1985 年第 1 期。
② 李杭育：《理一理我们的根》，《作家》1985 年第 9 期。
③ 李杭育：《理一理我们的根》，《作家》1985 年第 9 期。

那个插在地上的大火把得由村里最体面的长者，或者大家公认的财运亨通的阔佬来点，称做点'万福火'"①。"甩火把"是人类对火崇拜的体现，人们相信火能驱逐妖魔鬼怪，火能带来田地丰收，也能带来子孙满堂。男性们无论老幼，都可以一边高高甩火把，一边喊《火把谣》。当地崇拜火神的仪式，并没有对火神的敬畏和祭祀，而是在节日的狂欢中娱神也娱人，显示了充沛健康的生命力。《沙灶遗风》描写了当地造新房要举行请画匠"画屋"的仪式。当地老百姓相信屋墙上画上吉祥的图案，可以带来吉利和福气，将美好的希望寄寓在"画屋"的仪式之中，将生活仪式化，将仪式生活化。《土地与神》中，写三百年前茅寨的寺庙住持慧通和尚酒量过人，他这种"随随便便，吃吃喝喝，疯疯闹闹的乐天作派，实在太合茅寨人的脾胃了！他们很不耐烦那些枯燥乏味的，叫人听来愈发糊涂的布道说教，对行善、积德、普度众生的兴趣不大，总是生着法儿把庄严肃穆的宗教仪式演变成可让他们疯疯闹闹的娱乐活动"②。茅寨人只求能活得惬意、自在，让生命的激情在娱神疯闹中激情挥洒。

当然，葛川江上的人家也敬神。在乡民看来，但凡菩萨便无所不在，无所不能。太平盛世，每逢二月十九观音娘娘生日要赶庙会，"甚至夜间，四乡百姓还举着火把翻山越岭来赶庙会，岭上岭下恍如火龙飞腾"③。人们带着各种各样的愿望来祈求菩萨。孕妇们会在拜过观音后，在佛堂内转圈儿，挑中一个小儿塑像，"在它手臂上系上一根稻草，念念有词地祈求观音娘娘保她来日也养下这么个白白胖胖的娃儿"④。在李杭育看来，"这是他们的艺术"⑤。

与李杭育相同，李锐一直将"知青"的生活经历作为他创作的灵感来源，"吕梁山"系列作品成为他最有分量的作品之一。小说集《厚土》中的短篇《合坟》《送葬》《送家亲》描写了"配干丧""殡葬""送家亲"等民间信仰仪式。乡民在物质的贫困、政治的高压、无情的自然灾难、爱人的绝情抛弃等种种生命的苦痛中，惟有民间信仰可以帮助他们释放内心的无助、痛苦、愧疚和绝望。《送家亲》非常详细地描写了"送家亲"仪

① 李杭育：《沙灶遗风》，载《最后一个渔佬儿》，人民文学出版社1985年版，第43页。
② 李杭育：《土地与神》，载《最后一个渔佬儿》，人民文学出版社1985年版，第170页。
③ 李杭育：《土地与神》，载《最后一个渔佬儿》，人民文学出版社1985年版，第170页。
④ 李杭育：《土地与神》，载《最后一个渔佬儿》，人民文学出版社1985年版，第171页。
⑤ 李杭育：《土地与神》，载《最后一个渔佬儿》，人民文学出版社1985年版，第170页。

式从开始到结束的全过程。"送家亲"即通过巫术仪式，将那些到家里来做怪的祖上的亡灵送走。从三爷用来与祖先神灵相通的道具——谷草秆和花花绿绿的剪纸，到他念唱的神歌，到仪式结束要边"撒灰"，边念咒语"各回各家中，各回各坟茔"，将祖先魂灵送走，李锐非常完整地呈现了整个仪式的展演过程，将人物细腻的心理活动融入其中。媳妇被儿子抛弃，婆婆痛恨儿子的无情，她想通过"送家亲"送走媳妇的不幸。做"送家亲"仪式的三爷"对着灶台上那些代表天地众神的彩旗和牌位三叩三拜"，在烧黄纸的火光的映衬下，"三爷的脸上竟满是刚毅和肃穆"[1]。主人酬谢他以酒菜，他只喝酒，留下了菜给主人的娃吃。在婆婆老泪纵横、内心悲伤之时，本不太相信神鬼的媳妇决定再请东川的巫师来做法。在整个"送家亲"仪式中，流溢着人无法把握命运的茫然、无助、沉重，和人性的善良、亲情的温暖。它们和对神灵的信仰一样，都成为了人挣扎在困苦、绝望的深渊中唯一的希望。这正像《合坟》开头那缕铺展在黄土上的"夕阳的慈祥"。村里的老支书为14年前在洪水中丧生的北京女知青玉香的尸骨"配干丧"，买了一个生辰八字都般配的死去的后生的尸骨，为玉香举行了"合坟"仪式。"在阳世活着的时候她一个人孤零零地走了，到了阴间捏合下了这门婚事，总得给她做够，给她尽到排场。"[2]完成了"合坟"和上坟祭奠，老支书终于从背负多年的情感愧疚和痛苦的"心病"中走出来。

　　对于李锐短篇小说集《厚土》中的这些作品，评论界多从20世纪80年代启蒙的时代话语出发，视其为批判国民劣根性、批判乡土文化之作。但是，如果我们细读描写了民间信仰仪式的这几篇小说，感觉以"文化批判"带来的二元对立的价值判断，很难概括李锐的文化立场。李锐本人也一直不同意评论界将他的小说集《厚土》作为"文化批判"之作来加以评价。他对20世纪80年代的文化决定论表示遗憾。他说："文学不应当被关在一个如此明确而又僵硬的框架内，文学应当拨开这些外在于人而又高于人的看似神圣的遮蔽，而还给人们一个真实的人的处境。"[3]《厚土》就是他探究人类真实的生存处境的厚重之作、沉痛之作。

　　郑义1985年发表的《老井》中，老井村"祈雨"的仪式场景令人颤

---

① 李锐：《送家亲》，载《厚土》，上海文艺出版社2012年版，第119页。
② 李锐：《合坟》，载《厚土》，上海文艺出版社2012年版，第58页。
③ 李锐：《一种自觉》，载《厚土》，浙江文艺出版社2002年版。

栗，充满着人面对自然的灾难时奋力挣扎的悲壮。为了祈雨，孙万水走了一天一夜二百里山路，到河北老家"偷龙王"背回了村里。人们在龙王面前"跪香"七日，仍未感动黑龙。于是，老井村设坛祈雨，希望以"罪人"自甘受罪、受罚的"恶祈"的方式来感动龙王的恻隐之心。郑义非常详细地描写了"恶祈"的整个仪式，先有锣鼓仪仗、抬龙王巡游、供奉牲礼，然后是头戴刀枷、臂膀皮肤上各勾挂着两把铡刀、头上鲜血直流的"恶祈"者孙石匠，他在三伏天气里忍着身体的巨痛，走完了四十里路，最后死在了赤龙洞口。在干旱面前，人们表现出令人恐怖的虔诚，以肉体的受虐来感化神灵，以个体的牺牲为人类的罪孽赎罪。郑义希望从仍然保存在黄土地上的种种民俗文化中，去寻找民族之魂、文化之魂。①

再次，在特定的政治年代所经历的插队的文化迁徙，使"知青"不同于祖辈世代居住在乡村的农民对具有地域特色的民间信仰仪式有一种文化的认同感、归属感。他们对仪式的书写，既表现了地方志记录者回归田野的真实，同时又有对他者文化的冷静审视和富有个性的理解。

李杭育 20 世纪 80 年代创作的小说中，有一类人物形象是有文化的青年。如《红嘴相思鸟》中的兴华，《船长》中画画的摩登后生，《草坡上的那只风筝》里的奶牛场兽医等。他们与身处的文化环境格格不入，觉得农民的狂欢很"滑稽"，乡村的"脏戏""叫人恶心"，他们喜欢的是"歌剧和芭蕾"，内心自有一种代表现代文明的知识者的优越感。兴华上了大学，不会再回到乡村了；青年画家许下了虚幻的承诺"一定来"，但明年他就从美院毕业，不知走向何处天涯。虽然他们逐渐理解了葛川江的人，和他们之间有深沉的情感牵挂，但是可以预料他们内心的矛盾和文化的内在冲突不会消除殆尽。即使是在描写葛川江民间文化的《沙灶遗风》中，李杭育借"画屋老爹"耀鑫之口，道出了对"甩火把"这一驱邪祈福仪式的评价——"他觉得这种乡巴佬的游戏不太文明。甩几个火把，扯着嗓门大喊大叫，实在又野又蠢"②。这显然是包括作者在内的乡村文化的外来者，第一次见到带有游戏精神的"甩火把"仪式时的感受，作者却将它们强行塞给了葛川江的儿女——耀鑫老爹。

在《土地与神》《红嘴相思鸟》《流浪的土地》等小说中，李杭育引

---

① 参见郑波光《郑义的黄河恋：苦苦追寻失落的民族魂》，《当代文坛》1986 年第 5 期。
② 李杭育：《沙灶遗风》，载《最后一个渔佬儿》，人民文学出版社 1985 年版，第 46 页。

入了"仙女变鸟"的民间故事、净海寺的神话、白七娘的传说、女江猪的神话等，但是他也敏感地意识到了葛川江的民间信仰观念已在更年轻一代人的心中逐渐淡化、瓦解。他1984年创作的《土地与神》讲述了三百年以来茅寨人生孩子，都要到郎当岭去拜观音菩萨。现在，春桃怀孕后被婆婆关木娘逼着上郎当岭给观音上香"求子"，她嫌累，央求丈夫半路折回，并且骗婆婆说已经拜过观音了。关木娘担任彩仙阿太丧事的主法师傅，大家多是来看热闹。连她按传统风俗扔到死者家屋顶上、作为供给鸟儿雀儿的"饲午供"的粽子，也被趴在瓦脊上看热闹的人吃了。关木娘为振兴茅寨，"重新唤起对佛的敬仰、信赖和遵从"[1]，促成了新庙建成。但从破败、废弃的净海寺中抬来的观音像因须弥座太大进不了娘娘庙的庙门，竟被乡亲们用榔头敲掉了莲花座；"百子堂"里泥娃娃的手臂上系满求子的稻草，多是淘气的孩子们所为；修在观音庙的"娘娘俱乐部"夜夜满座，人们去观音庙却是为了看电视。乡村古老的民间信仰受到了巨大的冲击，"修娘娘庙"被人们利用来"张罗生意""托牢人家做买卖""谈恋爱"等，让仍坚守传统信仰的关木娘彻底绝望。

总之，韩少功、李杭育、李锐等知青作家在书写民间信仰的时候，更多的是作为地方性知识的记录者的身份出现。他们从城市来到乡村，主动进行中国乡村的田野调查，所以总有一种面对文化的他者的审视，从乡村中去发现"中国"，以再现民族的生存状态和精神状态。在田野调查中所获得的资料，并不是一种文化的自在之物，而是在田野过程中的文化建构之物。他们对民间信仰文化既表达了欣赏、认同，同时又始终不放弃知识分子理性的思考，呈现出复杂的情感倾向。

三　仪式的日常化

仪式与人类文明如影相随，它是历史和传统的"贮存器"。仪式与自然节律、季节变迁相依相伴，体现了真正的"天人合一"；仪式出现在人生命历程中的每一个阶段，标示了每一个阶段的特征和进入新的阶段的过渡；仪式与宗教、节日、庆典等相联系，将"神圣"与"世俗"的距离拉开。"时序仪式""生命礼仪""宗教庆典"这三类仪式，至今仍构成了老

---

① 李杭育：《土地与神》，载《最后一个渔佬儿》，人民文学出版社1985年版，第200页。

百姓的日常生活的内容，使日常化的生活增添了诗性的浪漫和神秘的
色彩。

20 世纪很多中国作家从乡土走出。当他们寻找民族文化发生的源头，
触摸到原乡文化的灵魂，不由自主打开了民间信仰所负载的童年记忆、乡
村记忆和文化记忆，使他们创作的乡土文学超越了外乡人猎奇的眼光，将
具有生命质感的文化体验深入地表达出来。

（一）生命的诗意

人类学家李亦园先生提出"传统文化的三层次和谐论"，即"自然系
统（天）的和谐、有机体系统（人）的和谐、人际关系（社会）的和谐"
这三个层面的和谐形成了"整体的均衡与和谐（致中和）"，成为华人文
化的共同特征。三层面的均衡和谐的体系，"是传统文化理想中的最完善
境界"①，它仍然保存在民间的文化传统中。

在废名、汪曾祺的小说中，我们可以看到这种人与人、人与自然和谐
的民间文化。这种由天、地之自然和人类创造的社会、历史、文化共同滋
养的和谐，构成了民间文化中最富有诗意的部分。其中，仪式，是这种和
谐关系的缔造者、维系者，沉淀在地域的民风民俗之中，构成了风俗的重
要内容。

废名、汪曾祺的小说中，有很多与"生命礼仪"相关的仪式描写。生
命礼仪，即范热内普（Arnold van Gennep）所说的，它们是为人的生、老、
病、死所举行的仪式。以特殊的方式，使人从生命的一个阶段向另一个阶
段过渡，帮助人们通过种种生命的"关口"，将阶段之间的界限突出地分
隔开来。其已经形成了一套标准化的、规范化的行为，得到了自己和他人
的心理上的认可。②

如废名多次写到与"死亡"相关的仪式，包括清明节上坟，三月三望
鬼火，给死者"送路灯"，东岳庙"过桥"等。但是，它们没有体现与死
亡相关的恐惧、阴森，反而让人感到人世间的温情和美好。人死后，"接
连三天晚上，所有你的亲戚朋友都提着灯笼来，然后一人裹一白头巾——
穿'孝衣'那就显得你更阔绰，点起灯笼排成队伍走，走到你所属的那一
'村'的村庙，烧了香，回头喝酒而散"，"送路灯的用意无非是替死者留

---

① 李亦园：《人类的视野》，上海文艺出版社 1996 年版，第 148—151 页。
② ［法］阿诺尔德·范热内普：《过渡礼仪》，张举文译，商务印书馆 2010 年版。

一道光明，以便投村"。① 小林、琴子隔岸看见一村的老老少少一人提着一灯笼，为亡者照亮投村之路，"萤火满坂是，正如水底的天上的星。时而一条条的仿佛是金蛇远远出现，是灯笼的光映在水田。可是没有声响，除了蛙叫"②。十多年后，废名在《莫须有先生坐飞机以后》这篇小说中，再次写到了"送路灯"，即"送油"，说"黄梅有'放猖''送油'的风俗，莫须有先生小时顶喜欢看'放猖'，看'送油'"③。生者愿为亡人点灯照亮黑暗，温暖的情感在流动、抚慰着世人之心，让他们不再畏惧死亡，获得生的勇气。

《莫须有先生坐飞机以后》还描写了黄梅城外二里东岳庙的"过桥"仪式。为了帮助活着的人免去死后过"奈何桥"的恐惧，东岳庙的和尚每三年举办一次"过桥"。在绿绿的草地上过桥，无水也很美好；过桥者都是儿女双全、有福气的老太太。大家争先恐后过三桥四桥，"大有力者便把老母亲抢在背上背过去了，殊为天真可爱"④。对"鬼魂""地狱""奈何桥""投胎"等的民间信仰，使民众拥有对死亡的敬畏，对仪式的虔诚和对亲人真情的率真表达。

与废名一样，汪曾祺也从民族的"生命礼仪"中发现了其具有的"艺术性"。汪曾祺在1984年发表的《谈谈风俗画》一文中谈道："所谓风俗，主要是指仪式和节日。仪式即'礼'。礼这个东西，未可厚非。"⑤ "我认为，风俗，不论是自然形成的，还是包含一定的人为的成分（如自上而下的推行），都反映了一个民族对生活的挚爱，对'活着'所感到的欢悦。"⑥ 他谈到了西南少数民族的"哭嫁"，歌词很美；还有他童年记忆中令他感动的家乡葬礼上的"六七开吊"的"点主"。因二伯父很早去世，膝下无子，汪曾祺被过继给二妈（二伯母）当儿子。二妈去世后，他作为孝子履行职责。多年后，他在散文《我的家》和短篇小说《礼俗大全》中，都写到了这场丧葬仪式留下的特殊的记忆。在汉民族文化中，"葬礼"

① 废名：《桥》，花城出版社2019年版，第42页。
② 废名：《桥》，花城出版社2019年版，第44页。
③ 废名：《莫须有先生坐飞机以后》，广西师范大学出版社2003年版，第198页。
④ 废名：《莫须有先生坐飞机以后》，广西师范大学出版社2003年版，第220页。
⑤ 汪曾祺：《谈谈风俗画》，载《汪曾祺全集9·谈艺卷》，人民文学出版社2019年版，第297页。
⑥ 汪曾祺：《谈谈风俗画》，载《汪曾祺全集9·谈艺卷》，人民文学出版社2019年版，第296页。

从古代周礼演变而来，为周礼"五礼"之一，已形成了一整套的"凶礼"。汪曾祺的《我的家》记录了二妈去世，他作为孝子亲视含殓（围着棺材转一圈）、戴孝披麻、逢七鬼魂要回来接受烧纸、孝子陪两个鬼役吃饭、"六七开吊"中的"初献""亚献""终献""点主"等丧葬仪式。其中，"点主"留给汪曾祺"很有点诗意"的感受，使他在几年后创作的小说《礼俗大全》中再次写到。《礼俗大全》较详细地描写了"开吊"之日的"点主"，"礼生高唱：'凝神——想象，请加墨主！'李萊就用一支新笔舔了墨在'神王'上点了一个瓜子点。'凝神，想象，请加硃主。'李三麻子用白芨调好的硃砂，盖在'墨主'上。于是礼成"①。完成了"点主"的礼仪，表明了亡者的灵魂已进入了牌位之中。汪曾祺赞叹道："'凝神——想象'，这是开吊所用的最叫人感动、最富人情味的、最艺术的语言。"②

在汪曾祺的小说中，还有建房"破土"（《故乡人·金大力》）、到土地祠赌咒、还愿（《故里杂记·李三》）、送灯祈求多子（《晚饭花·珠子灯》）、祈雨（《求雨》）等仪式的描写，它们就是民众日常生活的内容，表现了人心的单纯、真诚。如《求雨》中，孩子们"戴着柳条圈，敲着小锣小鼓，歌唱着"去求雨，走了很远，很累，"大概大人们以为天也会疼惜孩子，会因孩子的哀求而心软"③。孩子们的乞雨果真带来了半夜的倾盆大雨，挽救了快要枯死的秧苗。

除生命礼仪外，废名、汪曾祺还描写了民间的岁时祭仪、节日庆典等，它们给劳作艰辛、生活沉闷、单调的民众，和成长中的儿童们带来了多少生命的快乐与喜悦。废名认识到了民间信仰的仪式活动将"艺术与宗教的合二为一"，符合孩子们的心理。将民间的祖先崇拜、对观音、土地神、城隍、五猖等神灵的信仰、重视孝道人伦等观念寄寓在庄严、神圣的仪式之中，可以引领人心向美、向善、向真。废名的《桥》写七月半"放猖"，人扮的活无常很白，脚蹬草鞋，走路悄无声息；即使是真的活无常，民间相信"倘若在夜里碰见了，可以抱他。他貌异而心则善，因为他前世是一个孝子"④；七月半"放焰口"，和尚拿杨柳枝向高台前洒的清水，

① 汪曾祺：《礼俗大全》，载《汪曾祺全集3·小说卷》，人民文学出版社2019年版，第328页。
② 汪曾祺：《礼俗大全》，载《汪曾祺全集3·小说卷》，人民文学出版社2019年版，第328页。
③ 汪曾祺：《求雨》，载《汪曾祺全集2·小说卷》，人民文学出版社2019年版，第314页。
④ 废名：《桥》，花城出版社2019年版，第46页。

"孩子们都兜起衣来，争着沾一滴以为甘露"①；在《莫须有先生坐飞机以后》中，废名将他一篇写家乡风俗"放猖"的散文全文抄录其中。"放猖"即将猖神庙里的五个猖神放出去以驱疫。凡是许愿扮演了猖神的"猖兵"，可以保其身体无病无痛。从猖兵挨家挨户"借红裤子"、穿上装束、"画花脸"，到"练猖"——道士率领着在神灵前画符念咒，之后猖兵为"神"，不能再说话；"放猖"时，一人敲着锣鼓在前面带头奔跑，后面的五猖手拿着叉，跟着沿家逐户奔跑；到晚上要抬出神来，由五猖守护，在锣鼓声中、灯烛辉煌里，开始"游猖"。孩子眼中的"放猖"既具有仪式的庄严，更充满着游戏性、娱乐性。他们想象着另一个超自然的世界，释放了被压抑的天性。种种岁时祭仪、节日带给了大人、孩子们以生命的期待、精神的依托、游戏中的忘我、生命的欢愉，对那些在艰难之中度日、承受种种命运的苦痛的民众，给予了精神的抚慰和心灵的内在平衡。

在汪曾祺看来，"风俗是一个民族集体创作的生活抒情诗"②。《除岁》里尽管抗战期间生活清贫，生意萧条，但过年燃得正旺的守岁烛、从腊月二十四后开始敲的岁尾更、写春联、以纸元宝封门等，给乱世里挣扎的人带来一点希望；《受戒》中写七月的"盂兰盆会"放焰口，和尚们身穿绣花袈裟表演"飞铙"，"也许是地藏菩萨爱看这个，但真正因此快乐起来的是人，尤其是妇女和孩子"③，充满世俗的欢乐；《我的家》中，过年要在正堂屋敬神，清明祭祖，农历十月初一要给死去的亲人"送寒衣"等，活着的人和故去的亲人之间永不中断的情感通过种种仪式来传递；《岁交春》回忆家乡在立春之日有穷人"送春牛"到各家，供泥牛于神案上；《戴车匠》中清明节要"抹柳球，种荷秧，还吃螺蛳"；《端午的鸭蛋》里，端午节要"系百索子"、贴五毒、贴符、放黄烟子，午饭还要吃十二道红颜色的菜；《故乡的元宵》家家户户要挂各式各样的灯笼；《故里三陈·陈四》描写了"迎神赛会"中看赛城隍的祭仪盛况。汪曾祺如一位考察"赛城隍"仪式的民俗学家，极其细致地记录了"迎神赛会"的整个过程。先要拜香，然后是十番锣鼓音乐篷子、茶担子、花担子、挑茶担子、舞龙、舞狮子、跳大头和尚戏柳翠、跑旱船、跑小车、站高肩、高跷、跳判等迎

① 废名：《桥》，花城出版社 2019 年版，第 60 页。
② 汪曾祺：《〈大淖记事〉是怎样写出来的》，载《汪曾祺全集 9·谈艺卷》，人民文学出版社 2019 年版，第 185 页。
③ 汪曾祺：《受戒》，载《汪曾祺全集 2·小说卷》，人民文学出版社 2019 年版，第 95 页。

会的玩艺，令人眼花缭乱。后面就是城隍老爷出行，仪仗包括"开道锣""虎头牌""万民伞""八抬大轿"。正如废名在《莫须有先生坐飞机以后》中所说，"他确是觉得最能代表乡下人的欢喜与天真的莫若迎神赛会的锣鼓，他们都是简单，都是尽情"①。

以时日的运行、季节的交替为主轴发展出来的种种祭仪、节日，是植物生长循环的象征，它们深深植根于汉民族的农耕文明之中，诠释了传统的阴阳五行的思想，体现了人与天地万物的生长和谐，和中国人自古以来形成的与宇宙空间相融合的"天人感应"的宇宙秩序。汪曾祺说："他们把生活中的诗情用一定的外部的形式固定下来，并且相互交流，溶为一体。"②"民间信仰"就是汉民族固定诗情的极其重要的文化形式，它们以诗意盎然的形式，形成了乡土民众自然淳朴的性格和不悖乎人性的人生形式。

除了家乡的民间信仰带来的美好的童年记忆，汪曾祺内心还有着很深厚的"昆明情结"，那里有他在西南联大求学时的青春记忆。他想念昆明的雨，他忘不了在雨季空气的湿润中，昆明人家常在门头挂仙人掌一片以"辟邪"——"旧日昆明人家门头上用以辟邪的多是这样一些东西：一面小镜子，周围画着八卦，下面便是一片仙人掌，——在仙人掌上扎一个洞，用麻线穿了，挂在钉子上"③。即使是在西南联大师生四处分散"跑警报"的时候，他找到了一个坟头靠靠，发现"昆明的坟多有碑，碑上除了刻下坟主的名讳，还刻出"×山×向"，并开出坟茔的'四至'"④ 这一墓葬风俗的独特。在充满危险的战争警备时期，他依然不改对他乡民间风俗礼仪的关注。20 世纪 80 年代以来，汪曾祺书写昆明记忆时，仍能从中升华出民间文化蕴蓄的诗意。

总之，废名、汪曾祺和沈从文一样，他们重视家乡的民间文化，有意发掘民间信仰中保存的生命的诗意，将它们与民族文化的"和"之美的精神内核相连接，不忘其存在之初——"风俗中保留一个民族的常绿的童

---

① 废名：《莫须有先生坐飞机以后》，广西师范大学出版社 2003 年版，第 217 页。
② 汪曾祺：《谈谈风俗画》，载《汪曾祺全集 9·谈艺卷》，人民文学出版社 2019 年版，第 296 页。
③ 汪曾祺：《昆明的雨》，载《汪曾祺全集 4·散文卷》，人民文学出版社 2019 年版，第 243 页。
④ 汪曾祺：《跑警报》，载《汪曾祺全集 4·散文卷》，人民文学出版社 2019 年版，第 258 页。

心,并对这种童心加以圣化。风俗使一个民族永不衰老"①。浸淫传统文化多年的知识的渊博、感受的敏锐,使他们都深刻地认识到了在民间仪式和节日中所保持的"民族的智慧"和"完美的品德"。在20世纪启蒙话语居于主流话语的时代,他们并不随波逐流,而是保持了个人独立的文化思考,对流行的进化论表示怀疑,主张重视文化小传统,回到民间,发掘出中华民族几千年来生生不息、健康向上的真、善、美的力量。正如废名在《莫须有先生坐飞机以后》中所说:"我们先要认识我们的民族精神,我们的圣人又正是我们民族精神的代表,我们救国先要自觉,把我们自己的哲学先研究一番才是。""那时我们不仅救国,也救了世界。"② 废名、沈从文、汪曾祺都主张"礼失求诸野"。内心对儒家文化"制礼作乐""尚德"的文化源头的认同,使他们认识到民间尚存的"礼仪"所体现的"我们的民族精神",推崇以"仁"为核心的儒家传统。他们对民族文化思考的自觉和选择民族的重造方式的与众不同,使他们注定身居边缘,独守寂寞,很难被时代主流所接纳和理解。

面对身处的时代出现的种种社会问题,废名、沈从文和汪曾祺并不逃避身为知识分子和作家的责任,不约而同地主张以"美育"来提升道德,教化人心。如废名借莫须有先生之口说:"他相信真善美三个字都是神。世界原不是虚空的。懂得神是因为你不贪,一切是道理了。"③ 沈从文将"经典的重造"与"民族品德的重造"相联系,延续了蔡元培先生"美育代宗教"的思想。师承沈从文的汪曾祺新时期初期超越了"伤痕""反思""改革"文学紧贴政治主题的书写,20世纪80年创作的短篇小说《受戒》独辟蹊径,"写的是美,是健康的人性"④。汪曾祺说:"美感作用同时也是一种教育作用。美育嘛。这二年重提美育,我认为很有必要的。这是医治民族的创伤,提高青年品德的一个很重要的措施。"⑤ "一个中小

① 汪曾祺:《谈谈风俗画》,载《汪曾祺全集9·谈艺卷》,人民文学出版社2019年版,第296页。
② 废名:《莫须有先生坐飞机以后》,广西师范大学出版社2003年版,第115页。
③ 废名:《莫须有先生坐飞机以后》,广西师范大学出版社2003年版,第286页。
④ 汪曾祺:《关于〈受戒〉》,载《汪曾祺全集9·谈艺卷》,人民文学出版社2019年版,第146页。
⑤ 汪曾祺:《关于〈受戒〉》,载《汪曾祺全集9·谈艺卷》,人民文学出版社2019年版,第144页。

城市的寺庙，实际上就是一个美术馆。它同时也是一所公园。"① 正是对中国民间信仰的诗意之美、风俗之美、民族传统文化的和谐之美的认识，使他们重视对仪式的表现，深入挖掘仪式具有的艺术性、审美性，热情礼赞礼俗规约下乡民健康的人性和淳朴善良的社会关系，表面上是返归"世外桃源"，实则是对 20 世纪民族文化重造进行深入思考后的选择。

（二）触摸原乡文化的灵魂

汉民族并不是一个没有信仰的民族。与西方的制度性宗教不同，传统中国的信仰属于"普化的宗教"，即"指一个民族的宗教信仰并没有系统的教义，也没有成册的经典，更没有严格的教会组织，而且信仰的内容经常是与一般日常生活混合，而没有明显的区别"②。传统中国的信仰包含的内容往往与仪式同生共存，如祖宗崇拜、神灵崇拜、岁时祭仪、生命礼俗、农业仪式、占卜风水、符咒法术等，都是源于对超自然力量的信仰而形成了一系列程式化的、可以不断重复的仪式行为。在古代中国，信仰神明和超自然力量的群体既包括官方统治者，也包括农民和知识阶层。这三个阶层相互联系，彼此渗透，既共同拥有以祖先崇拜和自然崇拜为主的信仰形态，又在信仰目的、表现方式、外在的仪式等方面有区别，形成了各自不同的特点。

近代以来，随着启蒙思潮的兴起，中国知识界倡导反对旧文化，倡导新文化，推动中国从传统社会向现代社会转型，将对民间信仰的批判与对社会进行改造的启蒙使命两者相结合，对以"鬼神"观念为核心的民间信仰进行了激烈的批判，"反对'迷信'、改造民众的信仰从而彻底变革其生活方式与思维方式的'反迷信'话语便是此期启蒙主义的核心命题质疑"③。

在社会发生急剧变化的过程中，民间信仰一直在民间暗流涌动，民众在社会原有运行机制遭受破坏之时，更倾向于从民间信仰中去寻求慰藉，获得心理平衡。"文化大革命"结束以后，农村的民间信仰从"地下"走到了"地上"，作为一种活态的文化继续生长，甚至被有意保护和提倡，

---

① 汪曾祺：《关于〈受戒〉》，载《汪曾祺全集 9 · 谈艺卷》，人民文学出版社 2019 年版，第 144 页。

② 李亦园：《宗教与神话》，广西师范大学出版社 2004 年版，第 153 页。

③ 肖向明：《民俗·启蒙·审美——民间信仰与中国现代文学的艺术取向》，《云南社会科学》2008 年第 1 期。

显示了强健的生命力。

当代作家贾平凹、莫言、陈忠实、阎连科、张炜等从乡村土地走出来。祖祖辈辈世代居住的原乡，是他们的生命之根。在乡村成长的生命体验，使他们与这块土地上的人、动物、植物、祖先之灵建立了不可斩断的情感联系。他们的文学创作书写的也是这一自足的乡村世界。沿袭传统而来的民间信仰，是进入乡村民间文化的密码。

第一，中国民间信仰强调仪礼——祭祀制度，而且主要保留在民间的人与祖先、人与神之间的关系上。"祭祀的具体表现就是用礼物向神灵祈祷（求福曰祈，除灾叫祷）或致敬。祈祷是目的，献礼是代价，致敬是手段。"[1] 民间祭祀制度，不仅仅从延续了两千年的孔子尊崇的"周礼"而来，而且还受到了道教、佛教等重视法事、斋醮、道场等祭祀仪式的影响。

在民间的祭祀仪式中，对祖先之灵的祭祀占据了核心地位。相信祖先的灵魂不灭，把祖先当作超自身的神灵来崇拜敬奉，构成了中国民间信仰迥异于西方犹太教、基督教的宗教信仰的特点。具有久远的历史的祖先崇拜和儒家学说结合，逐渐形成了一系列供奉先人魂魄的祭祀制度，普遍流行数千年，从而"不但使家系延绵不断，而且使亲属关系和谐均衡"[2]。

莫言完书于1986年的《红高粱家族》的卷首语就是一则愿以"人心"来祭祀故乡高粱地里游荡的祖先魂灵的祭文——"谨以此书召唤那些游荡在我的故乡无边无际的通红的高粱地里的英魂和冤魂。我是你们的不肖子孙。我愿扒出我的被酱油腌透了的心，切碎，放在三个碗里，摆在高粱地里。伏惟尚飨！尚飨！"[3] "伏惟尚飨"是传统祭文中结尾常用的表敬之辞。向神灵敬献饮食，用血、肉祭祀祖先，让魂灵"血食尝祀"，以安抚亡魂，祈求保护和佑助，正是中国传统的祭祀仪式之一。

对祖先的祭祀形式，主要包括"牌位崇拜"和"坟墓崇拜"。"牌位崇拜"包括"家内厅堂牌位"和"祠堂祖庙牌位"；"坟墓崇拜"主要有"清明重阳扫墓"和"祖茔风水信仰"。[4] 陈忠实的小说《白鹿原》有七十多处写到了祠堂，足见祠堂在传统的关中文化中所占据的极其重要的地

① 詹鄞鑫：《神灵与祭祀——中国传统宗教综论》，江苏古籍出版社1992年版，第172页。
② 李亦园：《宗教与神话》，广西师范大学出版社2004年版，第157页。
③ 莫言：《红高粱家族》，浙江文艺出版社2017年版。
④ 李亦园：《宗教与神话》，广西师范大学出版社2004年版，第159页。

位。祠堂供奉着白鹿村白家和鹿家祖先们的神主牌位，是祭祀祖先的神圣空间，它和中国传统儒家文化的"孝道"文化相结合；同时，通过死后祭祀祖先的种种仪式，使祖先仍和活着时一样，和祭家族的子孙们紧密维系在一起，形成强大的家族凝聚力。

《白鹿原》中对祠堂的描写，和白嘉轩立族规、刻乡约、修族谱、议族中大事等息息相关，它们充分体现了儒家的宗法制度、道德观念会通过祠堂这一神圣空间的仪式化，有效形成了对村民的行为教化、道德规约。如白鹿村的《乡约》被刻在了祠堂正门两侧，族长在祠堂教人诵读《乡约》；黑娃和田小娥相爱私通，逃到白鹿村，不被白嘉轩接受进入祠堂祭拜祖先；田小娥和狗蛋、田小娥和白孝文的男女奸情暴露，都是在祠堂接受公开的惩罚——刺刷。当白孝文、黑娃表示愿意改邪归正，举行了祠堂祭祀的仪式，象征着当年儒家文化的叛逆者又重新被家族文化体系接纳，尽管白孝文的回归并非文化心理上真正的皈依。

祠堂也是凝聚人心、应对危机、稳定情绪的重要场所。《白鹿原》中描写的几次在祠堂举行的最隆重的祭祖仪式，都是在白鹿原经历了巨大的动荡不安、暴力争斗、流血死亡之后，或者经历了可怕的饥馑、瘟疫之后。如白孝文第一次主持隆重的祭奠仪式，是在黑娃带领土匪砸碎"仁义白鹿村"石碑、挖下"乡约"石刻、破坏了祠堂后。遭受劫难的祠堂已被修复，重新恢复了庄重肃穆、神圣洁净。白孝文"缓缓伸出手去点燃了注满清油的红色木蜡，照射得列祖列宗先考先妣的新立的神位烛光闪闪"[1]。族人们按照辈分长幼一个接一个走上祭坛上香、跪拜之后，白孝文领诵，和村民们一起诵读被恢复的"乡约"，让人感叹儒家传统文化的命运一如祠堂之建立、被破坏、被修复。民族传统文化在 20 世纪动荡不安的时代里，尽管遭受了种种打击，但仍然表现出坚韧的生命力。

在白鹿村经历了饥荒、瘟疫等巨大的灾难之后，祠堂迎来了白孝武主持的补续族谱、为亡灵诵经超度的仪式。在木鱼声、念经声、音乐声中，"白孝武严肃恭谨地将所有死去的十六岁以上的男人和嫁到白鹿村的女人都填进一块方格，而本族里未出嫁的女子即使二十岁死了也没有资格占领一方红格"[2]。祠堂举行的祭祀仪式，稳定了家庭成员之间的关系，加强了

① 陈忠实：《白鹿原》，人民文学出版社 1993 年版，第 237 页。
② 陈忠实：《白鹿原》，人民文学出版社 1993 年版，第 491 页。

家族之间的凝聚力，有利于化解危机，重振族群自信。

"坟墓崇拜"也是祖先崇拜的重要组成内容。相信祖坟风水、清明重阳扫墓等，将祖先和后代的情感代代连结。《白鹿原》中白嘉轩娶的六房女人全部死去，冷先生的建议是"请个阴阳先生来看看宅基和祖坟，看看哪儿出了毛病，让阴阳先生给禳治禳治"①。后来，白嘉轩将亡父的尸骨迁到发现了白鹿精灵的慢坡地里安葬后，白家的运气果真出现了转机。贾平凹的长篇小说《山本》描写了陆菊人带着一块被风水先生相为"能出官人"的风水宝地作为嫁妆嫁到了涡镇。不知情的公公将这块地送给了井宗秀作为安葬他父亲的坟地，后来，井宗秀命运发生转变，成为了涡镇的统领。

但是，"文化大革命"期间民间信仰遭到了粗暴的破坏。莫言的短篇小说《挂像》描写了担任大队革命委员会主任的父亲，要求村民"破四旧"，强制焚烧掉在村民心中代表着"祖先"和"福荫"的家堂轴子。民间信仰中家堂轴子最忌讳被火烧，村民内心充满了沉重、愧疚和难以言说的痛苦。《挂像》中"我"对于父亲的态度从开始的崇拜、认同，逐渐开始怀疑，到最后对其嘲讽、讽刺，表达了莫言对于"文化大革命"期间"极左"政治话语压制、剿灭民间信仰的简单、粗暴的质疑与批判。

商品经济的发展对传统的宗族血缘崇拜造成了冲击。阎连科的《鬼节》描写了乡村农历十月初一"鬼节"的祭祖仪式，已经失去了虔诚与神圣。后辈们对祭祖不敬不重，只重视个人要赚钱、娱乐、快活。过去的鬼节里，"活人都要去和死人陪伴一夜，躺在自家祖坟里将来属于自己的位置上，以示怀念和敬孝，祖祖辈辈，世世代代，都这么过一个十月初一，又一个十月初一"②。但是，已经守在坟头的大爷，却没有等来他的孙儿和孙媳，因为他们在忙着做煤拍子赚钱，不愿意浪费时间去陪死人；其他上坟来陪祖先的人们，"除了拿自己的夜品外，没有带祖先的夜品，嘻嘻兮兮，说说笑笑"。过去过"鬼节"，要在坟前摆上供品，"如半热的猪头肉，新蒸的白面馍，红艳艳黄灿灿的油食什么的，然后集体跪在坟前，齐磕三头，放上一挂响鞭，把汤在坟前一溜儿倒成一线，才会开始铺草展

---

① 陈忠实：《白鹿原》，人民文学出版社1993年版，第17页。

② 阎连科：《鬼节》，载《阎连科短篇小说精选》，云南人民出版社2013年版，第293页。

被，准备睡觉"①。可七爷看到，这个十月初一，人们几乎都没带供品。他们带着马灯，在坟前开始打牌、下棋、听录音机、唱歌、讲笑话。对祖先神灵的崇拜已经开始丧失，农民与泥土的生命联系被斩断，人与人之间充满了欺骗，失去了礼义廉耻之心——卖鱼人在鱼肚里灌满泥沙挣钱，女人为了钱卖身，父亲夜里在坟头偷儿子的钱包，儿子为抢回钱包骑在父亲身上奋力争夺，弟弟对哥哥毫无敬重。与"祭祖"仪式一起将要逝去的是传统的人伦道德观念、对祖先的敬畏之心、族人同忧共患、团结一体的亲情。七爷无法承受时代发生变迁、民间传统已经衰落，神圣信仰的空间已经丧失了情感的真诚，人心从敷衍、无信仰走向堕落的现实，他寂寞、凄凉地在鬼节之夜离开人世，死在了将要安葬自己的坟地之上。

就像《白鹿原》中祠堂修建，被砸毁，后又被修复的命运，陈忠实、莫言、阎连科、贾平凹等作家对于民间祭祀礼仪的书写，是在动态之中观照和呈现出来的。他们重视对民族传统之根的探究，也敏锐地感受到仪式消失背后民族信仰的丧失、民族传统发生的裂变，深刻地呈现了对时代的变迁、文化的命运、人性的善恶的严肃思考。

第二，传统中国的民众相信"天人相应"的宇宙秩序，认为人的命运和自然系统之间有对应的关系。因此可以借助于仪式系统向神祈祷，或驱逐恶鬼，或预测神明的旨意，以改变自己的命运。

汉民族拥有的"天人感应"的宇宙观，其根基存在于早期人类社会的"万物有灵""动物崇拜"的信仰。汉民族的农耕文化，使乡村的动物崇拜、植物信仰从南到北都非常普遍，延续几千年不衰。在贾平凹、莫言、陈忠实、阎连科、张炜等创作的乡土小说中，狼、狐狸、青蛙、红高粱、蝗虫、马、鳖、鲤鱼、白鹿、刺猬等，都是自然界有灵性的精灵，他们与人共存于时间与空间之中，也是组成宇宙秩序的一环，自然生命与人的生命系统之间可以互相感应。如陈忠实的《白鹿原》里，原上流传着白鹿神奇的传说，人们相信"白鹿精灵"会给人们带来幸运、吉祥，"白鹿"成为了他们信奉的图腾。白鹿"所过之处，万木繁荣，禾苗茁壮，五谷丰登，六畜兴旺，疫疠廓清，毒虫灭绝，万家乐康，那是怎样美妙的太平盛世"②！白鹿原上的白灵、朱先生或许由白鹿转世而来，他们与白鹿精灵达

---

① 阎连科：《鬼节》，载《阎连科短篇小说精选》，云南人民出版社 2013 年版，第 298 页。

② 陈忠实：《白鹿原》，人民文学出版社 1993 年版，第 29 页。

到了人神合一。当白灵在肃反运动中遭受冤屈活埋而死，当天夜里，白嘉轩、白嘉轩的娘、朱先生的夫人朱白氏都做了同一个梦，梦见一只白鹿流着眼泪朝西飘走了，它就是白灵的魂灵来和亲人告别；当白鹿原的大儒朱先生离去的时候，朱白氏看见了一只白鹿从前院腾起，飘过屋脊消失在原坡。莫言的《金发婴儿》中，双眼失明的老太婆可以听到人们听不到的声音，天地万物都在她的耳中。她听到了夜游神在胡闹，听到两颗星星碰撞在一起的訇然作响，一只猫头鹰在坟头大笑……夜晚在床上，她用手抚摸着印有龙凤图案的缎子被面，龙和凤就在她的抚摸下获得了生命，飞舞翻腾，飞入蓝天。

在农耕文明时代，汉民族民间崇拜马、牛、羊、猪、青蛙、蝗虫、刺猬等动物精灵，而且民众相信人与物、物与物之间可以相互转换，对转化后的动物或植物有一种敬畏之心。莫言依托于乡村世界农民对动物的朴素信仰和崇拜，在真实的日常逻辑的基础上进行了想象化的虚构。莫言的小说《爆炸》中，做妇产科医生的姑姑与红狐狸之间有一种生命之间的相通。十多年前，姑姑亲眼见过狐狸炼丹的红色火球。给产妇接完生的姑姑后半夜独自一人通过一片坟地，被狐狸精缠住。她一声大吼镇住了狐狸精，眼见"一颗碗大的火球慢慢地升起来，升到五六米高的光景，在空中停停，又慢慢落下。连升三次，那火球就在空中舞起来，像两个孩子在抛球，划一道红线，又一道红线"①，直至最后消失。后来，姑姑可以凭直觉感受到狐狸的到来。在《生死疲劳》里，地主西门闹经历过六道轮回，几次投胎转世，从人投胎为动物驴、牛、猪、狗、猴，最后重新转世又为人。他作为动物活着，感受了"驴的潇洒、牛的憨直与倔强、猪的贪婪与暴烈、狗的忠诚与谄媚、猴的机警与调皮"，经历过人性与兽性的交织，最后完成了人性的蜕变。西门闹的命运变化依托于民间信仰之上，民间相信人死后进入冥界，再投胎转世成动物或人，于是死又转换成了新生，而新生又可以重归死亡，生死循环，生生不息。

从生命的起源来看，人与动物具有同源性。莫言的《球状闪电》里，人物的命名多与动物有关——蝈蝈，茧儿，蒺藜狗子，美人鱼，蛐蛐等。而刺猬球儿旁观了蝈蝈和茧儿、毛艳两位女性之间的感情纠葛，它为孱弱、自私、自欺欺人的人类感到痛苦，"它忽然想到，世界原来很小，这

①　莫言：《爆炸》，载《白棉花》，当代世界出版社2004年版，第96页。

些人遥远的祖先和我遥远的祖先是亲兄弟。是岁月使我们生分了，疏远了"①。

人类不断膨胀的对性和金钱的欲望，使他们丧失了与自然和谐一体的神性。即使祭祀仪式在乡间尚存，但人类对自然之神的敬畏情感已经丧失，信仰的仪式变成了花哨的典礼，虚伪的程式化的表演，是为个人私利得以实现而戴上的文化面具。莫言的《红蝗》中，在发现田里出蝗虫后，四老爷提议修座庙来祭奠蝗神，并且在蝗神塑像完成后，举行了盛大的祭蝗典礼——焚香、燃烧黄表纸、敬酒、给蝗神献草、宣读祭文。庄严的祭祀仪式，使村民们"从心灵深处漾发出对蝗神的尊敬"，然而主祭人四老爷内心的阴险、唯利是图、招摇撞骗等灵魂的肮脏，令人触目惊心。修神庙的过程中他贪污了一笔银钱；他用碾子碾碎了蝗虫团以"百灵丸"出售，骗了成千上万的金钱；他勾搭上了一个小媳妇后，管束她的公公不久就暴病死去，疑为他害死；他精心设计抓住了与老婆偷奸的铜锅匠，残忍地将他打成了独眼，成功地将早想抛弃的老婆休掉等。人类为满足私欲，早已遗忘了自己的起源和他们的朋友——那些充满了灵性的动物、植物们，堕入了黑暗的深渊之中。

莫言的小说深刻暴露和批判了人性的堕落，痛感"种族的退化"，同时他试图恢复人与自然彼此的"生命感应"，唤醒现代人身上沉睡已久的自然神性和原始野性的生命力，呼唤人类重返宇宙万物一体的和谐、美好。《红高粱》中"高粱的茎叶在雾中嗤嗤乱叫"；奶奶死去前，她见到了高粱们的"奇谲瑰丽，奇形怪状"，"它们红红绿绿，白白黑黑，蓝蓝绿绿，它们哈哈大笑，它们嚎啕大哭，哭出的眼泪像雨点一样打在奶奶心中那一片苍凉的沙滩上"。②奶奶回到了"天与地、与人、与高粱交织在一起"的世界，那是人类祖先出发的地点。雪白的鸽子和奶奶飘然而起的灵魂一起在蓝天飞翔，轻盈地旋转，感受到的是满溢的快乐、宁静、温暖、舒适、和谐。这个天地、人、物和谐相处的境界，也曾出现在黑孩的面前。那个可以和自然相通、听到鱼儿交谈的声音，能听到缝纫针掉到地上发出巨大的声响的黑孩，在阳光中举起了一个红萝卜，他看到了通体透明的红萝卜里流动着银色的液体。这个人与自然彼此相依的理想世界，也在

---

① 莫言：《球状闪电》，载《白棉花》，当代世界出版社 2004 年版，第 415 页。

② 莫言：《红高粱》，浙江文艺出版社 2017 年版，第 69—70 页。

《马驹横穿沼泽》中爷爷讲述的故事里见到，一匹小马驹用舌头舔去了小男孩脸上的泪水，他们一起跋涉沼泽。可是，理想的生命境界，只能在将要离世的奶奶戴凤莲眼前梦幻般地展现；它只能被无人关心、沉默寡言的黑孩独自看到，或在爷爷讲述的黑色男人的故事里让孩子去想象。莫言对人类重返神性、实现"天人感应"的希望，寄托于并非现实的乌托邦的理想世界。

人与动物感应相通的大地，也出现在张炜的《九月寓言》《刺猬歌》等小说中。《九月寓言》里动物们充满了灵性，一群鼹鼠在夜里游遍整个废墟，他们叽叽喳喳讲着昨天的村庄；他们挖洞进入村民屋子中央，深夜窃听主人说话；他们偷偷偷主人的酸酒吸吮。弯口说，动物们和人一样，它们"忙着找吃食、养小孩、打架，还忙着造酒，成亲哩"①。他常跟地上的活物们聊天、说故事；最美丽的姑娘赶鹦，似乎就是那匹传说中的宝驹，每晚她和村里的年轻人奔跑在月光下，田野里，红薯地，他们和满地的野物一起玩耍，快乐自由。生活在这个村庄里的人都有一个共同的外号"鲹鲅"——一种海里的毒鱼，有人看见他们身上长有鱼纹。他们的祖先不停歇地行走，迁徙，终于见到了大海，这是地球生命从这里起源并上岸走向陆地的起点，他们选择在这里停下、栖息、生存。然而，商业化、城市化的进程已经进入了这个海边宁静的村庄，现代的矿井已把村庄的地下掏空。地上、地下都有个村庄，地下的世界也永远没有尽头。坚决要下矿井的龙眼被尖利的石头刺中，沉入了永远的黑夜，在临死的幻觉中，他看见了那匹全身红色的宝驹在火海里奔驰，奇美绚烂！

在 2007 年推出的长篇小说《刺猬歌》中，张炜仍然固守着回到野地、回归人类起源的前工业文明。在这片临海的山地，棘窝村人和自然交融一体，不分彼此。人可以和刺猬、狐狸、兔子、驴、狗相亲相爱，无拘无束。如村里最大的财主霍公的二舅是头野驴，霍府最烈的家丁是土狼的后代。刺猬妩媚、缠绵，最为多情。童年时的廖麦经常找刺猬领着他去找甘甜的野蜜，有时刺猬在忙着谈恋爱，不免责备他的打搅。廖麦的女友美蒂浑身覆盖着金色绒毛，她是良子和林子里的刺猬精所生。但是，外来的化工厂"紫烟大垒"的严重污染破坏了这里的生态环境，也破坏了人与自然美好和谐的关系，带来了人性的异化。

---

① 张炜：《九月寓言》，人民文学出版社 2005 年版，第 140 页。

野地文明虽然粗陋、贫穷，但人不是控制和征服自然的主人，也不是寄生天地之间的附庸之物，而是与自然精灵同生共享的宇宙的生命。这种在民间文化中保存、延续的原始积淀，可以为人类理想人性的建设提供源源不断的滋养。当然，人与外物交合孕生的信仰，并非来自儒家的传统文化，它与古老的图腾崇拜、《山海经》的人兽一体、感生神话传说等有关。张炜一再强调人们要关注"自由、放浪""亦真亦幻"的胶东沿海一带的"齐文化"，他认为只有理解了齐文化，才能理解他的《刺猬歌》。确实，只有理解了齐地的民间信仰观念，才能理解张炜对曾被忽视的民间传统的追溯和浪漫的美化，都是建立在他对当下人类生存境况的探讨和对人性的考量之上。面对政治运动和现代工业文明对"野地文明"的粗暴破坏，张炜选择重返民间信仰及民间神话之中，以此来作为当代人实现自我拯救的方式。

第三，中国传统的阴阳观念，与"神鬼""魂魄"观念结合在一起，成为了中国民间信仰的基本思想。"从宗教学的角度看传统，汉族基本人群，尤其是民间大众的信仰方式，甚至是士大夫学者对于中国文化的看法，仍然是重魂魄，而不是天人；是重鬼神，而不是心性。"[1]

在中国民间信仰中，神与鬼是分开的。人祈求神明，通过祭祀来取悦、贿赂神灵，以获得神灵的护佑，带有鲜明的功利性和交换色彩。民众不去追问神从何而来，而是用人的行为模式去理解和想象神灵的行为方式，重视的是神灵是否灵验，而不是形而上的信仰超越意义，甚至不在意其是否体现了道德标准。莫言的《红蝗》中，四老爷在祭蝗仪式上宣读由乡里有名的庠生撰写的祭文，希望蝗虫迁徙过河，到河北一带去吃庄稼，以保护自己的庄稼，显然不义，但民间信仰功利性的特点使民众只重视仪式行为本身，不对仪式进行道德评价。

为了获得神灵的护佑，信仰者有时以伤害自身的方式来祭神。陈忠实《白鹿原》中的"祈雨"仪式里，白嘉轩奔到了关帝庙前的槐树下，右手抓住了刚出炉的铁铧，左手再抓住一根烧得通红的钢钎，从左腮穿到右腮，"冒起一阵皮肉焦灼的黑烟"[2]。众人跳舞，祝祷，白嘉轩被抬起来，朝取水的黑龙潭奔去。到达后，白嘉轩在震天的锣鼓声中口咬钢钎，一路

---

① 李天纲：《金泽：江南民间祭祀探源》，生活·读书·新知三联书店 2017 年版，第 425 页。

② 陈忠实：《白鹿原》，人民文学出版社 1993 年版，第 308 页。

跪拜磕头磕进了铁庙，点蜡焚香焚表，然后在黑龙潭取水，众人唱歌舞蹈，最后将供品奉献于潭水中。到第二天早上白嘉轩回到了关帝庙，将清水敬献给关帝之后，倒在地上人事不省。

《礼记·祭义》云："众生必死，死必归土，此之谓鬼。"① 在传统中国，民间相信人死后的世界和生前一样，所以要在阴间地府享用陪葬品；活着的子嗣要用祭祀的方式来敬奉祖灵。而对作怪的"鬼祟"，则要采取驱鬼的巫术仪式，运用符箓、咒语、揭帖等道教、佛教发明的手段来驱赶、规避、镇压鬼魅。对于"那些夭折、屈死、刑杀、孤寡死去的冤魂，都要抚慰"②。《白鹿原》中，白嘉轩娶的第六房女人胡氏"看见"了前面死去的五个女人的鬼魂纠缠她，非常恐惧。白嘉轩用豌豆"驱鬼"为她压惊，后来其母建议请来了法官"捉鬼"。法官"头缠红帕腰系红带脚蹬红鞋"，带来了罗网地网、瓷罐，将鬼捉到并煮死焙干，此后果真不再闹鬼。

贾平凹的小说中，民间驱鬼的仪式更是五花八门。他出生于农村，在商州这块古老的土地上生活了 19 年才到了西安。他说："因为我从小生活在山区，山区一般装神弄鬼事情多，不可知的东西多。这对我从小时起，印象特别多，特别深。"③ 他将个人对民间信仰的观察置于时代变迁之中，去表现民族文化中具有稳定性的民间信仰传统和民族文化心理发生的渐变与重构。

从 1984 年创作的长篇小说《商州》到 2014 年完成的《老生》、2018 年出版的长篇小说《山本》，在贾平凹的多部长篇小说中，商州的山村都保留着传统的农耕社会的主要特点，商州山村的民间信仰始终是他表现和关注的重要内容。贾平凹深信华夏文明的起源在陕西，描写商州的地理风貌、神话传说、民俗礼仪、语言等，就是回到文化的起源，寻找传统文化的特色，以"写关于人本身的事，写当代中国人的一种精神状态，力求传递本民族以及东方的味道"④。

商州是贾平凹永远的文学家园。1987 年创作的《商州》显示了贾平凹对"商州"的文学构建，但仍然不够娴熟，并不能炉火纯青地将商州人

---

① 王文锦译解：《礼记·祭义第二十四》，载《礼记译解》（下），中华书局 2001 年版，第 688 页。

② 李天纲：《金泽：江南民间祭祀探源》，生活.读书.新知三联书店 2017 年版，第 455 页。

③ 贾平凹：《关于小说创作的答问》，载《坐佛》，太白文艺出版社 1994 年版，第 208 页。

④ 贾平凹、穆涛：《平凹之路：贾平凹精神自传》，青海人民出版社 1994 年版，第 65 页。

事和商山的人文地理、民间流传的传说故事、当地的民间信仰很好地融合在一起。小说通过刘成逃出商州，逃入商山，来引领读者参观商山自然景观，领略商山民情风俗。因村民传统成见，刘成和女友珍子相爱但不能结合，最后刘成在山洪暴发中死去，珍子投水殉情而去。"英雄美人""殉情而死"的情节的设置，类似于中国古典武侠小说的常见套路。但是，小说结尾浓墨重彩地描写了乡村的一种独特的葬俗——结阴亲。悲痛的两方亲人，让他们死后举行"阴婚"，而曾经暗恋着珍子的秃子，将他们的棺材用船运回去，不忘记在他们的棺材上缚上了一只招魂公鸡，一路呼唤他们的魂魄回家，为他们抛洒阴纸钱。人世间的生与死、爱与恨、善与恶，痛苦与抚慰，彼此交织，呈现了复杂斑斓的生活本色。

1986 年完成的长篇小说《浮躁》开始走向成熟。贾平凹从单纯的民间信仰仪式的展示，开始走入对民间信仰背后的民族文化心理的探究。他发现了商州的河流"几乎都发源于秦岭，后来都归于长江，但它们明显地不类同北方的河，亦不是所谓南方的河"[①]；居于秦岭南部的家乡乡土文化，是融合了中原正统文化和神秘、浪漫的楚文化的结晶。对汉民族长江流域文化的丰富、多元特点的理解，使他跳出了"文明起源"陕西的地方视野，深入表现了汉民族文化传统的主要特征和改革开放以来汉民族文化的信仰体系在现代发生的变化和重构。

《浮躁》中，有丧葬仪式、婚嫁仪式以及民间敬神驱鬼、消灾辟邪的种种仪式，表现了人们希望追求幸福、化解灾难的愿望。正如阴阳师对小水所说："这里边的知识，也不见得比金狗他们报纸上的少。现在世上，有人总是鄙视我们，打击我们，话说回来，既就是里边有迷信，可也救了多少走投无路的人！"[②] 贾平凹借阴阳师之口，道出了他对"其祭在神，其治在人"的民间信仰在建构希望、安抚不幸者等方面，所具有的社会功能和心理治疗功能。

进入 20 世纪 90 年代，贾平凹创作了《废都》《白夜》《土门》《高老庄》等一系列作品。他一方面继续探究民间信仰所具有的功能及体现的乡民的文化心理，同时，也呈现了乡村传统的信仰在商品经济的时代开始走向瓦解、变异。其中，《高老庄》是一部深入思考乡村文化的作品。《高老

---

① 贾平凹：《浮躁·序言之一》，载《浮躁》，安徽文艺出版社 2010 年版，第 1 页。
② 贾平凹：《浮躁》，安徽文艺出版社 2010 年版，第 390 页。

庄》的故事主线是大学教授子路和妻子西夏回乡参加父亲三周年祭日的活动。小说一开篇，就给我们呈现了高老庄的世界是天、地、人相互可以感应的世界。稷甲岭发生了崩崖，村里同时就发生了骥林娘的瓦盆当即跌碎，双鱼家的母猪流产，镇上所有人家的门环一齐摇动，三十亩水田被崖石淹没等不吉利的事件。这里仍然保存了"捉筷子"驱鬼、用桃木条抽打驱鬼、祭日穿孝服、提献祭笼祭奠、孝子去坟上接灵、烧纸奠酒、守夜、祭日的种种禁忌、解梦、送符等民间信仰及仪式。贾平凹借子路道出了对中国神秘文化的理解。在子路看来，"神祇并非高居天上地下，它们是混迹于人间万物，随人的物质和精神生活的演进由原来的形态逐渐变成妙相庄严的——人有多么文明，神有多么文明，人有什么祈求，神有什么法力"①。对鬼神的信仰，是为了满足俗世生活的人们的心理需求而生的。同时，中国农耕文明形成了自身的道统和家族凝聚力。西夏在高老庄找到的多个明清时代的石碑，皆为要人们顺应天时、礼敬天地、天地同德、三圣同供、传宗续谱、继统弘道、募资行善、筑庙修桥、善恶有报等内容，体现了汉民族的民间信仰与乡村治理、乡约、民规、教化等紧密联系，多维渗透，维护了社会的和谐。

　　然而，高老庄能显先祖荣光的 36 块石碑，20 则碑文，已经被后代遗忘。这些铭刻着村庄文化信仰的石碑都遭到了破坏，或被置于鸡棚旁，或放在厕所做尿槽子，或立在摇摇欲坠的庙宇墙边，或保留在照壁里但被孩子砸得模糊不清。高老庄的后代已经逐渐遗忘了村落文化的传统，石碑上的文字要由文化的外来者——西夏去发现、记录。高老庄第十一碑上刻下的首句"敬天地，礼鬼神，举祖先，孝双亲，守王法，重师尊，信朋友，和乡邻"②，正是汉民族农耕文明下尊崇天地人相亲的理想，也是承传下来的民间信仰仪式所要达到的天人和谐。石碑就是历史的载体，石碑被遗忘、遗弃、损毁，蒙上了厚厚的灰尘，象征着高老庄历史传统的命运。历史断裂后，高老庄在 20 世纪 90 年代遭受了城市化、商品化的冲击，农民为了追求利益而蝇营狗苟，为小利哄抢集体森林，妇女卖淫不以为耻，苏红和不同男性有染，高老庄人逐渐萎缩退化。在遗忘了民族传统之后，高老庄陷入了混乱和无序之中。贾平凹为逝去的汉民族农耕文明的和谐、崇

① 　贾平凹：《高老庄》，载《高老庄：评点本》，长江文艺出版社 1999 年版，第 88 页。
② 　贾平凹：《高老庄》，载《高老庄：评点本》，长江文艺出版社 1999 年版，第 205 页。

礼、敬神、尊祖的时代吟唱了一曲挽歌。

对已经丧失了"仁义善信孝"的中国乡村的发展，和民族文化未来的走向，贾平凹表达了深深的忧虑。他 2005 年创作的长篇小说《秦腔》，以民间文化的代表——秦腔艺术无可挽回的衰落，表达了他对传统乡村文化趋于虚无的忧虑，延续了《高老庄》的思考。贾平凹自称他的这部《秦腔》是在惊恐中完成的。他给我们呈现了中国农村在经济繁荣的同时，传统的乡村文化传统在解体，人性在利益的追逐中沉沦。失却了传统信仰的乡村，变得乌烟瘴气，欲水横流。如何走出中国乡村的现状，让民间文化重新焕发活力？贾平凹以传统文化守望者的身份，为民间文化呼吁其生存空间，表达了对民间文化在乡村文化建设中具有的价值、意义的肯定。

贾平凹 2014 年创作的《老生》表达了他对建构理想的乡村文化的思考。激发他创作冲动的是他老家除夕之夜，要到祖坟上点灯的仪式。给祖坟上送灯，照亮了祖坟，表明这一家没有绝户。对祖先的崇拜，对故土、故人的敬畏，使他感悟到中国民间信仰所表达的民众的生死观。他的《老生》是以一个在葬礼上唱丧歌的"唱师"为灵魂人物，记录了几代人的命运和从秦岭游击队、土地改革、人民公社化到改革开放四个时代的变迁。"唱师"是神职，一辈子在阴界和阳界之间来往，和死人和活人打交道。他会唱三百多首阴歌，凡是他唱过阴歌的亡者，这些死去的人就会出现在他的梦中，生者和死者之间的界限并不明显。他给好人或者不幸的人唱阴歌时格外卖力；他也为当归村的孤魂野鬼唱阴歌，给他们引路，安抚他们的魂灵。唱师是民间文化的传承者，他有自身对善恶的判断。他的阴歌也表达了民间的义理观念，让死者亲人的情感得到安慰，灵魂获得净化，精神得以升华。他同情土改时期自己的土地被瓜分而气死的地主张高桂，他在阴歌中劝他的魂灵走中央，有神灵护佑他入天堂；戏生的父母死去，他唱阴歌告诫人们要寡欲清心，看淡名利，死后一切皆空。为当归村大面积死于瘟疫的村民亡灵唱阴歌，是唱师最后的绝唱。他连续唱了三天三夜，感天动地，最后一次表达了对世人的劝诫和对亡灵的抚慰，然后超然地走向了死亡。

小说《老生》中互文式地穿插了《山海经》的原文段落和老师的讲义。贾平凹通过引用《山海经》的原文选段和讲解分析，突出了上古人"在生存的过程中观察着自然，认识着自然，适应着自然，逐步形成了中国人的思维，延续下来，也就是我们至今的处世观念"①。天地万物，都有自己的位置，金木水火土相生相克，宇宙阴阳相济，各司其职，各尽其用，浑然一体。"人在大自然中和动植物在一起，但人从来不惧怕任何动物和植物，人只怕人，人是产生一切灾难厄苦的根源。"② 与《山海经》中所描绘的天地万物浑然一体，秩序井然的世界相比，现代人显得如此渺小、污浊、肮脏。人只有重归于天地苍茫、宇宙浑然、万物和谐的境界中，才能拯救人性的堕落、生命的痛苦。贾平凹对建构理想的乡村文化的思考，使他从秦汉上寻到先秦，再上寻到上古、高古时期以《山海经》为代表的文化，他"就感觉那个时期，好像天地之间，气象苍茫，一派高古浑厚之气，有着这个民族雄奇强健的气息"③。但是，将《山海经》穿插在四个历史时期中出现的故事结构形式，并没有很好地和四个历史时期的民间记忆的书写融合在一起。作者的理念先行，使这部小说形式上人为设计的痕迹非常强。《山海经》里呈现出的中华民族对待宇宙的思维方式、审美方式，需要找到人类文化的载体得以充分地展现其魅力。其中，民间信仰仪式、神话传说等，就是能够体现民族原始思维的文化积淀，而并非只有山水。贾平凹对唱师的书写，主要落在了他的唱词和他对待生死的态度。而"阴歌"的唱词大多经过儒家、道家、佛教文化的渗透和改造，实际上无法真正与《山海经》的神秘文化和原始思维相接；而且，小说也没有很好地通过与"唱阴歌"的语言并行的仪式行为，来形象化地阐释对民族本心的认识。

　　不难看出，贾平凹、莫言、陈忠实、阎连科、张炜等乡土作家，已经挣脱了20世纪知识分子启蒙书写的模式。他们对乡村的祖先崇拜、神灵信仰、岁时祭仪、生命仪式等的观照，多从日常经验出发，有时力求按照原生态真实地展示出来，有时对于乡村的民间信仰进行了文学的想象、虚构和改写，并不完全等同于现实生活中的民间信仰图景。其作品既表达了他们主动走向民间，回归乡土，关注乡村民众的文化心理和乡村文化建设的前景，又体现了他们接续文学的叙事传统，对民间信仰诉之于感性的审美选择带来的文学创作的魅力。

———————————————

① 贾平凹：《老生》，人民文学出版社2014年版，第9—10页。
② 贾平凹：《老生》，人民文学出版社2014年版，第33页。
③ 王锋：《贾平凹谈新作〈老生〉：我尝试了一次"民间写史"》，《华商报》2014年9月12日。

　　总之，民间信仰来自于历史，闪耀着文化的"原型"之光，它承载着人类集体文化的记忆和民族文化的心理陈述。作家对民间信仰的关注和描写，不是为了贴上地方风情、地域特色的标签，背后有深沉的文化建设的动机。无论是少数民族作家在打捞民族神话、民族故事；还是作家对他者文化的深描；或是汉族作家对母族文化源头的追溯，对汉民族文化的历史和未来发展走向的思考等，都体现了 20 世纪以来中国现当代作家在中与西、传统与现代、民族与民族、民族与世界的文化发生碰撞的时代里，承担了知识分子作为文化的批判者与建设者的良知、责任、忧思、悲悯、理想、守望，在文化的长河中以开阔的胸怀，包容的心态，去仔细辨识民族文化的积淀，重返民族文化发源的起点，为优秀的传统文化"招魂"。文化上的"寻根"，实则是要走出当代文化危机、重建理想的精神家园的一次"进步的回退"。

第五章 传统与先锋：民间信仰影响下的文学叙事

20世纪中国现当代作家对于"民间信仰"的认识不断发生变化。在崇尚科学、理性的20世纪20年代，中国现代作家一方面激烈地批判巫术仪式的愚昧、迷信、落后，另一方面又将民间尚存的民间信仰思维引入小说之中，打破了生与死的界限。如鲁迅关注到了民间信仰与小说文本的叙事之间的关系，将目连戏这一超度幽魂的仪式剧的结构，借鉴到他的小说《阿Q正传》的创作中。① 20世纪80年代以来，文化热产生和寻根文学思潮兴起，中国作家在寻找民族文化之根，打捞被正统、主流文化遮蔽已久的边缘文化时，发现了民间信仰提供的原型表达了人类集体行为所具有的文化心理和生命诉求。当代寻根作家对原型性仪式的表现和仪式叙事的运用，唤起了现代与传统之间的对话，使文学与民族文化的特征、人类普遍的生命价值和意义联结起来。中国先锋派作家对文学的象征和隐喻的青睐，对现代文明的质疑和绝望，使他们重返具有多义性表达的"仪式叙事"，或从仪式中汲取原始的热情，以此反思高度发展的现代文明带来的人性的异化；或运用仪式的结构暗合小说的结构，表达了对人类生存的形而上思考；或自由穿行在仪式的时空中，营造出生死同台、真幻合一、虚实相生的艺术效果。可以说，中国民间信仰的仪式叙事，给20世纪中国作家提供了文学叙事上源源不断的创新动力，绵延至今。

---

① 参见［日］丸尾常喜《"人"与"鬼"的纠葛——鲁迅小说论析》，秦弓译，人民文学出版社1995年版，第163—164页。

第一节　神圣的信仰时空

民间信仰中对超自然力量的崇拜，已经成为了一种集体无意识，渗透到了民众的心灵深处。"普通老百姓时时与'有形'的神灵同在，也与'无形'的神秘力量同在。"① "神圣界"和"世俗界"并存，"有形"与"无形"同在，使得民间信仰的时间和空间通过仪式行为，脱离了原有的日常状态，进入另一种神圣的时间和空间。仪式叙事就存在于仪式的时间与空间之中。仪式的时间有自己的运行方式，有时它似乎停滞不前，被悬置于混沌模糊的时间中，回归于原始时间，循环往复；有时它又散发着新鲜的气息，庄严地开启了一个神圣时间的起点，显示了宇宙的奇迹和奥秘。仪式的空间，是与凡俗断开的神圣空间，具有内在的封闭性。同时，它充满了丰富的象征意味，与仪式场外的空间形成了对话。民间信仰中的神圣时间和空间的引入，使文学叙事的艺术丰富多变，具有动态之美、多声部对话之美和真幻交织之美。

一　神圣界与世俗界并置的空间

民间信仰的祭祀仪式，都有一个确定的空间。通过仪式的展演，人们将仪式的空间"神圣化"，将物理空间与超自然的力量相联系，从而产生了对神圣空间的敬畏之情。正如格尔兹所说："在仪式里面，世界是活生生的，同时世界又是想象的；……然而，它展演的却是同一个世界。"② 20世纪中国文学在回归文学的诗性之时，关注到民间信仰中的审美资源，从"仪式"这一文学诞生的原生纽带上寻找到了丰富的形式化启示。

阎连科曾谈到在创作时，一直想寻找一种新的叙述方式，寻找"小说的现实感和想象力之间的桥梁"，直到他"索性打通了阴阳"③。他的《寻

---

① 张海鹰：《中国民间信仰事象随想》，《中国民族报》2006 年 5 月 23 日。
② 转引自彭兆荣《文学与仪式：文学人类学的一个文化视野——酒神及其祭祀仪式的发生学原理》，北京大学出版社 2004 年版，第 2 页。
③ 彭小玲：《当代小说死亡视角的叙事智慧》，《文学教育》2005 年第 7 期。

找土地》《天宫图》《耙耧天歌》《鸟孩诞生》《形色匆忙》等多篇小说都以亡人的鬼魂视角，去冷静地观察现实世界中的人和事。"死后有魂"的民间信仰，使小说中的人物能够在幽冥的艺术空间穿越，冷静客观地审视充满着黑暗、丑陋、苦难的尘世，冥界反而成为他们渴望置身的理想世界。

《耙耧天歌》中，尤四婆的男人尤石头无法接受他的四个儿女都是痴呆儿的宿命，在绝望中跳河自杀。死后，他的鬼魂每天都与尤四婆相伴。这二十年里，尤四婆每天和丈夫的鬼魂说话，和他商量事情，日子过得艰难时骂他打他。为了治好四个儿女的痴傻，尤四婆毅然选择了自杀，将自己的头骨作为药方，献给了四个儿女，并治好了他们的傻病。下葬她的时候，她的鬼魂对儿女们说："这疯病遗传。你们都知道将来咋治你们孩娃的疯病吧？"[1] 阴阳无界、真幻合一的小说空间产生了强大的艺术张力，生存的艰难、母亲牺牲自己、拯救儿女的坚定不移让人触目惊心，而宿命的苦难仍将代代延续下去。

《寻找土地》里的"我"是一个死去不久的士兵。"我"在当兵期间，帮一个贫弱的寡妇修理房子时不幸被砸死。"我"的骨灰盒被部队的两位干部送回老家。小说一开篇写"我"（马佚祥）在骨灰盒里"又闷又胀"。更令"我"痛苦的是，"我"在人世间唯一的亲人——住在商业区刘街的舅舅因为"我"没有被追认为烈士，觉得无利可图，拒绝收留"我"的骨灰盒。刘街人的淡漠亲情、唯利是图让"我心冷得河冰样流动着哆嗦"。然而，"我"从小生活过一段时间的乡村马家峪接纳了"我"。在四爷的主持下，他们为"我"赶制了棺材，还为"我"和在刘街悲惨自杀的秀子姑娘举行了盛大的"配骨亲"的婚仪和葬礼。当"马家峪以辈辈相传的习俗，照男左女右的方位，将我和秀子葬入了丈二深的墓洞。墓洞里那蕴含了几千年的温暖甜腻的土味，滋润进我的棺材，又渗入我的骨灰盒里。我踏踏实实闻到了土地的气息"[2]。在商业文化的冲击下，刘街的人们已丧失了传统的伦理道德。尽管乡村马家峪也开始出现了只重视物质利益的年轻一代，但以四爷为代表的老一辈农民身上仍保留了乡村传统的道德观念。为亡人举行的冥婚和葬礼所表现的人道主义与终极关怀，传递了人性的温暖。

① 阎连科：《耙耧天歌》，载《耙耧天歌》，北岳文艺出版社2001年版，第48页。
② 阎连科：《寻找土地》，载《耙耧天歌》，北岳文艺出版社2001年版，第261页。

在阎连科的小说中，冥界并不阴冷、恐怖。与充斥着贫困、饥饿、疾病、灾难、无尊严、肮脏、混乱的世俗界相比，阴间"风光秀朴，物事原始，人也淳厚到被那边视为几近痴傻"①。《天宫图》中，上吊自杀刚死去的路六命，被冥界的白须老头领上了奔赴黄泉之路。老人告诉他要去的世界可以"过闲适无忧的日子"②。路六命对尘世的世界充满了绝望。在极度的贫穷之下，他毫无生命的尊严。为了偿还欠下的妻子的彩礼钱，他为村长和其他女人偷情放哨；他忍受妻子对他的轻视和怨恨，在痛苦中接受了妻子陪村长睡觉以还钱的事实；为了钱，他替他人顶罪入狱两年。因为在监狱砖窑做苦工可以获得报酬，他甚至不愿意走出监狱。最终，他无法接受妻子心甘情愿和村长睡觉来为娘家建房的事实，生无所恋选择了上吊自杀。路六命的鬼魂，可以看见村里的人抬着他去医院抢救的忙乱；他在另一个世界见到了死去多年至今仍对自己真情不改的小青姑娘，见到了早已死去的父母……最后，因放不下香烟盒里装着的他在监狱卖命挣来的两千元钱，他又被推回了冰冷的人间。唯一能给他带来生命慰藉和温暖的冥界，也无法让他永久停留。小说中的世界真幻结合，虚实相生，营造了震撼人心的艺术效果。

人与鬼的界限被取消，生与死之间可以自由转换，对于文学作品空间的样态来说，这是一个可以不断变易的世界。贾平凹的《白夜》中的"再生人"由死而生，又由生复死。小说中多次穿插的"目连戏"就是鬼戏，表演时人神不分，人鬼合一。正如贾平凹在《白夜·后记》中所说："在近千年的中国文明史上，目连戏以其独特的表现形式，即阴间阳间不分，历史现实不分，演员观众不分，场内场外不分，成为人民群众节日庆典、祭神求雨、驱魔消灾、婚丧嫁娶的一种独具特色的文化现象。"③ 不仅《白夜》所写的目连戏表演的剧情文字，来自这种民间祭鬼祀神的仪式剧，而且目连戏所体现的"阴间阳间不分，历史现实不分，演员观众不分，场内场外不分"的仪式思维，也影响了作家的创作艺术。小说首尾照应，贾平凹将生与死、阴间与阳间、现实与虚构两个空间融为一体，最后凝聚在看目连戏表演的虞白脖子上一晃一晃的"再生人的钥匙"这一意象之上。人

---

① 阎连科：《天宫图》，载《天宫图》，江苏文艺出版社 2005 年版，第 104 页。
② 阎连科：《天宫图》，载《天宫图》，江苏文艺出版社 2005 年版，第 107 页。
③ 贾平凹：《白夜·后记》，华夏出版社 1995 年版，第 387 页。

生如戏，戏如人生。在生死、人鬼、真假之间，万物混沌一片，体现了进入中年后的贾平凹在疾病与危机的缠绕之中阅读《山海经》《易经》后对"混沌"的有意追求——"作品要写得混沌，不是文字的混沌，是含义的混沌"①。

死亡是日常生活之外的另一个世界。仪式，使此岸世界与彼岸世界获得了相互重合的神奇魔力，扑朔迷离。孙健忠的《死街》里，十八家里的木瓦屋建了有七八十年了。但是，人一睡着，便听到嗡儿嗡儿纺棉线的声音，这无疑是什么"吵鬼"发出的声音，折磨了几代人。他们家族"在七、八十年间，请过多少回老司，道士来捉鬼，可都没有捉到。捉鬼不成赶鬼，赶鬼不成敬鬼，敬鬼仍不成，十八只好来求助土地公公的威灵"②。捉鬼、驱鬼仪式的产生，是人类对死亡感到恐怖的直接后果。"从文化的角度讲，对死亡的思考和理解启开了人类对时间和空间的终极意义的思考。"③ 仪式，将目力见不到的彼岸世界转化为了想象中可以和现实界连接的另一空间。

当仪式所关注的双重空间被置入文学之中，现实的世俗世界和想象的神圣界并存。作家以民间信仰为依托，让文学作品中的鬼、神与人都拥有了独立的地位，可以在神圣界和世俗界中自由往来，产生了艺术空间的交错感，使小说指向了对人的生存状态和生存精神的关注和思考。

二 神圣时间的"现在"降临

因为有仪式空间的存在，所以"神在的时间"会使仪式举行的那一段时间具有神圣性，区别于世俗的物理时间。布朗认为，每个社会都有"仪式时间"和"实际时间"，而且，"每一次重复仪式或者任何有意义的行为（例如狩猎），便是重复神或者祖先的原型行为，这种原型行为发生在时间的开端，换言之，发生在一种神话的时间里面"④。也就是说，通过仪式来记忆和重演，将神圣时间引入，使世俗时间中断，将"现在"变成

① 贾平凹：《说舍得：中国人的文化与生活》，东方出版中心2006年版，第47页。
② 孙健忠：《死街》，作家出版社1989年版，第30页。
③ 王杰：《审美幻象研究：现代美学导论》，北京大学出版社2012年版，第137页。
④ ［美］米尔恰·伊利亚德：《神圣的存在》，晏可佳、姚蓓琴译，广西师范大学出版社2008年版，第383页。

"再现"，即"神显的时间变成了现在"① 而降临。

苏童的小说《仪式的完成》里，八棵松村从上古一直延续到民国年间，都要举行"拈人鬼"仪式，即"从活人中抓阄拈出鬼祭奠族人先祖的亡灵。每三年行一次仪式，适时所有村人汇至祠堂，在供桌上拈取一只锡箔元宝行至长者处拆开，其中必有一只画有鬼符，拈此元宝者即为人鬼。人鬼者白衣裹身，置于龙凤大缸内，乱棍打死"②。近六十年前，村民五林就做了人鬼，被乱棍打死成为了祭品。这一中断了近六十年的仪式，在民俗学家的坚持下，在八棵松村重演。没有想到，民俗学家抓阄抓到了"鬼"，在村民的狂热中差点葬身于铜缸老人的大缸。在恐惧之中，民俗学家挣扎而出，躲过了被乱棍打死的仪式这一环，但是在他离开村子时，恍惚之中被汽车撞死，其尸体掉入了龙凤大缸之中，仍逃避不了成为"祭品"的宿命——民俗学家的死亡只是对"仪式"的完成。在这个故事中，存在着两种时间：一是仪式进行的时间，即民俗学家和村民们重演古老的"拈人鬼"仪式的"现在"；一是仪式再现的历史时间。它包括对两个历史时间的记忆，其一是"拈人鬼"仪式发生于"上古"漫长的历史时间的"过去"；其二是在近六十年前，村民五林在"拈人鬼"仪式中拈到了人鬼，被乱棍打死在大缸之中成为了"肉牲"祭奠祖先亡灵的"过去"。一场仪式的展演，将多个时间缝织在一起，现实与历史，实与虚，统一杂糅于仪式的完成之中，令读者在多重时间的并存与连续之中，感受到人在面对死亡的宿命时无处可逃的悲剧体验。

苏童的另一篇小说《飞越我的枫杨树故乡》中，枫杨树乡村的族公屋里用楠竹削制的灵牌，会在人死后被焚烧，化成吉祥鸟驮死者升天。然而，丢了灵牌的幺叔，死后的灵魂因找不到归宿而满村晃荡，他在死去的忌日为自己敲响了丧钟。1956 年幺叔去世的那一年，"我"刚刚出生。幺叔死去后，"我"从城市出发，飞临遥远的枫树乡村。"我"走进了童家宗祠去找灵牌；"我"搜寻幺叔穿过的黑胶鞋，嗅到了幺叔的气息；"我"睡在摇篮里，以婴儿的眼睛目睹了幺叔的守灵之夜，每烧完一炷香，就要敲竹梆三十六下。敲竹梆的男孩在守灵的最后一夜，看见了"幺叔死后开

---

① ［美］米尔恰·伊利亚德：《神圣的存在》，晏可佳、姚蓓琴译，广西师范大学出版社 2008 年版，第 382 页。

② 苏童：《仪式的完成》，载《桑园留念》，人民文学出版社 2008 年版，第 234 页。

眼，眼睛像春天罂粟花的花苞，花苞里开放着一个女人和一条狗"①。苏童对枫杨树乡种种祭祀、丧葬仪式的描写，将"神圣的空间"和"神圣的时间"引入，在文学瑰丽的想象中，使世俗与神圣，现在与过去，真实与虚幻构成多层重叠，小说就在时间的多重交错的网络中展开，显示出了极大的叙事张力。无论是以宗祠、族屋、灵牌为代表的故乡的传统文化，还是以罂粟花、野狗、疯女人穗子为代表的自由、放浪的野地，或是坐船离开乡村来到城市，都无法接纳幺叔，幺叔的亡魂将永远无处皈依。

　　除了神圣时间和世俗时间在文学叙事中相互交错外，两者还可以交融一体存在于作品中，"时间功能的实现来自仪式符号以象征的形式与日常生活实践的相互建构"②。当代作家兼人类学学者潘平英以自己出生的侗族小村"盘村"——贵州省天柱县石洞镇盘杠村作为文学地理空间，完成了一部人类学文学作品《木楼人家》。该书以农历的十二个月来结构全书。从"正月"一直写到"十二月"，从年初到年尾，共十二章。而且，每一月的开头，都引用了一首侗族民歌。如"七月"一章篇首的民歌为"七月栽花月半间，路头烧香敬神仙。郎是神仙姣是鬼，神仙也怕鬼来缠"。民歌中突出的是七月半"烧香敬神仙""过鬼节"的仪式时间。在"七月"一章中，描写了盘村人过鬼节"敬土地""放本"的仪式。土地崇拜是侗族人的民间信仰，在七月半这一天，他们要"拿酒肉、糖果、米饭之类到土地庙去敬祭"；敬过"土地公"后，到晚上还要"放本"，即鬼师反复焚香念经，"把人的灵魂放到阴间去，与死去的祖先相会"，彼此倾诉思念之情，"说到哀切处，在场者无不流泪"③。

　　"每个民族都有自己独特的时间符号，这个时间符号一般产生于每个民族独特的历史行程中，凝结着该民族的集体记忆，成为该民族认同的主要标识之一。"④ 侗族盘村人以村民都可以理解的仪式，来处理人与自然、人与鬼神、人与祖先之间的关系，从而使群体的生活秩序化。除了在仪式中出现的"神圣时间"，"七月"一章也呈现了盘村人的自然时间。到了七月，村民要按照自然时间的节气安排农事活动，吃蜂子，处暑时去看放

① 苏童：《飞越我的枫杨树故乡》，载《枫杨树山歌》，重庆大学出版社 2011 年版，第 121 页。
② 房静静：《人类学视域下的时间与仪式》，《内蒙古民族大学学报》（社会科学版）2019 年第 4 期。
③ 潘平英：《木楼人家》，陕西师范大学出版社 2019 年版，第 120 页。
④ 侯灵战：《时间符号与民族认同》，《读书》2001 年第 10 期。

映的露天电影等。"自然时间"和"神圣时间"结合起来,将时间的表达拉回到了人类的生命历程、社会生产、日常生活之中,从而超越了物理时间的限制,打破了线性的时间观。

当作家将属于本民族独特的仪式,置于"过去"和"现在"的时间中去对比描写,可以让读者直面民族文化变迁中出现的危机和陷入的两难境地。孙健忠的《舍巴日》中,掐普居住的十必掐壳过着古老而又原始的生活。他们以树叶遮羞,以瘦肉、野果为食。这个被人遗忘了几千年的巴人部落仍延续着以人肉、人血祭祀化为白虎的祖宗廪君;为死去的老人"跳丧",唱"撒忧尔嗬",庆祝死者到了另一个世界;族人在摆手堂跳"舍巴日",娱神的同时也娱人;男女结婚要在天黑"抢亲"等。"十必掐壳"这一封闭的空间中的时间,是近乎停滞的神话时间。古老的仪式带来的神圣时间,唤醒的是遥远的民族历史、民族文化的原初生命力。

掐普走出了十必掐壳,嫁到了住瓦房、穿布衣的"里也","她当然还不明白,这原是一个民族所走过的路。同样一条路,这个民族走了几千年,而她只走了几十天"。"里也"也祭祀天王廪君,如掐普的公公独眼老惹自认被蜘蛛精缠了,举行了三天"还天王愿"的仪式;为了祈求来年果林的丰收,人们要举行禳祈仪式;岁末人们要穿上红衣服、点燃火把和爆竹、烧干柴"赶年"等。但是,"里也"人已经忘记了跳丧、跳"舍巴日",忘记了洪水中兄妹成婚的民族史诗。掐普嫁的男人宝亮,喜欢的是富裕的城市生活,他爱上了马蹄街上猫家饭铺里的老板娘岩耳。最后,掐普把"舍巴日"留在了"里也",她要走回自己的世界——十必掐壳,然而一切都已消失,她什么也找不到了。小说的结尾,掐普在时间与空间中迷失,隐喻着土家族的民族记忆、文化记忆在商业文明的冲击下走向消失,被人遗忘。孙健忠一方面表达了对所属的民族——土家族走向文明、发展、繁荣的希冀,同时又不无悲哀地表现了传统被离弃带来的茫然和民族发展中必然经历的阵痛。

总之,民间信仰仪式的举行,植入了"神圣时间",将"过去"的时间引入"现在"的时间之中,在现实中表现过去,从而构成了时间的"非均质"特征。这不仅有助于实现时间的多重功能,也在时间的交错、并列、对比、反差中引发对人类生存、文化走向的深沉思考。在古老的民间信仰基础上形成的仪式时间和仪式空间,蕴含着中国传统的时空思维,成为了 20 世纪中国作家激发灵感、追求文学诗性的资源,使文学作品突破了单一的空间叙事和单一的线性叙事，在传统的创化中显示出鲜明的先锋色彩。

第二节　仪式叙事的原型结构

民间信仰往往通过神话的讲述和仪式的表演来表达和传承。仪式的表演具有重复性、规范性和集体性，"因为仪式就在于不断地重复由祖先或神所曾完成过的一种原型行动，所以人类实际上就是在试图利用圣物来赋予人类的甚至是最普遍和最无意义的行动以'生命'。通过不断地重复，这个行动就与原型一致起来，同时这个行动也就成为永存的了"①。在实践中，仪式不断重复祖先或神曾完成过的原型行动，从而形成了"原型"并永久保存下来。

作为原型的仪式，"是通过一定程式化的'过程'的展开和多次'重演'，使现实的人沉迷于超现实的特殊情景和氛围之中，唤醒集体无意识，并使之变为现实行为的内驱力"②。在时间和空间中展开的作为原型的仪式，表现出鲜明的叙事性，形成了程式化的结构。而文学的叙事性和结构性特征，使它可以将仪式中保存的原型及其结构特征引入文学的文本中，两者形成了互为建构的关系。

一　"生—死—重生"的轮回

弗雷泽在《金枝》中分析了植物神崇拜仪式中的"生—死—重生"的生命轮回。受弗雷泽启发，哈里森的《古代艺术与仪式》提出了埃及人崇拜的神灵奥西里斯（Osiris）是众多死而复生的复活神的原型。在奥西里斯的节庆会上，埃及人会举行种种仪式，来表达神的死亡和复活。"诸神的死亡与复活，以及土地的肥力与果实收获是成正比的，这一切都在仪式中完成了，当然我们立马要指出的是——它也确定无疑地在艺术品中被完

---

① ［英］布赖恩·莫里斯：《宗教人类学》，周国黎译，今日中国出版社1992年版，第249页。
② 程金城：《原型批判与重释》，东方出版社1998年版，第252页。

成了。"①

在中国的民间信仰中，生与死、阳与阴之间的关系并非二元对立，而是在二元的文化意义的结构中彼此渗透、变易。在生命的轮回中，神圣时间与世俗时间在重复中具有了时间的可逆转性，仪式的结构也呈现了回溯式的特点。

诗人海子的《其他：神秘故事六篇》向来不太为人所关注。然而，这六篇故事显示了天、地、人、神、动物等宇宙生命之间息息相连，人与龟、鱼、蛇、公鸡之间没有界限。在这几个故事中，有多篇渗透了中国的民间信仰观念。《龟王》中石龟与雕刻它的石匠的生命融为了一体，化成了制止洪水、带来吉祥的"石龟王"，被人们摆上香案祭祀，埋在了河道中间，从此带来了平原的康乐安宁；《初恋》中出现了日夜苦修、报恩通灵的"蛇"；《公鸡》里，人们在盖新房、砌地基时，以公鸡头和公鸡血作为献祭；老人向洼地磕头求子；《南方》中在冬天举行埋葬"我"的葬仪，将人们带入了神话、传说、寓言的模糊时空中，充满了传奇的色彩。生活于其中的人与动物在死后，又获得了新生。由生到死，又由死回到生，循环不息，生生不止。

在海子的叙事诗《木船》《南方》中，人可以沿着时间的河流，溯流而上，由死返回到生。《木船》的开头和结尾形成了一个封闭的圆圈。一个婴儿被从上游驶来的充满奇香的木船带到了这个村子，村民对其身世一无所知；最后他离开人世的时候，木船又逆流而来，载着他向上游驶去，"向他们共同的诞生地和归宿驶去。有开始就有结束"，有结束就有开始。"因此那条船又很像是一块陆地，一块早已诞生并埋有祖先头盖骨的陆地。"②《南方》中八十一岁的"我"在死去被埋葬后，带着对生命的记忆，重返淌过的时间之河——三十多岁骑马的汉子，二十多岁注入情爱的身躯，离开家乡下着雨的夜晚，亮着灯的房间，桌上留下的信件，到最后，"我"走向坐在门前纺线的母亲，越变越小，成为了那个抬头望门的三岁的孩子。生命轮回的民间信仰，使时间可以逆转，空间可以返回，人死后又回到了生命原初的诞生之地，或者生命向相反的向度生长，重新回

---

① ［英］简·艾伦·哈里森：《古代艺术与仪式》，刘宗迪译，生活·读书·新知三联书店 2008 年版，第 6 页。

② 海子：《木船》，载西川编《海子诗全集》，作家出版社 2009 年版，第 317 页。

到了母亲的子宫。

《龟王》《诞生》《公鸡》篇中，生命可以在人与物的转世、轮回之间获得永恒。老石匠已与他雕刻的石龟王化为一体（《龟王》）；孤立无援、抗争着的"刀疤脸"被杀死的那一瞬间，他看到了妻子分娩了他留下的骨血，他死了又迎来了新生命的诞生（《诞生》）；老黑头盖新房用来献祭的漂亮公鸡，被砍了脖子后飞走，消失得无影无踪，洼地上留下了一个用红布包裹的男婴。婴儿额头上的两滴血和公鸡的羽毛，似乎暗示了他为公鸡转世而来。老黑头收养了男婴，来年他妻子竟然怀孕生下了一个女儿，让人敬畏于土地的威力和恩泽（《公鸡》）。正是在循环中，生命从生到死，又从死到生，这是基于东方民族古老的原始思维和生命运化、万物有灵、生死互渗互易的民间信仰在文学中的体现。

海子这种向死而生、生死循环转化的观念，在他的《太阳七部书·土地篇》中得到了充分的表现。《土地篇》按照季节的运行，第一章从 1 月冬开始，到第十二章 12 月冬结束，在时间的流转上形成了结构上的循环往复。在这首长诗中，死亡和新生并存，"死"与"生"相互转化。《土地篇》就是一场万物与人类存在的仪式的叙事。第一章中的老人是"情欲老人"也是"死亡老人"，他来自"灰色的瓮"。在"众神的沉默"中，他占有了月光下的人类处女。少女赴水而死，成为了"死亡和永生的少女"。第二章"神秘的合唱队"上演了一出古悲剧的断片，表达了"精神的自我"对"肉体的自我"超越的诉求。人类的精神自我将走向永恒，而肉体的自我却是短暂的，它们之间永远处于一种既统一又对立的二元对立的关系。第十二章"众神的黄昏"里，土地已经死亡，替代土地的是"欲望"。置身于这个绝望的时代，"我"已经死亡，然而又从原始存在中复活，在幻象和流放中创造了诗歌，升起"一盏真理的诗中之灯"。地狱的终点和天堂的起点形成了一个可以闭合的圆形——没有地狱的死亡，就无法获得天堂的新生。

"生—死—重生"仪式的循环，也暗喻了历史轮回的悲剧。苏童的《拾婴记》的开头是一只装有婴儿的柳条篮飞到羊圈之中；婴儿无人收养，被多人转手丢弃。结尾他化成了一只羊，重新又回到了羊圈。小说的开头和结尾形成了循环，时间似乎停滞不动，宿命的悲剧和人性的阴暗永远不曾改变。

莫言的长篇小说《生死疲劳》将民间信仰的佛教"生死轮回"观，演绎为一个地主西门闹的鬼魂之旅。小说的开头为"我的故事,从一九五〇年一月一日讲起",结尾是"到了蓝千岁五周岁生日那天,他把我的朋友叫到面前,摆开一副朗读长篇小说的架势,对我的朋友说:'我的故事,从一九五〇年一月一日那天讲起……'",首尾如一圆圈闭合,回环往复。小说第五部的题目"结语与开端",也体现了结构的轮回。小说的主人公西门闹从 1950 年到 2000 年,共经历了六次生命的轮回,正是建立在对"轮回""投胎""阎王殿"等民间信仰的基础之上。西门闹在土地改革期间被作为西门屯的地主枪毙,经历五次转世为动物驴、牛、猪、狗、猴,最后第六次转世为大头婴儿蓝千岁。从生到死,死后进阴间,到死后投胎转世,西门闹穿行于阴间、人间和动物界三界之间,呈现了半个世纪不同空间里权力的渗透及人性发生的异化。时间上的循环、重复,显示了历史苦难的轮回和生命力的"递降",从而传递了作者对历史和人性清醒的洞察——"生死疲劳"。

在"生—死—重生"的轮回中,时间在闭合的结构中循环,"周行而不殆"。闭合的圆圈式结构,其实和古老的循环时间观密切联系。古希腊毕泰戈拉(毕达哥拉斯)及其学派视灵魂为不朽,认为灵魂可以移居到其他生物体中,而且循环反复出现;认为一切有生命的东西都是血缘相通的。[1] 毕达哥拉斯的灵魂不朽观、循环时间论,和信仰阴阳相合相生的中国传统文化中最有影响力的时间观具有相似之处。生命由生到死,由死到生的轮回,打破了西方进化论影响下的直线式的时间观,重返传统的时间观念,重建人与自然律动之间周期性的关系,从而挣脱了现代社会单向、线性时间的暴政。"生—死—重生"也体现了通过仪式的"阈限程序",具有文学的原型意义。

二 "牺牲—献祭"的狂欢

在中国传统民间信仰中,仪式能够完成人与神的交流和沟通,祭献"牺牲"是为了获得神的庇护和保佑。"牺牲以及牺牲的祭献构成了仪式非常重要甚至是可不缺少的因素、要件和程序。"[2] 在人类的祭祀仪式中,牺

---

① 转引自汪子嵩等《希腊哲学史》第一卷,人民出版社 1988 年版,第 260 页。
② 彭兆荣:《人类学仪式理论与实践》,陕西师范大学出版社 2019 年版,第 244 页。

牲的内容有人牲、动物牲、植物祭品等。献祭牺牲是达到交通天地人神、沟通生死的方式；"死之献祭"后，是"生之狂欢"，以生命来交换生命，在死亡与再生的循环中，来实现生命的生生流转，充满了自远古以来人类生命的激情。从存在的意义上来说，这就是海德格尔在《存在与时间》中所说的，人以死亡来超越此在的自我生命的"沉沦"。

文学的起源与祭祀仪式之间具有密切的关系。弗莱认为，悲剧产生于牺牲仪式。在悲剧神话中，主人公即神的死亡是与某种仪式相关的，能够给人带来肃穆之感。"古希腊的戏剧结构就是从酒神仪式结构中发展而来的。"① 和古希腊戏剧一样，中国的戏剧也诞生于祭神仪式。古老的傩戏就是祭祀的仪式剧，戏剧的结构和巫师主持的仪式化活动相关，"通观这不同的仪式活动，它们大都由两个基本的行动模式组成。这就是'迎'与'送'"②。事实上，除戏剧外，20 世纪中国小说、诗歌、散文创作中，也出现了"祭祀"仪式的文化原型。

在鲁迅的小说、散文中，"祭祀"的仪式原型经常出现。充满悲剧色彩的启蒙者，就像悲剧中的英雄，将自己作为"牺牲"，献祭于启蒙的祭台之上。然而，在鲁迅所描写的"牺牲—献祭"仪式的施行中，从"牺牲"到"献祭"并未很好地得到成功的转换，"献祭者"死在了被围观的祭台之上，而"献祭者"的牺牲，并没有使祭祀者的灵魂达到净化与升华，他们之间永远是隔膜的，无法达到"祭献"的目的。正如鲁迅所说："牺牲为群众祈福，祀了神道之后，群众就分了他的肉，散胙。"③

鲁迅的小说《药》由"牺牲""献祭治病"和"上坟祭奠"几种仪式行为组合而成，它们将"牺牲者"与"祭祀者"无法沟通的悲哀深入地表达了出来。革命的先行者、启蒙者夏瑜被砍头，他的身体和鲜血成为"献祭"的牺牲，以护佑作为祭祀者的民众。然而，主持砍头仪式的是凶残、粗俗、市侩的刽子手康大叔；围观血祭仪式的是众多冷漠、麻木的民众。启蒙者夏瑜的"牺牲"并未唤起民众在神圣的牺牲中，疏散自己的同情和怜悯之心，更谈不上产生崇高和庄严的情感。这注定了是一场失败的"献祭"仪式。启蒙者为了群体的利益牺牲了自己，然而他的牺牲，只满足了

---

① 胡志毅：《神话与仪式：戏剧的原型阐释》，学林出版社 2001 年版，第 198 页。
② 胡志毅：《神话与仪式：戏剧的原型阐释》，学林出版社 2001 年版，第 199 页。
③ 鲁迅：《两地书·二二》，载《鲁迅全集》第十一卷，人民文学出版社 2005 年版，第 76 页。

无聊的看客们内心嗜血的欲望，成为华家茶馆里人们茶余饭后的谈资。夏瑜的鲜血，变成了治疗华小栓肺病的人血馒头，启蒙者被民众送上了死亡的祭台，成为被吃的"祭品"；而吃下"祭品"的小栓并未得到康复，反而走向了死亡。鲁迅所表现的是启蒙者即使"献出自身"也不被民众理解，而祭祀者在无情、冷漠中加速走向了死亡的双重的悲哀。

在《野草》中，鲁迅的《复仇》（其二）描写了"神之子"耶稣被钉死在十字架上的那场伟大的"献祭"仪式。耶稣面对来自四面的人的敌意、辱骂、戏弄、讥诮，他并没有退缩，反而以大悲悯对待这些可悯之人的悲哀，以大欢喜承受钉杀的大痛楚！走上祭台拯救人类的"神之子"，却葬身于被拯救者之手，延续的仍然是"献祭者"巨大的悲哀！

在《野草》的另一篇《复仇》中，鲁迅让广漠的旷野中，一场面对面杀戮的"献祭"仪式走向了静止。作为"祭品"的他们对立，没有牺牲的鲜血和暴力可以被欣赏，甚至没有"献祭"仪式的任何动作，就这样静止地面对面站立着，既不拥抱，也不杀戮，让那些围观的看客们无聊到觉得"干枯"，而献祭者则"以死人似的眼光，赏鉴这路人们的干枯，无血的大戮，而永远沉浸于生命的飞扬的极致的大欢喜中"①。鲁迅清醒地意识到"献祭者"和"祭祀者"之间永远无法沟通的悲哀。他在愤激之中，让他们不再将自己祭献于祭台，反而将"裸着全身，捏着利刃，对立于广漠的旷野之上"的古老的"献祭"仪式改写成了一个向"祭祀者"或"看客"进行精神复仇的事件。

"牺牲—献祭"的仪式，作为古老的文化原型，它们也是民族集体举行的仪式。当代诗人杨炼、海子等将它们引入诗歌的创作，建构了独特的空间艺术，也表达了对生命存在的独特体认。

首先，他们将诗人当成主持仪式的祭司，从人类的原始生存中汲取激情，接受古老的民间信仰悠远的召唤，使诗歌具有历史的深邃、厚重感。

杨炼的一本诗集命名为"礼魂"，显然是要表达对屈原及其创作的《九歌》的敬意，屈原的《礼魂》为《九歌》最后一篇。"礼魂"是祭祀仪式中最后送神鬼离开的仪式。在这一庄重的祭祀仪式中，男女青年"唱着歌，打着鼓，手拿花枝齐跳舞"。王夫之认为"礼魂"是祭祀各神之后的"送神之曲"。"春兰兮秋菊，长无绝兮终古"，即春秋代序，祭祀之礼

---

① 鲁迅：《复仇》，载《鲁迅全集》第二卷，人民文学出版社 2005 年版，第 177 页。

终古不废。杨炼的《礼魂》由《屈原》《半坡》《敦煌》《诺日朗》四个组诗组成。在《屈原》组诗中，屈原身处天崩地裂的时刻，如被献祭的"祭品"。面对宇宙，屈原虔诚地"跪下/心里挣扎着一个伟大的启示/像鹰在血污间抽搐，松针在/山上/祭坛在少女们残忍的梦中"。他忍受着献祭的苦难，在漂泊和死亡的宿命中，追问宇宙和万物的本质，人类的文化和智慧的终极处境，让人们看见了"世界如何展开壮丽的葬礼和史诗"，也让人感受到从"巨大的深渊"中觉醒的人类，以脆弱的"智慧"反抗永恒而混乱的宇宙的悲剧命运。

《半坡》组诗中有《祭祀》一诗，在吹响的祭祀的牛角号声中，"一千个灵魂飞去，寻觅一座栖息的茅棚"，他们在痛苦、厌倦、焦躁中反复质问"我们究竟为什么要复活？"他们看见了人们以土、水、火作为祭品，献祭于天、地、水、太阳、鬼，他们在龟甲上"疯狂占卜"，他们将自己献祭，然而终不能摆脱痛苦和死亡。尽管如此，诗歌的结尾仍在不怜悯、不退缩的清醒和坚定之中，以歌声祈祷东方"无边的宁静"。

《诺日朗》组诗中的《血祭》就是一场"血祭"仪式的复现。"用殷红的图案簇拥白色颅骨，供奉太阳和战争/用杀婴的血，行割礼的血，滋养我绵绵不绝的生命。"① 以牺牲奉献于神灵，用血来"装饰废墟和仪式"，显示的不是懦弱和悲哀，是人类生存的勇气和信念——在死亡的狂欢中，超越死亡，重获新生。

海子要做一个热爱"人类秘密"的诗人。"这秘密既包括人兽之间的秘密，也包括人神、天地之间的秘密。"② 在《我热爱的诗人——荷尔德林》中，海子引用了荷尔德林的诗句："诗人是酒神的神圣祭司，/在神圣的黑夜中，他走遍大地"，这是他的诗歌理想——他是将诗歌理想和诗歌行动两者统一起来的诗人。

海子的诗歌多次写到死亡，然而"断头的时候正是日出"③，死亡，更像是一场生命的献祭；死亡不是终结，而是重生。"牺牲—献祭"在诗歌中出现的频率，在海子自杀之前的一二个月内更加频繁。《春天》的时刻，

① 杨炼：《诺日朗》，载《礼魂及其他：中国手稿》，华东师范大学出版社 2015 年，第 60 页。
② 海子：《我热爱的诗人——荷尔德林》，载西川编《海子诗全集》，作家出版社 2009 年版，第 1071 页。
③ 海子：《动作（〈太阳·断头篇〉代后记）》，载西川编《海子诗全集》，作家出版社 2009 年版，第 1035 页。

"我内心混沌一片/我面对这春天/我就是她的鲜血和黑暗"①，"我"在死亡中复活；为迎接《拂晓》黎明的到来，太阳"要断头流血"，"所有的你都默默包扎着死去的你"，要"抛掷头颅，洒尽热血"②，才能迎来新的一天；《月全食》中，"我"就是"牺牲"，"我的爱人住在贫穷山区的伞中，双手捧着我的鲜血/一把斧子浸在我自己的鲜血中"③；《春天，十个海子》更像是一场死亡后"复活"的狂欢仪式，他们"低低地怒吼"，"围着你和我跳舞，唱歌"，十个海子的灵魂在春天得到了复活，只留下了一个黑夜的孩子"沉浸于冬天，倾心死亡"④，无法自拔；即使在《献给太平洋》的婚礼上，"你自己的血染红你内部孤独的天空"⑤。从 1989 年 1 月到 2 月，海子修改旧作并连续创作了多首"献诗"——包括《最后一夜和第一日的献诗》（1989.1.16 草稿，1989.1.24 修改）、《献给太平洋》（1989.2）、《太平洋的献诗》（1989.2.2）、《黑夜的献诗》（1989.2.2）、《献诗》（1989.2.9）、《献诗》（1989）。这些诗或献给太平洋，或献给黑夜，献给黑夜的女儿，实则都是献给死亡之神。在献祭的仪式中，表达了死亡的宁静、永恒和诗人内心刻骨的寂寞与孤独。

其次，他们都关注到了民间信仰对于诗歌形式创造的意义，将仪式的程序、结构引入诗歌创作之中。

杨炼的名篇《诺日朗》发表于 1983 年，其创作时间要早于"寻根文学"思潮发生的 20 世纪 80 年代中期。这一组诗和收入《礼魂》中的诗歌一样，返回到历史深处，回到中华民族文化的源头，从女娲补天、一千次死亡再生为神（《神话》）、献给太阳神圣的祝颂（《陶罐》）、葬礼（《墓地》）、祭祀（《祭祀》）、朝圣（《朝圣》）、折断牛角的祭奠（《高原》）、飞天的女神之灵（《飞天》）、幽灵的复活（《颂歌》）等带有神秘色彩的仪式中，汲取原始的生命力量，以仪式来连接"过去"和"现代"，探寻死亡，追问永恒，展示人类生存的困境。

在创作《诺日朗》前，杨炼有一次文化的漫游，从四川（包括九寨沟诺日朗瀑布）到巫山、小三峡、宜昌、秭归等地，此行搜集到了土家族

---

① 海子：《春天》，载西川编《海子诗全集》，作家出版社 2009 年版，第 532 页。

② 海子：《拂晓》，载西川编《海子诗全集》，作家出版社 2009 年版，第 536 页。

③ 海子：《月全食》，载西川编《海子诗全集》，作家出版社 2009 年版，第 537 页。

④ 海子：《春天，十个海子》，载西川编《海子诗全集》，作家出版社 2009 年版，第 543 页。

⑤ 海子：《献给太平洋》，载西川编《海子诗全集》，作家出版社 2009 年版，第 536 页。

"老人鼓"的民间葬礼仪式。① 杨炼将这种来自四川、湖北秭归等地民间的丧礼仪式，直接用在了组诗第五首《午夜的庆典》中。《午夜的庆典》全诗由"开歌路""穿花""煞鼓"组成，诗歌的结构和杨炼采风的民间丧葬仪式的结构完全一致，体现了杨炼所致力的目标："我希望在每一首诗的形式创造中，有意识地加强中文诗歌传统中的空间性，把它发展到极致。"②

土家族人初死，要为死去的灵魂唱歌开路，即"开歌路"；"穿花"即围着棺材转，又称为"绕棺"。"穿花"有一整套表演仪式，在缓慢、哀怨的锣鼓声中，"穿花"之人庄重虔诚，屈膝叩胸，在棺材周围起舞，充满了欢乐之感；"煞鼓"即从出殡，到把亡人送到墓地安葬完毕，要一直伴随着丝弦锣鼓的演奏，直至整个丧葬仪式的结束。《午夜的庆典》沿用了民间"葬礼"的结构，显示了土家族人对"死亡"的一种态度——以歌声、舞蹈、音乐送亡人上路，欢欢喜喜进入另一个世界，视"死亡"为一场"庆典"的狂欢。在诗歌的最后"煞鼓"篇中，"我说：活下去——人们/天地开创了。鸟儿啼叫着。一切，仅仅是启示"③，在生命遭受蹂躏、毁灭、流离、死亡之后，天地万物重新得到了"尊严和性格"，在"创世纪"中获得了生命和神圣的启示。

杨炼受到中国民间信仰的影响，获得了诗歌创造的灵感；海子对信仰和仪式的关注，不仅来自于以《山海经》《楚辞》为代表的中国儒道传统之外的文化的启示，也接受了古希腊的悲剧、荷马史诗、印度史诗《摩诃婆罗多》《罗摩衍那》、婆罗门教、印度教的古圣梵典《奥义书》、伊斯兰教的教义经典《古兰经》、基督教经典《圣经》旧约、荷尔德林的诗歌等丰富、庞杂的外来文化的影响。海子相信伟大的诗歌"是主体人类在原始力量中的一次性诗歌行动"，将包括"民间信仰、传说和文献"在内的原始材料化为诗歌，表现了诗人"伟大的创造性人格和伟大的一次性诗歌运动"④。

---

① 冯汉彬：《屈原的天问精神比但丁还伟大——专访当代著名诗人杨炼》，《三峡晚报》2017年5月27日第17版。
② 杨炼：《冥思板块的移动——杨炼、叶辉对谈录》，载《幸福鬼魂手记》，上海文艺出版社2003年版，第249页。
③ 杨炼：《诺日朗》，载《礼魂及其他：中国手稿》，华东师范大学出版社2015年版，第65页。
④ 海子：《诗学：一份提纲》，载西川编《海子诗全集》，作家出版社2009年版，第1048页。

海子在《动作（〈太阳·断头篇〉代后记）》中说："然后我们就通过诗人找到了老歌巫的嘴唇，它代表着祭礼、婚礼和葬礼。"① 古老的祭礼、婚礼、葬礼之歌，在老歌巫的吟唱中复活，也是诗人海子让这些仪式之歌复活，自己也从中获得了生命的力量。

戏剧来源于古老的仪式。海子的《太阳·七部书》中，有《断头篇》《土地篇》《弑》《诗剧》《弥赛亚》五部为诗剧，里面既有西方悲剧中常出现的合唱队，又有宗教信仰仪式中的祭司、司仪（盲诗人）、长老、颂歌、天堂的夜歌、天堂的大合唱，保存了"理想的天地和诗性的自由"②；既有举行祭祀仪典的仪式空间如金字塔、太阳神庙，还有主持祭仪的巴比伦国王、女巫，中国的成吉思汗及其制定的法典"大扎撒"等，它们都属于"集体的创造"，是"人类的集体回忆或造型"③。

海子的《太阳·七部书》的每一部都像是一场死亡的献祭。《断头篇》中，宇宙诞生，原始火球炸开，"天空死了""时间死了"，湿婆既是毁灭之神、苦行之神、舞蹈之神，也是盗取天空之火堕入永恒的地狱中，为人类练火、带来光明而受难、苦修的神；"断头战士""用头颅雕刻太阳，逼近死亡"。"无头人"在《弥赛亚》中再次出现。他"在曙光中/抱头上天"，"人们叫我黎明：我只带来了奉献和歌声"。他带领三千儿童杀下了天空，降临在大地，最后"眼含尘土和热血/扶着马头倒下"。《土地篇》里王子要拯救人类的少女，必须放弃"诗和生命"，以此作为给"情欲老人死亡老人"的"献祭"。《你是父亲的好女儿》里，血儿的"闪电的舞蹈"和着五年的鼓声和扎多正的吼叫，就是一场充满激情的女巫的祭祀歌舞。

《太阳·七部书》中，创作最完整、成就最突出的是《弑》这一部。《弑》被海子标注为"程式和祭祀歌舞剧"，是海子未完成的"仪式诗剧三部曲之一"（另外两部仪式诗剧是未完成的《吃》《打》）。《弑》的舞台背景是太阳神庙，音乐用了鼓、锣、佛号、喇叭、鸟鸣、雷鸣、人声。骆一禾称海子的《弑》为"一部仪式剧或命运悲惨文体的成品，舞台是全

---

① 海子：《动作（〈太阳·断头篇〉代后记）》，载西川编《海子诗全集》，作家出版社 2009 年版，第 1034 页。
② ［德］尼采：《悲剧的诞生》，周国平译，生活·读书·新知三联书店 1986 年版，第 101 页。
③ 海子：《诗学：一份提纲》，载西川编《海子诗全集》，作家出版社 2009 年版，第 1052 页。

部血红的空间，间或楔入漆黑的空间，宛如生命四周宿命的秘穴"①。"血红"即"死亡"的象征。女巫已经预见了众多人物"牺牲"的结局——"他们镇定心神，走向自己的牺牲。吉普赛和青草是牺牲。红是牺牲。十二反王是牺牲。巴比伦王和宝剑则是毁灭"②。衰老的巴比伦王要用参加诗歌竞赛来决定王位的继承人。但是竞赛失败的诗人将被杀害在断头台上，以鲜血和头颅来祭奠太阳神庙——"是给血腥的太阳之神的丰厚的牺牲之礼"。海子在这里改写了弗雷泽《金枝》中写到的古罗马的习俗：要成为神庙的祭司，必须杀死守卫着圣树的祭司，才能取而代之，成为新的祭祀之王和"森林之王"。相同的是让死亡成为"祭献"，不同的是海子要让最优秀的诗人登上"王者"之位。

海子在《弑》中运用了仪式音乐、仪式舞蹈、仪式空间、仪式道具、仪式暴力等元素来丰富诗剧的表现手段。第一幕第五场，公主红召唤"影子"姐妹们一起跳起了"影子舞"。在人们沉睡的时候，万物的灵魂的影子，在田野、树林里自由地飘荡。风，是她们的血液，把她们送到四面八方。她们跳起的舞蹈"像烛火一样在风吹下飘动"，"美丽而悲惨"。《弑》第二幕的舞台说明——"有一种幻觉、错乱、恍惚，类似宗教大法会的气氛"，赋予了"大法会"仪式的庄严、肃穆。海子还让演员们戴上了举行仪式时常使用的面具，如第八场中演员戴上了面具扮演"绿马"（生育之马）和"红马"（死亡之马）；第十场演员们戴上的面具是殷商时代的兵器"鉞"，面具呈现了"粗笨的人形"，富有丰富的象征色彩。而整部诗剧的结构就是"牺牲—献祭"，所有参与刺杀巴比伦王的猛兽、吉普赛、青草，寻找妻子和孩子的宝剑，发疯了的公主红，以及巴比伦王自己最后都全部死去，成为了太阳神庙的"献祭"。

如果说"献祭"精神进入鲁迅的文化心理结构之中，影响到他小说的人物塑造、结构设置，那么诗人杨炼、海子都有意识地到原始祭祀仪式中去寻找艺术创作的原动力。海子说"保存四季、仪式、诞生于死亡的大地艺术"，给了他"结实的心"③。他要用大诗的方式，来复原远古的神话、

① 骆一禾：《海子生涯：1964—1989》（代序一），载西川编《海子诗全集》，作家出版社2009年版，第2页。

② 海子：《太阳·弑》，载西川编《海子诗全集》，作家出版社2009年版，第828页。

③ 海子：《动作（〈太阳·断头篇〉代后记）》，载西川编《海子诗全集》，作家出版社2009年版，第1036页。

仪式的传统。在他的诗作中，献祭的仪式，与复仇的行动，与流血与死亡，以及死亡后获得的新生紧密联系在一起。杨炼认为"一首成熟的诗，一个智力的空间，是通过人为努力建立起来的一个自足的实体"①，仪式空间的结构给予他创新的灵感。他像一名祭司，从民族文化的根脉之处溯本求源，到祭祀仪式、神话、文化遗址中寻找生命意志和超越自我的悲剧精神，在仪式化的审美中表达了对自然、人类生命的哲学、本体、存在的领悟和深刻的认知。

三 "逐除—净化" 的重建

在作为原型的仪式的组成中，"驱邪仪式""净化仪式"是非常重要的仪式类型。《礼记·郊特牲第十一》将中国的仪式按照效用进行分类，共分为三种："祭有祈焉，有报焉，有由辟焉"②，即包括祈请仪式、报谢仪式和弭灾仪式。其中，弭灾之仪是指驱除邪疫，净化圣域，让各种灵物重新回到自己的秩序中去。

目连戏是民间襄鬼、超度亡灵、祈福的仪式剧。鲁迅在家乡绍兴多次看过目连戏的演出，并对索命鬼无常的两句台词"哪怕你，铜墙铁壁！哪怕你，皇亲国戚"记忆尤深。鲁迅创作的《朝花夕拾·无常》《且介亭杂文末编·女吊》里的"无常"和"女吊"都是"目连戏"中出现的鬼魂。日本学者丸尾常喜认为鲁迅的《阿Q正传》的小说结构设置为：陈述阿Q的生涯—优胜记略—生计问题—不准革命—阿Q受到审判，运用了绍兴目连戏里保留的镇抚、祭奠各类冤魂恶鬼的道教"黄醮"仪式的结构：首先，是由幽灵之鬼倾诉；其次，是对他们进行审判；最后，是由冥王判决、对恶鬼进行惩罚，对冤魂进行超度，即"团圆"。③ 两者有内在的一致性，体现了目连戏对鲁迅创作产生的潜移默化的影响。

傩戏是民间祭祀仪式上的一种歌舞表演形式。傩，先秦时写作"难"，两汉以后写作"傩"，其意为"撵除""驱除"之意。沈从文小说中多次描写了湘西驱傩仪式。《周礼·方相氏》中记载的"方相氏掌蒙熊皮，黄

---

① 杨炼：《智力的空间》，载《鬼话·智力的空间》，上海文艺出版社 1998 年版，第 157 页。
② 《礼记·郊特牲第十一》，载王文锦译解《礼记译解》（上），中华书局 2001 年版，第 361 页。
③ ［日］丸尾常喜：《"人"与"鬼"的纠葛——鲁迅小说论析》，秦弓译，人民文学出版社 1995 年版。

金四目，玄衣朱裳，执戈扬盾，师百隶而时难，以索室驱疫"，就是当时巫师戴着面具驱鬼逐疫的仪式。这种源于远古的祈福禳灾的仪式，仍保存在沈从文笔下的湘西世界中。湘西苗族崇拜傩公傩母之神，每年都要举行傩祭活动来驱鬼、酬神。沈从文的《神巫之爱》《凤子》等小说描写了神巫驱鬼、酬神的仪式歌舞，给所有参与仪式的人带来了无限的欢喜。《神巫之爱》的"晚上的事"一章，在第一场"迎神—供神"之后，神巫披挂上场跳傩。在人们表达愿望之后，神巫"即向鬼王瞪目，再向天神磕头，用铜剑在这人头上一画完事"。到第四场"送神"，众人围成一圈，神巫圈在中间，"把稻草扎成的蓝脸大鬼抛掷到火中烧去，于是打鼓打锣齐声合唱①。《凤子》突出了敬神谢土仪式的庄严和人神同乐的喜悦。

在日常生活的秩序出现了混乱、变故之时，人们通过敬神逐鬼的仪式，来重新恢复正常生活的平静。沈从文的《山鬼》里，巫师认为，毛弟的哥哥之所以癫了，是因为他"得罪了宵神，当神撒过尿，骂过神的娘，神一发气人就癫了"。癫子一连失踪几日，她的母亲"为了癫子的平安，曾在傩神面前许了一匹猪，约在年底了愿心；又许土地夫妇一只鸡，如今是应当杀鸡供土地的时候了"②；除了杀鸡祭献土地神，她还到山神土地庙处烧了香纸。《阿黑小史》中，阿黑病得厉害时，请五明的干爹到她家里来捉鬼。老巫师头戴红帕子，背着追魂捉鬼的用具前来念咒驱鬼。五明十天后再见阿黑，感到她就是观音，"那么慈悲，那么清雅，那么温柔，想象观音为人决不会比这个人更高尚又更近人情。加以久病新瘥，加以十天远隔，五明觉得为人幸福像做皇帝了"③。然而，驱鬼仪式带来的疾病好转，并没有持续很久，阿黑还是在嫁给五明前死去。

巫歌，是巫师在仪式活动中的吟诵和唱诵，参与仪式的人也可以一起参与唱诵，"主要用于祭祖崇拜、祈求丰产和禳灾还愿，为巫师家传或师传"④。女作家方棋多年来从事神话研究，梳理巫傩经卷。她的长篇小说《最后的巫歌》深入三峡里保存的神秘的巫文化深处，描写了尊奉白虎为图腾的虎族人的命运。从"引子"中古老的虎族后代沿着预言的轨迹行走，在1934年干旱之中，他们伴随着梯玛古老的巫歌，开始了族谱记载

---

① 沈从文：《神巫之爱》，载《沈从文全集》第9卷，北岳文艺出版社2002年版，第388页。
② 沈从文：《山鬼》，载《沈从文全集》第3卷，北岳文艺出版社2002年版，第339页。
③ 沈从文：《阿黑小史》，载《沈从文全集》第7卷，北岳文艺出版社2002年版，第251页。
④ 方棋：《最后的巫歌》，作家出版社2010年版，第361页。

的第 N 次迁徙。梯玛夏七发用竹卦问卜神灵，用巫歌替族群禳灾驱邪。小说的"尾声"再一次又回到了虎族迁徙的历史，"祖先和族人去的，都是同一个地方"①。尽管到今天，故事发生的地方已被水淹没，骑着摩托车而来寻找血缘联系的虎族后代将逐渐失去族群的历史记忆，但是负载着讲述虎族迁徙历史、祛魔辟邪的巫歌仍然在远处云雾间回荡，和"引子"中的巫歌形成了回旋照应。虎族人界与神界、今人与先人、历史与未来，或许可以在民族巫歌吟唱的仪式里重新接续它们之间的密切关系。

为了实现"驱邪逐疫"的目的，逐除仪式采取了请神降神、跳舞娱神、吟唱、念咒辞、祭献血牲等实施性行为，以将不利的因素转移，重新恢复秩序。这种人与天地万物之间的关系，人与圣洁、邪恶同处而且可以通过仪式进行转化，非圣非邪，亦圣亦邪，正是我们民族文化深处的基因组成内容。它们唤醒了人与自然相通的灵性，同时"逐除—净化"的仪式逻辑，也影响到了小说的结构设置的模式。

第三节　意象的庄严神秘

民间信仰是一种象征系统。它能构造大量的象征符号，这些符号赋予了其象征性。借助于象征的中介，通过营造种种意象化的符号，民间信仰建构了它的神圣空间，并使神圣空间得以拓展和延伸。

民间信仰的象征思维是原始的思维方式的反映。它与原始宗教、原始神话、原始艺术之间有非常密切的联系。20 世纪中国作家的文学作品中出现的一些带有原始文化色彩的意象，与民间信仰具有非常密切的关系，如动物意象、植物意象、死亡意象、面具意象等，赋予了作品丰富的文化意蕴。

一　图腾意象

在原始社会，图腾是氏族守护神或氏族的祖先，被认为与氏族成员之

---

① 方棋：《最后的巫歌》，作家出版社 2010 年版，第 358 页。

间有血缘关系，成为了凝聚氏族成员的黏合剂。图腾崇拜是崇拜某些人格化的植物、动物、其他自然物等的仪式，认为它们神圣不可侵犯。图腾崇拜产生于原始初民自发的崇拜心理，将植物、动物等当成他们膜拜的对象，赋予了动植物以灵性。

当对植物、动物、自然物的膜拜，以重复性的、社会标准化的仪式行为出现在文学作品中时，一方面，因人与植物、动物之间的血缘联系被赋予神秘和神圣的色彩，成为了关于民族信仰、神话的集体记忆的载体；另一方面，植物、动物作为具有象征色彩的符号多次出现，成了具有文化蕴涵的文学意象。

动物图腾在少数民族作家的笔下出现频率最高。如鄂温克族作家乌热尔图的小说《萨满，我们的萨满》《丛林幽幽》中描写的"熊图腾"、彝族诗人吉狄马加诗歌中护佑彝族的神鸟"鹰图腾"、土家族作家孙健忠、叶梅小说中出现的"白虎图腾"、朝鲜族诗人南永前诗歌里的"熊图腾"等，它们被视为本民族的保护神或民族的祖先，在民族古老的神话、传说中保存，是民族文化心理深层结构的沉淀。

如南永前的诗歌《熊》称"熊"为"始祖母"，"以星为眼/以月为腮/以甘露为血液/化为芙蓉娇娇之熊女/世间精灵之始祖母"。在朝鲜族的神话中，"熊女"与天神合欢于檀树之下，生儿育女，哺育了族人。他们经历了在庞大山峦中迁徙的苦难，"为牵月赶日之自由魂/于神檀树下击长鼓舞彩练/始祖母 始祖母"[1]，表达了对熊祖先的感恩和对民族文化的认同。

有些作家不是少数民族，但是他们作为文化的观察者，描写了当地少数民族的图腾崇拜。迟子建的长篇小说《额尔古纳河右岸》里出现的鄂温克族人的"熊图腾""鹿图腾""火崇拜"等，形成了一个充满灵性的意象群，共同营造了神圣的仪式空间和民间信仰的氛围。

汉族也有自己的图腾崇拜。除"龙图腾"外，还有"凤图腾""鸟崇拜""蛙崇拜""白鹿崇拜""蛇崇拜""麝崇拜""刺猬崇拜"，等等。"龙图腾"是中国古老的图腾崇拜。人们相信龙乃降雨之神，所以为了求雨，人要向龙王祭祀。赵树理的《求雨》、郑义的《老井》、陈忠实的《白鹿原》、李锐的《万里无云》等很多小说都描写了祈雨的仪式，场面

---

① 南永前：《熊》，载《圆融》，辽宁民族出版社2003年版，第5页。

浓重而悲壮。华夏民族一代又一代人，在他们面临干旱、饥饿威胁时，祭祀的就是播撒甘霖的龙神。

在莫言的小说《蛙》中，"蛙"是古老的生殖崇拜的象征。青蛙的生殖能力强；女娲造人，"蛙"同"娲"谐音。"据有的专家认为，女娲的原型是对青蛙（蟾蜍）图腾的崇拜，在女娲的名字中就蕴含着远古的文化信息，女娲的名字，即表明其来源于蛙神的崇拜。"①《蛙》中蝌蚪谈到小说的书名时说："暂命青蛙的'蛙'，当然也可以改成娃娃的'娃'，当然还可以改成女娲的'娲'，女娲造人，蛙是多子的象征，蛙是咱们高密东北乡的图腾，我们的泥塑、年画里，都有蛙崇拜的实例。"② 莫言小说以"蛙"命名，既是自然之蛙，也是生殖崇拜之蛙，亦是代表生命的娃娃，多重的象征意义集于一体。小说讲述了一个乡村妇产科医生"姑姑"的人生经历。在计划生育时代，经"姑姑"之手流产的超生胎儿无数，他们的生命被残忍地剥夺，造成了"姑姑"后半生的煎熬和"赎罪"——为千万个婴儿接生。"蛙崇拜"所传达的对生命的信仰，正是莫言要表达的"我们对人的生命，从其孕育之始，就保持最高的尊重"③。

在南方多山林、多水、气候潮湿的环境中，蛇很常见。蛇以其可以蜕皮新生和旺盛的生命力被人膜拜。古代中国许多部落氏族崇拜蛇，人类的始祖伏羲、女娲都是人首蛇身。许慎的《说文解字·释蛇》中说："东南越，蛇种。"这揭示了中国东南百越之族独特的蛇图腾崇拜。在江南一带至今还有"蛇郎君"的传说，仍保留了对"蛇神"的祭祀。苏童的小说《黄雀记》描写了祖父的房间里，有一条大蛇盘踞在祖父的床柱上。父亲不允许保润用铁锹去打蛇，他说："家蛇不咬自家人，听说是祖宗的灵魂变的，能替后代守家。"④ 视蛇为灵物、圣物，认为乃祖先灵魂所变，它可以护坟、看家、守院，被尊为"蛇神"，这都是源于古代先民对蛇的图腾崇拜。

在中国的民间信仰中，众多植物也成为人们信仰的图腾。如苗族对枫树的膜拜，彝族对竹子的崇拜，云南的佤族、景颇族、傣族对谷神的祭拜，朝鲜族对檀树的崇拜等。贾平凹的《山本》中涡镇的人崇拜那棵古老

① 朱海鹰：《云南澜沧江流域失落的蛙文化》，《云南艺术学院学报》2003 年第 4 期。
② 莫言：《蛙》，上海文艺出版社 2011 年版，第 213 页。
③ 莫言：《蛙》，上海文艺出版社 2011 年版，第 151 页。
④ 苏童：《黄雀记》，浙江人民出版社 2019 年版，第 24 页。

的皂角树，它是守护着涡镇的神树。这棵年岁久远的皂角树能通灵，如果有德行好的人从它下面过，它就会掉下一两颗皂荚来。在皂角树被火烧死"自杀"之后，井宗秀连日做梦，梦见的都是已经死去的人。

"葫芦"因其形状酷似女性母体、葫芦多子等，使人们相信人从"葫芦"里来，死后亡灵又要返回到"葫芦"中去。"绵绵瓜瓞，民之初生"①，瓜瓞绵延，子孙繁衍。"葫芦"被当作生天地万物的始祖，成了中华民族的"葫芦图腾"。苏童的小说《碧奴》，以浙江一带流传的孟姜女生于葫芦之中的传说为故事的根基，同时他又将民间信仰"葫芦"神物的图腾崇拜引入小说中。小说的主人公碧奴乃葫芦所变。她被女巫告诫："你是葫芦变的，不该随便出远门！你如果死在外乡，魂灵也变成一只葫芦。"② 在去大燕岭寻找丈夫万岂梁前，碧奴将一个葫芦埋好，提前埋葬了自己，走向了千里寻夫送寒衣之路。在途中她遇到劫难、将要死去的时候，看见了一个怀抱葫芦的人影等着她，那就是死神。碧奴走了一千里路，到达了大燕岭，爬上了断肠岩，但丈夫万岂梁在山崩中已经死去，尸骨未存。碧奴悲痛的泪水哭倒了断肠岩的长城，最后，她走向了生命的终点，回到了"葫芦"这一归宿。碧奴这一形象，"葫芦"与女性融为一体，赋予了千里寻夫的传奇和植物崇拜的神性。

对"麦子"的信仰，实际上是人类对"土地神"、对"粮食"的崇拜。关仁山的小说《麦河》中，"小麦"始终贯穿全书。小说中有一节题为"小麦图腾"，鹦鹉村人崇拜"小麦"，但土地庙不让重建。曹双羊和"瞎三"白立国一起策划和组织了一个祭拜"小麦图腾"的活动。他们堆起二十米高的麦垛，有八千多人参加这个祭拜仪式。在傍晚时分的田野里，燃炮，鸣钟，朗诵祭辞，抬着猪、羊、鸡、鱼的牺牲埋入泥土（"瘗埋"），祈求大地保佑丰收。之后，各家开始播种。第二个程序，是用鲜血滴入土地中，再把鲜血涂在土地神身上，最后将猪血、鸡血泼在了麦垛上"血祭"，全体跪拜。之后，进入了全体跳"麦子秧歌"的狂欢仪式，人们手牵着手，围着麦垛转着，唱着，跳着，最后每人带走了一株带血的麦穗儿，可以辟邪、保佑平安。对"麦子"图腾的信仰，表达了对土地的敬畏和感谢，对麦子的礼赞和感恩。麦河流域的乡村已经进入了现代化的发

---

① 《诗经·大雅·绵》，载周振甫译注《诗经译注》，中华书局2002年版，第402页。
② 苏童：《碧奴》，湖南文艺出版社2014年版，第21页。

展阶段，但对"麦子"的膜拜、对土地感恩的原始激情，不应该随着现代化的进程而消失。

朝鲜族诗人南永前的诗歌《檀树》里的"檀树"意象，成为朝鲜族民族文化与精神符号的神树。檀树是"始祖父"的化身，"集一切一切之灵性集一切一切之精血/集一切一切不伸不屈不毁不灭之坚韧/幻化为潇洒英俊之雄神/与熊女结下开天辟地之姻缘"①。他与熊女的结合，孕育了朝鲜民族后代。

由"神话观念、信仰和仪式"组成的"图腾崇拜要算最古老的信仰和仪式体系"②。无论是动物图腾，还是植物图腾，或自然物图腾，它们都与祭祀、膜拜的仪式相联系，表现了独特的民族性格和民族精神。20 世纪中国文学中出现的图腾意象，活在历史的长河之中，与民族久远的神话、传说的文化之源接续起来，具有深沉的历史文化蕴涵和文学原型的色彩。

二　死亡意象

马林诺夫斯基在谈到"古代信仰与教仪"时说："许多仪式与信仰底核心都是人生底生理时期，特别是转变时期，如受孕、怀妊、生产、春机发动、结婚、死亡等时期。"③ 其中，"死亡"在所有宗教的根源里，是最为重要的。与"死亡"相关的意象，往往带上了鲜明的仪式化色彩。

鲁迅的小说和散文中，与"死亡"相关的意象有很多，如"坟""血""棺材""鬼魂""尸体""墓地""墓碑""地狱""乌鸦"等，使作品充满了沉重、冷峻、压抑的色彩。这些死亡意象，与"上坟祭奠"、吃"人血馒头"治病、"吃人肉"、"入棺"、"迁葬"、祭祖、"祝福"、"出殡"、"迎神赛会"等相信"死后有魂""重死轻生"的民间信仰观念和仪式等联系，形成了较密集的意象群。众多的死亡意象所反映的鲁迅对丧葬话语的态度，是较为矛盾、复杂的。

首先，鲁迅对传统文化"吃人"的"蛮性的遗留"进行了无情的揭露

---

① 南永前：《檀树》，载《圆融》，辽宁民族出版社 2003 年版，第 7 页。
② ［苏］德·莫·乌格里诺维奇：《艺术与宗教》，王先睿、李鹏增译，生活·读书·新知三联书店 1987 年版，第 64 页。
③ ［英］马林诺夫斯基：《巫术科学宗教与神话》，李安宅译，上海社会科学院出版社 2016 年版，第 28 页。

和批判。《狂人日记》中"我"的大哥、赵太爷等是要"吃人"的人，他们要吃"我"的肉。作为反抗旧礼教、旧传统的"狂人"，"我诅咒吃人的人""要劝转吃人的人"，然而"我"也发现"我未必无意之中，不吃了我妹子的几片肉"，"有了四千年吃人履历的我"，也"难见真的人"。与"死亡"相纠缠的"被吃——吃人"，将狂人启蒙的呐喊——"救救孩子"、对残忍的吃人世界的彻底否定，和对启蒙者自我的理性反思和批判相结合，显示了对传统文化的批判，也预示了中国现代启蒙者的悲剧命运。

《药》则进一步加深了鲁迅作为启蒙者的寂寞。"药"既是治疗痨病、"救救孩子"的一味药，又是革命启蒙者夏瑜被杀的鲜血。革命者夏瑜为了推翻封建统治，拯救民众，投身于社会革命，献出了自己的生命。然而，他的鲜血，却成为了民众治病的药——"人血馒头"。在民众眼里，如同吃了大恶人的心脏可以壮胆的巫术仪式，吃了人血馒头可以"什么痨病都包好"。最终，夏瑜和华小栓都走向了"坟"的终点，留下了两位可怜的母亲清明来给儿子上坟。

《彷徨》的第一篇题为"祝福"，讲述了多个死亡的故事。既有祝福献祭的牺牲的死，让死去的祖先神灵享用；又有祥林嫂的两个丈夫的病死、儿子阿毛被狼吃掉的惨死、祥林嫂孤独地死去。在鲁镇人眼中，祥林嫂两度成为寡妇、未能守节、克夫克子等，被视为"不洁"的女子。鲁镇人在精神上唾弃她；柳妈劝她要赎罪，去庙里"捐门槛"任千人踏，万人跨；鲁四老爷视其为"谬种"，剥夺了她参与祭祀活动的资格。无论人界还是冥界，她都是被排斥、将要遭受严厉惩罚的有罪之人。最后，她被鲁家赶出了门，沦为了乞丐，死在了岁末鲁镇人准备迎接祝福仪式的鞭炮声中。

从启蒙者的立场出发，鲁迅对权力阶层通过民间信仰来宣传封建社会的价值体系和等级观念，利用仪式的社会化控制功能来实现其专制统治，进行了毫不留情的揭露和批判。对于人们在愚昧、麻木之中将自己的生命作为祭献国家权力的牺牲，他感到深深的悲哀。就像《长明灯》里的那个清醒的"疯子"，他要以启蒙战士的姿态，坚决吹熄土地庙神殿里的那盏灯。

其次，鲁迅也表现了死亡仪式带给了民众以情感的慰藉。在中国的民间信仰中，人们对死亡心存恐惧，通过举行一整套程式化的仪式，来修复死亡所带来的社会结构的紊乱，安抚生者的情绪，强化人伦亲属关系。

《明天》中单四嫂子在街坊邻里的帮助下，完成了宝儿的丧事。宝儿入殓时，她给他穿上顶新的衣裳，在他的小棺材里，放入他平时最喜欢的玩具；《祝福》里，祥林嫂在土地庙捐了门槛后，减轻了内心沉重的罪孽感，变得"神气很舒畅，眼光也分外有神"；《伤逝》中，子君的葬礼上，"前面是纸人纸马，后面是唱歌一般的哭声"。"我"愤恨于"他们的聪明"，但"我愿意真有所谓灵魂，真有所谓地狱，那么，即使在孽风怒吼之中，我也将寻觅子君，当面说出我的悔恨和悲哀，祈求她的饶恕"，"我仍然只有唱歌一般的哭声，给子君送葬，葬在遗忘中"①，要用"遗忘"和"说谎"来寻求新的生路。集体参与的死亡仪式，使死亡带来的痛苦、恐惧、被抛弃的负面情感被稀释、释放、转移直至忘记，而惟有"遗忘"和"说谎"，能让人们在无路的绝望之中继续前行去寻找出路。

再次，死亡仪式也给予了"向死而生"的力量。鲁迅将文本中的"幽魂""女鬼""墓碣文"等死亡意象，赋予了对黑暗、丑恶、和过去的"自我"进行反戈一击的力量。

《野草》中的《墓碣文》一文，"我"的梦中出现了墓碑、孤坟、死尸等与死亡相关的意象。墓碣文阴面和阳面的文字，显示了鲁迅对自我的解剖。他冷峻而清醒，无奈而又痛苦，在热与寒、有与无、绝望与希望、光明与黑暗之间呐喊、彷徨、挣扎。"有一游魂，化为长蛇，口有毒牙。不以啮人，自啮其身，终以殒颠"，化为长蛇的游魂，自啮其身，是对自我的解剖，暴露了"我的灵魂里有毒气和鬼气"②；也是"极憎恶他，想除去他"③，要与"毒气""鬼气"同归于尽的象征。墓碣阴面的文字"抉心自食，欲知本味。创痛酷烈，本味何能知？""痛定之后，徐徐食之。然其心已陈旧，本味又何由知？"反映了对自我进行解剖的悖论。死尸"胸腹俱破，中无心肝"，"抉心自食"，欲"知其本味"，这是何等的痛苦？然而，"本味"永远不能自知，"自我"与"本味"都是难以感受到的存在，"徐徐食之"的执着是无用的、荒诞的，"自我"将永远处在彷徨、痛苦、孤寂之中。最后，死尸从坟墓中坐起，说"待我成灰时，你将见我的微笑"，表现了要与黑暗和虚无抗争，同时与黑暗和虚无一起毁灭，化

① 鲁迅：《伤逝》，载《鲁迅全集》第二卷，人民文学出版社 2005 年版，第 133 页。
② 鲁迅：《致李秉中》，载《鲁迅全集》第十一卷，人民文学出版社 2005 年版，第 453 页。
③ 鲁迅：《致李秉中》，载《鲁迅全集》第十一卷，人民文学出版社 2005 年版，第 453 页。

成灰烬的欢喜。"墓碣文"是对一个人的盖棺定论。鲁迅将自己灵魂的"毒气""鬼气"凝聚成一具丑陋的死尸，将"自己的血肉"暴露给人们看，体现了向死而生的勇气和对自我解剖的清醒、残酷。

1936 年 9 月，鲁迅在大病之中完成了《女吊》。目连戏里出现的"女吊"即女性的吊死鬼，她是"比别的一切鬼魂更美，更强的鬼魂"。与演大戏不同，"目连戏"是演给神、鬼、人看的仪式剧，观众可以参与到仪式中去。孩子们在戏里义务扮演鬼卒，他们"一拥上马，疾驰到野外的许多无主孤坟之处，环绕三匝，下马大叫，将钢叉用力的连连刺在坟墓上，然后拔叉驰回，上了前台，一同大叫一声，将钢叉一掷，钉在台板上"①。鲁迅不能忘怀自己当过"义勇鬼"的童年经历，还有看到的"跳男吊""跳女吊"的表演。"跳男吊"时，气氛紧张，镇山门之神的"王灵官"必须在场，以防招来真的"男吊"；而"女吊"出场，粉面朱唇，身着红衣，"因为她投缳之际，准备作厉鬼以复仇，红色较有阳气，易于和生人相接近"②。有时，她忘记了复仇，而只是"讨替代"。鲁迅在预感到自己已经进入生命最后阶段，相继完成了《死》《女吊》等篇章。钱理群评价《女吊》说："鲁迅是在被'死神'缠住、反剪的情况下，大谈'古今东西'民间传说中的鬼的。这自然是一种豁达，也未尝不是一种反抗。"③"女吊"敢于报仇雪恨的反抗个性，正是终其一生面对黑暗、虚无的捣乱绝不投降、"一个也不饶恕"的鲁迅所认可的个性。

在海子的诗歌中，"死亡"意象出现也非常频繁，而且形成了多组死亡意象群。第一组是由"黑暗""黑夜""黑夜的孩子"组成，它们都是"死亡"的象征。《最后一夜和第一日的献诗》《献诗》《黑夜的献诗：献给黑夜的女儿》这三首诗写于海子自杀前的一两个月，都标示其为"献诗"，即献给黑夜的诗歌，带有明显的仪式化特征。在这些诗歌中，"黑夜"就是"死亡"的象征。"黑夜比我更早睡去/黑夜是神的伤口"④；"黑夜从大地上升起/遮住了天空"⑤；"黑夜从大地上升起/遮住了光明的天空/

① 鲁迅：《女吊》，载《鲁迅全集》第六卷，人民文学出版社 2005 年版，第 639 页。
② 鲁迅：《女吊》，载《鲁迅全集》第六卷，人民文学出版社 2005 年版，第 640 页。
③ 钱理群：《鲁迅笔下的鬼——读〈女吊〉》，《语文学习》2003 年第 10 期。
④ 海子：《最后一夜和第一日的献诗》，载西川编《海子诗全集》，作家出版社 2009 年版，第 546 页。
⑤ 海子：《献诗》，载西川编《海子诗全集》，作家出版社 2009 年版，第 547 页。

丰收后荒凉的大地/黑夜从你内部上升"①，在"太黑暗，太寂静，太丰收""也太荒凉"的谷仓中，海子"见到了阎王的眼睛"。海子在 1985 年 3 月写作的《我请求：雨》中，表达了"我请求下雨/我请求/在夜里死去"②；到 1989 年 3 月 14 日留下的绝笔《春天，十个海子》，他仍沉浸于黑暗的死亡之中，"这是一个黑夜的孩子，沉浸于冬天，倾心死亡/不能自拔，热爱着空虚而寒冷的乡村"③。正如海子《日记》（1987 年 11 月 4 日）中所说："但黑暗总是永恒，总是充斥我骚乱的内心。它比日子本身更加美丽，是日子的诗歌。创造太阳的人不得不永与黑暗为兄弟，为自己。"④

　　第二组是由"鲜血""血污""日落""血太阳""桃花""红马""吐血的马""吐血的打钟人"等组成，构成了殷红、血红、晚霞、吐火的红色的冲击力，带来了"死亡"的绚烂和疯狂的感受。1989 年 3 月 14 日和 15 日，海子在自杀前曾集中修改了四首与"桃花"意象有关的诗歌，它们是《桃花开放》《你和桃花》《桃花时节》《桃树林》，并再创作了一首《桃花》。在这些诗歌中，血红的"桃花"绽放，与"鲜血""太阳的头盖骨""纵火的大地""流血的月亮""囚笼"等宏阔、富有视觉冲击力的意象组合，共同指向了死亡的灿烂和恢宏，宣示了向死而生的骄傲。

　　《桃花开放》一诗实则是对死亡的残忍描写，"桃花抽搐四肢倒在我身上"；《桃花时节》中出现了一个"怀抱一片桃林"的"独眼巨人"，"他看见的 全是大地在滔滔不绝地纵火/他在一只燃烧的胃的底部/与桃花骤然相遇/互为食物和王妻/在断头台上疯狂地吐火"⑤，"桃花"是野兽吐火长出的花朵，"桃林"是野兽一排排，肉抱着骨头，伴随着"桃花"的盛开，死亡也无声降临；《桃树林》里"桃树林，你的黑铁已染上了谁的血/打碎了灯，打碎了头颅，打碎了女人流血的月亮/他的内脏抱住太阳"⑥，"桃树"与"死亡"的暴力、血腥相连；《桃花》一诗里"曙光中黄金的车子上/血红的，爆炸裂开的/太阳私生的女儿/在迟钝的流着血"⑦，如同

---

① 海子：《黑夜的献诗》，载西川编《海子诗全集》，作家出版社 2009 年版，第 548 页。
② 海子：《我请求：雨》，载西川编《海子诗全集》，作家出版社 2009 年版，第 83 页。
③ 海子：《春天，十个海子》，载西川编《海子诗全集》，作家出版社 2009 年版，第 540 页。
④ 海子：《日记》，载西川编《海子诗全集》，作家出版社 2009 年版，第 1032 页。
⑤ 海子：《桃花时节》，载西川编《海子诗全集》，作家出版社 2009 年版，第 520 页。
⑥ 海子：《桃树林》，载西川编《海子诗全集》，作家出版社 2009 年版，第 522 页。
⑦ 海子：《桃花》，载西川编《海子诗全集》，作家出版社 2009 年版，第 524 页。

海子日后卧轨自杀的隐喻，惨烈而令人痛心。

　　但是，死亡并非结束，生命将在死亡中延续。流尽了献血后，迎来了"我的囚牢起火/我的牢笼坍塌"①，"从月亮飞出来的马/钉在太阳那轰轰隆隆的春天的本上"②，"桃花，像石头从血中生长/一个火红的烧毁天空的座位/坐着一千个美丽的女奴，坐着一千个你"③，桃花开放，在灿烂的死亡仪式中将获得自我的解放、生命意志选择的自由和生命在死亡中的轮回新生。

　　第三组是由"坟墓""尸体""死尸""骨头""骨骼""骸骨""骨殖""枭""阴间的路上""吃熄了灯的祖先""熄灭了的蜡烛"等组成的死亡意象群，以"尸骨"为核心意象，与"入棺埋葬""墓地""装殓""安放的灵床"等死亡仪式相联系，描写了死亡的庄严、美丽而神秘。"死亡"和"鲜花"在一起，除了"桃花"，还有"野花""梅花""葵花""芦花"等。"目击众神死亡的草原上野花一片/远在远方的风比远方更远"④；"无论是白色的还是绿色的/起自天堂或地府的/青海湖上的大风/吹开了紫色血液/开上我的头颅，/我何时成了这一朵/无名的野花？"⑤；"我的自由的尸体在山上将我遮盖 放出花朵的/羞耻香味"⑥；"山坳中梅树流淌着今年冬天的血/无人知道的，寂静的鲜血"⑦；"雨夜偷牛的人/爬进了我的窗户/在我做梦的身子上/采摘葵花"⑧；"请在麦地之中，清理好我的骨头/如一束芦花的骨头/把它装在琴箱里带回"⑨ 等，写出了"死亡"的平静或绚烂，美好而洁净，表现了海子面对死亡的旷达与超脱。

　　"死亡"也有残酷、创痛、恐怖、神秘的另一面。"谁的声音能抵达秋之子夜 长久喧响/掩盖我们横陈于地的骸骨——/秋已来临"⑩ （海子

① 海子：《桃花》，载西川编《海子诗全集》，作家出版社2009年版，第516页。

② 海子：《桃花开放》，载西川编《海子诗全集》，作家出版社2009年版，第517页。

③ 海子：《你和桃花》，载西川编《海子诗全集》，作家出版社2009年版，第519页。

④ 海子：《九月》，载西川编《海子诗全集》，作家出版社2009年版，第205页。

⑤ 海子：《无名的野花》，载西川编《海子诗全集》，作家出版社2009年版，第490页。

⑥ 海子：《在家乡》，载西川编《海子诗全集》，作家出版社2009年版，第347页。

⑦ 海子：《神秘的二月的时光》，载西川编《海子诗全集》，作家出版社2009年版，第506页。

⑧ 海子：《死亡之诗（之二：采摘葵花）》，载西川编《海子诗全集》，作家出版社2009年版，第159页。

⑨ 海子：《莫扎特在〈安魂曲〉中说》，载西川编《海子诗全集》，作家出版社2009年版，第175页。

⑩ 海子：《秋》，载西川编《海子诗全集》，作家出版社2009年版，第423页。

《秋》）；"我就是那疯狂的、裸着身子/驮过死去诗人的马/整座城市被我的创伤照亮"①；"打钟的声音里皇帝在恋爱/打钟的黄脸汉子/吐了一口鲜血"②，散发着神秘的气息，指向的是海子在直面死亡中对生存的思考。

带有仪式色彩的"死亡"意象，使死亡具有了神圣、庄严的感觉。它以"死亡"为核心，集合了众多的意象，形成了文学丰富的表现力和冲击力，在行动和展演之中表现了鲁迅、海子等中国现当代作家向死而思、向死而生的存在。

三 面具意象

面具，是仪式实践的基本工具之一，在古希腊、罗马的戏剧表演，中国民间的驱鬼跳神、节庆祭祀、傩戏表演等场合，都要使用到面具。人们相信作为神灵、先祖或英雄的化身的面具，具有神圣性；或者将面具当成通神之器，对面具怀有敬畏之心。同时，面具又能赐予人们神奇的能力。仪式中面具的使用，可以使个体的人社会化，增强群体的凝聚力，同时也具有精神治疗的作用。面具还具有丰富的象征意义，它可以使人从现实世界中分离出来，进入神圣世界与神灵接近、沟通。"面具以一种压缩的形式反映着仪式的内容，这一内容是由预先设定的形象以表演的方式加以表现的。"③

随着戏剧从仪式活动中分离出来，面具的仪式色彩开始褪去，不再被作为"圣物"来对待。但"面具"在民间举行的巫术仪式活动中，仍然保存了它的宗教功能、娱乐功能、审美功能。对"戏剧起源于仪式中的即兴表演"的艺术起点的溯源，对仪式中"面具"具有的审美功能的关注，使高行健的探索话剧从民间信仰中寻找到了创新的灵感。

高行健的戏剧《野人》在结构上不分幕，而分为三章，依次是"第一章 薅草锣鼓、洪水与旱魃""第二章 黑暗传与野人""第三章 陪十姐妹与明天"，相互之间联系并不很紧密，但都指向自然与人的关系。其中，薅草锣鼓、新房架梁时"杀雄鸡抵煞"、驱旱魃、老歌师吟唱《黑暗传》、

① 海子：《马（断片）》，载西川编《海子诗全集》，作家出版社 2009 年版，第 128 页。
② 海子：《打钟》，载西川编《海子诗全集》，作家出版社 2009 年版，第 92 页。
③ 陈世雄：《戏剧人类学》，上海古籍出版社 2013 年版，第 421 页。

往火堆里弹酒祭灶火神、跳傩舞等仪式都与古老的民间信仰相关，既让观众在原始的民俗文化的氛围中，感受到人对自然的敬畏、人与自然的和谐，也能感受到形式的陌生化带来的审美冲击力。

"面具"的诞生，本源于人类和自然的关系。人对自然神表示崇拜，也希望获得与自然和谐相处、战胜自然灾难的强大力量。高行健的戏剧《野人》思考的就是人与自然的关系，在剧中使用"面具"与其思考的生态主题非常贴切。"面具"在剧中主要出现在两处，一处是在巫师曾伯的主持下跳傩驱旱魃；一处是结尾处，在细毛的梦境中，人兽共舞之时。因人类肆意破坏了自然生态环境，旱灾、水灾、泥石流等自然灾害频繁发生。为了赶走旱魃，生活在"神龙架"林区的山民带着面具跳傩。在锣鼓、喇叭声里，"队前撑的飘着流苏的黄纸伞，后面打着镶的犬牙边的三角旗，一个个都戴着木雕的面具，穿的麻鞋，腰束红布带，头上还有插着雉翎的，手中大肆舞动着钢刀、铁叉、三节棍、铁链子各式家伙。为首的巫师同样也戴着面具，手持宝剑，前后左右，踏着醉汉样的谓之禹步的独特步法"①。高行健将民间以假面驱鬼、"驱旱魃"仪式的整个场景细致地呈现了出来。驱邪的力量，就来自于巫师所戴的面具。目睹了这一场巫术仪式后，来自城市的生态学家感到震撼、敬畏，他追溯到了七八千年以前人类从原始森林中走出的远古时期，文明开始诞生。

《野人》的结尾处，"面具"再一次出现。在细毛的梦境中，野人成为了人类的朋友，他们一起游戏、奔跑，相互模仿，此时出现了很多戴着面具的男女演员们，"这些面具有着夸张了的喜怒哀乐的各各不一的造型，但都又统一在一种滑稽的风格之中。""而众人在一种节日般的狂欢的气氛中，跳着舞，也都呵呵，呜呼，呵呵呵呵，呜呼，呜呼，呜——呼，呼应着孩子与野人，或者说人与自然对话的声音。"② 在人们和众多自然神一起舞蹈的狂欢中，"面具"出现，它们将人带入了"人神合欢""百兽率舞"的欢乐之中，充满了原始而欢快的生命力。正是借助于仪式的还原，面具的使用，高行健返回到民间文化的河流，恢复了人类的率真、自然、单纯。

人类早期使用面具，除了驱邪仪式、原始乐舞外，还常常用在丧葬仪

---

① 高行健：《野人》，载《高行健戏剧集》，群众出版社1985年版，第224页。
② 高行健：《野人》，载《高行健戏剧集》，群众出版社1985年版，第271页。

式上高行健的另一部戏剧《冥城》呈现了一个鬼影幢幢的世界。它在结构上分为上阕、下阕和尾声，空间上从人间穿越到冥府。上阕"庄子试妻装死"时巫师吟唱招魂曲，到下阕"劈棺杀夫"最终发疯自杀的庄妻进入阴曹地府，到处是鬼卒、野鬼游魂、女鬼与母夜叉，还有土地公、土地婆、鸡脚神、牛头、马面、黑无常、白无常、麻姑、雷公等鬼神。庄妻在阴森的气氛、内心的恐惧中受到判官、冥王的审判，经历了割舌、下十八层地狱、过火海、下刀山等的惩罚，从委屈、申诉、痛苦、羞愧、怨恨、绝望到剖腹洗肠，极具舞台效果和表演的陌生化。高行健"有关演出《冥城》的建议与说明"是："本剧之剧场中排除环境与人物的真实感的时候，运用了傩舞面具、京剧脸谱、川剧变脸、民间游艺中的高跷，以及锣鼓点、打击乐中的扮演、浓妆重彩和杂耍魔术，极尽夸张之能事，为的是恢复现代戏剧丧失了的娱乐和游戏的功效。"① 在庄子假死和庄妻自杀死去的两次丧葬仪式上，巫师和众帮手为庄子抬棺材，吟唱招魂曲，送葬；庄妻举斧自杀后，巫师和帮手们为庄妻喊魂。他们都戴着面具吟咏，唱和，具有原始、神秘的色彩，将我们带入了楚地巫风浓郁的世界；庄妻到地狱后，地狱的判官有"黑脸"和"白脸"两张脸可以变换；群众演员们手拿面具上台，根据表达感情的需要或戴上或取下面具，发挥了原始信仰中"面具"所具有的"变身"的功能。

在高行健的神话仪式剧《山海经传》中，仪式表演中兼具"严肃性"与"诙谐性"、祭祀既酬神又娱人等特点，在舞台上得到了充分的发挥，"面具"在其中起到了重要的作用。《山海经传》由《山海经》中的神话改编而成。第一幕为"后羿射日"；第二幕是黄帝与蚩尤之战，应龙相助；第三幕写黄帝开天辟地，共工怒触不周山，大禹治水有功，登基成为帝王。为了突出戏剧"仪式性"的构建，高行健再次将"傩戏面具"引入话剧之中。全剧有 70 多个古代神话人物。诸神出场，逐一以傩戏的大面具偶自报家门。林兆华导演的《山海经传》将傩戏、华阴老腔、现代舞等诸多不同的表演元素引入。表演者一边操纵大面具，一边说、唱、舞动皮影偶，将集歌舞于一身的祭祀仪式呈现在舞台上，既娱神，也娱人。正如高行健在"有关演出《山海经传》的建议与说明"中所强调的："本剧回到中国古老的戏剧传统，作者建议用近乎游艺的方式演出，不妨可以借用摆

---

① 高行健：《冥城》，台北：联合文学出版社有限公司 2001 年版，第 101 页。

地摊、卖狗皮膏药、玩猴把戏、耍杂技、弄木偶皮影、卖糖人的种种办法，在剧场里造成赶庙会一样热闹的气氛。"① "近乎游艺"的仪式表演，显然不同于西洋戏剧重视对话、行动、人物形象。"面具"的使用，不仅进一步增强了仪式感，而且"东方国家在仪式表演的严肃性与民间杂耍的诙谐性使观众的快感体验能够瞬间突破等级、界限、规则和秩序，在狂欢式的生存体验中产生一种匪夷所思的荒诞感"②。

在话剧中使用面具，除了高行健的《野人》《山海经传》，当代的一批实验话剧也将"面具"运用于舞台之上。如《一个死者对生者的访问》（刘树纲）、《十五桩离婚案的调查剖析》（刘树纲）、《屋里的猫头鹰》（张献）等。如《一个死者对生者的访问》的舞台说明为："歌队用说唱形式和帮腔，以及脸谱面具的意象美，可能会造成一种特殊的艺术效果。从我们传统戏剧和民间艺术的美学观念中，可以借鉴许多东西。这一切都将是很值得一试的事。"由四男四女组成的歌队员，扮演多种人物和景物。他们入场时，会把一幅幅精美灵巧的假面具挂起来。在演出中，演员会根据扮演的人物不同，戴上各种人物的面具。演员在狂热、神奇的鼓点声中，戴上或取下人物的面具。"面具"成为了演员改变舞台形象的工具。

1989 年，由张献 1987 年创作、谷亦安导演的上海青年话剧团的实验话剧《屋里的猫头鹰》在小剧场演出。"猫头鹰"象征了人的来自森林的原始欲望和挣脱文明的野性生命力。每个观众入场，都必须戴上猫头鹰面具。"面具"营造了戏剧仪式化的氛围，观众也成为了仪式化剧场的参与者、表演者、在场者，共同审视着舞台上现代都市人生存的空虚、欺骗、孱弱、悲哀与荒诞。

在这些实验话剧中，面具的运用，已经打破了传统的驱邪、娱神的仪式功能，而成为人物形象的假定性、人的意识的双重性、人与社会的两面性等现代人悲剧的生存体验的象征。这些 20 世纪 80 年代产生的实验话剧，既是对中国仪式戏剧和民间信仰文化的继承，也受到了西方实验戏剧"回归仪式"的趋势的影响。高行健曾谈到创作"回归仪式"的"全能化"戏剧的追求，是受到了法国的戏剧理论家、演员、诗人安托南·阿尔

① 高行健：《山海经传》，台北：联合文学出版社有限公司 2001 年版，第 158—159 页。
② 曲隐：《高行健：特立独行的文学异类》，http：//blog. sina. com. cn/s/blog_6a05de180100lleu. html，2010 年 9 月 26 日。

托（Antonin Artaud）的"残酷戏剧"的影响。阿尔托曾于20世纪30年代在墨西哥参加了印第安人围绕仙人球的礼拜仪式和大型祭典仪式，深受震撼。他还看过富有仪式感的印尼巴厘戏剧。阿尔托提出："放弃戏剧从前所具有的人性的、现实的和心理学的含义而恢复它宗教性的、神秘的含义，这种含义正是我们的戏剧所完全丧失的。"① 阿尔托的"戏剧宗教化"思想使他提出的"残酷戏剧"接近巫术与宗教，具有原始化、仪式化的特点。

"面具"意象，也出现在一些中国当代诗人的诗歌中。杨炼在《面具与鳄鱼》（组诗）的序——《摘不掉的面具》中说："在北京。我的名为'鬼府'的小屋，像一块深埋在黄土下的化石，把成千上万的岁月拥抱在怀里。那么多被遗忘的脸，曾经活过，如今却只在农民们世代流传的、雕刻避邪脸谱的手艺里，萎缩成一个影子。一动不动地笑。大红大绿地哭叫。"② 他的《面具》组诗创作于1989年，共30首，每一首篇幅短小，如同偈语或哲理小诗。"面具"在戏剧中出现，具有夸张、怪诞的造型，丰富的色彩，融入戏剧的表演性之中；而诗歌中的"面具"，缺乏强烈的视觉冲击和行动的展演性。诗人主要在"面具"的存在状态中挖掘其象征意义。

杨炼在《面具》组诗中揭示了面具存在的悖论。有了脸，才会有面具；而面具的价值又通过遮蔽脸来实现。"模拟脸/又忽略脸""掩饰空白/又没有空白"③；面具诞生时，被"精雕细刻/无表情地打磨了上千次"，但是最终它"被遗忘撕下/血淋淋摊开/你听见神呕吐的声音"④；面具具有欺骗性，真实的自我被遮蔽，"彩绘的脸犹如谎言中的字眼"⑤；"脸一直沉默/而你躲在它后面/说谎/脸也被说出/像同样惨遭欺骗的/谎言"⑥；面具与语辞的关系，既相互依存，又相互遮蔽。"辞在你的嘴上横行/辞炫耀

① ［法］阿尔托：《演出与形而上学》，载《残酷戏剧——戏剧及其重影》，桂裕芳译，中国戏剧出版社1993年版，第42页。
② 杨炼：《摘不掉的面具——〈面具与鳄鱼〉序》，载《杨炼创作总集1978—2015》卷三，华东师范大学出版社2015年版，第3页。
③ 杨炼：《面具》，华东师范大学出版社2015年版，第6页。
④ 杨炼：《面具》，华东师范大学出版社2015年版，第7页。
⑤ 杨炼：《面具》，华东师范大学出版社2015年版，第8页。
⑥ 杨炼：《面具》，华东师范大学出版社2015年版，第9页。

你的脸/挥霍赎不回的笑声"①；"这孤零零的牙齿目空一切/远离了脸/远离了说出口的声音"②；面具也让你直接面对死亡和时间。当真实的肉体死去，留下的面具将无所依托，然而死亡却让摘掉面具的人达到真正的平等，"墓碑是最后摘下的面具/放弃脸的人们/终于彼此认出"③；"几粒乳牙与生者/对视了多年/早已苍老得皱纹纵横"④。"面具"成为了诗人审视、拷问面具之下的人脸、被摘掉的面具自身的存在、摘掉面具之后的人、死后的人等的媒介。传统和现代并不是水火不容，从"面具"传统的血肉和承载的集体的文化记忆之中，可以生出现代人的生存体验和对自我与反自我、传统与现代、历史与现实的关系的思考，散发出带有哲理色彩的智慧之光。

　　"面具"也出现在吉狄马加的诗歌《面具——致塞萨尔·巴列霍》里。1938年，秘鲁伟大的诗人塞萨尔·巴列霍在饥饿和痛苦中孤独地在巴黎离世，"面具永远不是奇迹/而是它向我们传达的故事/最终让这个世界看清了/在安第斯山的深处/有一汪泪泉！"⑤ 没有仪式，没有祝福，"独有亡灵在黄昏时的倾诉"。天才的诗人死在异乡，惟有家乡安第斯山为他无限悲伤，宛如失去了爱子般地痛悼。

　　总之，仪式符号所具有的隐喻的意义，使作家在对仪式的隐喻表达中获得了基于文化传统的认知后，将仪式符号运用到文学作品中，形成了带有仪式色彩的"文学意象"。很多时候，这些意象不是单一、孤立地出现，而是以一组组"意象群"的方式出现。与普通的文学意象不同，仪式意象与原始宗教、民间信仰相互依存，体现了原始思维的特征，即"原始的三维混元思维，它的思维映像恰恰在同一个意义上既具有对象的特征，又具有主体的特征，更具有观念的特征"⑥，也就是将"记忆形象""情绪形象"和"信仰形象"三者融为一体而形成的意象。带有仪式色彩的文学意象，携带着从远古的仪式时间、仪式空间而来的信息，如远祖对万物之终极存在方式的理解、对神、鬼、人三元化空间的认知、对文化的组织化行

① 杨炼：《面具》，华东师范大学出版社2015年版，第11页。
② 杨炼：《面具》，华东师范大学出版社2015年版，第12页。
③ 杨炼：《面具》，华东师范大学出版社2015年版，第14页。
④ 杨炼：《面具》，华东师范大学出版社2015年版，第13页。
⑤ 吉狄马加：《面具——致塞萨尔·巴列霍》，人民文学出版社2018年版，第121页。
⑥ 苗启明：《原始思维》，上海人民出版社1993年版，第114页。

为、仪式的结构、仪式的叙事等，进入文学艺术的空间之中，从而极大地丰富了文学的象征、隐喻性，将现实与历史、真实与想象、俗界与神鬼、自然与超自然的空间连接，凸显了文学的先锋姿态。

民间信仰具有的叙事动力和叙事手段，影响了文学的叙事艺术。无论是时空观念、叙事结构，还是仪式感的唤醒、仪式叙事策略对文本的建构、体现"灵"与"实"互渗的意象，都使 20 世纪中国文学的创作突破了现实主义创作的单一局面，具有了先锋、实验的色彩。受民间信仰和仪式记忆影响下的文学创作，其先锋实验的动力恰恰来自于传统的最深处。只要人类文明不中断，人们会不断返回原始的激情、本真的民间信仰，"信仰"和"仪式"给文学创作提供的创新灵感和创新动力源源不断，永不枯竭。

结　语

　　作为流传在民众中的信仰心理和信仰行为，民间信仰形成于历史长河之中，它们与人类的童年时期相连，带有原始思维的特征，同时也融杂了儒家、道教、佛教的思想。民间信仰对中国文学的浸润，促生了神话、仙话、志怪、传奇、小说等文学样式，"宗教的信仰、仪式与文学的叙事原本是相互伴生、相互支持、相互证明的"① 关系这一观点，被学界很多研究者接受。"中国古代民间信仰、仪式、象征及其叙事始终与古代小说的发生、发展有着密切的关联，构成了古代小说发展的重要思想资源和叙事内容。"②

　　进入 20 世纪之后，民间信仰与中国文学互动互渗的关系，受到了巨大的冲击。从近代以来到"五四"时期，中国知识分子对民间信仰的批判，是和倡导科学理性精神改造民众、重塑"新民"的功利性目标紧密联系在一起的。用现代的思想取代传统的"迷信"，也符合知识精英们进化论的思维方式。这一直线思维的潜在影响，一直延续到 1949 年以后。

　　但不容忽视的是，精英知识分子与民间信仰传统之间有着千丝万缕的联系。新文学自诞生起，就倡导面向大众的"平民文学"和"人的文学"；20 世纪民族主义运动思潮的发展，推动了中国民俗学的兴起，让中国现代启蒙者走向了民间。自 20 世纪 20 年代以来，一些中国知识分子在 18 世纪苏格兰启蒙运动对未来社会的理解、设计更为重视习惯性的特点、德国启蒙运动选择从德意志本民族的文化习俗、神话传说中去寻找自身的民族特征等启蒙传统的影响下，重视对民间信仰的发掘。他们运用民俗学、人类学的方法，对作为草根文化的民间信仰进行了调查和研究，希望

① 黄景春、程蔷：《中国古代小说与民间信仰》，上海文艺出版社 2013 年版，第 408 页。
② 黄景春、程蔷：《中国古代小说与民间信仰》，上海文艺出版社 2013 年版，第 15 页。

找到民族文化的源头和中华民族精神的象征。因为"自己民族中的下级社会的文化保存着一点人类的新鲜气象",而这正是拯救民族衰颓的"强壮的血液"。① 抗日战争爆发后,中华民族处于生死存亡的最危险的时刻。闻一多先生由对《诗经》《楚辞》的研究上溯到对古代神话的研究。他通过对人首蛇身的伏羲、女娲以及龙图腾的形成、龙的象征意义、原始的生殖崇拜等的研究,探索了中华民族和文化的起源,希望能唤醒民族共同的文化记忆,增强民族的凝聚力和抵御外敌的民族自信心。

20 世纪中国知识分子对民间信仰既批判、抵制,同时又有认同、接受甚至利用的悖论,带来了文学与民间信仰关系的复杂。研究"民间信仰与 20 世纪中国文学",揭示中国现当代作家在"启蒙""救亡""革命""文化重建""民族性"等时代共名的影响下,描写民间信仰的特点及其背后的深层内涵;研究仪式的叙事性对文学的叙事艺术产生的影响及具体表现,有助于揭示出民间信仰和 20 世纪中国文学的现代性之间既相互抵制、对抗又相互吸收、渗透、融合的关系。通过研究、分析,可以得出以下结论。

第一,20 世纪中国文学的民间信仰书写体现了作家"启蒙"与"反启蒙"立场的纠葛、矛盾。

从"五四"新文化运动高举"赛先生"和"德先生"的旗号进行思想革命开始,一直到 20 世纪 80 年代改革派提出"补课"的主张,启蒙一直被认为是中华民族走向现代化的必由之路。尽管启蒙的理念如"自由""平等""理性""科学"等概念不断地被人们误读和重释,但"启蒙言说"一直是 20 世纪中国文学的主要语境。在现代意识的观照下,受"五四"启蒙精神影响,倡导科学和民主,致力于改造国民性,重新造就新的国民的中国现当代启蒙者,把民间信仰看作野蛮、愚昧、落后、迷信、无知的反现代性文化,对它们进行了激烈的批判。他们在文学创作中,解构了民间信仰仪式的功效价值,赋予了仪式以野蛮、邪恶、残忍的意义;祛除了原始信仰的神秘感,描写了愚昧、无知的民众堕入苦难的深渊无法自拔的悲剧,具有重要的意义。但是,启蒙祛魅的功利目的,也带来了作家对民间信仰的轻视,和对于生存在社会底层的民众精神世界的理解不够

---

① 顾颉刚:《妙峰山的香会》,载顾颉刚编著《妙峰山》,上海文艺出版社 1988 年影印版,第 74 页。

深入。

当中国现当代作家从启蒙的激情走向了对启蒙的反思时，他们发现了民间信仰对民众生存的意义及其具有的人类学研究的价值，也从对民间信仰的关注和描写中获得了精神的抚慰。民间信仰中蕴含的人鬼同台、真幻合一的诗性思维，给作家们带来了艺术创新的动力和资源。

以沈从文为代表的一些中国现当代作家，对"重新估定一切价值"的唯理性至上的启蒙思维、推崇现代性和物质至上的偏颇始终保持冷静的反省和批判性的质疑。沈从文返回湘西乡土，在民间信仰中发现了人皈依自然的"神性"，将民间信仰仪式中具有的"和""敬""狂"的特质及其教化功能，作为民族品德重造、文化重建的重要思想资源。废名、汪曾祺等从民间信仰中发掘出生命的诗意，表现了仪式的诗意之美、风俗之美、民族传统文化的和谐之美，从民间尚存的"礼仪"中寻找"民族的智慧"和"完美的品德"，来完成 20 世纪中国民族文化的重造。他们对以民间信仰为文化核心的乡土世界的表现只是表层，其深层旨归是要探索和建构一种理想的人性形式和生存方式。

20 世纪 80 年代中期以来，高行健、韩少功、贾平凹、莫言、张炜、李锐、阎连科等作家在中西文化发生剧烈碰撞的时期，选择回到民间，返归乡土去打捞民间的文化资源。一方面，他们仍然保持了知识分子理性反思的特征，另一方面他们从自身的乡村生命经验出发，关注中国乡村的祖先崇拜、神鬼信仰、岁时祭仪、生命仪式等，在作品中揭示了乡村民众的精神信仰的特点及发生的嬗变，也表达了对民间信仰遭受城市化、商品化冲击后如何重建的思考。对民间边缘文化、非正统文化的探寻，对民间信仰仪式的关注，使他们重新探寻人与自然、宇宙之间的关系，追溯民族性格形成的原因，在文学作品中揭示底层民众的生存状态和文化心理，试图激活尚存于民间信仰中的神话思维。他们对民间信仰的文学书写，既给当代文坛带来了审美的冲击，也给当代民间信仰的文化建构提供了启示。

结合 20 世纪中国作家对民间信仰的态度和文学中民间信仰的书写，可以发现"启蒙"与"反启蒙"的矛盾始终贯穿于 20 世纪中国文学的发展之中。与"五四"启蒙主义传统相伴而行的，是中国知识分子对启蒙理性的怀疑、反拨或游离的一脉。两者形成的张力，使 20 世纪中国文学表现出触动人心的情感力量。

第二，民间信仰具有的社会功能和文化功能，使它参与到国家秩序的建构和民族主体性的确立之中。20 世纪中国作家在文学作品中给"权力秩序中的民间信仰"留影，同时通过民间信仰话语的自觉建构，复活了民族文化的记忆。

20 世纪中国知识分子面对传统文化发生的裂变与现代民族国家的建设，自觉承担了启蒙和救亡的双重使命。在新文化运动初期，郭沫若利用了"仪式"的象征性和仪式中的神话母题，在"死亡"与"复生"的仪式结构中埋葬了旧时代，在"凤凰涅槃"的神话中迎来了民族文化的新生。抗战期间，郭沫若的《屈原》等剧作，利用了民间信仰仪式具有的共同的象征意义、表达的文化认同、营造出的集体情感，来凝聚人心，医治创伤，鼓舞民众，提升了民族的认同感和自信心。

在建立崭新的民族国家的政治运动中，赵树理、周立波、丁玲等中国现当代作家真实地描写了国家在破除封建迷信运动中对民间信仰的批判，同时也表现了国家通过对民间信仰的象征符号的征用，和对敬神、娱神等民间信仰仪式的改造，来实现国家的政治目标，铸造政治信仰。在为 20 世纪"移风易俗"的"反迷信"运动留影的同时，他们也敏锐地观察到了民间信仰仍然以潜隐的文化形态在乡村继续保持和发挥作用，民间信仰为乡村日常生活建立的价值体系仍然根深蒂固。如在赵树理、周立波等乡土作家的农村题材小说中，有对民间信仰日常化、伦理化特点的书写，周立波的作品还描写了 20 世纪 50 年代老一辈村民面对意外、疾病时施行巫术仪式的现实，呈现了农民真实的信仰行为和信仰心理。

民间信仰是连接个体与集体的纽带，包含着族群的记忆。在 20 世纪现代性语境之下，随着民族国家观念的发展，作家对民族身份的认同和民族自我的定位与言说逐渐走向自觉，到 20 世纪 80 年代以来置身于多元化的世界文化背景中，民族的主体性更加突出。阿来、乌热尔图、郭雪波、吉狄马加等作家在文学作品中通过对与仪式相伴生的神话的讲述，对民间信仰象征符号的打捞，复活民族文化的记忆，将历史与现实相接。在寻根思潮的影响下，中国当代作家对民族文化的原生态、地方史、村史进行了溯源，以独具个性色彩的民间信仰书写保存了民族的文化记忆和地方文化记忆。而且他们对民间信仰的书写并没有走向封闭、狭隘的族群叙事，而是以更开阔的文化视野关注民间信仰面临现代化冲击这一不可逆转的时代潮流时出现的危机、困境和未来的命运，一方面他们批判了将民间信仰等同于"落后""愚昧""原始""神秘"的认识误区，另一方面他们将对民族性和现代性关系的思考指向了对全球化背景下人类共同命运的思考。

第三，民间信仰影响下的 20 世纪文学的文本空间，与民间信仰的文化空间形成了彼此交流、沟通的互文对话的关系。民间信仰的非理性互渗思维、独特的时空观、仪式符号的象征隐喻性、仪式具有的强大的叙事能力等影响之下的文学创作，呈现了时间和空间的神圣性、文学叙事结构的原型化、文学意象的庄严、神秘等特征。

民间信仰中的时间为神话的时间，属于卡西尔所说的一种"永恒的时间"，即过去、现在、未来联系为一体，无差别、无分化，① 也属于列维－斯特劳斯所说的"可逆的时间"，过去、现在与未来三者可以相互转化。仪式结构的设置具有社会化、程序化、物质化②的特点。民间信仰仪式叙事具有的特征和动力，被借鉴到 20 世纪文学的叙事之中。如世俗空间和神圣空间的组合，形成了文学中人同幽灵、鬼神之间的同台对话；时序仪式的循环、生命的律动形成的"轮回"观念，构成了文学结构的圆圈式轮回；牺牲的祭献仪式的生—死—重生，影响到文学的结构和对生命认知的矛盾等。20 世纪中国作家在民间信仰叙事中汲取了现当代文学创新的动力，使"传统""民间性"成为推动"现代性"的"原生的、野蛮的带有活力的东西"。正如李劼所说："中国需要一场真正的文艺复兴，承接从禅宗到《红楼梦》的伟大启示，回到河南洛书，回到《山海经》人物所呈示的文化心理原型。"③ 鲁迅、贾平凹、高行健、杨炼等很多中国现当代作家表现了对《山海经》的浓厚兴趣；郭沫若、闻一多、杨炼、海子等表达了对《楚辞》的推崇。对传统的回溯，使他们超越了现实的真实，将《山海经》的动植物原型、《楚辞》中仪式诗歌的特点，引入文学创作之中。在当代戏剧寻找戏剧先锋性的突破时，高行健、刘树纲等剧作家同样也是从戏剧的起源——"仪式"出发，重视戏剧的表演性和仪式性，从"傩戏表演"及"仪式面具"中获得了启示，充分发挥了民间信仰资源在现代话剧中的作用，营造了严肃与诙谐、敬神与娱神两者相结合的戏剧氛围。当剧作家将仪式移植到舞台叙事中，文学中的仪式书写已经不同于民间信仰仪式的行为展演，而具有了勘探人的生存困境、探究人性的哲学之思的深

---

① ［德］恩斯特·卡西尔：《人论》，甘阳译，上海译文出版社 1985 年版，第 219 页。
② 作为"物质"的仪式叙事的观点，参见彭兆荣《文学与仪式：文学人类学的一个文化视野——酒神及其祭祀仪式的发生学原理》，北京大学出版社 2004 年版，第 102 页。
③ 李劼：《中国文化冷风景》，台北：允晨文化实业股份有限公司 2013 年版，第 16 页。

度。杨炼、海子视诗人为"祭司",他们从古老的民间信仰中汲取原始的生命力量,直接面对死亡,获得了向死而生的超越性。可以说,民间信仰的诗性思维对文学创作的影响,成为实现文学审美救赎的一种力量。

关注民间信仰与文学创作的关系,是运用人类学、民俗学、文学人类学、审美人类学等学科的研究方法,对文学进行跨学科研究的表现。正如程金城在《回到文学人类学的理论原点》一文中所说:"关注人类的精神现象及其深层结构和呈现方式,是文学之所以与人类学发生关联的基点。"① 对"民间信仰与20世纪中国文学"的研究,可以进一步延伸到"民间信仰思维与20世纪中国文学创作""神话与20世纪中国文学""仪式与中国现当代文学""中国现代作家对鬼的书写""面具与现代戏剧"等相关问题的思考。由"民间信仰"所开拓的开阔的文化空间,将"传统"与"现代"、"民间"与"精英"的关系再一次凸显。当我们从"民间信仰"出发,去关注文化的传统、文学的传统之时,可以跳出"传统隶属于过去"的思维局限,认识到传统在过去,传统也在此时此刻;传统没有静止,传统可以发明;传统不以现代为敌,传统可以成为拯救现代性的重要的审美资源。

习近平总书记2014年5月4日在北京大学师生座谈会上的讲话中指出:"中华文明绵延数千年,有其独特的价值体系。中华优秀传统文化已经成为中华民族的基因,植根在中国人的内心,潜移默化影响着中国人的思想方式和行为方式。"② 中国民间信仰是中华民族传统文化的重要组成部分,蕴含着中华民族独有的精神价值、思维方式和想象力。对"民间信仰"与"20世纪中国文学"的关系探讨,使我们尊重普通民众的文化记忆和日常生活方式,理解中华文化的多样性,重视"仪式文本""活态文学""多民族文学"等,认识到民间的审美价值观和审美差异,让彼此具有内在联系的"民间信仰思维""仪式思维""神话思维""诗性思维"等,在传统的创造性转化和发展中焕发出崭新的生命力。

---

① 程金城:《回到文学人类学的理论原点》,《中国社会科学报》2011年7月19日第10版。
② 习近平:《青年要自觉践行社会主义核心价值观——在北京大学师生座谈会上的讲话》,人民出版社2014年版,第7页。

参考文献

（一）专著

艾克恩编：《延安文艺回忆录》，中国社会科学出版社 1992 年版。

陈独秀：《陈独秀文章选编》，生活·读书·新知三联书店 1984 年版。

陈勤建：《文艺民俗学导论》，上海文艺出版社 1991 年版。

程金城：《原型批判与重释》，东方出版社 1998 年版。

陈嘉明等：《现代性与后现代性》，人民出版社 2001 年版。

曹文轩：《20 世纪末中国文学现象研究》，北京大学出版社 2002 年版。

陈晓明：《现代性与中国当代文学转型》，云南人民出版社 2003 年版。

陈平原：《神神鬼鬼》，复旦大学出版社 2005 年版。

陈进国：《信仰、仪式与乡土社会——风水的历史人类学探索》，中国社会科学出版社 2005 年版。

陈来：《古代宗教与伦理》，生活·读书·新知三联书店 2009 年版。

昌耀：《昌耀诗文总集》（增编版），作家出版社 2010 年版。

陈世雄：《戏剧人类学》，上海古籍出版社 2013 年版。

邓启耀：《中国巫蛊考察》，上海文艺出版社 1999 年版。

邓启耀：《中国神话的思维结构》，重庆出版社 2004 年版。

丁帆：《中国乡土小说史》，北京大学出版社 2007 年版。

邓楠：《寻根文学价值观论》，湖南人民出版社 2008 年版。

杜素娟：《孤独的诗性：论沈从文与中国传统文化》，华东师范大学出版社 2009 年版。

富育光：《萨满论》，辽宁人民出版社 2000 年版。

费孝通：《江村经济——中国农民的生活》，商务印书馆 2002 年版。

范家进：《现代乡土小说三家论》，上海三联书店 2002 年版。

方川：《民俗思维》，黑龙江人民出版社 2004 年版。

樊星：《当代文学新视野讲演录》，广西师范大学出版社 2007 年版。

方燕：《巫文化视域下的宋代女性——立足于女性生育、疾病的考察》，中华书局 2008 年版。

复旦大学文史研究院编：《"民间"何在 谁之"信仰"》，中华书局 2009 年版。

顾颉刚编著：《妙峰山》，上海文艺出版社 1988 年影印版。

郭沫若：《郭沫若全集》文学编第十五卷，人民文学出版社 1990 年版。

葛兆光：《中国宗教与文学论集》，清华大学出版社 1998 年版。

高国藩：《中国巫术史》，上海三联书店 1999 年版。

顾希桂：《祭坛古歌与中国文化》，人民出版社 2000 年版。

郭于华主编：《仪式与社会变迁》，社会科学文献出版社 2000 年版。

葛兆光：《中国思想史》第一卷，复旦大学出版社 2001 年版。

高行健：《冥城》，台北：联合文学出版社有限公司 2001 年版。

高行健：《山海经传》，台北：联合文学出版社有限公司 2001 年版。

高旭东：《中西文学与哲学宗教》，北京大学出版社 2004 年版。

关纪新主编：《20 世纪中华各民族文学关系研究》，民族出版社 2006 年版。

郭雪波：《银狐》，漓江出版社 2006 年版。

郭净：《中国面具文化》，云南人民出版社、云南大学出版社 2012 年版。

郭辉：《民国前期的国家仪式研究（1912—1931）》，社会科学文献出版社 2013 年版。

过常宝：《楚辞与原始宗教》，中国人民大学出版社 2014 年版。

郭静云：《天神与天地之道：巫觋信仰与传统思想渊源》，上海古籍出版社 2016 年版。

胡经之、张首映主编：《西方二十世纪文论选》，中国社会科学出版社 1989 年版。

胡新生：《中国古代巫术》，山东人民出版社 1998 年版。

贺仲明：《一种文学与一个阶层——中国新文学与农民关系研究》，人民出版社 2000 年版。

侯杰、范丽珠：《世俗与神圣：中国民众宗教意识》，人民出版社 2001 年版。

胡志毅：《神话与仪式：戏剧的原型阐释》，学林出版社 2001 年版。

黄子平：《"灰阑"中的叙述》，上海文艺出版社 2001 年版。

户晓辉：《现代性与民间文学》，社会科学文献出版社 2004 年版。

黄永林：《中国民间文化与新时期小说》，人民出版社 2007 年版。

海子著，西川编：《海子诗全集》，作家出版社 2009 年版。

何明主编：《仪式中的艺术》，社会科学文献出版社 2011 年版。

何善蒙：《民国杭州民间信仰》，杭州出版社 2012 年版。

黄景春、程蔷：《中国古代小说与民间信仰》，上海文艺出版社 2013 年版。

江绍原：《发须爪——关于它们的风俗》，上海文艺出版社影印本 1987 年版。

江绍原：《中国礼俗迷信》，王文宝整理，渤海湾出版公司 1989 年版。

吉狄马加：《吉狄马加诗选》，四川文艺出版社 1992 年版。

贾平凹：《坐佛》，太白文艺出版社 1994 年版。

贾平凹、穆涛：《平凹之路：贾平凹精神自传》，青海人民出版社 1994 年版。

贾平凹：《白夜》，华夏出版社 1995 年版。

金泽：《中国民间信仰》，浙江教育出版社 1995 年版。

季红真：《众神的肖像》，人民文学出版社 1996 年版。

贾平凹：《浮躁》，春风文艺出版社 2004 年版。

贾平凹：《说舍得：中国人的文化与生活》，东方出版中心 2006 年版。

贾平凹：《老生》，人民文学出版社 2014 年版。

孔范今、施战军主编：《莫言研究资料》，山东文艺出版社 2006 版。

孔范今：《近百年中国文学史论》，人民文学出版社 2008 年版。

娄子匡：《中国新年风俗志》，商务印书馆 1935 年版。

凌宇：《从边城走向世界》，生活·读书·新知三联书店 1985 年版。

梁钊韬：《中国古代巫术——宗教的起源和发展》，中山大学出版社 1989 年版。

李安宅：《巫术的分析》，四川人民出版社 1990 年版。

林惠祥：《文化人类学》，商务印书馆 1991 年版。

罗义群：《中国苗族巫术透视》，中央民族学院出版社 1993 年版。

李亦园：《人类的视野》，上海文艺出版社 1996 年版。

刘洪涛：《湖南乡土文学与湘楚文化》，湖南教育出版社 1997 年版。

吕大吉主编：《宗教学通论新编》，中国社会科学出版社 1998 年版。

刘禾：《语际书写：现代思想史写作批评纲要》，上海三联书店 1999 年版。

梁漱溟：《东西文化及其哲学》，商务印书馆 1999 年版。

陆群：《民间思想的村落——苗族巫文化的宗教透视》，贵州民族出版社
 2000 年版。

刘为民：《科学与现代中国文学》，安徽教育出版社 2000 年版。

李泽厚：《美的历程》，天津社会科学院出版社 2001 年版。

李零：《中国方术考》，东方出版社 2001 年版。

李锐：《厚土》，浙江文艺出版社 2002 年版。

刘勇：《中国现代作家的宗教文化情结》，北京师范大学出版社 2003 年版。

凌纯声、芮逸夫：《湘西苗族调查报告》，民族出版社 2003 年版。

李泽厚：《中国现代思想史》，天津社会科学院出版社 2003 年版。

李亦园：《宗教与神话》，广西师范大学出版社 2004 年版。

李扬编：《作家文学与民间文学》，中国海洋大学出版社 2004 年版。

鲁迅：《鲁迅全集》第五卷，人民文学出版社 2005 年版。

刘洪涛：《沈从文小说新论》，北京师范大学出版社 2005 年版。

刘亚虎：《神话与诗的"演述"——南方民族叙事艺术》，北京大学出版社
 2006 年版。

雷达主编，梁颖编选：《贾平凹研究资料》，山东文艺出版社 2006 年版。

李向平：《信仰、革命与权力秩序——中国宗教社会学研究》，上海人民出
 版社 2006 年版。

刘志荣：《潜在写作：1949—1976》，复旦大学出版社 2007 年版。

李泽厚：《历史本体论　己卯五说》（增订本），生活·读书·新知三联书
 店 2008 年版。

李莉：《中国新时期乡族小说论》，中国社会科学出版社 2008 年版。

罗宗宇：《沈从文思想研究》，湖南大学出版社 2008 年版。

刘道超：《筑梦民生——中国民间信仰新思维》，人民出版社 2011 年版。

路遥等：《中国民间信仰研究述评》，上海人民出版社 2012 年版。

路芳：《火的祭礼：阿细人密祭摩仪式的人类学研究》，北京大学出版社
 2012 年版。

刘大先：《现代中国与少数民族文学》，中国社会科学出版社 2013 年版。

李劼：《中国文化冷风景》，台北：允晨文化实业股份有限公司 2013 年版。

廖小东：《传统的力量——民族特色仪式的功能研究》，中国社会科学出版社2015年版。

李泽厚：《由巫到礼 释礼归仁》，生活·读书·新知三联书店2015年版。

刘长华：《民族神话、传说意象与中国新诗民族性的建构研究》，湖南师范大学出版社2017年版。

李天纲：《金泽：江南民间祭祀探源》，生活·读书·新知三联书店2017年版。

马焯荣：《中西宗教与文学》，岳麓书社1991年版。

苗启明：《原始思维》，上海人民出版社1993年版。

毛峰：《神秘主义诗学》，生活·读书·新知三联书店1998年版。

莫言：《蛙》，上海文艺出版社2011年版。

逄增煜：《黑土地文化与东北作家群》，湖南教育出版社1995年版。

彭兆荣：《文学与仪式：文学人类学的一个文化视野——酒神及其祭祀仪式的发生学原理》，北京大学出版社2004年版。

蒲慕州：《追寻一己之福：中国古代的信仰世界》，上海古籍出版社2007年版。

彭兆荣：《人类学仪式理论与实践》，陕西师范大学出版总社2019年版。

秋浦主编：《萨满教研究》，上海人民出版社1985年版。

钱理群：《周作人论》，上海文艺出版社1991年版。

钱小柏编：《顾颉刚民俗学论集》，上海文艺出版社1998年版。

钱理群：《周作人研究二十一讲》，中华书局2004年版。

瞿明安、郑萍：《沟通人神——中国祭祀文化象征》，四川人民出版社2005年版。

潜明兹：《中国神话学》，上海人民出版社2008年版。

容世诚：《戏曲人类学初探：仪式、剧场与社群》，广西师范大学出版社2003年版。

石启贵：《湘西苗族实地调查报告》，湖南人民出版社1986年版。

宋兆麟：《巫觋——人与鬼神之间》，学苑出版社1989年版。

盛宁：《人文困惑与反思——西方后现代主义思潮批判》，生活·读书·新知三联书店1997年版。

孙逊：《中国古代小说与宗教》，复旦大学出版社2000年版。

沈从文：《沈从文全集》，北岳文艺出版社2002年版。

宋兆麟：《民间性巫术》，团结出版社 2005 年版。

史忠义等主编：《国际文学人类学研究》，百花文艺出版社 2006 年版。

宋兆麟：《巫与祭司》，商务印书馆 2013 年版。

邵纯生、张毅编著：《莫言与他的民间乡土》，青岛出版社 2013 年版。

苏永前：《20 世纪前期中国文学人类学实践研究》，中国社会科学出版社 2017 年版。

土家族简史编写组：《土家族简史》，湖南人民出版社 1986 年版。

汤一介主编：《中国宗教：过去与现在》，北京大学出版社 1992 年版。

谭桂林：《人与神的对话》，安徽教育出版社 2000 年版。

田兆元：《盟誓史》，广西民族出版社、上海文艺出版社 2000 年版。

谭桂林、龚敏律：《当代中国文学与宗教文化》，岳麓书社 2006 年版。

陶阳、牟忠秀：《中国创世神话》，上海人民出版社 2006 年版。

陶磊：《从巫术到数术——上古信仰的历史嬗变》，山东人民出版社 2008 年版。

台静农：《淮南民歌集》，海燕出版社 2015 年版。

乌丙安：《中国民俗学》，辽宁大学出版社 1985 年版。

闻一多：《闻一多全集》，湖北人民出版社 1993 年版。

吴义勤：《中国当代新潮小说论》，江苏文艺出版社 1997 年版。

王铭铭、潘忠党主编：《象征与社会：中国民间文化的探讨》，天津出版社 1997 年版。

王国维：《宋元戏曲史》，上海古籍出版社 1998 年版。

汪子嵩等：《希腊哲学史》第一卷，人民出版社 1988 年版。

王德威：《想象中国的方法：历史·小说·叙事》，生活·读书·新知三联书店 1998 年版。

王一川：《中国形象诗学》，上海三联书店 1998 年版。

汪晖：《死火重温》，人民文学出版社 2000 年版。

吴晓群：《古代希腊仪式文化研究》，上海社会科学出版社 2000 年版。

王文锦译解：《礼记译解》，中华书局 2001 年版。

万晴川：《巫文化视野中的中国古代小说》，中国社会科学出版社 2003 年版。

王德威：《现代中国小说十讲》，复旦大学出版社 2003 年版。

王铭铭：《社会人类学与中国研究》，广西师范大学出版社 2005 年版。

吴国盛:《时间的观念》,北京大学出版社 2006 年版。

吴义勤主编:《韩少功研究资料》,山东文艺出版社 2006 年版。

王继英:《民间信仰文化探踪》,民族出版社 2007 年版。

吴投文:《沈从文的生命诗学》,东方出版社 2007 年版。

王继英:《民间信仰文化探踪》,民族出版社 2007 年版。

王鸿生:《叙事与中国经验》,同济大学出版社 2007 年版。

王宵冰、迪木拉提·奥迈尔主编:《文字、仪式与文化记忆》,民族出版社 2007 年版。

王光东等:《20 世纪中国文学与民间文化》,复旦大学出版社 2007 年版。

王尔敏:《先民的智慧:中国古代天人合一的经验》,广西师范大学出版社 2008 年版。

闻一多:《神话与诗》,天津古籍出版社 2008 年版。

吾淳:《中国社会的宗教传统——巫术与伦理的对立和共存》,上海三联书店 2009 年版。

王胜华:《戏剧人类学》,云南大学出版社 2009 年版。

王见川、皮庆生:《中国近世民间信仰:宋元明清》,上海人民出版社 2010 年版。

吴康:《书写沉默——鲁迅存在的意义》,人民出版社 2010 年版。

王训昭等编:《郭沫若研究资料》,知识产权出版社 2010 年版。

吴海清:《乡土世界的现代性想象:中国现当代乡土文学乡土叙事思想研究》,南开大学出版社 2011 年版。

王学振:《民族主义与中国文学的现代转型及话语嬗变(晚清至民国)》,中国社会科学出版社 2011 年版。

王杰:《审美幻象研究:现代美学导论》,北京大学出版社 2012 年版。

王宏刚等:《新时期的民间信仰》,黑龙江教育出版社 2013 年版。

王杰:《现代审美问题:人类学的反思》,北京大学出版社 2013 年版。

乌热尔图:《萨满,我们的萨满》,青海人民出版社 2014 年版。

乌丙安:《中国民间信仰》,长春出版社 2014 年版。

王大桥:《文学人类学的中国进路与问题研究》,中国社会科学出版社 2014 年版。

王志峰:《祭祀·仪礼·戏剧》,文化艺术出版社 2016 年版。

汪晓云:《从仪式到艺术:中西戏剧发生学》,广西师范大学出版社 2016

年版。

王志峰：《祭祀·礼仪·戏剧——中国民间祭祀戏剧研究》，文化艺术出版社 2016 年版。

王怀义：《中国史前神话意象》，生活·读书·新知三联书店 2018 年版。

吴翔宇：《沈从文小说的民族国家想象研究》，商务印书馆 2018 年版。

汪曾祺：《汪曾祺全集》，人民文学出版社 2019 年版。

徐华龙：《中国鬼文化》，上海文艺出版社 1991 年版。

许祥麟：《中国鬼戏》，天津教育出版社 1997 年版。

萧放：《岁时——传统中国民众的时间生活》，中华书局 2002 年版。

肖向明：《"幻魅"的现代想象——鬼文化与中国现代作家研究》，光明日报出版社 2007 年版。

刑莉主编：《民间信仰与民俗生活》，中央民族大学出版社 2008 年版。

向松柏：《神话与民间信仰研究》，人民出版社 2010 年版。

向松柏：《传统民间信仰与现代生活》，中国社会科学出版社 2011 年版。

肖向明：《民间信仰与 20 世纪中国文学的叙事演变》，人民文学出版社 2018 年版。

《延安文艺丛书》编委会：《延安文艺丛书·秧歌剧卷》，湖南人民出版社 1985 年版。

叶舒宪编：《神话——原型批判》，陕西师范大学出版社 1987 年版。

叶舒宪：《中国神话哲学》，中国社会科学出版社 1992 年版。

叶舒宪：《诗经的文化阐释——中国诗歌的发生研究》，湖北人民出版社 1994 年版。

杨炼：《鬼话·智力的空间》，上海文艺出版社 1998 年版。

苑利主编：《二十世纪中国民俗学经典》，社会科学文献出版社 2002 年版。

阎连科、梁鸿：《巫婆的红筷子》，春风文艺出版社 2002 年版。

杨炼：《幸福鬼魂手记》，上海文艺出版社 2003 年版。

叶舒宪：《神话意象》，北京大学出版社 2007 年版。

闫伊默：《仪式传播与认同研究》，知识产权出版社 2014 年版。

杨炼：《杨炼创作总集 1978—2015》卷三，华东师范大学出版社 2015 年版。

杨清虎：《中国民间信仰学研究与述评》，中国书籍出版社 2017 年版。

赵树理：《赵树理文集》，工人出版社 1980 年版。

张紫晨：《中国民俗与民俗学》，浙江人民出版社 1985 年版。

张紫晨：《中国巫术》，上海三联书店 1990 年版。

张子伟主编：《湘西傩文化之谜》，湖南师范大学出版社 1991 年版。

詹鄞鑫：《神灵与祭祀——中国传统宗教综论》，江苏古籍出版社 1992 年版。

赵学勇：《新文学与乡土中国——20 世纪中国乡土文学与西部文学研究》，兰州大学出版社 1993 年版。

赵园：《地之子——乡村小说与农民文化》，北京大学出版社 1993 年版。

臧振：《蒙昧中的智慧》，华夏出版社 1994 年版。

张建建：《冲傩还愿》，贵州人民出版社 1997 年版。

钟敬文主编：《民俗学概论》，上海文艺出版社 1998 年版。

周作人著，钟叔河编：《周作人文类编·花煞》，湖南文艺出版社 1998 年版。

詹鄞鑫：《心智的误区——巫术与中国巫术文化》，上海教育出版社 2001 年版。

赵宇共：《走婚》，作家出版社 2001 年版。

张钧：《小说的立场》，广西师范大学出版社 2002 年版。

郑家建：《中国文学现代性的起源语境》，上海三联书店 2002 年版。

赵世瑜：《狂欢与日常——明清以来的庙会与民间社会》，生活·读书·新知三联书店 2002 年版。

张光芒：《启蒙论》，上海三联书店 2002 年版。

钟敬文：《民俗学概论》，上海文艺出版社 2002 年版。

郑振满、陈春声主编：《民间信仰与社会空间》，福建人民出版社 2003 年版。

郑欣淼：《鲁迅与宗教文化》，中国社会科学出版社 2004 年版。

周仁政：《巫觋人文——沈从文与巫楚文化》，岳麓书社 2005 年版。

郑涵：《中国的和文化意识》，学林出版社 2005 年版。

朱迪光：《信仰·母题·叙事》，中国社会科学出版社 2007 年版。

赵旭东：《文化的表达——人类学的视野》（社会学前沿论丛），中国人民大学出版社 2009 年版。

张永：《民俗学与中国现代乡土小说》，上海三联书店 2010 年版。

周作人：《周作人自编集》，北京十月文艺出版社 2012 年。

张祝平：《传统民间信仰的现代性境遇》，暨南大学出版社 2014 年版。

张良丛：《从行为到意义——仪式的审美人类学阐释》，社会科学文献出版社 2015 年版。

赵晓寰：《戏剧、小说与民间信仰：中国传统文学和文化的域外观照》，复旦大学出版社 2018 年版。

曾澜：《地方记忆与身份呈现：江西傩艺人身份问题的艺术人类学考察》，生活·读书·新知三联书店 2018 年版。

（二）译著

[英] 爱德蒙·利奇：《文化与交流》，郭凡、邹和译，中山大学出版社 1990 年版。

[英] 爱德华·泰勒：《原始文化》，连树声译，上海文艺出版社 1992 年版。

[法] 阿尔托：《残酷戏剧——戏剧及其重影》，桂裕芳译，中国戏剧出版社 1993 年版。

[德] 埃利希·诺伊曼：《大母神——原型分析》，李以洪译，东方出版社 1998 年版。

[法] 爱弥尔·涂尔干：《宗教生活的基本形式》，渠东等译，上海人民出版社 1999 年版。

[美] 埃伦·迪萨纳亚克：《审美的人》，户晓辉译，商务印书馆 2004 年版。

[法] 阿诺尔德·范热内普：《过渡礼仪》，张举文译，商务印书馆 2010 年版。

[美] 爱德华·希尔斯：《论传统》，傅铿、吕乐等译，上海人民出版社 2014 年版。

[德] 阿莱达·阿斯曼：《回忆空间：文化记忆的形式和变迁》，潘璐译，北京大学出版社 2016 年版。

[俄] 巴赫金：《陀思妥耶夫斯基诗学问题》，白春仁、顾亚铃译，生活·读书·新知三联书店 1988 年版。

[英] 布赖恩·莫里斯：《宗教人类学》，周国黎译，今日中国出版社 1992 年版。

[俄] 巴赫金：《拉伯雷研究》，李兆林、夏忠宪译，河北教育出版社 1998 年版。

［俄］巴赫金：《诗学与访谈》，白春仁、顾亚铃译，河北教育出版社 1998
年版。

［美］保罗·康纳顿：《社会如何记忆》，纳日碧力戈译，上海人民出版社
2000 年版。

［美］本尼迪克特·安德森：《想象的共同体——民族主义的起源与散布》，
吴睿人译，上海人民出版社 2005 年版。

［苏］德·莫·乌格里诺维奇：《艺术与宗教》，王先睿、李鹏增译，生
活·读书·新知三联书店 1987 年版。

［美］杜赞奇：《文化、权力与国家——1900—1942 年的华北农村》，王福
明译，江苏人民出版社 1995 年版。

［日］渡边欣雄：《汉族的民俗宗教——社会人类学的研究》，周星译，天
津人民出版社 1998 年版。

［美］杜赞奇：《从民族国家拯救历史——民族主义话语与中国现代史研
究》，王宪明译，社会科学文献出版社 2003 年版。

［美］大卫·科泽：《仪式、政治与权力》，王海洲译，江苏人民出版社
2015 年版。

［德］恩斯特·卡西尔：《人论》，甘阳译，上海译文出版社 1985 年版。

［美］C. 恩伯 M. 恩伯：《文化的变异——现代文化人类学通论》，杜杉杉
译，辽宁人民出版社 1988 年版。

［德］恩斯特·卡西尔：《国家的神话》，范进译，作家出版社 1991 年版。

［德］恩斯特·卡西尔：《神话思维》，黄龙保等译，中国社会科学出版社
1992 年版。

［英］菲奥纳·鲍伊：《宗教人类学导论》，金泽等译，中国人民大学出版
社 2004 年版。

［德］格罗塞：《艺术的起源》，蔡慕晖译，商务印书馆 1984 年版。

［法］葛兰言：《古代中国的节庆与歌谣》，赵丙祥、张宏明译，广西师范
大学出版社 2005 年版。

［日］广田律子：《"鬼"之来路——中国的假面与祭仪》，王汝澜、安小
铁译，中华书局 2005 年版。

［美］洪长泰：《到民间去——1918—1937 年的中国知识分子与民间文学
运动》，董晓萍译，上海文艺出版社 1993 年版。

［英］E. 霍布斯鲍姆·诺伊曼、T. 兰格：《传统的发明》，顾杭、庞冠群

译，译林出版社 2004 年版。

[苏] Д. E. 海通：《图腾崇拜》，何星亮译，广西师范大学出版社 2004
年版。

[美] 金介甫：《沈从文笔下的中国社会与文化》，华东师范大学出版社
1994 年版。

[美] 金介甫：《凤凰之子·沈从文传》，符家钦译，中国友谊出版公司
2000 年版。

[美] 金介甫：《沈从文传》，符家钦译，国际文化出版公司 2005 年版。

[英] 简·艾伦·哈里森：《古代艺术与仪式》，刘宗迪译，生活·读书·
新知三联书店 2008 年版。

[英] 杰克·古迪：《神话、仪式与口述》，李源译，中国人民大学出版社
2014 年版。

[美] 克里斯蒂安·乔基姆：《中国的宗教精神》，王平、张广保等译，中
国华侨出版公司 1991 年版。

[美] 克里斯蒂纳·拉娜：《巫术与宗教》，刘靖华、周晓慧译，今日中国
出版社 1992 年版。

[美] 克利福德·格尔兹：《文化的解释》，纳日碧力戈等译，上海人民出
版社 1999 年版。

[美] 孔飞力：《叫魂——1768 年中国妖术大恐慌》，陈兼、刘昶译，上海
三联书店 1999 年版。

[法] 克洛德·列维 - 斯特劳斯：《面具之道》，张祖建译，中国人民大学
出版社 2008 年版。

[美] 林毓生：《中国意识的危机：“五四”时期激烈的反传统主义》，穆
善培译，贵州人民出版社 1986 年版。

[法] 列维 - 斯特劳斯：《野性的思维》，李幼蒸译，商务印书馆 1987
年版。

[美] 露丝·本尼迪克特：《文化模式》，王炜等译，生活·读书·新知三
联书店 1988 年版。

[法] 列维 - 斯特劳斯：《结构人类学》，陆晓禾、黄锡光等译，文化艺术
出版社 1989 年版。

[法] 列维 - 布留尔：《原始思维》，丁由译，商务印书馆 1997 年版。

[英] 罗宾·布里吉斯：《与巫为邻：欧洲巫术的社会和文化语境》，雷

鹏、高永宏译，北京大学出版社 2005 年版。

［英］拉德克里夫·布朗：《安达曼岛人》，梁粤译，广西师范大学出版社
2005 年版。

［美］兰德尔·柯林斯：《互动仪式链》，林聚任等译，商务印书馆 2009 年
版。

［日］柳田国男：《民间传承论与乡土生活研究法》，王晓葵等译，学苑出
版社 2010 年版。

［美］林耀华：《金翼：一个中国家族的史记》，庄孔韶、方静文译，生
活·读书·新知三联书店 2015 年版。

［美］罗伊·A. 拉帕波特：《献给祖先的猪——新几内亚人生态中的仪
式》，赵玉燕译，商务印书馆 2016 年版。

［英］马林诺夫斯基：《巫术科学宗教与神话》，李安宅译，中国民间文艺
出版社 1986 年版。

［英］马林诺夫斯基：《文化论》，费孝通等译，中国民间文艺出版社 1987
年版。

［德］玛克斯·德索：《美学与艺术理论》，兰金仁译，中国社会科学出版
社 1987 年版。

［捷］米兰·昆德拉：《小说的艺术》，唐晓渡译，北京作家出版社 1993 年
版。

［美］马文·哈里斯：《好吃：食物与文化之谜》，叶舒宪、户晓辉译，山
东画报出版社 2001 年版。

［德］马克斯·韦伯：《儒教与道教》，王容芬译，商务印书馆 2004 年版。

［意］马里奥·佩尔尼奥拉：《仪式思维》，吕捷译，商务印书馆 2006
年版。

［意］马利亚苏塞·达瓦马尼：《宗教现象学》，高秉江译，人民出版社
2006 年版。

［德］马克斯·霍克海默、西奥多·阿道尔诺：《启蒙辩证法——哲学断
片》，渠敬东、曹卫东译，上海人民出版社 2006 年版。

［法］马塞尔·莫斯：《巫术的一般理论　献祭的性质与功能》，杨渝东等
译，广西师范大学出版社 2007 年版。

［英］玛丽·道格拉斯：《洁净与危险》，黄剑波等译，民族出版社 2008 年
版。

［美］米尔恰·伊利亚德：《神圣的存在：比较宗教的范型》，晏可佳、姚蓓琴译，广西师范大学出版社 2008 年版。

［德］尼采：《悲剧的诞生》，周国平译，生活·读书·新知三联书店 1986 年版。

［加］诺斯罗普·弗莱：《批判的解剖》，陈慧等译，百花文艺出版社 2006 年版。

［美］乔治·E. 马尔库斯、米开尔·M. J. 费彻尔：《作为文化批判的人类学：一个人文学科的实验时代》，王铭铭、蓝达居译，生活·读书·新知三联书店 1998 年版。

［日］石川荣吉主编：《现代人类文化学》，周星等译，中国国际广播出版社 1988 年版。

［美］P. R. 桑迪：《神圣的饥饿：作为文化系统的食人俗》，郑元者译，中央编译出版社 2004 年版。

［日］田仲一成：《中国的宗族与戏剧》，钱杭、任余白译，上海古籍出版社 1992 年版。

［日］田仲一成：《中国戏剧史》，云贵彬、于允译，北京广播学院出版社 2002 年版。

［日］藤野岩友：《巫系文学论》，韩基国编译，重庆出版社 2005 年版。

［韩］文镛盛：《中国古代社会的巫觋》，华文出版社 1999 年版。

［美］威廉·詹姆士：《宗教经验之种种——人性之研究》，唐钺译，商务印书馆 2002 年版。

［德］沃尔夫冈·伊瑟尔：《虚构与想像——文学人类学疆界》，陈定家、汪正龙译，吉林人民出版社 2003 年版。

［德］韦伯：《中国的宗教 宗教与世界》，康乐、简惠美译，广西师范大学出版社 2004 年版。

［美］韦勒克、奥斯汀·沃伦：《文学理论》，刘象愚译，江苏文艺出版社 2005 年版。

［日］丸尾常喜：《"人"与"鬼"的纠葛——鲁迅小说论析》，秦弓译，人民文学出版社 2006 年版。

［英］维克多·特纳：《仪式过程：结构与反结构》，黄剑波、柳博赟译，中国人民大学出版社 2006 年版。

［英］王斯福：《帝国的隐喻：中国民间宗教》，赵旭东译，江苏人民出版

社 2008 年版。

［美］武雅士主编：《中国社会中的宗教与仪式》，彭泽安、邵铁峰译，江苏人民出版社 2014 年版。

［美］夏志清：《中国现代小说史》，刘绍铭等译，复旦大学出版社 2005 年版。

［古希腊］亚里斯多德：《诗学》，罗念生译，人民文学出版社 1982 年版。

［俄］叶·莫·梅列金斯基：《神话的诗学》，魏庆征译，商务印书馆 1990 年版。

［美］约翰·维克雷编：《神话与文学》，潘国庆等译，上海文艺出版社 1995 年版。

［日］伊藤虎丸：《鲁迅与日本人》，李冬木译，河北教育出版社 2000 年版。

［法］伊夫·瓦岱：《文学与现代性》，田庆生译，北京大学出版社 2001 年版。

［美］杨庆堃：《中国社会中的宗教——宗教的现代社会功能与其历史因素之研究》，范丽珠等译，上海人民出版社 2007 年版。

［德］扬·阿斯曼：《文化记忆：早期高级文化中的文字、回忆和政治身份》，金寿福、黄晓晨译，北京大学出版社 2015 年版。

［德］扬·阿斯曼：《宗教与文化记忆》，黄亚平译，商务印书馆 2018 年版。

［英］詹姆斯·乔·弗雷泽：《金枝》，徐育新等译，中国民间文艺出版社 1987 年版。

［美］詹姆斯·施密特编：《启蒙运动与现代性——18 世纪与 20 世纪的对话》，徐向东、卢华萍译，上海人民出版社 2005 年版。

［美］张光直：《艺术、神话与祭祀》，刘静、乌鲁木加甫译，北京出版社 2017 年版。

（三）期刊文章

阿来：《文学表达的民间资源》，《民族文学研究》2003 年第 3 期。

迟子建：《寒冷的高纬度——我的梦开始的地方》，《小说评论》2002 年第 2 期。

陈仲庚：《合一人神：楚文化思维模式与韩少功之演绎》，《福建论坛》（人文社会科学版）2002 年第 2 期。

陈学智：《阎连科小说中的神秘主义气息》，《南阳师范学院学报》（社会科学版）2003 年第 4 期。

程凯：《"招魂"、"鬼气"与复仇——论鲁迅的鬼神世界》，《鲁迅研究月刊》2004 年第 6 期。

程光炜：《重评"寻根文学"》，《文艺研究》2005 年第 6 期。

迟子建、胡殷红：《人类文明进程的尴尬、悲哀与无奈——与迟子建谈长篇新作〈额尔古纳河右岸〉》，《艺术广角》2006 年第 2 期。

陈忠实：《寻找属于自己的句子（连载三）——〈白鹿原〉写作手记》，《小说评论》2007 年第 6 期。

成丽丽：《民间与庙堂共谋下的知识分子写作——《白毛女》文本生成意义探析》，《乐山师范学院学报》2008 年第 9 期。

陈俐：《郭沫若归国事件和奠父仪式的国家意义》，《抗战文化研究》（辑刊）2008 年 9 月。

迟子建、刘传霞：《我眼里就是这样的炉火——迟子建访谈》，《名作欣赏》2015 年第 28 期。

崔一楠、谭晓旭：《革命与象征：川西北土改运动中的仪式政治》，《党史研究与教学》2017 年第 5 期。

丁文：《"谈狐说鬼寻常事"——周作人早期散文中的一种文化探源》，《海南师范学院学报》（社会科学版）2002 年第 4 期。

杜东辉：《从"迷信"到真的信仰——鲁迅对重建现代信仰的思考》，《济宁学院学报》2009 年第 5 期。

方璧（茅盾）：《王鲁彦论》，《小说月报》第 19 卷第 1 号（1928 年 1 月）。

樊星：《神秘之境——"当代小说与中国文化"札记之三》，《文艺评论》1990 年第 5 期。

樊星：《贾平凹：走向神秘——兼论当代志怪小说》，《文学评论》1992 年第 5 期。

樊星：《当代神秘潮——当代中国作家的人生观研究》，《文艺评论》1994 年第 1 期。

樊星：《"新生代"文学与传统神秘文化》，《华中师范大学学报》（人文社会科学版）2005 年第 1 期。

傅功振：《陕北秧歌的起源及其嬗变》，《咸阳师范学院学报》2009 年第

5 期。

房静静：《人类学视域下的时间与仪式》，《内蒙古民族大学学报》（社会科学版）2019 年第 4 期。

郭沫若：《少年维特之烦恼·序引》，《创造季刊》1922 年创刊号。

高远东：《〈祝福〉：儒道释"吃人"的寓言》，《鲁迅研究月刊》1989 年第 2 期。

高丙中：《民间的仪式与国家的在场》，《北京大学学报》（哲学社会科学版）2001 年第 1 期。

龚敏律：《韩少功的寻根小说与巫楚文化》，《中国文学研究》2005 年第 2 期。

郭玉琼：《发现秧歌：狂欢与规训》，《中国现代文学研究丛刊》2006 年第 1 期。

高丙中：《作为非物质文化遗产研究课题的民间信仰》，《江西社会科学》2007 年第 3 期。

郭晋：《仪式的消解及对神圣的反讽——〈祝福〉重析》，《现代语文》（文学研究版）2007 年第 5 期。

高玉：《论"启蒙"作为"主义"与现代文学的缺失》，《人文杂志》2008 年第 5 期。

高长江：《民间信仰：文化记忆的基石》，《世界宗教研究》2017 年第 4 期。

胡适：《名教》，《新月》第 1 卷第 5 期。

韩少功：《答美洲〈华侨日报〉记者问》，《钟山》1987 年第 5 期。

黄伦生：《审美与巫术的同源性》，《广西大学学报》（哲学社会科学版）1993 年第 1 期。

洪治纲：《追踪神秘——近期小说审美动向》，《当代作家评论》1993 年第 6 期。

侯灵战：《时间符号与民族认同》，《读书》2001 年第 10 期。

户晓辉：《论欧美现代民间文学话语中的"民"》，《民间文化论坛》2004 年第 3 期。

贺仲明：《文化纠结中的深入与迷茫——论韩少功的创作精神及其文学意义》，《文学评论》2009 年第 5 期。

黄景春：《古代小说与民间信仰的互渗互动——兼谈文学与宗教的融通关

系》，《民族艺术》2012 年第 2 期。

洪子诚：《丙崽生长记——韩少功〈爸爸爸〉的阅读和修改》，《中国现代文学研究丛刊》2012 年第 12 期。

金泽：《民间信仰的聚散现象初探》，《西北民族研究》2002 年第 2 期。

金刚：《从历史祛魅到神性附魅——论东北作家笔下的"跳神"》，《齐齐哈尔大学学报》（哲学社会科学版）2006 年第 5 期。

姜涛：《"公寓空间"与沈从文早期作品的经验结构》，《中文自学指导》2007 年第 2 期。

季玢：《追求原始的野性——论高行健戏剧观的传统资源》，《韶关学院学报》（社会科学版）2007 年第 4 期。

李杭育：《理一理我们的根》，《作家》1985 年第 9 期。

凌宇：《重建楚文学的神话系统》，《上海文学》1986 年第 6 期。

李庆西：《寻根：回到事物本身》，《文学评论》1988 年第 4 期。

李继凯：《民间原型的再造——对沈从文〈边城〉的原型批评尝试》，《中国现代文学研究丛刊》1995 年第 4 期。

刘芳：《淡泊明志 宁静致远——访作家竹林》，《科学养生》1996 年第 12 期。

柳建伟：《立足本土的艰难远行——解读阎连科的创作道路》，《小说评论》1998 年第 2 期。

［日］铃木岩弓：《"民间信仰"概念在日本的形成及其演变》，何燕生译，《民俗研究》1998 年第 3 期。

吕微：《现代性论争中的民间文学》，《文学评论》2000 年第 2 期。

［日］铃木岩弓：《柳田国男的学问救世思想与祖先祭祀观》，《东南大学学报》（哲学社会科学版）2000 年第 3 期。

吕养正：《湘鄂西苗族崇拜"白帝天王"考辨》，《中央民族大学学报》（哲学社会科学版）2002 年第 1 期。

凌宇：《沈从文创作的思想价值论——写在沈从文百年诞辰之际》，《文学评论》2002 年第 6 期。

李振峰：《鲁迅作品中的祭祀仪式原型》，《吉林师范大学学报》（人文社会科学版）2003 年第 6 期。

骆徽等：《中西启蒙运动比较》，《太原理工大学学报》2004 年第 3 期。

刘大先：《文化寻根·族性审视·历史反思——论朱春雨长篇小说〈血菩

提〉的意蕴》，《民族文学研究》2004 年第 4 期。

刘涛：《原始思维中的现实——魔幻现实主义与高原魔幻流比较谈》，《忻州师范学院学报》2005 年第 4 期。

吕俊彪：《民间仪式与国家权力的征用——以海村哈节仪式为例》，《广西民族学院学报》（哲学社会科学版）2005 年第 5 期。

林国平：《关于中国民间信仰研究的几个问题》，《民俗研究》2007 年第 1 期。

龙慧萍：《沈从文湘西世界中的神巫形象》，《文艺争鸣》2007 年第 7 期。

李建：《〈尘埃落定〉的神秘主义叙事与藏族苯教文化》，《齐鲁学刊》2008 年第 5 期。

刘志燕：《土家族跳丧歌舞之白虎图腾崇拜内涵的文化解读》，《北方音乐》2013 年第 7 期。

茅盾：《国粹与扶箕的迷信——纪念许地山先生》，《笔谈》创刊号 1941 年 9 月 1 日。

马春花：《莫言小说中的鬼魅世界》，《海南师范学院学报》（社会科学版）2005 年第 2 期。

聂鑫森：《楚文化传统的弘扬与现代神话意识的强化》，《湖南文学》1995 年第 9 期。

纳日碧力戈：《语言人类学阐释》，《中央民族大学学报》2003 年第 4 期。

逄增煜：《萨满教文化因素与东北作家群创作》，《社会科学战线》1995 年第 4 期。

彭兆荣：《瑶汉盘瓠神话——仪式叙事中的"历史记忆"》，《广西民族学院学报》（哲学社会科学版）2003 年第 1 期。

彭兆荣：《人类学仪式理论的知识谱系》，《民俗研究》2003 年第 2 期。

彭兆荣：《仪式中的暴力和牺牲》，《中南民族大学学报》（人文社会科学版）2006 年第 2 期。

钱理群：《鲁迅笔下的鬼——读〈女吊〉》，《语文学习》2003 年第 10 期。

盛英：《亲吻"神秘"——论徐小斌小说和神秘文化》，《小说评论》1999 年第 5 期。

苏忠钊：《韩少功的寻根小说与巫诗传统》，《南京师范大学文学院学报》2006 年第 1 期。

沈洁：《"反迷信"话语及其现代起源》，《史林》2006 年第 2 期。

宋喜坤、张丽娟：《〈呼兰河传〉中的"跳大神"民俗意象——兼论萧红对看/被看模式的继承和发展》，《齐齐哈尔大学学报》（哲学社会科学版）2006 年第 4 期。

沈洁：《反迷信与社区信仰空间的现代历程——以 1934 年苏州的求雨仪式为例》，《史林》2007 年第 2 期。

师海英：《叙事模式：图腾神话与原始仪式——试论宗教意识对乌热尔图创作的影响》，《白城师范学院学报》2007 年第 2 期。

沈洁：《反对迷信与民间信仰的现代形态——兼读杜赞奇"从民族国家拯救历史"》，《社会科学》2008 年第 9 期。

陶思炎、［日］铃木岩弓：《中日民间信仰研究的历史回顾》，《民间文化论坛》1997 年第 4 期。

陶思炎、何燕生：《迷信与俗信》，《开放时代》1998 年第 3 期。

陶思炎、［日］铃木岩弓：《论民间信仰的研究体系》，《世界宗教研究》1999 年第 1 期。

谭桂林：《楚巫文化与 20 世纪湖南文学》，《理论与创作》2000 年第 3 期。

谭桂林：《论新时期湖南小说的含魅叙事》，《湘潭大学学报》（哲学社会科学版）2000 年第 3 期

田青：《神圣性与诗意性的回归：乌热尔图的创作与萨满教》，《民族文学研究》2008 年第 1 期。

吴亮：《戛然而止后的余音——略评李杭育小说中的几个煞尾》，《小说评论》1985 年第 1 期。

王仲生：《东方文化和贾平凹的意象世界》，《当代文坛》1993 年第 2 期。

王铭铭：《中国民间宗教：国外人类学研究综述》，《世界民族研究》1996 年第 2 期。

汪晖：《"死火"重温——以此纪念鲁迅逝世六十周年》，《天涯》1996 年第 6 期。

王向阳：《沈从文湘西世界中的神话因子》，《常德师范学院学报》（社会科学版）2000 年第 4 期。

王一川：《生死游戏仪式的复原——〈日光流年〉的索源体特征》，《当代作家评论》2001 年第 6 期。

王德威：《魂兮归来》，《当代作家评论》2004 年第 1 期。

吴翔之：《从传统民俗看女性禁忌的中断及其欲望表达》，《学术交流》

2009 年第 3 期。

汪晖：《声之善恶：什么是启蒙？——重读鲁迅的〈破恶声论〉》，《开放时代》2010 年第 10 期。

王守恩：《民间信仰与现代性》，《宗教学研究》2011 年第 4 期。

谢友祥：《土家族文化寻根中的未来关怀——重读孙建忠的〈舍巴日〉》，《民族文学研究》2001 年第 3 期。

肖向明：《原乡神话的追梦者——论沈从文的原始宗教情结及其感悟》，《民族文学研究》2007 年第 3 期。

肖向明：《民俗·启蒙·审美——民间信仰与中国现代文学的艺术取向》，《云南社会科学》2008 年第 1 期。

肖向明、杨林夕：《民间信仰与中国小说叙事的近代演变》，《文化遗产》2012 年第 2 期。

杨成志：《安南人的信仰》，《民俗季刊》1937 年第 2 期。

阎建斌：《月亮符号、女神崇拜与文化代码》，《当代作家评论》1991 年第 1 期。

余嘉川：《虚幻思维对诗化思维的催化——试论东方原始宗教与艺术审美的关系》，《华东师范大学学报》（哲学社会科学版）1993 年第 1 期。

杨甫旺：《彝族崇拜与生殖文化》，《云南师范大学学报》2002 年第 3 期。

余晓明：《土改小说：意识形态与仪式》，《浙江师范大学学报》（社会科学版）2006 年第 2 期。

杨涛：《神秘与文明的碰撞——当代乡土叙事中民间神秘性的反现代意识》，《内江师范学院学报》2006 年第 5 期。

周昌寿：《迷信》，《东方杂志》1921 年卷十八第四号。

赵园：《沈从文构筑的湘西世界》，《文学评论》1986 年第 6 期。

张器友：《贾平凹小说中的巫鬼文化现象》，《当代作家评论》1989 年第 4 期。

朱迪光：《我国古代民间信仰与叙事文学创作》，《衡阳师范学院学报》1996 年第 1 期。

张清华：《历史神话的悖论和话语革命的开端——重评寻根文学思潮》，《山东师大学报》（社会科学版）1996 年第 6 期。

张闳：《血的精神分析——从〈药〉到〈许三观卖血记〉》，《上海文学》1998 年第 12 期。

周兴华：《漫谈神秘主义描绘在文学中的意义——兼论贾平凹的〈太白山记〉》，《北方论丛》1999 年第 1 期。

张全之：《祭祀仪式：鲁迅小说的文化人类学阐释》，《中国现代文学研究丛刊》1999 年第 4 期。

赵德利：《论 20 世纪中国小说的仪式化还原》，《文学评论丛刊》第五卷第一期（2002 年）。

赵德利：《20 世纪民间信仰思维审美建构的功能》，《新疆大学学报》（社会科学版）2002 年第 4 期。

赵京华：《周作人与柳田国男》，《鲁迅研究月刊》2002 年第 9 期。

张永：《妈祖原型与许地山小说的关系》，《江苏社会科学》2003 年第 1 期。

朱海鹰：《云南澜沧江流域失落的蛙文化》，《云南艺术学院学报》2003 年第 4 期。

张直心：《最后的守林人——乌热尔图新论》，《民族文学研究》2003 年第 4 期。

张琪亚：《隐喻的力量——论民间巫术信仰的重要象征形式》，《贵州民族学院学报》2005 年第 4 期。

周新民、陈应松：《灵魂的守望与救赎——陈应松访谈录》，《小说评论》2007 年第 5 期。

赵德利：《人生仪式与审美还原——论 20 世纪中国小说的仪式化审美范式》，《社会科学》2011 年第 7 期。

（四）报纸文章

《安塞群众在春节中，组织秧歌三十余队，内容形式革新获得观众赞美》，《解放日报》1944 年 3 月 1 日。

陈忠实：《触摸隐隐失的神圣：读文化人类学小说〈走婚〉、〈炎黄〉》，《工人日报》2002 年 5 月 10 日第 7 版。

程金城：《回到文学人类学的理论原点》，《中国社会科学报》2011 年 7 月 19 日第 10 版。

冯汉彬：《屈原的天问精神比但丁还伟大——专访当代著名诗人杨炼》，《三峡晚报》2017 年 5 月 27 日第 17 版。

顾颉刚：《北京东岳庙和苏州东岳庙的司官的比较》，《京报副刊》1926 年 1 月 29 日。

沙可夫：《晋察冀新文艺运动发展的道路》，《解放日报》1942 年 7 月 20 日。

王锋：《贾平凹谈新作〈老生〉：我尝试了一次"民间写史"》，《华商报》 2014 年 9 月 12 日。

叶舒宪：《仪式：文学与人类学研究的共同钥匙》，《文汇读书周报》2004 年 10 月 29 日。

张海鹰：《中国民间信仰事象随想》，《中国民族报》2006 年 5 月 23 日。

（五）学位论文

刘怀欣：《〈白鹿原〉中白鹿意象的原型解读》，硕士学位论文，山东师范 大学，2008 年。

方秀珍：《神秘主义：祛魅与复魅——二十世纪中国文学现象之一种》，博 士学位论文，苏州大学，2005 年。

王健：《民间信仰视野下的国家与社会——以明清时期的苏州地区为例》， 硕士学位论文，苏州大学，2002 年。

熊颖：《论阎连科小说的民间信仰书写》，硕士学位论文，湖南师范大学， 2018 年。

阎秋红：《现代东北文学与萨满教文化》，博士学位论文，武汉大学， 2003 年。

于敏：《论迟子建的创作与萨满教文化》，硕士学位论文，兰州大学， 2006 年。

索　引

（按音序排列）

后 记

　　《民间信仰与 20 世纪中国文学》是我继"巫文化与中国现当代小说"的研究之后完成的一项国家社会科学基金项目的最后成果。从 2017 年开始动笔写作，到 2020 年完稿，再到 2023 年修改后出版，一晃已是 6 年逝去。人到中年后，真正感受到时间的美好与残酷。2018 年 4 月，我在英国剑桥大学访学期间，父亲因病在老家骤然离世，给我打击很大，使我一段时间情绪不能振作。是家人、老师、朋友给予我的关爱和鼓励，让我坚持下来，重新获得内心的平静，最终完成了书稿的写作。

　　中国民间信仰是中国传统文化的重要组成部分。在中国传统社会中，民间信仰已成为普通民众日常生活的一部分。通过"表演仪式、文化语言和身体文字"等媒体，民间信仰保存了民族的文化记忆，也蕴含着民间诗意的智慧，补偿了人类生命的有限性带来的无助、痛苦。"民间信仰与文学"的关系是一个比较复杂的问题。本书将对这一问题的思考置于 20 世纪中国文学发展的背景中展开，是因为在 20 世纪中国的现代化进程中，传统民间信仰经历了兴衰消长的剧烈变迁。传统民间信仰如何适应现代社会的发展？民间信仰如何被改造，重铸为新的民族文化的组成部分？这些问题至今仍是学者们热衷探讨的课题。20 世纪中国作家对这一问题的思考，值得我们进行细致的学术梳理。首先，众多中国现当代作家对民间信仰的关注和描写，不是为了贴上地方风情、地域特色的标签，背后有其深沉的文化建设的动机；其次，民间信仰中蕴藏着丰富的文学原型。探讨中国民间信仰的原始思维方式、仪式结构、神圣时间与空间、民间信仰意象与 20 世纪中国文学的审美特征之间具有的内在联系，对当代文学的发展与创新具有重要的参考价值。可惜由于本人学识有限，视野不够开阔，在民俗学、人类学等相关学科的知识积累不足，使对这一课题的研究仍不够深入，只能留待以后继续探索、完善和深化。

本书稿非常荣幸入选第十批《中国社会科学博士后文库》。感谢全国博士后管理委员会和中国社会科学院对本书的全额资助出版！感谢我的博士后合作导师张中良教授、博士生导师谭桂林教授对我的鼓励和学术指导！感谢谭桂林教授、赵树勤教授在百忙之中审阅书稿并撰写推荐参评意见！谢谢剑桥大学东亚研究系周越（Adam Yuet Chau）教授在我于英国访学期间给予我的关心和学术启发！感谢湖南师范大学文学院同事们对我的关爱和支持！

本书的责任编辑、中国社会科学出版社王丽媛女士为本书的审稿、出版付出了辛勤劳动，多次就书稿内容的修改、排版、校对等工作和我联系，不厌其烦，其对工作的敬业、严谨、认真令我感动，在此深表感谢！

时间，既让人敬畏，又让人着迷。我将带着好奇、发现、欣喜和感恩之心，继续前行……

易瑛

2023 年 8 月 20 日于长沙

第十批《中国社会科学博士后文库》专家推荐表 1

　　《中国社会科学博士后文库》由中国社会科学院与全国博士后管理委员会共同设立，旨在集中推出选题立意高、成果质量高、真正反映当前我国哲学社会科学领域博士后研究最高学术水准的创新成果，充分发挥哲学社会科学优秀博士后科研成果和优秀博士后人才的引领示范作用，让《文库》著作真正成为时代的符号、学术的示范。

推荐专家姓名	谭桂林	电　话	
专业技术职务	教授，博导	研究专长	中国现当代文学
工作单位	南京师范大学文学院	行政职务	
推荐成果名称	民间信仰与20世纪中国文学		
成果作者姓名	易　瑛		

（对书稿的学术创新、理论价值、现实意义、政治理论倾向及是否具有出版价值等方面做出全面评价，并指出其不足之处）

　　一个民族的文化传统，其显在的部分往往呈现在民族知识精英的意识形态中，其沉潜的部分则往往积淀在广大民众的日常生活中。前者引领着民族文化的发展轨迹，后者则塑造着民族文化的品格形态，因而与民族文学艺术的关系尤其密切。民间信仰就是潜隐在民众日常生活中的精神传统。"五四"新文化运动以来，随着科学精神和启蒙观念的广泛传播和深入人心，知识分子精神文化建设上的祛魅取得显著成效，文学中的宗教文化与信仰性的精神活动往往被忽视甚至被遮蔽。近年来，民族文化复兴成为国家文化发展战略，重建民族文化传统成为时代文化与学术建设的重要任务，民间信仰这一深层次的民族文化内涵成为学术界关注的热点，文学与民间信仰之间的关系也开始引起国内外学者的关注。

　　易瑛的这部书稿《民间信仰与20世纪中国文学》从"民间信仰"这一视角切入，将"民间信仰与文学"关系的探讨置于20世纪中国文学的现代性进程中展开，探讨了现代作家在20世纪中国"启蒙"、"救亡"、"文化重建"等时代语境之下对民间信仰的观察、体验与书写，分析了民间信仰在西风东渐的底层空间中的生存特点及其深层内涵，研究了民间信仰中的仪式轨范对文学叙事艺术产生的影响及其表现，这在呼应当下民族文化复兴的时代吁求、促进当前文学创作中的民族精神的发展方面，都具有较高的理论价值和现实意义。

该书稿的研究具有学术创新性。首先，将以往对个别作家或某一地域作家群的文学创作与民间信仰的关系的研究，扩展为对"民间信仰与 20 世纪中国文学的关系"的整体、系统和全面的研究，拓展了中国现当代文学的研究领域；其次，研究了 20 世纪中国文学民间信仰书写的特点，揭示出 20 世纪中国作家对民间信仰的描写中所表现出的矛盾与张力，其研究成果可以深化文学的文化研究；第三，将人类学、宗教学、民俗学等学科的研究方法和研究成果引入中国现当代文学研究，具有新的研究视角。作者采用跨学科的研究方法，深入剖析了民间信仰的原始思维方式、仪式结构、民俗意象与 20 世纪中国文学的审美特征之间的内在联系，发掘和诠释了 20 世纪中国文学叙事创新中的民俗资源，较好地体现了新文科学术建设的思维特点。

　　总之，该书稿政治理论倾向正确，具有新的研究思路和学术观点，具有较高的出版价值。鉴此，本人愿意推荐该著申报《中国社会科学博士后文库》。

签字：

2021 年 3 月 8 日

说明：该推荐表须由具有正高级专业技术职务的同行专家填写，并由推荐人亲自签字，一旦推荐，须承担个人信誉责任。如推荐书稿入选《文库》，推荐专家姓名及推荐意见将印入著作。

第十批《中国社会科学博士后文库》专家推荐表 2

　　《中国社会科学博士后文库》由中国社会科学院与全国博士后管理委员会共同设立，旨在集中推出选题立意高、成果质量高、真正反映当前我国哲学社会科学领域博士后研究最高学术水准的创新成果，充分发挥哲学社会科学优秀博士后科研成果和优秀博士后人才的引领示范作用，让《文库》著作真正成为时代的符号、学术的示范。

推荐专家姓名	赵树勤	电　话	
专业技术职务	教授，博导	研究专长	中国现当代文学
工作单位	湖南师范大学文学院	行政职务	
推荐成果名称	民间信仰与 20 世纪中国文学		
成果作者姓名	易　瑛		

（对书稿的学术创新、理论价值、现实意义、政治理论倾向及是否具有出版价值等方面做出全面评价，并指出其不足之处）

　　易瑛的书稿《民间信仰与 20 世纪中国文学》将"民间信仰与文学"的关系置于 20 世纪以来中国现代文化发展的宏阔背景下，探究民间信仰对中国知识分子文化心理的显在与潜在影响，阐释民间信仰对 20 世纪中国作家产生的审美影响，论证了民间信仰参与 20 世纪中国文学叙事的创新，具有重要的学术价值和现实意义。

　　第一，该书稿具有学术创新性。书稿从对"民间信仰"概念的严谨界定出发，既重视民间信仰的基本特征、社会功能、遗存与嬗变在 20 世纪中国文学中的表现，又不忽视民间信仰仪式的程式化、叙事性、象征性等对文学创作的影响。

　　第二，该书稿实现了研究方法的创新。书稿将文化人类学、民俗学等学科对"民间信仰"的研究成果引入文学研究中，跨学科研究了 20 世纪中国作家民间信仰书写的主要类型和特点，探究民间信仰在 20 世纪中国文化的自我拯救、民族记忆的打捞、民族国家的认同、现代性的批判、政治权威的认同等方面具有的重要作用，深化了对 20 世纪中国文学具有的民族学、社会学、人类学价值的理解。

　　第三，该书稿具有重要的现实文化意义。书稿运用审美人类学的研究方法，研究民间信仰对 20 世纪中国文学的形式特征产生的影响，挖掘传统的民间文化资源对于文学现代性的表达、文学的先锋实验等具有的重要作用，能够发掘和认知中华民族文化自信，实现传统的创造性转化。总之，该书稿政治倾向正确，学术视野开阔，选题富于新意，论证充分扎实，达到了国内同类研究的优秀水平，具有出版价值，特此推荐。

　　　　　　　　　　　　　　　　　　　签字：赵树勤

　　　　　　　　　　　　　　　　　　　2021 年 3 月 8 日

说明： 该推荐表须由具有正高级专业技术职务的同行专家填写，并由推荐人亲自签字，一旦推荐，须承担个人信誉责任。如推荐书稿入选《文库》，推荐专家姓名及推荐意见将印入著作。